中华译学倡立倡导

以中华为根 译与学并重
弘扬优秀文化 促进中外交流
拓展精神疆域 驱动思想创新

丁酉年冬月 许钧撰 罗卫东书

中华译学馆·外国文学论丛
许钧 聂珍钊 主编

高奋 著

欧美现代主义文学散论

南京大学出版社

总　序

许　钧　聂珍钊

《中华译学馆·外国文学论丛》第一辑由《法国文学散论》(许钧著)、《当代英美文学散论》(郭国良著)、《德国文学散论》(范捷平著)、《欧美现代主义文学散论》(高奋著)、《早期英国文学与比较文学散论》(郝田虎著)、《外国文学研究散论》(聂珍钊著)、《外国文学经典散论》(吴笛著)共七部著作构成,由南京大学出版社出版。中华译学馆既要借助翻译把外国的文学作品和学术著作介绍给中国的读者,也要借助翻译把中国的文学作品和学术著作介绍到外国去,还要借助翻译促进中外文学和文化的交流与互鉴,在做好翻译工作的同时开展学术研究,力图把翻译、评介和研究结合在一起,建构译学界的学术共同体。

《中华译学馆·外国文学论丛》第一辑的七部散论中收入的文章大多是各位作者以前发表的作品。为了突出散论的特点,这套丛书不追求完备的学术体系,也不强调内容的系统完整,而是追求学术观点的新颖,强调文章的个性特点。作者们在选取文章时都有意排除了那些经常被人引用和流传较广的论文,而那些通常不易搜索到的论文、讲话、书评、序言等,都因为一得之见而保留下来,收入书中。除了过去已经发表的作品,书中也收入了作者未曾发表过的重要讲话和沉睡多年的珍贵旧稿。因此,读者翻阅丛书,既有似曾相识的阅读体验,也有初识新论的惊喜。相信这套丛书不会让读者感到失望。

这套丛书名为"散论",实则是为了打破思想的束缚,疏通不同研究领域的连接通道,把种种学术观点汇集在一起,带领读者另辟蹊径,领略别样的学术风景。丛书尽管以"散论"为特点,但"散论"并非散乱,而是以"散"拓展文学研究的思维,以"论"揭示学术研究内在的特点,"散"与"论"结合在一起,为读者提供探索学术真理的广阔空间。开卷有益,希望这些文章能给读者带来启示,引发思考。

既是散论,重点并非在于理论体系和话语体系的建构,也不在于对某一学术问题的深入探究,而在于从时下受到追捧的宏大叙事中解脱出来,从某一视角展开对某个问题的深度思考,阐发所思所想的一己之见。文学研究是一项巨大的工程,尤其是学科体系和理论体系的建构,不但宏大,而且异常艰巨,要想完成文学研究的重任,并非一朝一夕之功,只能从基础做起,厚积薄发,方能有所作为、有所建树。就文学研究这项工程而言,散论属于基础性的探索,意在为文学研究铺垫一砖一石,是重大工程不可或缺的基本建构。

就其特点而言,这套关于外国文学研究散论的丛书是作者们进行创造性文学研究活动的结果。实际上,散论不仅是一种研究模式,也是一种思维模式。作者以不同国家、不同时期的文学为研究对象,借助各自的学术经验和研究方法,打破某种固化的思维框架,在某种研究理论的观照下进行创意思维,克服某些束缚自由思想的羁绊,按照某种新的方向来思索问题,寻求答案,锐意创新,不落窠臼。因此,散论体现的是从单向思考到多维思辨,追求的是以小观大，从个别看整体，从传统中求创新。正因为如此，这七部散论才体现出不同的风格、不同的视角、不同的思考。尽管他们关注和讨论的问题各不相同，但是体现的精神是一致的，即通过对各种不同问题的研究，阐述自己与众不同的观点。由于散论不拘一格，从不同的角度看问题，因而思维视野更为广阔，发散性思维沿着多学科、多方向扩散，表现出散论的多样性和多面性，推动对文学的深度思考。

散论打破传统，追求思想解放，实际上是以新的方法探索文学研究发展的新道路。21世纪以来，随着科学技术的飞速发展，同传统的文学研究相比，科技与文学研究高度融合，认知神经科学、人工智能、生物芯片、人机接口等科学技术已经逐渐呈现出主导文学研究的总体趋势。可以说，文学研究不但无法脱离科学技术，而且正在快速同科技融合并改变其性质，转变为科技人文跨学科研究。观念的更新使得科学方法在文学研究中被广泛运用。随着信息技术的大量运用，文学研究越来越科学化，表现出跨学科研究的特点。文学研究已经不可能把自己局限在文学领域中了，其趋势是要打通文理两大学科的通道，在不同学科之间交叉、融合、渗透，形成新的研究理论与方法。在科学高度发展的今天，文学研究需要借助其他学科尤其是理工科的经验、优势和资源推动文学研究。早在20世纪中叶，法国符号学家巴特说"作者死了"。半个世纪过去了，美国耶鲁大学文学教授米勒（Hillis Miller）又说"文学死了"。实际上，这两种说法反映的是21世纪文学面临的危机，以及科学技术对传统文学研究的挑战。因此，更新文学观念，打破固化传统，在科技人文观念中重构文学基本理论，才能破除文学面临的危机，推动文学研究向前发展。从科技发展的角度看，这套散论打破了文学的传统研究，引发了读者对文学的深刻思考。

七部散论还体现了一种作者们对学术价值及学术理想的追求。从散论平凡的选题和平实的语言以及细腻的讨论中,可以发现其中承载的学术责任和学术担当。散论的作者们多年来都在各自的研究领域辛勤耕耘、锲而不舍,为了一个共同的学术梦想砥砺前行,做出了重要贡献。他们都能够以谦逊的精神细心研究平凡的问题,用朴实的文字同读者交流,追逐共同的学术梦想。他们不是在功利主义的驱动下而从事学术研究,而是中国学人的精神品格促使他们承担一份自己的责任。因此,散论的淳朴文风值得称道,学术价值值得肯定。当然,散论的研究只是文学研究的基础性建构,这对于建设文学这座艺术大厦是远远不够的,但是它们作为建造这座大厦的一砖一石又是不可缺少的。只要每一位学人都贡献一块砖石,建成这座我们期盼已久的大厦也就不会太久了。

2021 年 12 月 31 日

目录

第一篇　现代主义与中国文化

003　现代主义:东西方文化融合的艺术表现
　　　——《现代主义与东方文化》序

022　走向生命诗学研究
　　　——《走向生命诗学:弗吉尼亚·伍尔夫小说理论研究》序

039　论新时代中国外国文学批评的立场、导向和方法

060　弗吉尼亚·伍尔夫的伦理选择与中国之道
　　　——论《达洛维夫人》

083　弗吉尼亚·伍尔夫的"中国眼睛"

106　汤亭亭的跨民族视野——读《女勇士》

119　叶芝与中国诗学——论《天青石雕》
　　　W. B. Yeats's "Lapis Lazuli" and Chinese Poetics

150　华莱士·史蒂文斯的理想境界与中国古典画——读《雪人》
　　　Wallace Stevens' Ideal State of Mind and Chinese Classical Paintings

163　霍加斯出版社与英国现代主义的形成和发展

第二篇　现代主义作家作品论

- 179　美国大都市的文化标志
  ——论菲茨杰拉德的《了不起的盖茨比》
- 197　现代主义小说的古希腊神韵
  ——论弗吉尼亚·伍尔夫的《雅各的房间》
- 219　生命形神的艺术表现——论弗吉尼亚·伍尔夫的《海浪》
- 240　詹姆斯·乔伊斯的美学思想及创作实践
- 253　母性、现实与天性——读蒂莉·奥尔森的《我站在这儿熨烫》
- 263　意识流小说艺术创新论
- 279　时间长河里的航标——读普鲁斯特的《追忆似水年华》
- 292　象征的天空——读菲茨杰拉德的《了不起的盖茨比》
- 301　情爱的悲剧——读福克纳的《喧哗与骚动》

第三篇　现代主义作家论欧美文学

- 315　论古希腊文学——弗吉尼亚·伍尔夫随笔论析之一
- 331　论英国文学——弗吉尼亚·伍尔夫随笔论析之二
- 362　论法国文学——弗吉尼亚·伍尔夫随笔论析之三
- 376　论美国文学——弗吉尼亚·伍尔夫随笔论析之四
- 395　论俄罗斯文学——弗吉尼亚·伍尔夫随笔论析之五
- 420　论现代小说——弗吉尼亚·伍尔夫随笔论析之六

第一篇

现代主义与中国文化

现代主义:东西方文化融合的艺术表现
——《现代主义与东方文化》序

一、西方现代主义与东方文化的关系

在某种程度上,西方现代主义可以说是东西方文化交流达到一定程度后结出的艺术硕果。作为"对西方艺术乃至对西方整个文化传统的有意和彻底的决裂"①,西方现代主义作品频频出现描写东方物品和人物,表现东方诗学和宗教,借鉴东方艺术形式和技巧的现象,说明导致现代主义与传统"决裂"的思想不仅源于马克思、弗洛伊德、尼采、弗雷泽等西方思想家对自身文明的反思和质疑,也源于传入欧美诸国的东方物品和典籍所带来的

---

① M. H. Abrams, *A Glossary of Literary Terms* (7th Edition), Shanghai: Foreign Language Teaching and Research Press, 2004, p.167.

直观启示和思想冲击。王尔德笔下的"庄子"、庞德诗歌中的"观世音"、普鲁斯特小说中的"中国瓷器"、T. S. 艾略特诗作中的印度佛教"箴言"和"中国花瓶"、威廉·卡洛斯·威廉斯诗歌中的"五绝七律"形式、乔伊斯小说中的"汉字书写"模式、弗吉尼亚·伍尔夫作品中的"中国眼睛"、本雅明思想中的"犹太教卡巴拉传统"、苏珊·桑塔格的美学观念中的"静默"、雷克思罗斯的诗歌中的"禅意"、玛丽安·摩尔的诗歌中的"中国绘画"之道……所有这一切都昭示了西方现代主义作家对东方文化的自觉意识、主动汲取和积极融合。

西方现代主义作品对东方文化的表现主要有两种方式。其一,瓷器、丝绸、帷幔、水墨画、茶叶、扇子、家具等富有东方情调的物品或简笔勾勒的东方人物随处出现在作品之中,有意无意地抒发想象中的东方意象和东方形象,营造出浪漫虚幻的意境或意犹未尽的神秘氛围;其二,基于创作者对中国哲学、文化、社会制度、艺术形式的了解,作品的整体构思自觉透射出东方思想,通过形式技巧、叙述视角、人物风格、主题意境等多个创作层面,隐在或显在地表现出基于东西方艺术交融之上的全新创意。这两种表现方式的差异主要源于对东方文化的观察视角的不同。前者立足于对东方物质文化的直观感知,其作品侧重以意象方式隐喻对东方文化的想象,比如马塞尔·普鲁斯特的《追忆似水年华》;后者根植于对东方精神文化的内在领悟,其作品从多个方面表现中西文化的创造性相融,比如庞德的诗歌。当然,两种表现形式的界限并非十分清晰,很多时候它们是模糊的、共存的。

西方现代主义对东方文化的表现得益于"东学西渐"的进程。以"中学西渐"为例,几千年中华物质文化和精神文化的西渐催生并促进了西方现代主义的形成和发展。

一方面,自秦汉开始,中国的陶鼎、陶鬲、青铜剑、丝绸、服饰、瓷器、茶叶等物质文化产品通过商品贸易和文化交往活动传入世界其他国家。在17、18世纪荷兰东印度公司(VOC)的全球贸易活动的推动下,中国的瓷器、绘画等文化产品开始大量进入欧洲市场。中国物品不再是欧洲王公贵族手中的珍稀宝物,更多的欧洲市民有机会欣赏、珍藏、模仿中国艺术。那时正是欧洲现代美学形成的前期阶段,在中国文化成为欧洲人生活的一部分的氛围中,中国瓷器、绘画直观呈现的生命理念、思维方式和艺术手法激发了欧洲人的想象力,荷兰乃至整个欧美的艺术开始吸收中国意象和思维,而这种新的艺术形式在19世纪末20世纪初得到了欧美艺术界的广泛认同,于是便有了西方现代主义作品中东方意象不断出现的现象。

另一方面,自元代开始,随着海陆交通逐渐便利,中国元上都开始聚集来自阿拉伯、俄罗斯、英国、法国、德国等世界各地的使节、商人、旅游者和传教士,有学识的欧洲人撰写了在华游记,从政治、社会、人文、地理、贸易、风俗等诸多方面向本国民众介绍中国的文化思想。16世纪之后,大量欧洲耶稣会会士往来于中西之间,在向中国传播基督教思想的同时,或自觉或不自觉地向欧洲介绍中国文化。他们不仅撰写介绍和研究中国文化的书籍,而且翻译重要的中国典籍。就像利玛窦、金尼阁、柏应理、冯秉正等传教士所翻译的《四书》《五经》《通鉴纲目》以各种方式影响伏尔泰、孟德斯鸠、狄德罗等西方哲学家一样,理雅各、翟理斯、阿瑟·韦理、欧内斯特·费诺洛萨、劳伦斯·宾扬等传教士和汉学家所著的有关中国的书籍和所翻译的中国经典深深影响了奥斯卡·王尔德、埃兹拉·庞德、威廉·卡洛斯·威廉斯、詹姆斯·乔伊斯、玛丽安·摩尔等西方现代主义作家。他们从中国文化中获得了深刻感悟,要么借中国思想之剑表达自己对西方弊病或缺失的批判(比如王尔德),要么借中国艺术之形全面创新西方艺术(比如庞德、威廉斯)。总之,在经历漫长的中西文化交往后,西方现代主义作品中出现了一种融中西文化为一体的创作倾向。

二、"现代主义与东方文化"的研究进展

然而,在整个20世纪的西方现代主义研究中,现代主义与东方文化之间的关系较少引起欧美学术界的关注。学者们对现代主义的内在研究主要集中在性质、术语、背景、思潮、作家、作品以及欧美国别研究等议题上,①外在研究则集中在现代主义与哲学、现代主义与文化经济、现代主义与文化政治、现代主义与性别、现代主义与视觉艺术、现代主义与电影等跨学科审视上。② 西方批评界对西方现代主义的核心共识基本锁定在艾布拉姆斯在《文学术语汇编》中对该术语所做的界定,即西方现代主义思想和形式上的剧变源于尼采、马克思、弗洛伊德等西方思想家对西方社会结构、宗教、道德、自我等传统理念的确定性的质疑。③ 也就是说,19世纪末20世纪上旬现代主义者们的全球性开放视野和胸怀并没有获得20世纪西方批评家的关注,西方现代主义研究大都限定在西方主流研究方法和理论视野之中。

直到20世纪八九十年代,西方批评界开始有学者自觉研究东

---

① 马·布雷德伯里 & 詹·麦克法兰:《现代主义》,胡家峦等译,上海:上海外语教育出版社,1992年。

② Michael Levenson, *Modernism*, Shanghai: Shanghai Foreign Language Education Press, 2000.

③ M. H. Abrams, *A Glossary of Literary Terms* (7th Edition), Shanghai: Foreign Language Teaching and Research Press, 2004, pp.167 - 168.

方文化与西方现代主义的关系,不仅翔实论证了"西方现代主义的形成和发展曾受到东方文化的影响"的事实,而且在反思萨义德的东方主义理论的基础上开启了东西方研究的新视角。美国新奥尔良大学钱兆明教授的专著《东方主义与现代主义》(1995)是研究初期最具影响力的著作,他在序言中将自己的研究与萨义德的东方主义理论做了比较,揭示了"现代主义与东方文化"研究的基本特性:

> 对萨义德而言,东方特指穆斯林的东方。对我而言,东方指称远东,特别是指中国。如果说直到19世纪初期,东方"只确切指称印度和圣经之地"(萨义德),那么到20世纪初期,东方则指称中国和日本。的确,对重要现代主义者叶芝、庞德、艾略特、威廉斯、史蒂文斯和摩尔而言,他们的文学模板的丰富源泉来自远东而不是近东。因此,研究远东对现代主义的影响无疑具有更为重要的意义。对萨义德而言,"东方主义是一种文化和政治事实……"。因此他的研究涵盖多维度的复杂体系。对我而言,它只是一种文学研究。我所理解的文学东方主义不是一个抽象的术语,而是指具体的中国诗人——屈原、陶潜、李白、王维和白居易……现代主义作家庞德、威廉斯通过费诺洛萨、翟理斯和阿瑟·韦理与中国伟大诗人进行了对话。对萨义德而言,"东方几乎是欧洲人的杜撰",是西方用以界定自身的重要他者文化……然而考虑到庞德和威廉斯对中国的热诚,我认为这一思维模式是有局限的。首先,庞德与威廉斯并不相信西方文化至上。其次,东方之所以吸引两位诗人是因为东方带给他们的是亲和力而不是差异性……在本研究中,中国和日本不是被视为西方的陪衬,而是现代主义

者实现自身的确切例证。①

这一段话阐明了"现代主义与东方文化"研究的三个主要特性：(一)研究范畴上，重点揭示中国、日本等远东文化(特别是中国文化)对西方现代主义的影响。(二)研究焦点上，重在文学研究而不是做政治文化论辩，聚焦于远东文化中具体的诗人、作品、技巧对西方现代派个体作家的影响及影响的途径。(三)研究立场上，重在揭示西方现代主义与东方文化之间借助西方传教士、汉学家的书籍而展开的文学对话，以及该对话在创作中的表现。

如果说萨义德的东方主义理论旨在以东方人的目光反观西方文化，对西方的帝国主义、种族主义和殖民主义做出宏观的文化政治批判，那么"现代主义与东方文化"研究通过揭示真实的东西方文化交流在西方现代主义作品中的微观表现，旨在对西方现代主义的创新做出新的阐释。前者从社会、历史、政治、种族等多维视角出发，揭示西方对东方的话语建构性，以及这种建构性背后的文化霸权机制和所导致的问题、困境；后者以东西文化实际交往的史料为证，阐明东西方文化之间的亲和力，重在论证并揭示东西方对话的积极作用。从某种程度上说，后者是对前者的一种推进，昭示着东西方研究从问题走向对话的发展趋势。

这一时期，西方批评界的"现代主义与东方文化"研究充分体现了聚焦远东，探讨创作影响和文学对话的三大特性。除了钱兆明的《东方主义与现代主义》翔实论证了屈原、王维以及道家思想

---

① Qian Zhaoming, *Orientalism and Modernism*: *The Legacy of China in Pound and Williams*, Durham: Duke University Press, 1995, pp.1 - 2.

对庞德的影响和李白、白居易还有汉诗技巧对威廉斯的影响外,①其他有影响力的专著在此前后陆续出版。威廉·贝维斯的《冬天的心境:华莱士·史蒂文斯、禅定与文学》(1988),探讨了佛教对西方现代主义作家史蒂文斯的影响。②钱兆明的《现代主义与中国美术》(2003),以英美博物馆的展品与文献证明庞德、华莱士·史蒂文斯、玛丽安·摩尔等西方现代派作家接触东方文化始于中国古字画、青铜器、瓷器等,他们在文学创新中借鉴了中国美学思想与创作技巧。③帕特里夏·劳伦斯的《丽莉·布里斯科的中国眼睛:布鲁姆斯伯里文化圈、现代主义与中国》(2003),探讨英国"布鲁姆斯伯里文化圈"与中国"新月派"之间的影响关系和文学对话。④钱兆明的《庞德的中国朋友》(2008),以翔实的文献证明庞德一生所结识的大量中国教育家、哲学家、汉学家、诗人朋友曾参与他涉及中国文化的诗歌创作。⑤在萨比娜·斯尔克等人主编的《美国诗人与诗学中的东方和东方主义》(2009)中,15位西方学者研究了19、20世纪美国诗歌和诗学中的中国、印度、犹太等东方文化元素和思想。⑥另外还包括罗伯特·克恩的《东方主义、现代主义和美国诗

---

① Qian Zhaoming, *Orientalism and Modernism: The Legacy of China in Pound and Williams*, Durham: Duke University Press, 1995.
② William Bevis, *Mind of Winter: Wallace Stevens, Meditation, and Literature*, Pittsburgh: University of Pittsburgh Press, 1988.
③ Qian Zhaoming, *The Modernist Response to Chinese Art: Pound, Moore, Stevens*, Charlottesville: Virginia University Press, 2003.
④ Patricia Ondek Laurence, *Lily Briscoe's Chinese Eyes: Bloomsbury, Modernism and China*, Columbia: The University of South Carolina Press, 2003.
⑤ Qian Zhaoming, *Ezra Pound's Chinese Friends*, Oxford: Oxford University Press, 2008.
⑥ Sabine Sielke & Christian Kloeckner, ed., *Orient and Orientalisms in US-American Poetry and Poetics*, Frankfurt: Peter Lang GmbH, 2009.

歌》(1996)①、玛丽·佩特森·屈德尔的《庞德的儒家翻译》(1997)②、辛西娅·斯坦梅的《玛丽安·摩尔与中国》(1999)③和钱兆明的《庞德与中国》(Qian 2003)④等。用具体的史料进行翔实的论证是这些专著的基本特点,它们对于东方文化曾对西方现代主义的形成和发展产生影响的事实做出了扎实的论定。

同一时期,伴随着论著的出版,专题性的国际学术研讨会相继召开。"现代主义与东方文化国际学术研讨会"分别在美国耶鲁大学(1996)和英国剑桥大学(2004)召开,引发国际学术界对本专题的广泛关注。耶鲁研讨会宣读的论文包括:《日本翻译者费诺洛萨对中国诗歌的翻译》《美国诗人史蒂文斯与中国艺术》《英国诗人叶芝与日本戏剧》《英国现代主义作家斯特恩与中国》《英国诗人庞德与中国》等。参会的教授和学者约 30 位,来自美国耶鲁大学、德国贝鲁斯大学等。剑桥研讨会宣读的论文包括:《伯格森与老子》《田汉研究》《美国诗人庞德与 Paul Fang》《梅兰芳在美国》《徐志摩和萧乾与朱利安·贝尔》《鲁迅与西方现代主义文学》《西方人眼中的中国形象》等。参会的教授和学者约 50 位,分别来自巴西大学、美国斯坦福大学、美国纽约城市大学、中国香港大学、英国剑桥大学等。在这两次研讨会上,远东文化(特别是中国文化)对西方现代主义的影响以及东西方文学的对话是学者们关注的焦点。

在中国批评界,比较文学领域最先开展中西文学对比和"中国

---

① Robert Kern, *Orientalism, Modernism and the American Poem*, Cambridge: Cambridge University Press, 1996.

② Mary Paterson Cheadle, *Ezra Pound's Confucian Translations*, Ann Arbor: University of Michigan Press, 1997.

③ Cynthia Stamy, *Marrianne Moore and China: Orientalism and a Writing of American*, New York: Oxford University Press, 1999.

④ Qian Zhaoming, ed., *Ezra Pound and China*, Ann Arbor: University of Michigan Press, 2003.

形象"研究。20世纪八九十年代,曾出现以主题形式比较为主要特征的中外文学对比研究,以伍尔夫研究为例,伍尔夫与萧红、伍尔夫与张爱玲、伍尔夫与丁玲等平行比较曾得到探讨,但研究的力度和影响力较弱。[1] 伴随着萨义德的东方主义和后殖民主义理论的盛行,多元文化、文化对话、文化形象等议题引发人们的关注。[2] 欧洲的"形象学"理论被翻译引进。[3] 这一切都推动了外国文学作品中对"中国形象"的研究,它依循萨义德的东方主义理论和法国理论家莫哈和巴柔的形象学理论,重点探讨西方视野中的中国形象的想象性和建构性,[4]尝试从文学作品的直接描绘或间接涉及中国的片段中推导出西方对中国的"总体认识"。[5] 所发表的论文或笼统阐发美、英、法等国别文学中的"中国形象",或细致剖析谭恩美、汤婷婷等海外华裔作家作品中的"中国形象",或探讨赛珍珠的作品,也探讨西方传教士利玛窦、平托等人的游记中的"中国形象",对西方作家的探讨则更多关注他们对中国的"想象",毛姆、索尔·贝娄、杰克·伦敦、笛福等都有涉及。这些研究为"西方现代主义与东方文化"的展开奠定了基础。

自觉的"现代主义与东方文化"研究可追溯到1999年在北京外国语大学召开的"第18届庞德国际学术研讨会",会议的主题是

---

[1] 高奋:《新中国六十年伍尔夫小说研究之考察与分析》,《浙江大学学报》2011年第5期,第88—89页。
[2] 比如"文化对话与文化误读"国际学术研讨会(1995)在北京大学召开,随后出版的会议论文集《文化传递与文学形象》(乐黛云、张辉主编,北京大学出版社,1999)中发表了30余位中外学者的文章,探讨"文化相对主义与多元文化""文化对话与文化误读""文学形象与文学翻译""后现代与文化身份"等议题。
[3] 孟华主编:《比较文学形象学》,北京:北京大学出版社,2001年。
[4] 比如周宁的《永远的乌托邦——西方的中国形象》(2000),着重探讨几千年来西方的"中国形象"不是天堂就是地狱的虚构性,指出"中国形象"只是映照西方价值观的一面镜子。另有八卷本"外国作家与中国文化"丛书,葛桂录、钱林森、卫茂平、汪介之等分别出版了关于英、法、德、俄等国作家与中国文化的专著。
[5] 孟华主编:《比较文学形象学》,北京:北京大学出版社,2001年,第154页。

"庞德与东方"。来自美国、加拿大、日本、韩国、德国、瑞士、英国、意大利、丹麦等国的 63 位国际学者和 17 名中国学者研讨了"庞德对中国文化的解读""中国古诗词对庞德的影响""庞德与孔子""庞德与日本"等议题。①

2009 年,"首届中国现代主义与东方文化学术研讨会"在浙江大学召开,开启了本专题在中国境内的第一次大规模研讨。来自北外、人大、浙大、中山大学、美国新奥尔良大学等 28 所高校的近 80 位专家学者研讨了"美国现代派诗人与中国""庞德与中国诗歌""卡夫卡与中国""伍尔夫与中国""艾略特与佛教""贝克特与中国音乐"等议题,涉及文学、文化、哲学、宗教、音乐、美术等多个领域。②

2010 年,"第三届现代主义与东方文化国际学术研讨会"在浙江大学召开,作为耶鲁大学和剑桥大学的同题国际研讨会的延续,本次会议进一步在国际范围内推进了本专题研究。会议由浙江大学英语文学研究所、美国新奥尔良大学文学院、杭州师范大学外语学院、上海外国语大学联合主办。来自美国哈佛大学、英国牛津大学、德国波恩大学、法国阿维尼翁大学、加拿大不列颠哥伦比亚大学、日本名古屋大学、韩国东国大学、香港城市大学、中国社会科学院、中国人民大学、南京大学、北京师范大学、上海交通大学、上海外国语大学、中国传媒大学等 90 余所国内外高校与研究机构的 130 余名专家学者参加了本次研讨会。参会专家分别来自 12 个国家,包括 6 个东方国家和 6 个西方国家,从文学、音乐、美术、哲学、建

---

① 张剑:《第十八届庞德国际学术研讨会》,《当代外国文学》1999 年第 4 期,第 127 页。

② 彭发胜、洪小理:《首届中国现代主义与东方文化研讨会综述》,《外国文学》2009 年第 4 期,第 47 页。

筑、宗教、诗学等多个学科角度探讨了现代主义与东方文化的关系。①

三、"现代主义与东方文化"的当前研究特征及未来趋势

本论文集从2009年和2010年的两次研讨会中精选了17篇论文,深入研究东西方文化交融在西方现代主义诗学、诗歌和小说中的阐发和表现。

香港中文大学张隆溪教授的论文《选择性亲和力——王尔德读庄子》透过奥斯卡·王尔德对翟理斯翻译的《庄子》的回应,剖析了王尔德批评论文中诸多关于庄子的评论的真实用意,指出王尔德意在用庄子这位中国哲学家的思想批判自己那个时代的英国中产阶级价值观和现代政治体制。②

中国人民大学郭军教授的论文《本雅明的"两面神"精神之价值与意义》揭示了本雅明思想范式的"两面神"特性,即犹太教卡巴拉传统与马克思主义的独特结合。两者看似矛盾,实则在本氏思想体系中却互为养分,互相强化,因为前者并不是神学阐释,而是激进的文化批判视角,其激进之处在于,从救赎的角度反观现代性的破败,振聋发聩。

浙江大学高奋教授的论文《中西诗学观照下的伍尔夫"现实观"》探讨了弗吉尼亚·伍尔夫的"现实观"与中国诗学思想的相通之处。她指出:伍尔夫以独特的方式剥离了缠绕在西方诗学的"客

---

① 彭发胜:《"现代主义与东方文化国际学术研讨会"综述》,《外国文学评论》2010年第3期,第237—239页。2010年国际研讨会上国际学者的英文版论文将发表于:Qian Zhaoming, ed., *Modernism and the Orient*, New Orleans: University of New Orleans Press, 2012(注:实际出版时间为2013年,本文发表时该书尚未出版)。包括本论文集中张隆溪、纳达尔、弗洛拉、布什的论文。

② 该文发表于《浙江大学学报(人文社会科学版)》2012年第3期,第74—84页。

观现实"和"主观现实"中的认知成分,将"现实"还原为直觉感知与客观实在物的契合,其艺术表现为主体精神与客观实在物的合一,与中国传统诗学的"感物说"和"观物取象"内蕴相通。①

云南师范大学郝桂莲副教授的论文《禅话"静默"》从禅宗视角解读了苏珊·桑塔格的"静默"思想的内涵。她指出,禅宗思想中对语言的不信任,对禅定的应用以及最终的解脱可以看作对桑塔格"静默美学"的最好注解,因为在桑塔格看来,现代艺术不是要最大限度地运用语言进行思想告白,而应该是一种"解脱"和"修炼",以便引发"凝望",接近永恒,最终走进"静默"。

牛津大学罗纳德·布什教授的论文《20世纪西方与中国的同化:美国诗人庞德〈比萨诗章〉中的"观音"想象》着重探讨了庞德《比萨诗章》中"观世音"意象的内涵。论文追踪庞德的"观世音"意象的最初来源(即汉学家宾扬和费诺洛萨的著作),剖析庞德未发表的战时意大利手稿将"观世音"与圣母玛利亚合一的意蕴,解读庞德《比萨诗章》的手稿笔记中"观世音"的"柳枝"的"治愈力"内涵,最终阐明庞德的"观世音"象征着"上天的慈悲情怀和自然的治愈能力"。②

美国新奥尔良大学与杭州师范大学钱兆明教授在《威廉斯的诗体探索与他的中国情结》中探讨了美国现代派诗人威廉·卡洛斯·威廉斯在新诗体探索过程中对李白、白居易的五绝七律的借鉴。论文用大量文献资料,结合中英诗歌比较,论证了中国古体诗与威廉斯"立体短诗"之间的渊源关系。③

中国人民大学孙宏教授的论文《论庞德对中国诗歌的误读与

---

① 该文发表于《外国文学》2009年第5期,第37—44页。
② 该文发表于《浙江大学学报(人文社会科学版)》2012年第3期,第40—73页。
③ 该文发表于《外国文学》2010年第1期,第57—66页。

重构》针对学术界对庞德翻译的中国古典作品褒贬不一的现象,指出庞德在汉诗英译的过程中坚持不懈地探索对语言进行处理的有效方法,为翻译理论和实践做出了前所未有的贡献。他不是拘泥于每一个词、每一个语法点的翻译,而是致力于对原作含义的再创作,力求传达中国诗歌的神韵,因此庞德的译作是在创作的意义上对中国古典作品的重构。①

北京外国语大学张剑教授的论文《艾略特与印度:〈荒原〉和〈四个四重奏〉中的佛教、印度教思想》指出,在艾略特的《荒原》中,基督教、佛教、希腊神话、东方生殖崇拜、渔王神话等多种思想融合在一起,构成了艾略特的诗歌隐喻。然而,在艾略特的后期诗作中,基督教与其他宗教的地位对比和关系发生了变化。他更多地用佛教和印度教阐释基督教的教义,或者将它们视为基督教教义的另一种表现形式。②

浙江大学何辉斌教授的论文《袁可嘉 60 年代的艾略特研究》探讨了中国学者袁可嘉在 20 世纪 60 年代对西方现代主义的批判和肯定,指出他的研究反映了中国学者在特定的学术环境中对西方现代主义的接受与反应。

杭州师范大学曹山柯教授的论文《"山光悦鸟性,潭影空人心"——试论雷克思罗斯诗歌的禅意特色》探讨了美国诗人肯尼斯·雷克思罗斯的诗歌创作和翻译思想中的禅意特色。他指出:雷克思罗斯的"同情"理念在很大程度上吸收了中国古代诗学思想;他的诗歌中的"中国情结"源于发自内心的对中国文化的热爱;他诗歌中的禅意与现代主义精神紧密相连,表达了对现实世界的

---

① 该文发表于《外国文学》2010 年第 1 期,第 48—56 页。
② 该文发表于《外国文学》2010 年第 1 期,第 39—47 页。

拒绝和对心灵世界的向往。

浙江外国语学院青年教师姜希颖在论文《玛丽安·摩尔的诗歌和中国绘画之道》中探讨了美国诗人玛丽安·摩尔的诗歌与中国绘画艺术和道家思想的关系。她认为,摩尔的早期代表作《鱼》在形式、内容、表现手法上与中国绘画有着异曲同工之妙;其晚期诗歌代表《告诉我,告诉我》则表现了拒绝浪漫自我,到大自然中寻找避难所的呐喊,与道家思想相通。

湖南第一师范学院邓绍秋副教授在论文《禅宗圆融哲学对美国现代诗歌的渗透》中,探讨了美国现代诗人对禅宗圆融哲学的兴趣和受到的影响,指出美国诗人接受禅宗圆融哲学的途径是阅读翻译、学术交流和禅宗修炼;禅宗圆融哲学对美国现代诗歌的影响表现在境界生成、语言运用和结构颠覆三个方面。

浙江大学青年教师卢巧丹和瞿振元在论文《庞德英译李白诗歌时的异化与归化策略选择》中通过对比分析庞德《华夏集》的诗歌原文、费那罗萨笔记,以及庞德译文中的专有名词翻译、典故翻译、句子结构转换、意象再现等,揭示了庞德以异化翻译策略为主兼用归化策略的翻译特征,旨在保留中国文化和古典诗歌的艺术特征,再现原诗的意象。

加拿大大不列颠哥伦比亚大学艾拉·B. 纳达尔教授的论文《现代主义书页:乔伊斯与汉字书写的图形设计》在"东学西渐"这一漫长而广阔的历史背景中揭示了詹姆斯·乔伊斯的小说页面与汉字印刷的视觉形式相似的缘由。他首先详尽探讨了乔伊斯了解中国的多种途径:他所接受的耶稣会教育体系与中国古典教育体系相似;他阅读了诸多由传教士书写的中国介绍和东方游记;他所处的西方流行文化充满了中国的建筑、陶瓷、书画、丝绸、壁挂、服饰等;他所居住的城市中,人们对东方文化充满迷恋和兴趣;汉字独特的表意性曾激起几代欧洲人的兴趣,也吸引着乔伊斯。然后他阐明了汉字独特的印制方式和视觉效果帮助乔伊斯确立了他的文本观和图像式页面。①

美国西北大学克里斯汀·弗洛拉教授的论文《普鲁斯特的中国》以普鲁斯特笔下的人物临终前凝视着17世纪荷兰画家维梅尔的著名画作这一场景为解读对象,层层剖析,揭示了普鲁斯特心目中的中国的重要价值。这一场景折射出17世纪荷兰东印度公司运送到荷兰的大量中国瓷器和画作,以及中国艺术对维梅尔等画家乃至对欧洲现代美学的影响。透过这一场景,我们不仅可以看到东西方文化艺术的联结是在世界贸易的基础上产生的,而且可以看到20世纪现代主义作家在追寻新的历史感的时候对维梅尔及其画作中的中国元素的关注。东西方文化的杂交、同化、创造性改写和本土化通过这一场景而得到了昭示。②

北京第二外国语学院刘燕教授的论文《渴慕、猎奇与同情:〈尤利西斯〉中的中国形象》用形象学研究理论分析了乔伊斯的《尤利西斯》中的中国形象。论文指出,主人公对中国的浓厚兴趣与奇异想象、同情与渴慕,体现了超越欧洲中心主义,倡导世界主义的全球视野和情怀。③

浙江大学青年教师孙艳萍的论文《在象牙门与兽角门的交叉路口追寻道德要义——评德拉布尔的〈象牙门〉》指出,德拉布尔在《象牙门》中首次探讨了英国以外的东方世界,体现出强烈的当下意识。小说通过细察20世纪80年代的英国和东南亚的痛苦,表现了作家在多元而破碎的现实世界对一个关注道德的虚构世界的创

---

① 该文发表于《浙江大学学报(人文社会科学版)》2012年第3期,第5—30页。
② 该文发表于 Modernism/Modernity 2009年第5期。
③ 该文发表于《外国文学》2009年第5期,第59—67页。

造,也表现了人物在缺乏统一准则和规范的社会中对道德的抉择和回归。①

上述论文表明,当前研究在方法、意识、重心和境界上得到拓展,其特点表现为:

其一,在研究方法上,学者们更注重从东学西渐的历史背景入手,对西方现代主义作品中的东方元素做出全面而充分的文化研究,文学解读的广度和深度大大扩展。

比如纳达尔和弗洛拉的论文,它们所做的文化研究比较透彻,因而结论深刻。前者追溯了16世纪欧洲耶稣会会士进入中国之后,中国文化西渐融入欧洲人的生活和思想的历史进程,从教育、书籍、文化、生活、文字、印刷术等多个层面揭示出乔伊斯的小说页面的东西文化交融特性及其深层历史内涵;后者首先追溯了17世纪荷兰东印度公司全球化贸易带给欧洲的东方文化冲击,接着又从20世纪的西方对17世纪西方艺术中的中国元素的认同和接纳出发,回溯东方文化与西方本土文化的交融过程和思想催生过程。基于东学西渐的文化史平台,两篇论文透视文学形式与场景,不仅还原了东西文化思想交往和融合的全过程,而且揭示了西方现代主义文学的产生过程和内在本质。当前中国外国文学研究界正在积极呼唤"文化转向"②,欧美现代主义研究则日益重视对东方文化的解读,③在这一发展态势中,对西方现代主义作品的东方文化解读将会获得进一步的推进。

---

① 该文发表于《外国文学研究》2010年第4期,第101—109页。

② 详见《"'文化转向'与外国文学研究"全国学术研讨会发言选辑》,《外国文学评论》2011年第4期,第186—227页。

③ 在西方现代主义作家作品研究中,越来越多的著作开始包含对作家作品的东方文化解读。比如在 Ira B. Nadel, *Ezra Pound in Context*, Cambridge: Cambridge University Press, 2010 中出现了从"东方""孔子"的视角切入研究的论文。

其二,在研究意识上,学者们注重揭示现代主义诗学思想背后的东西文化交融特性,阐明东西方思想碰撞正是催生新诗学的途径。

这些论文将研究聚焦于揭示西方现代诗学的东西兼容背景,采用整体观照的研究方法,自觉认识到研究对象的复杂性和动态性,在研究过程中坚持从感到悟的兼容和洞见,而不是用理性去判断、取舍或规约,因而能够揭示出思想产生过程中的中西对话互动特性。"在物质主义、规约主义、本质主义和基础主义都受到严重的批评"①的当代研究取向中,这一基于感知的综合研究意识将日益成为更多学者的自觉意识。

其三,在研究重心上,学者们重点关注现代主义作品在形式、技巧、主题上的东西兼容的重构特性。

这些论文的共性在于揭示现代派创作中东西兼容的重构特性。不论是对威廉斯"立体短诗"的形式探源,还是为庞德的创造性翻译正名,还是对艾略特诗歌中多元思想融合的特性的揭示,这些论文不仅揭示了文学创作的东西方对话特性,而且揭示了创造性重构对文学作品的形神兼备的意义和价值。略有欠缺的是,目前对现代主义作品的研究主要集中在庞德、艾略特等重要作家作品上,更多的作家作品的创意需要去关注,去揭示,这也正是本专题研究的未来发展趋势。

其四,在研究境界上,学者们对东方意象和思想的解读表达了超越欧洲中心主义和人类中心主义的心境。

这些论文的共性在于揭示西方现代派作品的超越意境。无论是揭示庞德的"观世音"融基督教与佛教为一体,还是阐明乔伊斯

---

① 杜维明:《21世纪儒学面临的五大挑战》,《新华文摘》2012年第5期,第36页。

作品中中国形象的正面定位,均说明批评家已经充分感应并认同现代主义作品超越二元对立的心境,体现了中西批评界旨在实现东西方融合以及人与自然融合的积极取向。

结　语

作为文学研究中的一个新兴专题,"现代主义与东方文化"研究是值得予以特别关注和重视的。在研究立场上,它不像萨义德的东方主义理论那样止步于揭示文化误读背后的政治文化意图,也不像形象学理论那样止步于以形象片段提炼对异国的总体认识,因此它没有停滞于对文化误读的理想化或妖魔化的批判中。它重在以具体的作家作品来阐释两种文化之间的亲和力、互补性,以及两种文化之间的误读所带来的创造性、重构性和超越性。它所持的研究立场已经超越了价值判断的束缚,因而它能够突破以东方价值观批判西方的狭隘性,却在不自觉中陷入东方中心主义和民族主义的重蹈覆辙的循环。它知道文化误读和文化缺憾都是难免的,重要的是要超越对文化优劣的臆想和评判,关注多元文化之间的互识、互补、互通和共融。在文学批评的方法论上,它没有陷入理论批评的怪圈,使批评成为某种理论的实验场;也没有落入彰显自我批评姿态的陷阱,使批评成为标新立异的工具;而是以实证研究、文化研究、整体研究拓展并推进形象学理论、东方主义理论所开辟的东西方文化研究领域,为有效推进东西方对话和交流,探索人类思想的发展开启鲜活的视窗。在文学思想的探讨上,它没有局限于民族主义、地区主义和人类中心主义,而是着重揭示基于文化融合基础之上的文学形式和文学思想的价值。当然它的研究范畴是有局限的,仅限于"西方现代主义"的东方意象和东方思想是不够的;它的研究规模较小,在国际国内均处于起步阶段;它以批评实践为重,对自身的总结和探讨较少。然而它的开放立场、扎实方法和超越心境使它的研究充满生命力,值得推崇。

(高奋:《现代主义与东方文化》,浙江大学出版社,2012年,序言。另载《浙江大学学报(人文社会科学版)》2012年第3期,论文题目为《"现代主义与东方文化"的研究进展、特征与趋势》。)

走向生命诗学研究
——《走向生命诗学:弗吉尼亚·伍尔夫小说理论研究》序

本专著首先整体考察伍尔夫对英国文学、古希腊文学、俄罗斯文学、法国文学、美国文学的评论,以及伍尔夫作品中的"中国眼睛"的意味,揭示出伍尔夫小说理论的思想基础是审美感悟。以此为基础,本研究将伍尔夫的全部随笔与小说、自传、日记、书信等一手资料放置在中西诗学的语境中加以考察,旨在从小说本质、创作思维、作品形神、批评要旨和艺术境界五个方面梳理和阐释她的生命诗学。最终,以其代表作《海浪》为研究范例,从创作构思、内在构成、作品形式和艺术境界几个方面印证伍尔夫小说理论在作品中的实践。

一、研究语境:西方诗学和中国诗学

之所以以西方诗学为研究语境,是因为它是伍尔夫小说理论的基础和反思对象。伍尔夫的小说理论是在大量阅读、感悟和评论欧美作家作品和理论著作,不断创作文学作品的基础上构建的,西方诗学是它的根基和拓展的平台。

伍尔夫全部批评随笔共计 500 余篇,大致可分为三类。

一类是书评,评论古典的或当代的、知名的或不知名的作家作品,涉及英国、俄罗斯、法国、美国、古希腊、中国、日本等多个国家的文学。其中有纵论某一国别文学的,比如:《论不懂希腊》《俄罗斯人的视角》《论美国小说》;也有评论某文学时期的,比如:《伊丽莎白时代的戏剧读后感》《现代小说》《现代散文》;绝大多数随笔是评论某特定作家作品的,比如:《帕斯顿家族和乔叟》《沃尔特·司各特爵士》《艾迪生》《鲁滨逊漂流记》《斯特恩》《简·奥斯丁》《〈简·爱〉与〈呼啸山庄〉》《德·昆西自传》《大卫·科波菲尔》《乔治·梅瑞狄斯的小说》《亨利·詹姆斯》《乔治·艾略特》《托马斯·哈代的小说》《约瑟夫·康拉德》《福斯特的小说》《D. H. 劳伦斯随感》《再论陀思妥耶夫斯基》《俄罗斯背景》《屠格涅夫掠影》《蒙田》《爱默生的日记》《梭罗》《赫尔曼·梅尔维尔》等。

一类是论述性文章,探讨小说形式、批评方法、创作构思、小说现状等论题。重要文章包括:《现代小说》《班内特先生与布朗夫人》《狭窄的艺术桥梁》《小说的艺术》《小说观概》《我们该如何读书》《倾斜之塔》等。

一类是散文,阐发作者对生命和文学的深切领悟。重要随笔包括:《飞蛾之死》《瞬间:夏夜》《街头漫步:伦敦历险》《夜幕下的苏塞克斯》《太阳和鱼》等。

伍尔夫的文学作品包括:9 部小说、2 部论著、3 部传记、44 篇短篇小说。

另外还包括:5 卷日记集、5 卷书信集以及一些未完成的手稿。

在漫长而多产的文学创作和文学评论的过程中,她充分领悟了西方经典的精髓,广泛阅读、反思和洞察西方诗学的优势与局限,尽力拓展文学创作和小说理论的多种可能性。

伍尔夫所反思和质疑的西方诗学核心理念之一是修辞学研究方法。修辞学、语言学是西方诗学的基本研究方法。诚如钱穆所言:"西方文化主要在对物,可谓是科学文化,中国文化主要是对人对心,可称之为艺术文化。"①西方诗学对文学的研究是一种对"物"的科学研究,被称为"文学科学",②其研究的主要范畴是文学文本的修辞或语言结构。自从亚里士多德在完成《修辞学》后成功撰写《诗学》以来,西方文艺界对亚里士多德"更多以逻辑学家和理论家的身份"③思考并撰写的《诗学》推崇备至。《诗学》相对于西方诗学,如同《圣经》相对于西方文化。在亚里士多德的《诗学》中,摹仿说是主导整部《诗学》的核心思想,修辞学则为阐明其诗学理论提供了"推理论证"④的研究方法,和从类属、功能、结构安排、组成部分到具体语言问题⑤的研究框架。自西塞罗、贺拉斯至中世纪,西方诗学"一直被包括在修辞学的范畴内,而在实践中,修辞学对于诗艺的主导地位从来不曾受到质疑"。⑥16、17 世纪,诗学依然与修辞学"结盟"。⑦18、19 世纪,西方诗学的研究对象从审美客体过渡到审美主体的感觉。文艺界对灵感、想象、趣味和美的兴趣远远超越对诗艺的兴趣,然而人们对亚里士多德的《修辞学》的重视并没

---

① 钱穆:《现代中国学术论衡》,长沙:岳麓书社,1986 年,第 239 页。
② 让·韦斯格尔伯:《20 世纪》,载让·贝西埃、伊·库什纳等主编:《诗学史》,史忠义译,天津:百花文艺出版社,2001 年,第 806 页。
③ 弗朗西斯科·德拉科尔特、伊娃·库什纳:《古代诗学》,载《诗学史》,第 29 页。
④ 亚里士多德:《修辞术》,载苗力田主编:《亚里士多德全集》(卷 9),北京:中国人民大学出版社,1997 年,第 336 页。
⑤ 亚里士多德:《诗学》,载苗力田主编:《亚里士多德全集》(卷 9),第 641 页。
⑥ 达尼埃尔·雷尼埃-博莱:《中世纪诗学》,载《诗学史》,第 65 页。
⑦ 弗朗索瓦·科尔尼利亚、乌尔里克·兰格:《16 世纪的诗学史》,载《诗学史》,第 225 页。

有减弱。修辞学和诗学始终如影随形。①20世纪无疑是西方诗学思想最丰富的世纪。其诗学思想最接近科学,然而参照最多的思想家依然是亚里士多德,②只是对文本的研究已经不再依据修辞学理论,而是依据一门新兴学科,即语言学。③美国著名批评家乔纳森·卡勒曾在其颇见功力的著作《文学理论》(Literary Theory: A Very Short Introduction, 1997)中将西方文学研究的两种基本模式概括为诗学模式和阐释学模式。诗学模式也可称为语言学模式,它以某种确定的意义为出发点,通过分析作品的语言、结构、技巧等来论证这种意义的可行性;阐释学模式从性别、社会、精神、文化和政治等特定视角出发,解释文本,以赋予作品新的意义。④前者即西方传统诗学模式,重在剖析作品内在构成元素与意义之间的关系;后者为西方20世纪的主导批评模式,重在依据某种认识论觅得作品的新内涵。而法国著名批评家伊夫·塔迪埃(J. Y. Tadie)则将珀西·卢伯克(Percy Lubbock)、福斯特(E. M. Forster)和韦恩·布斯(Wayne C. Booth)等注重分析小说内在技巧和结构的批评家划为20世纪小说诗学的英美学派。⑤ 总而言之,在西方诗学中,文学作品一直被视为理性所认知的"物",其语言文本是被剖析的主要对象。伍尔夫不仅以艺术家的感悟观照和批评数百部文学作品,而且直言不讳地对修辞研究法提出质疑,其目标正是想在西方根深蒂固的理性认知方法之外,为由感及悟式

---

① 参见弗朗索瓦·克洛东:《浪漫主义诗学》,载《诗学史》,第512—570页。
② 参见让·韦斯格尔伯:《20世纪》,载《诗学史》,第662页。
③ 参见让·韦斯格尔伯:《20世纪》,载《诗学史》,第730页。
④ Jonathan Culler, *Literary Theory: A Very Short Introduction*, Oxford: Oxford University Press, 1997, pp.61 - 62.
⑤ 让-伊夫·塔迪埃:《20世纪的文学批评》,史忠义译,天津:百花文艺出版社,1998年,第258—266页。

的审美思维争得一席之地。

伍尔夫所反思和质疑的西方诗学核心理念之二是摹仿论。摹仿论是西方诗学的支柱。由于理性认知模式根深蒂固,西方诗学一开初便面临着"诗是真实还是谎言""诗应该以乐为本还是以教育为本"等基本难题。①对真实的追求和对道德的重视使柏拉图将诗歌置于从属于道德的位置,他甚至愿意为育人而将诗人逐出理想国。亚里士多德从文学与现实的关系出发阐释文学的本质,提出摹仿说,指出诗人或摹仿过去、现在的真实事件,或摹仿传说、设想的事,或摹仿应该发生的事,由此他确立了文学的现实性本质。同时,亚里士多德以"净化说"(catharsis)赋予文学以道德的力量,充分强调文学用恐惧和怜悯来净化心灵的作用。②西方诗学的核心思想由此奠定。虽然由于种种原因,《诗学》原著曾一度在西方文化中缺席,③然而贺拉斯的《诗艺》依然为文学擎起"寓教于乐"的旗帜,捍卫了文学的存在价值。④16 世纪以后,亚里士多德的摹仿说和净化说再度广泛传播,并依据时代和文化的需要被进一步阐释,文学成为再现生活和启蒙道德的重要介质。文学的摹仿对象不断在现实生活、文学经典、自然、内在情感和精神、心理意识之间摆动,现实的"事件"与内在的"激情"是钟摆的两极。虽然曾出现突破摹仿说的思想家,他们(比如德国的赫尔德、英国的柯勒律治)视

---

① 弗朗西斯科·德拉科尔特、伊娃·库什纳:《古代诗学》,载《诗学史》,第 5—12 页。
② 参见亚里士多德:《诗学》,载苗力田主编:《亚里士多德全集》(卷 9),第 641—688 页。
③ 亚里士多德的《诗学》直至 1278 年才由纪·德·莫尔贝克译成拉丁文。
④ 参见弗朗西斯科·德拉科尔特、伊娃·库什纳:《古代诗学》,载《诗学史》,第 17—42 页。

文学为表现人的想象力、精神和无意识的符号和象征,①但是从漫长的文艺史来看,摹仿说的主导位置牢不可破。"再现说"和"表现说"所变动的主要是摹仿的对象,真正意义上的"表现"并不多见。关于这一点,卡西尔的《人论》和苏珊·朗格《情感与形式》曾予以详细论述。与摹仿说紧紧相随的是文学伦理学,作为一种支撑,有力地擎起了西方诗学的腰杆。总而言之,作为西方诗学的核心,摹仿说始终将诗学的评判标准不同程度地锁定在文学作品与所摹仿对象的一致性的标杆上,无论是语言学诗学还是阐释学诗学,都难以使文学获得真正的自主性和艺术性。伍尔夫的数百篇文学批评随笔和数十篇小说理论随笔所要突破的正是文学与现实之间的直接对应性和一致性,为文学的生命本质和艺术性争得认同的基础。

伍尔夫对西方诗学核心理念的反思和批判,是在充分汲取西方文学经典的精髓以及那些集艺术和美学为一体的艺术家诗学的基础上完成的。西方艺术家的思想在西方诗学体系中并未被严肃而认真地重视。诚如徐复观所言:"西方由康德所建立的美学及尔后许多的美学家,很少是实际的艺术家。而西方艺术家所开辟的精神境界……常和美学家所开辟的艺术精神,有很大的距离。在中国,则常常可以发现在一个伟大的艺术家的身上,美学与艺术创作,是合而为一的。"②作为 20 世纪伟大的作家之一,伍尔夫毕生探寻的正是一种集美学与艺术为一体的诗学。这一目标不仅决定了她对柯勒律治、济慈、雪莱、屠格涅夫、陀思妥耶夫斯基等文学家的美学思想的推崇,也决定了她对建立在纯粹理性认知基础上的传统诗学的反思。

---

① 参见罗兰·莫尔捷:《18 世纪的法国、德国、英国和意大利诗学》,载《诗学史》,第 385—503 页。
② 徐复观:《中国艺术精神》,上海:华东师范大学出版社,2004 年,第 4 页。

之所以以中国诗学为语境,是因为东方文学曾为伍尔夫提供超越的空间,它可以为我们的研究提供观照的光源。

为了走出西方诗学的有限空间,伍尔夫始终坚持广博而开放的国际视野。伍尔夫在创作和理论上的创新性很大程度上源于她对国际上其他文化思想的吸收和借鉴。自1904年撰写并发表第一篇批评随笔至1941年去世,伍尔夫曾大量阅读英、美、俄、法、古希腊及部分东方国家的文学作品,撰写了几百篇批评随笔。同时自1917年起的数十年中,弗吉尼亚·伍尔夫与她的丈夫伦纳德·伍尔夫所创办并经营的霍加斯出版社,不仅从奥地利、俄罗斯引进、翻译和出版弗洛伊德、陀思妥耶夫斯基、托尔斯泰、契诃夫、屠格涅夫等人的心理学、文学著作,也翻译来自德国、法国、中国、印度、非洲的作品。弗吉尼亚作为出版社的负责人之一,很大程度上参与了选题、翻译、校对、出版等流程。大量而广博的阅读既为她的创新思想的形成,也为英国现代主义的形成和发展带来了丰富的思想源泉和推进动力。

伍尔夫的国际视野虽然尚未获得西方学界的充分关注,但是已经有学者开始对此做专题研究。1995年,帕特丽莎·劳伦斯(Patricia Laurence)在《弗吉尼亚·伍尔夫与东方》("Virginia Woolf and the East",1995)一文中指出,弗吉尼亚·伍尔夫是跨文化、跨阶级的,她不仅站在连接妇女的私人领域和公共领域的桥梁上,而且站在连接不同国家的创作审美领域的桥梁上。[①] 2005年,克里斯汀·弗洛拉(Christine Froula)在专著《弗吉尼亚·伍尔夫

---

① Patricia Laurence, *Virginia Woolf and the East*, London: Cecil Woolf Publishers, 1995, p.3.

和布鲁姆斯伯里先锋派：战争、文明与现代性》(*Virginia Woolf and the Bloomsbury Avant-Garde：War，Civilization，Modernity*)中指出，伍尔夫的最大贡献就是用小说完成了走向尚未存在的文明的思想航程。①显然，正是超越自我、国籍和文明的开放意识为伍尔夫构建新诗学提供了可能的空间。

伍尔夫对中国文化的间接感知曾为其提供审美的想象空间。伍尔夫对中国文化的感知是间接的，仅仅局限于阅读和评论一些英译东方作品和英美作家描写东方的作品，欣赏一些东方绘画和与访问东方的亲朋好友保持通信联系。②但是这种间接感知是重要的。它的重要性表现在伍尔夫作品的关键之处不断出现中国意象，比如她的主要人物丽莉·布瑞斯科(《到灯塔去》)和伊丽莎白·达洛维(《达洛维夫人》)都有一双"中国眼睛"。它的重要性也表现在中国文化留给伍尔夫一个超越西方文化的想象空间。诚如帕特丽莎·劳伦斯所言："她并没有假装懂得他者文化，伍尔夫和其他现代作家(比如亨利·詹姆斯)对他者文化的态度是好奇而矛盾的。他们享受并渴望'不懂'，因为这给他们留出了想象和创新的空间。对于伍尔夫来说，中国就是这样一个空间。"③

中国诗学是融美学与艺术为一体的典范，其深厚积淀可以提

---

① Christine Froula，*Virginia Woolf and the Bloomsbury Avant-Garde：War，Civilization，Modernity*，New York：Columbia University Press，2005，p.xii.

② 伍尔夫曾阅读、评论过《聊斋志异》《源氏物语》等英译东方著作，也曾通过阅读、评论英美作家菲尔丁·豪、约瑟夫·赫格希默等作家描绘东方诸国的小说间接感受东方；她多次出席罗杰·弗莱举办的中国画展；她与访问日本的好友瓦尼莱特·狄金森通信联系，与在中国武汉大学任教的侄儿朱利安·贝尔保持通信联系，并在朱利安的推荐下与其在中国的友人，作家和画家凌叔华，通信交往三年之久(1937—1941年)。正是在伍尔夫的鼓励下，凌叔华开始用英文撰写自传体小说 *Ancient Melodies*，该小说1954年由伍尔夫与其丈夫创办的霍加斯出版社出版。

③ Patricia Laurence，*Virginia Woolf and the East*，London：Cecil Woolf Publishers，1995，p.10.

供充足光源,帮助我们整体观照伍尔夫朦胧而深刻的思想。我们通常认为,中西方诗学的不同源于思维方式的根本性差异,前者重感悟、重直觉;后者重逻辑、重认知。①对感悟和直觉的珍视使中国诗学将文学根植于生命体验之中,对逻辑和认知的重视使西方诗学将文学置于理性审视之下。这样的说法比较适合评说中西方主导诗学。其实西方诗学中并不缺乏重感悟、重直觉、融艺术与美学为一体的思想家,比如赫尔德、柯勒律治、雪莱、席勒,伍尔夫就是其中一员。只是他们的思想有待更深入的观照,而中国诗学可以为照亮这片有生命力的土壤提供最好的光源。

中国诗学之所以能提供参照光源是因为中国诗学映照的是文学的生命本质。重视生命、表现生命是中国诗学的精神命脉,它使中国诗学显示出独特的气质和丰韵。"中国人以生命概括天地本性,天地大自然中的一切都有生命,都具有生命形态,而且具有活力。生命是一种贯彻天地人伦的精神,一种创造本质。中国艺术的生命精神,就是一种以生命为本体、为最高真实的精神。"②生命气质体现在中国的文学、书法、绘画、音乐、戏曲、园林和篆刻等多个领域,而中国诗学集中表达了生命体验的思维方式、艺术形式和趣味境界。

中国诗学之所以能提供理想光源还因为中国诗学已经构建了完备的生命诗学思想。简略地说,中国诗学大致包括三个层面的内涵。

其一,它以感物、感兴、神思、虚静、情理、意象等组成生命创作的体验过程,展示了缘心感物(感物)、创造性灵感勃发(感兴)、想

---

① 朱良志:《中国艺术的生命精神》,合肥:安徽教育出版社,2006年,第一编,序。
② 朱良志:《中国艺术的生命精神》,第一编,序。

象的展开(神思)、构思的深化(虚静)、情感的渗透(情理)和形象的孕育(意象)的创作构思整个过程。①

其二,它以情志、气韵、形神、文质、情景、真幻、意境等构成生命艺术的形式,展示以情感思想为质(情志),以文质彬彬为形(文质),以情景交融(情景)、虚实相生(虚实)和形神兼备(形神)为法,以似与不似为真(真幻)和象外之象为境(意境)的艺术作品。②

其三,它以知音、兴会、美丑、趣味、自然等构成审美感受过程,展示了"不可以言语求而得,必将深观其意焉"③(知音),欣然感发(兴会),美丑对立统一(美丑),注重作品趣味之高雅(趣味),以及推崇平淡自然(自然)的审美观照过程。④

这三个层面的内涵囊括了中国诗学对艺术本质、创作构思、艺术形式、艺术境界和批评接受等基本问题的整体感悟,为我们把握伍尔夫的诗学提供了参照语境和观照空间。

总之,以中西诗学为参照,我们不仅能够全面揭示伍尔夫诗学的渊源和内涵,而且可以深入探明其价值和意义。

二、研究方法:中国传统的审美观照法

(一)何谓"观照法"?

"观"作为一种方法,指称以主体的心灵去映照万物之"道"的审美体验方法。与它相对的是以主体的外在感官观察和分析万物之"形"的理性认知方法。"观"是中国自先秦以来就普遍采用的一

---

① 参见胡经之:《中国古典文艺学丛编》(一),北京:北京大学出版社,2001年。
② 参见胡经之:《中国古典文艺学丛编》(二),北京:北京大学出版社,2001年。
③ 苏轼:《东坡七集》后集卷十《既醉备五福论》,据《四部备要》本。
④ 参见胡经之:《中国古典文艺学丛编》(三),北京:北京大学出版社,2001年。

种感知事物的方法。经由老子、庄子的阐发而上升为道家的审美体验,即直觉体悟。唐宋之后,受佛教影响,取自佛经的"观照"成为中国审美感知的重要方式。其内涵与道家的"观"大致相同,强调观照主体的内心澄明和对被观照物的本质的洞见。它表达了运用直觉感悟,使主体的生命精神与万物的本真相契合的思想。作为一种审美体验,观照法与重逻辑推理的西方传统认知方法不同,具有直觉感悟、整体观照、物我契合等生命体验的特征。

(二) 采用"观照法"的依据

伍尔夫推崇以想象洞察作品之内质,其批评法与"以心灵洞见对象之本质"的中国传统观照法相近。伍尔夫曾在《我们应该怎样读书》中明晰地探讨批评的方法。她认为,研究的共识是:依照自己的直觉,运用自己的心智,得出自己的结论。为了实现这一目标,批评家首先必须摒弃先入之见,顺着作者的视线透视作品整体,然后通过评判和对比,深入领悟作品的完整意义。批评家所依凭的是他的想象力、洞察力和学识,其评判的标准是趣味。[①] 虽然伍尔夫不曾给她的研究方法以特定的命名,然而她的批评方法与中国传统的"知人论世""以意逆志"的审美观照法相近。

伍尔夫的文学随笔和她的小说一样,其文体带有明显的直觉感悟特性,整体观照更有益于洞见其整体思想的轮廓和核心。伍尔夫的论文从文体上看更接近散文而不是严谨的学术论文,例如《班内特先生与布朗夫人》中的虚构故事,《一间自己的房间》(*A Room of One's Own*, 1929) 中的个人体验,《狭窄的艺术桥梁》中的抒情笔触等。不论是思想的陈述还是理论的阐发,伍尔夫所呈

---

① Virginia Woolf, "How Should One Read a Book?", *The Common Reader* (*Second Series*), London: The Hogarth Press, 1959, pp.258 - 270.

现的往往是活泼灵动的生命感悟,而不是严谨规范的逻辑论证,观照更能够将她那些灵动的、鲜活的、无以名状的直觉感悟聚合成形。

总之,伍尔夫的诗学是一种生命诗学,观照式的生命体验法更易于顺应自然,洞见其混沌思想之全景。

三、核心思想

本专著的核心思想是:伍尔夫的小说理论以审美感悟和创作体验为基础,深入反思和批判西方传统诗学的核心理念,构建了以生命为最高真实的生命诗学思想。其核心思想是:文学本质上是表现生命的艺术形式,因而其创作、形式、批评和境界都是以生命真实为最高准则的,是超越理性认知和超越现实模仿的。这一核心思想昭示:文艺诗学本质上是美学与艺术的综合,任何单一的偏颇都可能使它走入困境。

称伍尔夫的小说理论为"生命诗学"的依据:

其一,"诗学"指称作家创作文学作品时应用于创作实践的一系列原则或观念。其术语与文学创作中广义的创作形式——"诗"——相近。作为探讨文学创作艺术的一门学问,诗学最早源于希腊文"poiesis",表示诗歌吟唱人"poietes"的活动。其早期争论的基本问题包括:诗是真实还是谎言,诗应该以乐为本还是以教育为本,诗是否首先存信息于形式之中。①其后,争论问题因时代的不同而不同,但探索创作原则和创作观念的核心并不改变。如18世

---

① 参见弗朗西斯科·德拉科尔特、伊娃·库什纳:《古代诗学》,载《诗学史》,第5—12页。

纪认定"诗学"是追寻创作艺术内在本质的学问,"一种无愧于我们时代的诗学应该具有整齐和完备的体系,一切都被置于一种简单的规律下,源于某种共同原则的具体规则则犹如它的枝丫";① 20世纪的"诗学"则旨在探索文学的"体系、功能、结构、文学机制、接受",②"展示它们的共同性,它们的创作经过,各自的体裁的本质"。③伍尔夫以小说为切入点,对文学创作的原则和观念做了全面的思考和阐述,可以归入诗学范畴。

其二,"生命诗学"指称以生命为本体、为最高真实的诗学。伍尔夫诗学的核心思想是:生命是文学的最高真实。伍尔夫认为,小说是写人的,它是完整而忠实地记录一个真实的生命的唯一艺术形式。④以这一理念为核心,伍尔夫从小说本质、创作定位、批评方法、文学形式、艺术境界等多个视角切入,撰写了大量随笔,构成了一个开放的体系,我们可以称其为生命诗学。

生命诗学思想的形成与她作为现代人的生命体验密切相关。她自13岁开始便不断遭受母亲、姐姐、父亲、哥哥相继死亡的严重打击,并因此患上了缠绕终生的疯癫疾病,曾多次企图自杀。而她所处的时代所爆发的两次世界大战又让她亲历生灵涂炭的人间惨剧。这种惨痛的体验和氛围使生命探索和生命写作成为她走出恐惧和绝境的精神依托,也促使她反思文学的本质。她从未接受过正规教育,自小就在父亲的书房里博览欧美文学家和思想家的著作和传记,遍尝人生百味,对崇尚生命感悟的作品表现出特别的偏

---

① 转引自阿妮·贝克:《18世纪法国的诗学思考》,载《诗学史》,第392页。
② 转引自让·韦斯格尔伯:《20世纪》,载《诗学史》,第806页。
③ 伊夫·塔迪埃:《20世纪的文学批评》,史忠义译,河南大学出版社,2009年,第257页。
④ Virginia Woolf, "Phases of Fiction," *Granite and Rainbow: Essays*, London: Harcourt Brace Jovanovich, Inc., 1958, p.141.

好。这一独特的体验练就了她对生命本质的高度敏感。对她而言,文学是捕捉、表现和阐释生命真实的最自如的形式。"一个作家灵魂中的每一个秘密,他生命中的每一次体验,他精神中的每一种品德,都赫然大写在他的作品中",①她如是说。成年后,她在布鲁姆斯伯里文化圈中与思想敏锐、视野开阔的中青年学者们一起辨识、反思和批判现行的文艺美学、哲理思辨和伦理道德;在丈夫经营的霍加斯出版社享受出版的自由,最大限度地抛开文学创作与经济利益、意识形态和审查制度等外在因素的利害关系。她那缘心感物式的自学历程和思想隐退式的生活环境使她不曾受到西方根深蒂固的理性认知和道德至上的理念的浸染,使她能够直观地感知天地自然和生命精神的本质,探索并书写出独具匠心的生命诗学和生命文学。

四、结构和核心议题

本专著分上篇和下篇两个部分。

上篇重点考察伍尔夫对英国、古希腊、俄罗斯、法国、美国等欧美文学的评论和伍尔夫作品中的"中国眼睛"的内涵,揭示伍尔夫的审美视野和思想渊源。各章所探讨的重要问题如下。

第一章:(1)伍尔夫以何种方式编排英国文学编年史?(2)她采用怎样的批评模式?(3)她从不同时期的英国作家作品中感悟到怎样的英国文学传统特性?

第二章:(1)伍尔夫为何对古希腊文学情有独钟?(2)她如何

---

① Virginia Woolf, *Orlando: A Biography*, London: The Hogarth Press, 1928, pp.189-190.

透视索福克勒斯、欧里庇德斯、埃斯库罗斯等古希腊戏剧大师的作品?(3)她从中参悟出哪些文学特质?(4)她由感及悟式的批评与亚里士多德《诗学》中的分析性和概念化批评范式在内涵和价值上有何不同?

第三章:(1)在英国的"俄罗斯热"中,伍尔夫就外国文学接受问题曾做怎样的思考?(2)她以什么方式领悟俄罗斯文学,重点关注陀思妥耶夫斯基、契诃夫、托尔斯泰、屠格涅夫等著名作家作品的哪些形式特征?(3)在她的文学创新中俄罗斯文学究竟发挥了什么作用?

第四章:(1)她对法国文学知多少?(2)她对文明背景相通的法国文学采用了怎样的接受方式?(3)她从法国文学中领悟到的主导特性是什么?(4)法国文学如何影响她的创作?

第五章:(1)她对美国文学知多少?(2)她曾对美国作家作品作何评论?(3)她对美国文学的创新问题曾做出怎样的论析?

第六章:(1)伍尔夫的"中国眼睛"缘何而来?(2)其深层喻义是什么?

下篇从理论和实践两个层面论析伍尔夫生命诗学的内涵价值和艺术表现。这两个层面就像两组相互印证的同心圆。

第一组同心圆映现伍尔夫诗学的全景。以伍尔夫所有相关论文、随笔为研究对象,从小说本质、创作思维、作品形神、批评方法、艺术境界五个方面揭示其诗学的内涵和价值。

第七章:(1)伍尔夫就创作本质所聚焦的五大问题是,现代小说是什么,小说人物是什么,小说形式是什么,小说是否是艺术,小说是什么。她阐发了什么观点?(2)伍尔夫在广泛阅读和领悟欧美经典的基础上,构建了生命创作说,其核心观点是什么?

第八章:(1)伍尔夫如何理解"现实"?(2)她的观点与中国传统的观物取象审美观是否相通?(3)伍尔夫如何理解创作构思?(4)以中国诗学的虚静说和神思说为参照,她的构思说的内涵和价值如何?

第九章:(1)伍尔夫有关文学形式的思想与罗杰·弗莱和克莱夫·贝尔的形式美学思想有何关系?(2)她关于文学形式的核心观点是什么?(3)她的形式观与中西方诗学相比照,具有怎样的创新价值?(4)《雅各的房间》作为伍尔夫形式创新的范例,如何展现形神合一的创作特性?

第十章:(1)伍尔夫提出了怎样的"普通读者"批评立场?(2)她的"透视法"批评视角和"比较和评判"批评方法的内涵是什么?(3)在中西批评视域中,她的批评理论有何价值?(4)伍尔夫建构了怎样的"意境重构"与"对比评判"相结合的批评模式?(5)她的批评模式与中国诗学的"知人论世""以意逆志"有何相通性?

第十一章:(1)伍尔夫如何反思和批判西方传统的"真实观"?(2)她从事实之真、想象之真、情感之真、心理之真、心灵之真等小说真实的多种形态中,提炼出怎样的生命之真理念?(3)其观点与中国传统诗学的"真幻说"是否具有相通性?(4)以中国的意境说为参照,伍尔夫在作品中表现了怎样的物境、情境和"超以象外,得其环中"的意境?(5)其文学境界与宗白华的"直观感相的摹写、活跃生命的传达和最高灵境的启示"三个层次,与王国维的"有我之境"和"无我之境"有怎样的相通性?

第二组同心圆由第十二章的两节构成,重在映照伍尔夫的诗学思想在其作品中的实践。该章以《海浪》为研究例证,从创作构思、内在构成、艺术形式、生命境界等方面揭示其诗学的实践,与第一组同心圆应合。

第一节:(1)伍尔夫在《海浪》中表现了怎样的生命意象?其构思特性和构成特征如何?其生命写作的价值是什么?

第二节:(1)以中国诗学为参照,《海浪》体现了怎样的"随物赋形"的形式特征?它如何体现"形神合一"的生命诗学特性?

(高奋:《走向生命诗学——弗吉尼亚·伍尔夫小说理论研究》,人民出版社,2016年,绪论,第二节。)

论新时代中国外国文学批评的立场、导向和方法

改革开放 40 多年来,我们翻译引进了大量外国文学作品、文献和文论,外国文学研究快速发展。这一发展既体现在成果数量和质量的提升上,也体现在国际化倾向的增强上。从新批评、形式主义、神话原型、结构主义、精神分析、女性主义、马克思主义批评,到解构主义、后殖民主义、新历史主义、文化研究、族裔批评、生态批评、空间批评、幽灵批评等,我们在文艺理论、批评方法、批评问题等多个方面借鉴和吸收了西方研究成果。虽然经济和信息全球化正在消融民族和国家的边界,网络和金融科技全球化助推了人类生活方式的趋同倾向,但是当前的文化全球化很大程度上依然体现出西方国家的意识形态和文化模式单向输出和普及化的特征,其后果可能导致非西方文化体系的萎缩。真正的文化全球化应该是多民族和多国家文化之间的相互对话,在多元交流和碰撞中推进民族文化和世界文化的同步发展。我国的外国文学研究同样需要解决单向度全球化问题。

21 世纪以来,学者们不断回顾和反思我国外国文学研究的成就和问题,在肯定借鉴的必要性的同时,强调要"从中华民族的主

体性出发来探讨和研究外国文学"①,提出要"构建以我为主,为我所用的外国文学学派"②。学界现有的思考主要集中在成就回顾和问题反思上,对今后的走向尚需更多的讨论。本文将在比照中西思想异同的基础上,就新时代中国外国文学批评的立场、导向和方法提出一些看法。

一、坚持"以我为主,为我所用"的立场

"以我为主,为我所用"立场的主要特性是对本国文化的高度自信和高度自觉。它的核心精神可用鲁迅的"汉唐气魄"来概括:"汉唐虽然也有边患,但魄力究竟雄大,人民具有不至于为异族奴隶的自信心或者竟毫未想到。凡取外来事物的时候,就如将彼俘来一样,自由驱使,绝不介怀。"③这一立场坚信吸收国外优秀文化,既不是被动移植,也不是有限选择,而是以高度的文化自信,自由取舍和运用所需文化资源。在根源上,它以强盛的国力和高度的自信为基础;在本质上,它强调中西文化的平等对话,坚信跨文化、跨民族的对话是思想创新的源泉;在举措上,它以中西互鉴为先决条件,坚持从本民族的问题、思想和方法出发,"对其他文化形态持开放包容的态度,使不同质的文化形态在对话、交流、互鉴的过程中,既关注与重构人类文化的普适性价值理念,体现对人类自身的终极关怀,又尊重各种异质文化的个性,从而创造一种普适性与相

---

① 吴元迈:《回顾与思考——新中国外国文学研究 50 年》,《外国文学研究》2000 年第 1 期,第 13 页。
② 陈众议:《外国文学翻译与研究 60 年》,《中国翻译》2009 年第 6 期,第 13 页。
③ 鲁迅:《鲁迅全集》(第 1 卷),北京:人民出版社,1981 年,第 198 页。

对性辩证统一,富有生命力而又丰富多彩的'世界文化'"。①

"以我为主,为我所用"的立场所实践的是"中国思维"和"对话创新"原则。也就是说,我们坚持高度的文化自信和自觉,从本民族最本源的思维方式和思想观点出发,审视、观照和对话国外文化,在中西文化的对话和交流中实现中华思想的普世化转型。②

在中国思想史上,我们将印度"佛教"改造为中国"禅宗"的过程是充分体现"中国思维"和"对话创新"的范例。公元6世纪印度佛教由印度僧人菩提达摩引入中国的时候,当时的学者以道家学说对佛教进行诠释式、整合式的创造性翻译,用老庄思想改造印度禅,将以"禅定"为中心的印度禅改造为以"慧的意境"为中心的中国禅宗,将印度禅所追求的佛的崇拜和西方净土改写为中国禅宗对内在自性的觉悟。这一创造性翻译既保留了印度禅的宗旨,又使老庄思想重新崛起,以两种思想的融合,为文明提供了普世真理。③ 诚如学者所言,"禅宗之禅,是中国僧人和学者,借助创造性翻译,而实现的创造性思维。它建立的基础是中国的庄、老,而不是印度的佛教和婆罗门。是借佛教之躯,而赋庄、老之魂。它不是一种信仰,而是建立在对自心体认基础上的辩证思维"④。

40多年的中国外国文学研究,走过了翻译引进外国作品、文献、文论和方法,充分运用西方文论和方法的两个基础阶段;目前我们正处在"以我为主、为我所用"的重要阶段,我们要坚持以"中

---

① 蒋承勇:《世界主义、文化互渗与比较文学》,《外语与外语教学》2018年第1期,第136页。
② 高奋:《吸收借鉴国外优秀文化成果之立场、方法和视野》,《中国出版》2013年第1期,第25页。
③ 高奋:《吸收借鉴国外优秀文化成果之立场、方法和视野》,《中国出版》2013年第1期,第25页。
④ 麻天祥:《中国禅宗思想史略》,北京:中国人民大学出版社,2007年,第2页。

国思维"和"对话创新"为原则,即以中国思维为主导,中西思想为参照,对外国文学进行创新性研究。遵循这一基本原则,我们能够拥有并保持面向世界的视野。我们需要重视下面两点。

(一)以中国思维为主导

中西方的思维方式是不同的。关于这一点,西方汉学家和中国学者都做了深入论述。近百年来,由于西方书籍的大量翻译、引进和传播,中国外国文学界普遍接受了西方的"概念思维",但可能疏忽了中华民族的"象思维"。我们需要明晰两者的差异,以突显本民族思维的主导作用。西方"概念思维"的"首要特征是抽象性,即把思维对象从具体的感性现实中抽象出来,并以下定义的方式加以严格规定"。① 这是由柏拉图概括和提炼的,是一种让概念的抽象普遍性超越并凌驾于事物的具象特殊性之上的思维模式,它的核心原则是本质/现象、主观/客观等抽象概念与感性事物之间的二元对立。中国的"象思维"则"不对现象作定格、分割和抽取,而是要尽量保持现象的整体性、丰富性与动态性。它不是要到现象的背后去寻找稳定性和规律,而是要在现象的自身之中找到稳定性和规律。它也对事物进行概括,发现事物的普遍性,但始终不离开现象层面。概括的结果,依然以'象'的形式出现"。② 它以天人合一、主客一体的方式来把握世界,其思维具有整体性、关联性、互补性和动态性的特征。

以中国思维为主导,我们的整体思维不仅可以避免西方思维的二元对立和概念先导的局限,而且可以消解西方思维"只见树

---

① 王南湜:《中西思维方式的差异及其意蕴析论》,《新华文摘》2012年第3期,第34页。
② 王南湜:《中西思维方式的差异及其意蕴析论》,《新华文摘》2012年第3期,第34页。

木,不见森林"的局限,充分发挥中国学者擅长领悟的天性,释放我们的创新能力。

(二) 重视中西贯通

中西贯通就是基于中国诗学的整体观照,辅以西方理论的科学分析,将"心"的感悟与"物"的解析结合起来,以贯通审美领悟与理性认知。中国传统批评的"心"悟的基本表现形式是,以生命体验为本质特性,实践"以意逆志"的审美方法,将文学纳入自然、文化、心灵中加以整体考察,从文学的内在关联性、互补性和动态性中领悟其生命洞见。西方文学批评对文学的"物"析体现在西方著名文论家乔纳森·卡勒(Jonathan Culler)所归纳的两种主导批评模式——语言学模式和阐释学模式[①]——中,前者可追溯到古希腊的修辞学研究,重在揭示文学作品的内在形式构成,比如情节、人物、主题、象征、反讽等基本成分和修辞法;后者从政治、历史、社会、文化、性别、生态、空间等外在视角出发,运用特定理论去解析文学的内涵。这两种模式都将文学视为感性之"物",用理性分析去提炼普遍概念。中西贯通的目标在于将整体生命观照与精细理性分析相融合,以达到思想的深刻性与论析的严谨性的契合。老一辈思想家、批评家钱钟书、朱光潜等早已提供了中西贯通的研究范例。

二、推进外国文学批评的审美导向

要坚持"以我为主,为我所用"的批评立场,我们需要确立以本

---

① J. Culler, *Literary Theory: A Very Short Introduction*, Oxford: Oxford University Press, 1997, p.61.

民族的思维和诗学为基础和主干的批评导向,同时学习并自主运用西方文论。充分对比中西批评的特性、优势与局限,有益于我们构建自主的、创新的中国外国文学批评导向。

西方现当代主导的文学批评具有显著的理论先导的特性。形式主义、女性主义、解构主义、文化研究、后殖民主义、混沌理论、生态主义、空间理论、创伤及证词理论等各种理论轮番上阵,它们频繁的建构/解构主宰了文学批评的短暂兴衰和快速更替。在理论繁荣之下,文学批评离文学本身越来越远,渐渐湮没于政治、文化和科学理论之中。西方学者不断发出"回归文学本身"的呼吁,但是根深蒂固的本质/现象二元对立假说,和"定义—分析"[①]研究法则,依然促使西方学界将文学批评依附于不断涌现的新理论。但与此同时,不绝于耳的"回归文学本身"的呼声本身便昭示了这样的事实:在西方现当代主导的批评理论和方法之下涌动着一种传统的、被忽视的批评模式。

也就是说,除了乔纳森·卡勒所归纳的语言学和解释学这两种显在的批评模式之外,还有另一种隐在的批评模式。艾布拉姆斯(M. H. Abrams)在《文学术语汇集》(*A Glossary of Literary Terms*)中曾将实践批评分为两类:明断式批评和印象式批评。前者类似于卡勒所指称的有预设标准的批评模式,它"不单单与作品进行交流,而且将批评家的个人判断基于特定的文学精品的标准之上,从主题、谋篇布局、技巧和风格等切入,分析和阐释一部作品的功效"[②];后者类似于普通读者的阅读模式,"力图阐明对

[①] 柏拉图:《斐德若——论修辞术》,载《朱光潜全集》(第12卷),合肥:安徽教育出版社,1991年,第132页。

[②] M. H. Abrams, *A Glossary of Literary Terms* (7th Edition), Shanghai: Foreign Language Teaching and Research Press, 2004, p.51.

特定段落或整部作品的感受,阐明作品在批评家心中激起的反应(印象)"①。

如果我们将艾布拉姆斯的明断式批评和印象式批评向前推进到本质层面,可概括出西方批评的两种基本类型。我们称它们为认识性批评和审美性批评。

认识性批评是西方现当代批评的主导模式。它指称这样一类批评:它用一种特定的认识(理论)来预设批评的原则、视角、方法和目标,旨在以理性分析作品来提取概念或佐证认识(理论);该批评所遵从的认识(理论)通常已形成完整的体系,有明确的术语、定义、思想内涵、功用,有一定的影响力。它的主要特征有以下五个方面。

1. 理论(概念、定义)先导。

2. 视文学为现实的模仿:要么视作品为介入现实的实践话语,通过批评揭示作品对政治、性别、种族、文化等现实问题的态度、观点,或视作品为反映现实的镜子,用批评展开社会、文化、历史考证(解释学模式);要么依照理论剖析作品的构成和技法,往往以现实为隐在参照物(语言学模式)。

3. 赋予批评居高临下的权威地位,按照理论准则和假说对作品进行定位、分类、剖析、考证、解释和提炼。文学只是批评的附庸。

4. 依据选定的理论和术语框定有限的批评视角,很少用情趣去感悟和品味作品本身。

5. 研究结论与理论假说一致。

---

① M. H. Abrams, *A Glossary of Literary Terms* (7th Edition), Shanghai: Foreign Language Teaching and Research Press, 2004, p.50.

比如洛伊斯·泰森的论文《"寻找,你就会得到"……然后又失去:〈了不起的盖茨比〉的结构主义解读》,开篇便阐明"我想通过茨维坦·托多洛夫的主题句模式来阐明该小说的叙事'语法'……根据这个框架去找出文本是如何通过重复出现的行动(类似动词)与特征(类似形容词)和相关的特定人物(类似名词)之间形成的关系模式来建立起来的。……我认为所有行动都可以归结为三个动词:'寻找''找到'和'失去'"①。全文细致严谨地分析了小说中的"寻找—找到—失去"结构,最后的结论与开篇的预设一致。我们概括的几个特性在此论文中全都展现。这是一种严谨的科研方式,其假说明晰,视角和方法明确,分析细致,逻辑严密,将特定理论运用于作品分析中,可看到作品中先前看不到的东西。

不过它有局限。

1. 缺乏自主活力:依托特定理论,一旦理论过时,批评也过气。如果理论狭隘,批评显得怪异。

2. 以偏概全:作品没有获得整体解读,而是聚焦于某预设的假说,容易导致误读或过度阐释。

3. 不可持续性:批评家受制于理论,既不整体领悟作品的情感思想,也不运用自己的情感与想象。批评更像一种呆板的验证,而不是心灵的交流。批评时常不能揭示作品最深刻的思想,也不能体现批评家的深刻感悟。理论的艰涩常常体现在批评中。

其实,优秀的批评家,即便从某种理论出发,也不会受制于该理论。他们仅仅将理论作为跳板,始终将重心落在生命感悟、人性洞见和心灵冲突之上。比如 J. 希利斯·米勒的《小说与重复》的第

---

① 洛伊斯·泰森:《"寻找,你就会得到"……然后又失去:〈了不起的盖茨比〉的结构主义解读》,载张中载、赵国新编:《文本·文论——英美文学名著重读》,北京:外语教学与研究出版社,2004 年,第 12 页。

7章"《达洛维夫人》:使死者复生的重复"便是范例,该章围绕着卡勒本人原创的"重复"理论展开,但真正使他的评论熠熠发光,充满活力的是他对伍尔夫作品中"心灵与心灵之间关系的微妙差别"①的极为深刻、极具穿透力的论析;在这里,重复理论只是平台,批评所揭示的是一位批评家透视小说家的作品所领悟的心灵奥秘。

审美性批评,指称用自己的心灵去感受作品的情感思想的那类批评。艾布拉姆斯所说的印象式批评就是典型的审美批评。这是一种比较传统的批评,在现当代批评中常常受轻视被边缘化,其经典评论见于一些诗人和小说家的评论中,如蒙田的《随笔集》、维克多·雨果的《论莎士比亚》、柯勒律治的《莎士比亚演讲录》、保罗·瓦莱里的《达·芬奇方法引论》、沃尔特·佩特的《文艺复兴:艺术与诗的研究》、弗吉尼亚·伍尔夫的《普通读者》等。自觉的审美批评在西方的历史不算长。"审美"(Aesthetic)一词取自拉丁语,原意为"感性学",1750年德国美学家鲍姆嘉通(A. G. Baumgarten)第一次使用该术语,将其定义为研究"感性认识的科学"②。此后,康德在《判断力批判》(1790)中阐明了美"不带任何利害""普遍性愉悦""无目的的合目的性"和"共通感"四大契机,③为审美批评在西方的发展提供了理论基础。1818年,英国浪漫主义诗人柯勒律治(S. T. Coleridge)将康德的观点与英国经验主义哲学相结合,阐明了审美批评的内涵,"一个真正的批评家,如果不把他自己放在中心,从这个中心出发俯视全体",他就不可能真正读懂一部文学作品,因为我们只有"将那种与一切环境无关的人类本性中那

---

① J. H. Miller, "Mrs. Dalloway: Repetition as the Raising of the Dead," in Morris Beja, ed., *Critical Essays on Virginia Woolf*, Boston: G. K. Hall & Co., 1985, p.54.
② 鲍姆嘉通:《美学》,简明、王旭晓译,北京:文化艺术出版社,1987年,导论。
③ 康德:《判断力批判》,邓晓芒译,北京:人民出版社,2002年,第37—76页。

些真实的东西作为一个作品的精神与实质",在鉴赏过程中考察人类不朽的灵魂与"时代、地点和当时的生活习俗"等外在因素的关系,我们才能真正把握批评的实质。我们常常易犯的错误是,"仅仅将环境作为不朽的东西,而完全忽略了那唯一能使环境活跃起来的灵魂的力量"①。1865 年,马修·阿诺德指出批评的无功利本质,指出批评的法则是"超然无执"②,超越于社会、政治、党派等利益之上。1873 年,唯美主义者瓦尔特·佩特倡导审美批评的目标是"最充分地表现美"③。1925 年,弗吉尼亚·伍尔夫出版《普通读者》,阐明审美批评的原则和步骤。上述概述大致构成英国审美批评的主要发展历程。

它的特性是:

1. 不带先入之见。将作品中的感性描写作为研究对象,感悟和品味其中的情感和思想。

2. 视文学为情感和思想的自然流露。认为文学是"日常的东西在不平常的状态下呈现在心灵的面前",文学的目标是用这些事件和情节去探索人类的"天性"。

3. 视批评与文学创作同源同质。批评就是批评家探索作品中灵魂的力量的过程。

4. 不带任何功利性。

5. 关注心灵与社会、文化、环境、时代等各种现实因素之间的关系,但批评的焦点始终是生命性情本身。

---

① S. T. Coleridge, *Lectures and Notes on Shakespeare and Other English Poets*, London: George Bell and Sons, 1884, p.227.
② 马修·阿诺德:《当代批评的功能》,载伍蠡甫主编:《西方文论选》(下卷),上海:上海译文出版社,1979 年,第 81 页。
③ 瓦尔特·佩特:《文艺复兴:艺术与诗的研究》,张岩冰译,桂林:广西师范大学出版社,2002 年,序言。

柯勒律治的《莎士比亚演讲录》是审美性批评的范例。他相信如果一个批评家缺乏对人类心灵的洞悉，在认识心灵时没有孩童般的喜悦，那么不论他学识多高，他都不能读懂作品。基于这一认识，他从自己的心灵出发去阅读莎士比亚，认为《暴风雨》展现了人的想象之美，它消去暴风雨的恐怖成分，用场景的和谐、女主人公的神圣气质、爱情的神圣性等体现了"人类天性的一切伟大的组成力量和冲动"①。他认为要理解《哈姆雷特》中主人公性格和行动的矛盾，要从考察人类的心灵构造出发，去感悟人物在外部冲击与内在思想不平衡的状态中人性的犹豫、困惑和抉择。②

弗莱和贝尔所采用的就是典型的审美体验法则。他们的思维方法的共享者弗吉尼亚·伍尔夫曾阐明了审美批评的原则、过程、利器和准绳。她指出批评的原则是，"依照自己的直觉，运用自己的心智，得出自己的结论"，其过程是"评判林林总总的印象，将那些瞬息即逝的东西变成坚实和持久的东西"，所使用的利器是"想象力、洞察力和学识"，评判准绳是"趣味"。③ 也就是说，伍尔夫视批评为批评家运用自由精神，表达独立见识的过程。批评家首先需消除先入之见，获得对作品的完整感受，然后在想象力、洞察力和学识的帮助下感悟作品的真义。批评的标准是批评家来自天性和学识的情趣。

在中国，源远流长的主导批评模式是审美批评。中国传统诗

---

① S. T. Coleridge, *Lectures and Notes on Shakespeare and Other English Poets*, London: George Bell and Sons, 1884, p.282.
② S. T. Coleridge, *Lectures and Notes on Shakespeare and Other English Poets*, London: George Bell and Sons, 1884, pp.342-352.
③ Virginia Woolf, "How Should One Read a Book?", in *The Common Reader* (*Second Series*), London: The Hogarth Press, 1959, pp.258-270.

学认为文艺批评是一种审美体验,主要思想包括:

1. 孟子的"知人论世"和"以意逆志"。前者为批评的前提,后者为批评的方法。孟子云:"颂其诗,读其书,不知其人,可乎?是以论其世也。是尚友也"(《孟子·万章下》),也就是说,批评的前提是,批评者需了解作者的性格、情感思想、修养气质等(知人),同时需了解作者所处时代环境和社会风貌(论世)。批评的方法是"以意逆志":"故说诗者,不以文害辞,不以辞害志。以意逆志,是为得之"(《孟子·万章下》),也就是说,批评即心灵的对话,不要因为语句的表面意思而影响对作者的情感思想的理解,要以批评家之心意去求取诗人之心志,或者以古人之心意去求取古人之心志。孟子思想的哲学和伦理学基础是人性论和性善论,即人心是相通的,人的本性皆善。

2. 西汉大儒董仲舒提出"诗无达诂"(《春秋繁露·精华》),指出文艺批评并无定式,仁者见仁,智者见智,明确了审美批评的自主性和多元性。

3. 魏晋南北朝时期,刘勰在《文心雕龙》中提出审美批评的"知音说"。首先他要求批评者"博观",以六观方式整体观照文学作品:"是以将阅文情,先标六观:一观位体,二观置辞,三观通变,四观奇正,五观事义,六观宫商。斯术即形,则优劣见也。"①也就是说,批评者要整体审视情感与文体、语言、创新意识、新奇与雅正、典故和声律。其次,他揭示批评与创作同源同质,皆由心而发,因而要以心观之,"夫缀文者情动而辞发,观文者披文以入情,沿波讨源,虽幽必显。世远莫见其面,觇文辄见其心"②,也就是说,创作是

---

① 刘勰:《文心雕龙》,周振甫注译,北京:中华书局,1986年,第438页。
② 刘勰:《文心雕龙》,周振甫注译,北京:中华书局,1986年,第439页。

观物—情动—辞发的过程,而批评则是观文—情动—妙悟的过程,两者殊途同归,所表现和领悟的都是人心之情思和洞见。

4. 此后的学者诗人围绕以意逆志、知音等审美批评核心思想,从多侧面扩大审美批评的范畴,比如兴会(批评的感发性)、美丑(批评的统一性)、趣味(批评的品位)、自然(批评的标准)等。同时,运用各种活泼的批评方式,比如:"文为活物",一种用意象来表达对作品的评判的方式,如用草蛇灰线、空谷传声等鲜活意象评点作品;"法须活法",一种既符合法理又保持文章的活泼性的行文风格;"美在空虚",一种虚实相生的批评方式;"眼照古人",即借古人之事以表达自己之意。①

中国审美批评的主要特性包括以下几方面。

1. 视批评的本质为生命体验:知音说、神与物游说。

2. 视文学为情感和思想的表达:诗言志。

3. 强调批评的整体观照原则:知人论世说、六观说。

4. 视批评的基本方法为批评家与作品(作家)的心灵对话:以意逆志。

5. 强调批评的多元性:诗无达诂。

6. 推崇审美机制集整体性、关联性、互补性、动态性为一体:兴会观、美丑观、趣味观、自然观。

7. 倡导开放灵动的批评模式:文为活物、法须活法、美在虚空、眼照古人。

中国文学批评的渊源是汉儒讲论经义的章句(逐句分章释义)、训诂(解释经文字义)、条例(归纳原则),以及魏晋以来受佛典

---

① "文为活物""法须活法""美在虚空""眼照古人"这四点是学者龚鹏程对中国传统批评法则的总结。详见龚鹏程:《中国文学批评史论》,北京:北京大学出版社,2008年,第169—181页。

疏义影响而形成的开题(讲解题意)和章段(章节段落),因此中国传统批评的目标是,既要从文字上领悟作者之用心(情理),又要从题目、章段中领悟作品的主旨和文辞之美。也就是说,批评的核心是情理和文辞,两者不可分割,情理为主,文辞为次,如刘勰所言"故情者文之经,辞者理之纬;经正而后纬成,理定而后词畅;此立文之本源也"①。要揭示情理与文采,"以意逆志"和"整体观照"是中国传统批评的主导方法与视野。

比如南朝钟嵘的《诗品》在评价诗人李陵时,用评语"文多凄怆,怨者之流"②突显其诗句的性情文采,同时还道出其诗风渊源、诗人生平和诗品评论,短短40余字,一气呵成,生动勾勒出李陵的诗作和性情的形神特质。又比如金圣叹评点《水浒传》,他首先在总序中阐明《水浒传》与《史记》的差异在于,前者"因文生事"后者"以文运事"③,昭示他对文学的想象性与虚构性的认识。他将批评的重心置于人物性情与文采技法的评点上,揭示小说最精妙之处在于"写一百八人性格,真是一百八样",重点称颂李逵的"天真烂漫"、鲁达的"心地厚实"等人物个性,以及草蛇灰线法、棉针泥刺法等创作技法。④然后他用序一阐明作者之意,序二阐明题旨,序三阐明作者生平;接着摘录《宋史纲》《宋史目》相关史实以示对照;最后对每一章回做出总批和评注,详述篇章布局、人物关系、人物性情、章回关联、创作技法、文辞风采等,情理与文采合一,极为精妙。比如他在第26回总批盛赞小说以虚实相生法表现鲁智深之英武的精妙:"须知文到入妙处,纯是虚中有实,实中有虚,联绾激射,正

---

① 刘勰:《文心雕龙》,周振甫注译,北京:中华书局,1986年,第288页。
② 钟嵘:《诗品》,见张寅彭编:《中国诗学专著选读》,桂林:广西师范大学出版社,2006年,第1页。
③ 施耐庵:《水浒传·金圣叹批评本》,长沙:岳麓书社,2015年,第1页。
④ 施耐庵:《水浒传·金圣叹批评本》,长沙:岳麓书社,2015年,第2页。

复不定,断非一语所得尽赞耳。"①

可见中西批评异中有同。西方主导的认识性批评与中国主导的审美性批评大相径庭,而西方边缘化的审美性批评与中国主导的审美性批评则本质相通。认识性批评与审美性批评的差异是本质性的:前者视批评对象为"物",用理性去解析它,其目标在于探求并推导人类的普遍性法则;也就是说,它的起点是理论假说,理性分析作品后,最终回到理论假说的验证或修正。后者视批评对象为"心",用批评家之心领悟作品(作家)的心意,其目标在于获得生命体验的交流、共鸣和洞见;也就是说,它的起点是批评家与作品(作家)生命感悟的交汇,整体观照作品后,最终道出生命的真谛和艺术之美。在西方美学史上,学者们不断开展对理性缺陷的批判,比如维柯用"诗性智慧"对抗笛卡尔几何学在诗学研究中的滥用;康德阐发"审美判断力";尼采用"酒神精神"与"日神精神"的合体为生命精神正名等。西方审美性批评与中国审美性批评的相通之处在于,两者均视批评为生命体验。不同之处在于:西方审美批评重在探索生命精神,强调用想象力、判断力与学识去感悟生命体验;中国审美批评同时关注生命情理的揭示和生命精神的形式表现,已经建立了神思、虚静、妙悟、虚实等创作范畴,情志、文质、意象、意境、气韵、形神等形式范畴,以及知音、美丑、趣味、风骨等批评范畴。

推进中国外国文学审美批评,就是要以中国思维和中国传统诗学为基础和主干,在中西贯通的基础上实现中国审美批评的前沿化和全球化转型。以下面几点为主要特性。

---

① 施耐庵:《水浒传·金圣叹批评本》,长沙:岳麓书社,2015年,第312页。

1. 坚持"诗言志"的文学观。视文学为生命精神的表达，以想象性和虚构性为主要特性，而不将文学依附于不断变化的现实问题和理性认识。

2. 坚持"以意逆志"的批评方法。视文学批评为不带先入之见的生命体验和洞察，而不让批评依仗理论的权威居高临下，视作品为批评的附庸。

3. 强调"知人论世""六观说"等整体观照批评视野。依据阅读体验来确定研究问题，依据研究所需自主地运用中西文论，从多侧面考察和领悟作品的情理和文采，关注文学内外诸因素的关联性、互补性、动态性，决不用理论来限制批评的议题、方法和目标。

4. 强调"神与物游"的批评过程。使批评始于批评家与作品（作家）的生命感悟的交汇，整体观照作品后，最终抵达生命情理和作品文采的美的境界。

当我们用"心"去领悟和洞见外国文学作品中最具活力的心灵力量和艺术美时，我们的批评才更具创意和深度。

老一辈思想家、批评家早已提供中西贯通的研究范例。比如朱光潜在《诗的实质与形式》一文中以对话方式探讨实质与形式的关系问题，在研究方法上并不采用西方惯常的"定义—分析"模式，而是启用中国思维的整体性与关联性。他将实质具化为情感和思想，将形式具化为语言，重点阐明情感、思想、语言之间的关系，不仅揭示西方传统的"实质说"与"形式说"的缺陷，而且指出西方现代理论家克罗齐的"艺术即形式、直觉即表现"理论的局限。他最终提出"实质形式一致说"，将实质与形式的关系提升到意境的高度。[①] 整个

[①] 朱光潜：《朱光潜全集》（第 3 卷），合肥：安徽教育出版社，1987 年，第 275—302 页。

讨论内含中国诗学的情志说、言意说、文质说等多个诗学范畴,深刻而犀利。比如叶维廉在《史蒂文斯诗中的"物自性"》一文中,将中国道家美学"肯定物之为物的本然本样"的"物自性"观与西方自柏拉图以来所坚持的"真理存在于超越具体真实世界的抽象本体世界里"的"物超越"观相比照,在此基础上评析史蒂文斯的诗歌,揭示其诗性美基于"物之为物自身具足"的观点。① 该批评融中西诗学、整体观照和细致分析为一体,精彩演绎了他自己对优秀批评家的界定:"一个完美的批评家必须要对一个作品的艺术性,对诗人由感悟到表达之间所牵涉的许多美学上的问题有明晰的识见和掌握,不管你用的是'点、悟'的方式还是辩证的程序。"②

三、推进整体观照法,实现理论创新

从方法论上看,中国主导的审美性批评所运用的是整体观照法,而西方主导的认识性批评坚持"定义—分析"法。我们将对比这两种方法,以阐明整体观照法的价值和意义。

"整体观照"是中国诗学的基本方法。"观"作为一种方法,指称用人的心灵去映照万物之"道"的审美体验方法。"观"是中国自先秦以来就普遍采用的一种感知天地万物的方法,比如老子《道德经》通过观照万物来洞见生命之本质,所提出的"人法地、地法天,天法道,道法自然"的认识生命和世界的方法,便是经典的整体观照法。唐宋之后,受佛教影响,取自佛经的"观照"成为中国审美感知的重要方式。其内涵与道家的"观"相同,强调观照主体用澄明

---

① 叶维廉:《史蒂文斯诗中的"物自性"》,《华文文学》2011年第3期,第7—16页。
② 叶维廉:《中国诗学》,北京:人民文学出版社,2006年,第12页。

心灵去洞见被观照事物的本质,使主体的生命精神与万物的本真相契合。它是一种生命体验,其基本特性包括以下几点。

1. 其要旨有二:(1)以主体为核心,从心灵出发,直觉感悟事物。(2)以物我合一的方式感悟事物整体,获得对事物的生命精神的洞见。

2. 其根基是中国的"象思维"。"象思维"的基本特性是直觉洞见事物之本质,其思想以"象"的形式呈现。

3. 其优势是,重视整体性、关联性、互补性、动态性,能够洞见事物之核心。其弱点是,不重分析,逻辑体系不强。

西方诗学始终视文学为"物",对它进行科学研究。其基本方法长期承袭柏拉图在《斐德若——论修辞术》中提出的两大修辞法则:"头一个法则是统观全体,把和题目有关的纷纭散乱的事项统摄在一个普遍概念下面,得到一个精确的定义,使我们所要讨论的东西可以一目了然","第二个法则是顺自然的关节,把全体剖析成各个部分"。① 我们暂且简称它为"定义—分析"法则。亚里士多德的《诗学》便是这两大法则运用的典范,它从确定摹仿说的定义出发,分析并阐明悲剧的类属、功能、构成、作用等。自西塞罗、贺拉斯至中世纪,西方理论和批评"一直被包括在修辞学的范畴内……修辞学对于诗艺的主导地位从来不曾受到质疑"②。16、17世纪,文学研究与修辞学"结盟"③。18、19世纪,西方文论和批评的研究对象从审美客体过渡到审美主体,文艺界对情感、想象、趣味的兴

---

① 柏拉图:《斐德若——论修辞术》,见《朱光潜全集》(第12卷),合肥:安徽教育出版社,1991年,第132页。
② 让·贝西埃 & 伊·库什纳等主编:《诗学史》,史忠义译,天津:百花文艺出版社,2001年,第65页。
③ 让·贝西埃 & 伊·库什纳等主编:《诗学史》,史忠义译,天津:百花文艺出版社,2001年,第225页。

趣大大加强,然而修辞学始终与文学研究如影随形。① 20世纪的文艺研究突破文学学科的束缚,广泛运用心理学、社会学、文化学等其他学科理论来研究文学,但是"定义—分析"的基本方法依然坚如磐石。"定义—分析"法的基本特性有以下几点。

1. 其要旨有二:(1) 以某种(些)有影响力、普遍接受的理论为参照,用其中的"定义"为批评提供预设标准。(2) 将研究对象细细分析(解),从中提取抽象概念,就像柏拉图所言,"除非把事物按照性质分成种类,然后把个别事例归纳成为一个普遍原则",否则"就不能尽人力所能做到登峰造极"。②

2. 其基础是西方的"概念思维"。"概念思维"的要旨是从具象中归纳概念,并以定义严格规定它;依据定义分析"物"的结构、形态、性质及其运动规律。

3. 其优势是,逻辑推论,分析思辨强。其弱点是,从极偏远的个别现象中提取的概念,因样本极小,很可能不具备普遍性,却常常被视为普遍规律,因而以偏概全在所难免,只见树木、不见森林是通病。

显而易见,整体观照法所推行的"以心观心"的方法与审美性批评所倡导的"以意逆志"的方法本质相通。整体观照法可以有效推进中国批评理论的创新走向世界。目前已经取得成效的中国批评理论创新大致有三种形态,都是基于整体观照法之上的成果。这三种创新方式是:

1. 中国古典诗学的现代化。学者们整体观照和阐释中国古典

---

① 让・贝西埃 & 伊・库什纳等主编:《诗学史》,史忠义译,天津:百花文艺出版社,2001年,第512—570页。

② 柏拉图:《斐德若——论修辞术》,载《朱光潜全集》(第12卷),合肥:安徽教育出版社,1991年,第144页。

文论,以中国诗学的核心范畴,比如文道、情志、形神、言意、神思、物化、知音、意境、风骨、趣味等为经纬,承袭刘勰的《文心雕龙》中的基本理路,视野开阔,论析深入,博古通今,以现代人的学识阐明中国传统诗学的博大意蕴和价值。代表性著作包括:徐复观的《中国艺术精神》(2001)、朱良志的《中国艺术的生命精神》(2005)、陈伯海的《中国诗学之现代观》(2006)、成复旺的《神与物游——中国传统审美之路》(2007)、胡经之和李健的《中国古典文艺学》(2006)、龚鹏程的《中国文学批评史论》(2008)等。

2. 以"中西对话"的方式推进理论创新。学者们在整体观照和透彻理解西方特定批评理论的基础上,找出它的局限,提出突破性观点,在中西对话的国际前沿平台上实现中国批评理论的创新。由于西方理论的目标是从现象中抽象出普遍概念,所以其研究的问题和观点通常随着现实的改变而改变,其批评理论从本质上说是实用性的,大都停留在现实层面,较少推进到生命层面。而中国诗学的核心是生命,我们能够在整体观照和透彻把握的基础上,将西方文论推进到生命诗学层面,昭示其深层本质,实现批评理论的突破与创新。聂珍钊教授的"文学伦理学批评"就是中国批评理论创新的范例。他首先将达尔文的"适者生存"理论从生物层面推进到生命层面,指出:"适者生存"只是人类获得"人的形式"的第一次生物选择,"真正让人把自己同兽性区分开来是通过伦理选择实现的",是"伦理选择"使人类获得"人的本质"。[①] 这一原创性的"伦理选择"观已经获得中外学者的关注,体现了以中西对话实现理论创新的途径的有效性。

3. 以方法论和批评视野的改变来推进中国批评理论的创新。

---

① 聂珍钊:《文学伦理学批评导论》,北京:北京大学出版社,2014年,第35页。

学者们旨在突破西方批评理论中根深蒂固的欧洲中心主义，倡导并推进具有整体观照视野的"世界主义""比较文学""跨文化阐释"等方法，以促进开放的、包容的、对话的批评方法的创新。

结　语

1865年，马修·阿诺德为推进英国的文学批评，曾指出："对所有事物展开精神的自由运用，这个概念本身便是一种享受……它给一个民族的精神提供了基本的元素，倘若一个民族的精神缺少这些元素，无论在其他方面有什么补偿，终必由于营养不足而死亡……真正的批评，主要便是对这种人性特质的运用；它服从于一种本能，这本能推动它去试图知道世界上已被知道和已被想到的最好的东西，完全无关于实际、政治和一切类此的东西；并且珍视接近这最好境地的知识和思想，不容其他任何的考虑来侵犯。"[①]这一席话所倡导的"精神的自由运用"对今天的中国外国文学批评依然有很好的启示。而"以我为主，为我所用""审美性批评"和"整体观照法"正是我们自由运用我们的精神，充分表现我们的创新精神的三大要素。

[载《浙江大学学报》(人文社会科学版)2019年第2期]

---

① 马修·阿诺德：《当代批评的功能》，载伍蠡甫主编：《西方文论选》(下卷)，上海：上海译文出版社，1979年，第79—80页。

弗吉尼亚·伍尔夫的伦理选择与中国之道
——论《达洛维夫人》①

20世纪英国女作家弗吉尼亚·伍尔夫（Virginia Woolf，1882—1941）在构思小说《达洛维夫人》（Mrs. Dalloway，1925）时曾这样阐明其创作意图："我要描写生命和死亡，健全和疯狂；我要批判社会体制，以最强烈的形态揭露它的运行。"②她在创作意图中所表明的"双重性"和她在小说中将主要和次要人物的处世之道和生死之道并置的"双重性"，表明她的作品隐含着伦理选择。

一直以来，中西批评界很少关注《达洛维夫人》中的伦理取向。批评家在论析这部作品的"双重性"时大致持两种观点：对立论与和谐论。前者认为，《达洛维夫人》表现两种对立观点之间的斗争，比如"两种对立的适应世界方式之间的本质的、辩证的斗争"③"两种生命观之间的对立"④。后者认为，《达洛维夫人》中的对立观点是和谐统一的，比如J.希利斯·米勒的观点就颇具代表性，他认为小说中的人物共享一个无所不知的叙事人，他代表"一种普遍意识

---

① 本论文的第二作者是我的博士生陈思。
② Virginia Woolf, *The Diary of Virginia Woolf* (Vol. 2), Ed. Anne Olivier Bell and Andrew McNeillie, London: The Hogarth Press, 1978, p.248.
③ Howard Harper, *Between Language and Silence: The Novels of Virginia Woolf*, Baton Rouge: Louisiana State University Press, 1982, p.127.
④ Avrom Fleishman, *Virginia Woolf: A Critical Reading*, Baltimore: Johns Hopkins UP, 1975, p.94.

或者社会思绪",发挥着将多个人物的意识流合而为一的作用①;另有批评家认为,作品"揭示了和谐是如何被领悟和被建构的"②。对立论与和谐论均以作品的意识流叙事形式为研究对象,其优势在于用共时研究揭示两种观念的差异性或共通性,以及冲突或融合的方式;其局限在于忽视了作品的特定历史背景,忽视了观念冲突中隐含的善恶选择和批判性反思。实际上,文学旨在表现并揭示人的本质,它以辨明善恶的伦理选择昭示对"人的本质的选择"③,它是作品最震撼人心的关键之所在,隐在地主导着作品的走向,决定着不同观念的真正价值。与对立观、和谐观的静态共时研究相比,伦理选择研究融历时研究与共时研究为一体,能充分揭示思想的动态变化和本质意蕴。

伍尔夫相信文学是伦理道德的表现,发挥着心灵教诲的作用。她将作家分为两类:一类像牧师,手拉着手将读者领进道德殿堂,华兹华斯、雪莱属于这一类;另一类"是普通人,他们把教诲包藏在血肉之中,描绘出整个世界,不剔除坏的方面或强调好的方面",乔叟属于后一类,他将道德融入人们的生活中,作者没说一个字,却能让读者深深地感悟到人物的道德观。伍尔夫认为再没有比乔叟这样的描写"更有力的教诲"④了。她的《达洛维夫人》便是典型的将伦理道德融入生活的作品。《达洛维夫人》创作于1922—1924年,当时第一次世界大战刚结束不久,欧洲许多思想家、文学家都

---

① J. Hillis Miller, "*Mrs. Dalloway*: Repetition as the Raising of the Dead," *Critical Essays on Virginia Woolf* (Vol. 3), Ed. Morris Beja, Boston: G. K. Hall & Co., 1985, p.388.

② Pamela L. Caughie, *Virginia Woolf and Postmodernism: Literature in Quest and Question of Itself*, Urbana and Chicago: Illinois UP, 1991, p.75.

③ 聂珍钊:《文学伦理学批评导论》,北京:北京大学出版社,2014年,第35页。

④ Virginia Woolf, "The Pastons and Chaucer," *The Essays of Virginia Woolf* (Vol. 4), Ed. Andrew McNeillie, London: The Hogarth Press, 1994, p.31.

沉浸在对西方文明的反思和批判中。他们中很多人将目光转向东方,翻译中国典籍,论析中西文明的异同,罗素的《中国问题》就是代表作之一。《达洛维夫人》正是在这样的氛围中写成的,体现出用中国之道反观西方文明的特性。

近年来,中西学者已开始关注伍尔夫与中国文化的关系问题。帕特丽莎·劳伦斯(Patricia Laurance)在《伍尔夫与东方》(*Virginia Woolf and the East*,1995)和《丽莉·布里斯科的中国眼睛》(*Lily Briscoe's Chinese Eyes*,2003)中论述了以伍尔夫为核心成员的英国布鲁姆斯伯里文化圈与中国"新月派"诗社的文化交往关系。[1] 高奋在《弗吉尼亚·伍尔夫的"中国眼睛"》中考证了伍尔夫与中国文化的关系,指出伍尔夫作品中的三双"中国眼睛"分别体现了她对"中国式创作心境、人物性格和审美视野的感悟"[2]。若能进一步深入探讨中国之"道"在伍尔夫作品中的深层意蕴,就会更有益于更深层次地阐明中西思想的交融。

本论文拟探讨的主要问题是:伍尔夫是如何接受中国之"道"的?她在《达洛维夫人》中如何以中国之"道"为镜,反思和批判西方伦理观?她的伦理选择具有什么内涵和价值?

一、中国之"道"的西渐与伍尔夫的接受

中国之"道"作为一种抽象理念,主要是通过中国典籍的外译而进入欧洲思想界和文艺界的,其中影响最大、传播最广的典籍是

---

[1] Patricia Laurence, *Lily Briscoe's Chinese Eyes: Bloomsbury, Modernism and China*, Columbia: University of South Carolina Press, 2003; Patricia Laurence, *Virginia Woolf and the East*, London: Cecil Woolf Publishers, 1995.

[2] 高奋:《走向生命诗学——弗吉尼亚·伍尔夫小说理论研究》,北京:人民出版社,2016年,第128页。

老子的《道德经》。大约在18世纪中叶,西方传教士和汉学家卫方济、傅圣泽、雷慕萨等相继将《道德经》翻译成拉丁文、法文;19世纪,《道德经》的德文本和俄文本陆续出现。最早的英译本出现在19世纪70年代,1884年伦敦出版巴尔弗的《道书》,1891年理雅各的《道书》译本在牛津出版;20世纪初出现多种《老子》英译本,已有译本也大量重印。在20世纪的诸多英译本中,亚瑟·韦利1934年的译本影响最大。①

20世纪初期,尤其是第一次世界大战后,欧洲各国学界对中国之"道"表现出异乎寻常的热切关注。比如,1919年德国汉学家、诗人克拉邦德(Klabund)提倡西方将道家思想运用于生活,"把他之所以能克服悲伤,归于自己成了道的孩子,懂得了生死同一的道家学说"②。1925年英国小说家毛姆(William S. Maugham)发表小说《面纱》,借小说人物诠释他作为一名西方作家对"道"的理解:"道就是道路及行人"([Tao] is the Way and the Way goer)③。德国哲学家海德格尔(Martin Heidegger)在《海德格尔全集》第75卷中引用《道德经》第十一章"三十辐共一毂"来讨论存在,并将其称为"箴言"(Spruch)。④ 1930年瑞士心理学家荣格在文章《纪念理查·威廉》中指出"道"对西方的重要意义:"在我看来,对道的追求,对生活意义的追求,在我们中间似乎已成了一种集体现象,其

---

① 老子:《老子》,Arthur Waley 英译,陈鼓应今译,长沙:湖南人民出版社;北京:外文出版社,1999年,第31—32页,前言。

② 卫茂平:《中国对德国文学影响史述》,上海:上海外语教育出版社,1996年,第388页。

③ W. Somerset Maugham, *The Painted Veil*, London: William Heinemann Ltd., 1934, p.228.

④ Martin Heidegger, *Gesamtausgabe Band 75: Zu Hölderlin Griechenlandreise*, Frankfurt am Main: Vittorio Klostermann, 2000, p.43.

范围远远超过了人们通常所意识到的。"①

欧洲学界对"道"的译法各不相同,大致体现了从归化走向异化的翻译取向,显现出西方对"道"的接受方式的渐变。早期翻译大都采用归化方式,将"道"转化为西方文化价值观;现代翻译大都采用异化方式,保留"道"的中国文化特色。比如在18世纪末的拉丁文译本中,"道"被译作"理";19世纪初,法国汉学家雷慕萨(Jean-Pierre Abel-Rémusat)在编译《道德经》时,将"道"对应于"逻各斯";然后,儒莲(Stanislas Julien)忠实于中文注释,将"道"译为"路"。② 19世纪末英国汉学家理雅各(James Legge)在《道书》(1891)中将"道"大部分音译为"Tao",但也有部分意译为"way",如第五十九章中的"长生久视之道也"译为"this is the way to secure that its enduring life shall long be seen"。③ 20世纪汉学家亚瑟·韦利(Arthur Waley)将"道"大部分译成"way",比如《道德经》第一章第一句译为"The Way that can be told of is not an Unvarying Way"(道可道,非常道)。④

伍尔夫对中国之"道"(way)的认识经历了从了解到领悟两个阶段。布鲁姆斯伯里文化圈成员、汉学家亚瑟·韦利是伍尔夫了解中国之道的重要来源,伍尔夫曾在《奥兰多》(Orlando,1926)序言中特别感谢韦利:"无法想象亚瑟·韦利的中国知识竟如此之丰

---

① 荣格:《心理学与文学》,冯川、苏克译,北京:生活·读书·新知三联书店,1987年,第255页。
② 卜松山:《与中国作跨文化对话》,刘慧儒、张国刚等译,北京:中华书局,2000年,第76页。
③ Lao Tse, *Tao Te Ching or the Tao and Its Characteristics*, Trans. James Legge, Auckland: The Floating Press, 2008, p.109.
④ 老子:《老子》,Arthur Waley英译,陈鼓应今译,长沙:湖南人民出版社;北京:外文出版社,1999年,第3页。

富,我从中获益良多。"①伍尔夫的藏书中有韦利出版于1918年的《170首中国古诗》②,韦利在该书的自序中写道:"道(即自然之道),相当于佛教的涅槃,基督教神秘教义中的上帝。"[Tao (Nature's Way) corresponds to the Nirvana of Buddhism, and the God of Christian mysticism.]③布鲁姆斯伯里文化圈的另一重要成员,英国著名哲学家伯特兰·罗素(Bertrand Russell)是伍尔夫了解中国文化和思想的另一重要来源。1922年罗素在论著《中国问题》(The Problem of China,1922)中剖析现代中国的现状与前景以及中西文明的异同。他在解析老子的"道"的内涵时,将"道"与西方《圣经》做比照,指出老子《道德经》的主要内涵是,"每个人、每只动物和其他世界万物都有其自身特定的、自然的处世方式或方法(way or manner),我们不仅应该自己遵从它,也要鼓励别人遵从它。'道'(Tao)指称'道路'(way),但含义更为玄妙,犹如《新约》中'我是道路、真理和生命'(I am the Way and the Truth and the Life)这句话"④。罗素是伍尔夫的长辈,她阅读他的著作,曾多次在随笔、日记中提到他。她在随笔《劳动妇女联合会的记忆》("Memories of a Working Women's Guild")中为妇女罗列的阅读书目就包括罗素的《中国问题》。⑤ 除了韦利和罗素的著作外,伍尔夫的藏书中还有翟理斯的《佛国记》(The Record of Buddhist Kingdoms,

---

① Virginia Woolf, *Orlando*, Oxford: Oxford UP, 1992, p.5.

② Patricia Laurence, *Lily Briscoe's Chinese Eyes: Bloomsbury, Modernism and China*, Columbia: South Carolina UP, 2003, p.164.

③ Arthur Waley, *A Hundred and Seventy Chinese Poems*, London: Constable and Company Ltd, 1918, p.14.

④ Bertrand Russell, *The Problem of China*, London: George Allen and Unwin Ltd, 1922, p. 188.

⑤ Virginia Woolf, "Memories of a Working Women's Guild," *Virginia Woolf: Selected Essays*, Oxford: Oxford UP, 2008, p.69.

1923)、《动荡的中国》(Chaos in China,1924)、《中国见闻》(Things Seen in China,1922)等书籍,同时他们夫妇共同经营的霍加斯出版社也曾出版2部中国著作,即《今日中国》(The China of Today,1927)和《中国壁橱及其他诗歌》(The China Cupboard and Other Poems,1929)。此外,她曾阅读蒲松龄的《聊斋志异》译本,大量阅读英美作家撰写的东方故事,撰写了《中国故事》《东方的呼唤》《心灵之光》《一种永恒》等多篇随笔,细致论述她对中国文化的直觉感知和对审美思维的领悟,以及对中国人宁静、恬淡、宽容的性情的喜爱。①

伍尔夫小说中对中国的描写体现了由表及里的过程。在小说《远航》(1915)中,中国作为一个远东国家被提到;在《夜与日》(1919)和《雅各的房间》(1922)中,出现有关中国瓷器、饰物的描写;在《达洛维夫人》(1925)和《到灯塔去》(1927)中,两位重要人物伊丽莎白·达洛维和莉莉·布利斯科都长着一双"中国眼睛"。从笼统的地理概念到具体的文化物品,再到传达情感和思想的眼睛,伍尔夫对中国的领悟逐渐进入灵魂层面。《达洛维夫人》是她以中国之"道"为镜,反观西方文化,表现其伦理取舍的典型作品。

二、中西之"道"的并置与伦理批判

《达洛维夫人》的显性和隐性结构均体现"道"(way)的喻义。小说的显性结构包含两条平行发展的"伦敦街道行走"的主线:一条表现克拉丽莎·达洛维与亲朋好友,从一早上街买花到盛大晚

---

① 高奋:《走向生命诗学——弗吉尼亚·伍尔夫小说理论研究》,北京:人民出版社,2016年,第121—126页。

宴结束的一天活动;另一条表现赛普蒂莫斯·沃伦·史密斯与妻子行走在伦敦街道,找医生看病,直至赛普蒂莫斯傍晚跳楼自杀的一天活动。两群人互不相识,但他们同一时间在相近的伦敦街道行走,几次擦肩而过。他们在街道、人群、车辆、钟声、天空、阳光所构建的声光色中触景生情,脑海中流转着恋爱、家庭、社交、处世、疾病、困惑等五味杂陈的意识流,突显他们不同的处世之道和喜怒哀乐。小说的隐性结构是由"道"(way)这一关键词所编织的网状结构构成的。小说中"way"这一单词共出现 73 次,比较匀称地用于主、次要人物的性格和言行描写,也用于描写社会和大自然的运行之道。这 73 个"way"就像漂在水面上的浮标,标示出人物的处世方式和生命态度,浮标的下面连接着人物的意识流大网。这是伍尔夫最欣赏的俄罗斯作家陀思妥耶夫斯基的灵魂描写模式,她曾这样概括陀氏作品的隐性结构:它用"海面上的一圈浮标"联结着"拖在海底的一张大网",大网中包含着深不可测的灵魂这一巨大的"海怪"。① 不过《达洛维夫人》中的"way"浮标,所连接的是多人物的意识并置,与陀氏的深度灵魂探测略有不同。

　　小说的基点是主人公彼得的梦中感悟,他在梦境中将生命视为一种超然物外的心境:"在我们自身以外不存在其他东西,只存在一种心境(a state of mind)……那是一种愿望,寻求慰藉,寻求解脱,寻求在可怜的芸芸众生之外,在脆弱、丑陋、懦弱的男人和女人之外的某种东西。"(63—64)②整部小说就是由多个人物的心境纵

---

① Virginia Woolf, "More Dostoevsky," *The Essays of Virginia Woolf* (Vol. 2), Ed. Andrew McNeillie, London: The Hogarth Press, 1987, p.84.
② 《达洛维夫人》小说的引文均出自 Virginia Woolf, *Mrs. Dalloway*, London: Penguin Group, 1996,均为自译。此后只标注页码,不再一一注明。

横交叉所构成的巨网,充分展现"生命和死亡,健全和疯狂"[①]的对抗与连接,但人物的心境各不相同:"人人都有自己的处世方式。"(Every man has his ways.)(31)伍尔夫像罗素、韦利、毛姆等学者作家一样,"把目光转向东方,希望在东方文化,尤其是中国哲学文化中找寻拯救欧洲文化危机的出路"[②],伊丽莎白的"中国眼睛"就是显著的标志。

伍尔夫将人物的伦理道德融入他们的处世方式之中,用并置方式展现,然后从克拉丽莎的视角做出伦理批判。小说无章节,大致可分成12个部分,每个部分聚焦某特定人物的意识流,大体呈现"克拉丽莎·达洛维—赛普蒂莫斯—克拉丽莎—彼得(克拉丽莎的前男友)—彼得—赛普蒂莫斯—赛普蒂莫斯—理查德·达洛维(丈夫)—伊丽莎白·达洛维(女儿)、基尔曼(家庭教师)—彼得—彼得—晚会"这样的人物交叉并置形态。

人物并置的模式有两种。

(1)不同处事方式的并置:以克拉丽莎的态度为分界线,她所赞赏的伊丽莎白、理查德·达洛维和萨利·西顿三人,与她所批判的彼得·沃尔什、多丽丝·基尔曼二人,其处世之道并置,前者体现中国的"无为之道",后者体现西方的"独断之道"。

(2)不同生命之道的并置:克拉丽莎(生命之道)与赛普蒂莫斯(死亡之道)并置,前者体现中国的"贵生之道",后者体现西方的"无情之道"。

(一)以"无为之道"反观"独断之道"

老子《道德经》中的"无为之道",既是社会治理之道,也是个人

---

① Virginia Woolf, *The Diary of Virginia Woolf* (*Vol. 2*), Ed. Anne Olivier Bell and Andrew McNeillie, London: The Hogarth Press, 1978, p.248.
② 葛桂录:《雾外的远音——英国作家与中国文化》,银川:宁夏人民出版社,2002年,第379页。

处世之道,其主要内涵有二:一是顺其自然。老子认为,"是以圣人处无为之事,行不言之教;万物作而弗始,生而弗有,为而弗恃,功成而弗居"(4)。① 也就是说,有道之人以"无为"的态度来处理世事,让万物兴起而不加倡导;生养万物而不据为己有,作育万物而不自恃己能,功业成就而不自我夸耀。无为,就是让万物自由生长而不加干涉,一切随顺。二是无欲无争。老子说"'道'常无为而无不为……不欲以静,天下将自正"(74)。也就是说,"道"永远是顺其自然的,然而没有一件事情不是它所作为的……不起贪欲而归于安静,天下自然走上正常的轨道。无为,就是无欲。

伊丽莎白·达洛维、理查德·达洛维和萨利·西顿三个人物均表现出顺应天性、无争无欲的处世之道,体现"无为"之道的特性。

伊丽莎白,克拉丽莎和理查德的女儿,她的处世方式是"趋向消极"(inclined to be passive)(149)。她不像达洛维家族其他成员一样金发碧眼,而是一位"黑头发,白净的脸上长着一双中国眼睛,带着东方人的神秘色彩,个性温和、宁静、体贴"(135)的女孩。她的眼睛"淡然而明亮,带着雕像般凝神注目和不可思议的天真"(150);她喜欢"自由自在"(149);喜欢"住在乡村,做她自己喜欢做的事"(148),不喜欢伦敦的各类社交活动;她想从事"某种职业"(150),成为医生或农场主;她推崇"友善,姐妹之情、母爱之情和兄弟之情"(geniality, sisterhood, motherhood, brotherhood)(152)。伊丽莎白的"消极"处世方式在小说中并无负面含义,而是一种人人喜爱的品性。她母亲克拉丽莎觉得伊丽莎白"看上去总是那么

---

① 老子《道德经》原文和英文均引自《老子》,亚瑟·韦利英译,陈鼓应今译,傅惠生校注,长沙:湖南人民出版社,2007年。此后只标注页码,不再一一注明。

有魅力……她几乎是美丽的,非常庄重,非常安详"(149);她的家庭教师基尔曼虽然对世界充满仇恨,却"毫无嫉妒地爱她,把她看作露天中的小鹿,林间空地里的月亮"(149);亲朋好友们将她比作"白杨树、黎明、风信子、幼鹿、流水、百合花"(148)。伊丽莎白自由自在、无欲无争的性情,体现的正是老子的"无为"之道。老子相信,"无为"之所以有力量,是因为"无有入无间"(88),无形的力量能够穿透没有缝隙的东西。这也正是伊丽莎白获众人喜爱的原因:她像大自然那样自在地显露天性,无争无欲,尽显善意。众人被她的美丽和单纯折服,视其为自然之化身,"友善,姐妹之情、母爱之情和兄弟之情"之象征。

理查德·达洛维的处世方式是"客观明智"(matter-of-fact sensible way)(83),与伊丽莎白一样展现"无为"的处世方式。"他是一个十足的好人,权力有限,个性敦厚,然而是一个十足的好人。无论他承诺了什么事,他都会以同样的客观明智的方法去完成,不掺杂任何想象,也不使用任何心机,只是用他那一类型的人所特有的难以描述的善意去处理它。"(83)"他性情单纯,品德高尚……他行事执着顽强,依照自己的天性在下议院中维护受压迫民众的权益。"(127)他给予亲朋好友支持、关心和尊严。达洛维先生"客观明智"的处世方式的最大亮点在于,他始终用自己的天性去看待事物,保持事物的本真面目,顺其自然地处理事物,不掺杂个人的偏见和欲念,具备轻松化解矛盾和解决问题的能力。他保持自己天性的纯真自在,不违心,不委曲求全。他所达到的境界就是老子所说的,"为无为,事无事,味无味"(128),以无为的态度去作为,以不搅扰的方式去做事,视恬淡无味为味。达洛维处世方式的根基是他单纯、善良、宽容、敦厚的"无为"品性,这正是克拉丽莎拒绝前男友彼得而嫁给达洛维的原因,她从他那里获得真正的幸福。

萨利·西顿的处世方式是"我行我素,绝不屈服"(gallantly taking her way unvanquished)(41)。她作为克拉丽莎的闺蜜,在一次散步中忽然吻了她一下,被彼得看见了,"而萨利(克拉丽莎从未像现在那样爱慕她)依然我行我素,绝不屈服。她哈哈大笑"(41)。她喜爱花道,颇具超凡脱俗的东方神韵:"萨利有神奇的魅力,有她自己的天赋和秉性。比方说,她懂花道(way with flowers)。在伯顿,人们总是在桌上静置一排小花瓶。萨利出门去摘些蜀葵、天竺牡丹——各种以前从不会被放在一起的花——她剪下花朵,让它们漂浮在盛水的碗里。效果极好。"(38)萨利一直以"我行我素"的方式生活着:和父母吵架后,她一文不名地离开家庭,独立生活;她不喜欢的势利男人吻了她一下,她抬手就是一记耳光;她嫁给自己喜爱的商人,生了五个孩子,全然不顾世俗的偏见。她热情、有活力、有思想,生性快活,依循天性自在地生活,大体上属于老子所说的"上德无为而无以为"(76)的人,也就是,顺其自然而无心作为的有德之人。

伊丽莎白、达洛维先生、萨利三人共同的处世原则是依照天性、顺其自然、自由自在和无争无欲。从另一角度看,他们最大的特性是:从不用自己的观念去强迫和压制他人;给自己自在空间,决不侵犯他人自由。他们是伍尔夫笔下"健全"(sane)的人。与他们相对的是"疯狂"(insane)的人,他们试图以各种名义去压制和改变他人,不尊重他人,给他人带来困扰和痛苦。彼得·沃尔什和多丽丝·基尔曼便是这类人物。前者以爱情的名义,用各种方式伤害恋人克拉丽莎,导致恋情破裂;后者以宗教的名义,仇视世界,伤害他人,自己也陷入痛苦深渊。

罗素在《中国问题》中对比中西文化时,曾这样说:"老子这样描述'道'的运作,'生而弗有(production without possession),为而弗恃(action without self-assertion),功成而弗居(development without domination)',人们可以从中获得关于人生归宿的观念,正如善思的中国人获得的那样。必须承认,中国人的归宿与大多数白人所设定的归宿截然不同。'占有'(possession)、'独断'(self-assertion)和'主宰'(domination)是欧美国家和个人趋之若鹜的信念。尼采将它们归结为一种哲学,而他的信徒并不局限于德国。"① 如果说伊丽莎白、达洛维、萨利的性情具备"生而弗有,为而弗恃,功成而弗居"的中国之道的特性,那么彼得和基尔曼所操持的正是西方文明所推崇的"占有""独断"和"主宰"的信念。

彼得·沃尔什的处世方式是"对抗"(be up against)(52)。他用自己的观点去对抗社会规则、习俗和所有人,包括恋人,"我知道我对抗的是什么,他一边用手指抚摸着刀刃一边想,是克拉丽莎和达洛维以及所有他们这样的人"(52)。他被牛津大学开除,不断遭遇各种挫折,一生都很失败。他与克拉丽莎相爱,情感相通,却始终只能从自己的观点出发去理解她,觉得她"懦弱、无情、傲慢、拘谨"(66),不断批评指责她,讽刺她是"完美女主人"(69),"用一切办法去伤害她"(69)。克拉丽莎认为他很愚蠢,"他从不遵从社会习俗的愚蠢表现,他的脆弱;他丝毫不理解别人的感受,这一切使她恼火,她一直对此很恼火;他到现在这年龄了还是那样,真愚蠢"(52)。他自己也觉得自己很荒谬,"他向克拉丽莎提出的许多要求是荒谬的……他的要求是难以达到的。他带来许多痛苦。她原本会接纳他,如果他不是如此荒谬的话"(70)。彼得体现了西方文化所推崇的"独断专行"(self-assertion)信念的某种后果。

---

① Bertrand Russell, *The Problem of China*, London: George Allen and Unwin Ltd, 1922, p.194.

基尔曼的处世方式是"自我中心主义"(egotism)(146)。"她知道是自我中心主义导致她一事无成"(145—146),但是她觉得"这个世界鄙视她,讥讽她,抛弃她,给了她这种耻辱——它将这具不讨人喜欢、惨不忍睹的身体强加给她"(142)。她认为"上帝已经给她指了道,所以现在每当她对达洛维夫人的仇恨,对这世界的仇恨,在心中翻滚时,她就会想到上帝"(137),"她心中激起一种征服的欲望,要战胜她,撕碎她的假面具"(138)。"控制"和"主宰"(domination)的欲望是她个性中最主要的特征。

伍尔夫通过克拉丽莎的意识流,对彼得和基尔曼以爱情和宗教的名义,独断专行地去占有和征服他人的行为做出激烈的伦理批判。"爱情和宗教是世界上最残忍的东西,她想,看着它们笨拙、激动、专制、虚伪、窃听、嫉妒、极度残酷、肆无忌惮,穿着防水布上衣,站在楼梯平台上。"(139)他们的可怕之处在于,当他们带着理性的、宗教的观念去控制和征服他人的时候,他们从不尊重生命,从不理会生命的差异,从不知道他们正在毁灭最美好的东西——人的生命本身。

"自我中心"是彼得和基尔曼一叶障目、迷失天性的主要原因。彼得有魅力有才智,"总能看透事物",但他"生性嫉妒,无法控制自己的嫉妒情绪"(175),经历了那么多年的挫折和失败后,他与克拉丽莎见面时依然只关心"他自己",克拉丽莎称之为"可怕的激情,使人堕落的激情"(140)。唯有在睡梦中,他才获得"平和的心境"(a general peace),仿佛看见大自然用它神奇的双手向他泼洒"同情、理解和宽恕"(compassion, comprehension, absolution)(64)这些他生命中缺少的、至关重要的东西。他最终明白,"生命本身,它的每一瞬间、每一点滴、此处、此刻、现在、在阳光下、在摄政公园,这就足够了"(88)。而基尔曼虽然得到了上帝的指引,她内心却一直在黑暗中苦苦挣扎,期盼自己能够超越仇恨与痛苦。"她用手指遮住眼睛,努力在这双重黑暗中(因为教堂里只有虚幻的灵光)祈求超越虚荣、欲望和商品,消除心里的恨与爱。"(147)

正是通过两组人物的并置,伊丽莎白·达洛维、萨利所代表的"生而弗有,为而弗恃,功成而弗居",与彼得和基尔曼所代表的"占有""独断"和"主宰",两种处世之道的利弊不言自明。无为之道的根基是善,它的立场是利人利己,因而人人和谐相处,人人各得其所。独断之道的根基是一种偏狭的善,它的立场是利己损人,只能导致对立和冲突,结果是害人害己。仇恨、冲突、战争是独断之道的产物。

(二)以"贵生之道"反观"无情之道"

老子倡导珍爱生命,他从生命本质、处世原则、生命法则和生死关系等多个方面突显了呵护生命的"贵生之道"。

其一,生命的本质是"柔弱胜刚强"。老子从鲜活的身体是柔弱的,生机勃勃的草木是柔脆的这些生命现象出发,阐明生命的属性即柔弱,死亡的属性即刚硬,进而提出"柔弱胜刚强"的生命本质:"人之生也柔弱,其死也坚强。草木之生也柔脆,其死也枯槁。故坚强者死之徒,柔弱者生之徒。是以兵强则灭,木强则折。强大处下,柔弱处上"(154);"柔弱胜刚强"(72);"天下之至柔,驰骋天下之至坚"(88);"守柔曰强"(106);"弱之胜强,柔之胜刚"(158)。

其二,处世的原则是"无为"。老子阐明"道"生万物,生命所遵循的规则就是"道"的"无为"规则。"故'道'生之,'德'畜之;长之育之;亭之毒之;养之覆之。生而不有,为而不恃,长而不宰。是为'玄德'。"(104)也就是说,道生成万物,德蓄养万物;使万物成长发育;使万物成熟结果;对万物抚养调理。生成万物却不据为己有,兴作万物却不自恃己能,滋长万物却不加以主宰。这就是最深的德。

其三,生命的法宝是"以慈卫之"。老子指出保全生命的三大法宝是慈爱、俭朴、不敢为天下先。慈爱赋予勇气,俭朴带来宽广,不敢居天下先才能成为万物之首。若舍弃慈爱、俭朴和退让,将走向死亡。"我有三宝,持之保之。一曰慈,二曰俭,三曰慈不敢为天下先。慈故能勇;俭故能广;不敢为天下先,故能成器长。今舍慈且勇;舍俭且广;舍后且先;死矣! 夫慈,以战则胜,以守则固。天将救之,以慈卫之。"(136)

其四,生死的关系是"死而不亡者寿"。老子认为,人出世即为生,入地即为死,死生是一体的。"出生入死"(102)。不迷失本性的人能活得长久,身体死亡后不被人忘记是真正的长寿。"不失其所者久。死而不亡者寿。"(66)

老子所阐释的生命以柔弱、无为、慈爱、死而不亡为特性,在《达洛维夫人》中得到了生动的描写,主要体现在克拉丽莎的生命之路上。

克拉丽莎的处世之道是"慈爱":"她的态度中有一种自在(ease)、一种母爱(something maternal)、一种温柔(something gentle)。"(69)首先,她的慈爱表现为对自我生命的珍爱。她从未受过教育,凭直觉感悟到了生命的脆弱,觉得自己全靠本能来了解别人和世界,常常有"危机四伏"(11)的感觉,因而不愿意对他人和自己品头评足。基于这种危机意识,她年轻时果断拒绝了不断伤害她的恋人彼得,嫁给了个性宽厚的达洛维,她明白彼得的极度嫉妒和过分要求会"毁了他们两人"(10)。其次,她的慈爱表现为对他人的"无为"善意。面对彼得的伤害,她除了偷偷哭泣和主动割断恋爱关系之外,从未用自己的观点去批驳或反击彼得,让他受窘受罪,而是用自己的勇气和忍耐力保持对他的善意和友情,从不对他一事无成的人生妄加评论。面对基尔曼出于宗教信仰的仇恨目光,她虽然大为震惊,心中油然升起愤恨,但她尽量让自己明白,她恨基尔曼的思想而不是她本人,因此将仇恨化为"哈哈一笑"(139)。但是,她内心始终严厉批判用爱情和宗教指责和压制他人的行为,认为它们最大的危害是毁灭生命本身:"生命中有某种神圣的东西,不管它是什么,但是爱情和宗教却要毁掉它,毁掉灵魂的隐私。"(140)她不仅努力实践"无为"的处事原则,而且让自己成为"最彻底的宗教怀疑论者"(86),因为她相信"众神总是不失时机地伤害、攻击和毁灭人类的生命"(87);她认为众神根本就不存在,还是让人类自己来装饰自己的家园,让人类尽可能活得体面而有尊严;她为此发展出一套无神论准则:"为善而行善。"(87)再者,她的慈爱表现为对生命和世界的热爱。她之所以善待彼得和基尔曼,即使他们伤害她,是因为她爱他们,她明白每个个体都有自己的苦衷,有自己的生存方式,她不能侵犯他们。她热爱生命,愿意善待他们。她热衷于举办家庭晚会,虽然引起误解,彼得认定她是"势利眼"(134),想通过晚会引人注目,丈夫达洛维认为她"太孩子气"(134);她想告诉他们,她举办晚会是因为她热爱生命:"他们都想错了。她喜欢的不过是生命本身。这就是我办晚会的原因。"(134)

她对生死关系有一种本能的理解,既不是基督教的,也不是理性主义的,而是对生死一体的直觉领悟,类似老子的"死而不亡者寿"。她问自己:"她的生命某一天会终结,这要紧吗?"她的回答是:"在伦敦的大街上,在世事的沉浮中,这里,那里,她会幸存下去,彼得也会幸存下去,他们活在彼此的心中;她确信她是自己家乡树丛的一部分,是家乡那座简陋、凌乱、颓败的房屋的一部分,是她从未谋面的家族亲人的一部分;她像薄雾一样飘散在她最熟悉的亲人中间……"(11)她相信,死亡是生命的延续,生命将以记忆的方式留存在亲朋好友的心中,印刻在它曾生活过的万事万物之中,死而不亡。

而赛普蒂莫斯·史密斯的死亡之道所体现的恰恰是克拉丽莎"贵生之道"的反面,它以理想、无情和绝情为主要特性。首先,赛普蒂莫斯的处世之道是无情(He could not feel)(96)。他的无情表现为理想主义膨胀,但缺少自我认识。他从小受过良好的教育,年轻时心中充满"虚荣心、雄心、理想、激情、孤独、勇气、懒惰",且急于"完善自己"(94),贪婪地读书,他的思想与社会文化和国家意志一致,却缺乏对自我天性的自觉认识。其次,他的无情表现为对生命的漠然和对生活的绝望。世界大战初期,他听从国家召唤义无反顾地走上战场;他英勇善战,获得晋升;他漠然地看着亲密战友阵亡,"无动于衷"(96),还庆幸自己不为感情所动。战争结束后某一天,他突然经历了"雷鸣般巨大的恐惧",从此他彻底"失去了感受力"(96)。他对生活感到绝望。他觉得,"他的头脑完好无损,却失去了感受力,那一定是世界的过错"(98);他认为"世界没有意义"(98);他相信莎士比亚的作品里充满了"厌恶、仇恨和绝望"(98);他认定"人类没有仁慈,没有信念,没有怜悯,只图一时享乐"(99)。再者,他的无情表现为对生命的绝情。医生诊断他没病,于是他觉得他精神出问题是因为他对战友的死亡没感觉,他犯罪了,"人性已经判处他死刑"(101),世界已经抛弃了他。于是他大声宣布,"他要自杀"(18)。当医学权威布拉德肖判定他的病因是"失去均衡感"(107),要将他从妻子身边强制带走,送医院隔离治疗时,他无法忍受与妻子分离,便跳楼自杀了。

对于赛普蒂莫斯的死,伍尔夫做出了严厉的伦理批判。她批判了被医学界置入神坛的"均衡"理论,以及它所代表的"只重理性精神,漠视情感需求"的荒唐理论被神化后所产生的巨大危害。作为一种被理性主义神化的权威理论,它坚信"健康就是均衡"(110),失去健康的病人必须被隔离休息,不准与亲朋好友在一起,不准看书,不准发表自己的观点,直到获得均衡感才可以回家。它像宗教"劝皈"一样,隐藏在博爱、爱情、责任、自我牺牲等冠冕堂皇的面具下,它的目标是"吞噬弱者的意志,将自己强加于人,将自己印刻在公众脸上,并为此而洋洋得意"(111),它的强烈欲望是"践踏它的对手,将自己的形象不可磨灭地刻入他人的殿堂"(113)。在它的强大压力下,"一些意志薄弱的人崩溃了,哭泣了,屈服了;而另一些人则用一种老天才知道的极度疯狂当面质骂威廉爵士是该死的骗子"(112)。赛普蒂莫斯就属于后一种人,他不愿违反本性臣服于"均衡"理论,因而跳楼自杀了。克拉丽莎称他的"死亡是反抗"(202),是对那些被供奉在神坛上的"无情"理论的反抗。只是他的反抗来得太迟,所以付出了生命的代价。他年轻时候的思想是被老师波尔小姐点燃的,里面全都是被放入神坛的理想主义思想。由于它们从未与他的自我本性相融,所以这些无根的思想,"没有活力,闪烁着虚幻的、脆弱的金红色光泽"(94)。当这些虚幻的理想被世界大战的惨烈击碎后,他便精神崩溃了,同时丧失的是他那原本就发育不良的感受力。失去了虚幻理想和直觉感受力,他的躯体空空如囊,他的世界和生命变得毫无意义,连莎士比亚都无法唤醒他心中的爱。当"均衡"理论要将他从他唯一依恋的妻子身边拉走时,他终于做出了本能的反抗——自杀。

伍尔夫用赛普蒂莫斯的死表达了对西方社会制度和思维方式的批判,表达了直观感悟世界的渴望。她通过克拉丽莎的意识流,赞赏赛普蒂莫斯的自杀行为,表示"为他的自杀感到高兴"(204),认为他的死亡是"一种反抗,是一种交流的努力"(202),有了这样的反抗和交流,人们才能推开挡在人们眼前的、被宗教和理性主义置于至高无上的神坛的权威理论;只有这样,人们才能用自己的生命去直观感受世界,去领悟思想。

　　伍尔夫这种超越神学和理性主义的思想,一方面来自20世纪的英国伦理学家G. E. 摩尔的《伦理学原理》的启示。摩尔剖析了自然主义伦理学、快乐主义伦理学、形而上学伦理学分别视自然、快乐、超感觉的实在为善的观点的谬误,提出"'善'是不能下定义的"观点。① 摩尔的论述使伍尔夫和布鲁姆斯伯里文化圈其他学者们豁然开朗,他向他们展示了对真理、自明以及普通常识的追求,也传达了他所认可的一些价值,其中包括"纯净"(purification)。不像劝导者(proselytizers)、传教士(missionaries)、十字军(crusaders)、传道者(propagandists)那样以宗教或哲学的名义建立一种劝皈体系,摩尔的"纯净"以友谊为基础,为布鲁姆斯伯里文化圈带来的影响力却无比巨大。② 伍尔夫的写作风格中就流露着这种由自明、光亮和真实带来的纯净。另一方面来自中国之道带给她的启示。就如荣格所说,中国思想"不是仅仅诉诸于头脑而是同时诉诸于心灵,它给沉思的精神带来明朗,给压抑不安的情绪带来宁静"。③ "同时诉诸于头脑和心灵"正是伍尔夫所渴望的,伍尔夫的伦理选择体现的是对善的全新诠释。

---

　　① 乔治·摩尔:《伦理学原理》,长河译,上海:上海人民出版社,2005年,第13页。
　　② Leonard Woolf, *Beginning Again: An Autobiography of the Years 1911 to 1918*, London: The Hogarth Press, 1964, pp.24-25.
　　③ 荣格:《心理学与文学》,冯川、苏克译,北京:生活·读书·新知三联书店,1987年,第255页。

三、伦理选择

通过两组人物的处世之道和生死之路的并置和伦理批判,伍尔夫已经隐在地表明了她对无为之道和贵生之道的赞赏,以及对独断之道和无情之道的批判。但是伍尔夫作为对西方社会和思想有透彻领悟的作家,她自然不会简单地将中国之道作为她的最终选择,而是在汲取道家思想的长处的基础上,对西方理念进行修正,提出了适合西方社会的伦理观。

她接受摩尔的伦理学原理,将伦理思考聚焦于"作为目的是善的"这一本质层面,而不是置于"作为手段是善的"这一方法论层面,前者在一切情况下都是善的,后者只有在一些情况下是善的,而在另一些情况下是恶的。[①] 就比如,"生而弗有,为而弗恃,功成而弗居"的信念在一切情况下都是善的,它是"作为目的的善";而"占有""独断"和"主宰"等信念只有对自己是善的,对他人却是恶的,因而只能归入"作为手段是善的"。伍尔夫所做的,就是借助中国之道,将西方的伦理观提升到"作为目的是善的"这一本质层面。

伍尔夫的伦理选择是"珍爱生命"。

首先,"珍爱生命"表现为她对"以生命为本"的伦理立场的推崇。她通过克拉丽莎的意识流阐明:生活的奥秘就是珍爱生命,要呵护每一个个体的天性,不要试图用宗教信条和理性观念去征服、压制和毁灭它。

[①] 乔治·摩尔:《伦理学原理》,长河译,上海:上海人民出版社,2005年,第25—31页。

> 为什么还需要信条、祷告词和防水布衣服呢？克拉丽莎想，既然那就是奇迹，那就是奥秘，她指的是那个老妇人……基尔曼会说她已经解开了这个至高无上的奥秘，彼得或许会说他已经解开了，但是克拉丽莎相信他们两人一点都不知道怎样解开它；其实那奥秘很简单，它就是：这是一间房间，那是一间房间。宗教解开它了吗？爱情解开它了吗？（140—141）

生活至高无上的奥秘就是那个"老妇人"和那些居住在房间里的"生命个体"，他/她是如此生动，如此可爱。尊重他们，让他们有尊严地活着，那是最根本的。"以生命为本"的原则体现了伍尔夫用"贵生为本"的老子思想对以真理为本的西方主导观念的适度修正。

其次，"珍爱生命"表现为她对"尊重生命"这一伦理原则的呼吁。"人都有尊严，有独处的愿望，即便夫妻之间也存在着鸿沟；必须尊重这一点……如果你放弃了它，或者违背丈夫的意愿将它拿了过来，那么你就失去了自己的独立和尊严。"（132）这一席话表达了伍尔夫对维护自我尊严和自我隐私的强烈关注。只有消去"占有""独断""主宰"信念中的"好斗"的成分，学会尊重生命，那样自我意识才会对个人、他人和社会都大有裨益。"尊重生命"原则体现了伍尔夫对以无我为立场的"无为"之道与以自我为立场的"独断"之道的适度融合。

最后，"珍爱生命"表现为她对"联结生命"的伦理实践的倡导。伍尔夫相信，生命的价值就在于感受生命本身，并为人与人的聚集和融合做出奉献：

> 她称之为生命的东西对她意味着什么呢？哦，很奇怪。

某人住在南肯辛顿,另一个在贝斯沃特,另一个在梅费尔,比方说。她不断感觉到他们的存在,她觉得那是多大的浪费啊,多大的遗憾啊;若能将他们聚集在一起有多好;所以她就那样做了。这是一种奉献;去联合,去创造;但为谁奉献呢?也许是为奉献而奉献吧。不管怎么说,这是她的天赋。除此之外,她再没有其他才能了……日子在一天天流逝……她依然早上醒来,仰望天空,去公园散步……这就够了。在这之后,死亡多让人难以相信啊!然而它必定会到来;这世上没有人能知道她多么热爱这一切,热爱这每一分钟每一秒钟……(135)

而生命的幸福归根结底来自人与自然的交融。她这样揭示克拉丽莎的幸福:"有一次,她在伯顿的平台上散步……真奇怪,简直难以置信,她还从未感到那么幸福过……突然间她惊喜地获得了幸福,在太阳升起的时候,在白日逝去的时候,没有任何快乐能与这种幸福相比……"(203—204)西方一向关注人与人的联结,而中国一向关注天与人的联结。伍尔夫将两者均视为伦理实践最重要的因素,以此获得真正的生命回归。

(载 *Interdisciplinary Studies of Literature*,Vol. 3, No. 2, 2019)

弗吉尼亚·伍尔夫的"中国眼睛"

弗吉尼亚·伍尔夫对中国文化的表现与大多数欧美作家一样,主要有两种形式。首先,"中国的瓷器、丝绸、茶叶、扇子等富有东方情调的物品或简笔勾勒的中国人散落在作品之中,有意无意地抒发想象中的中国意象和中国形象";其次,基于创作者对中国哲学、文化、艺术的了解,"作品的整体构思自觉体现对中国思想的领悟,通过形式技巧、叙述视角、人物风格、主题意境等多个创作层面,隐在或显在地表现出基于中西方美学交融之上的全新创意"。[①]出现在伍尔夫作品中的直观中国意象包括中国宝塔、千层盒、茶具、瓷器、瓦罐、旗袍、灯笼等,它们散落在她的小说和随笔之中,喻示着中国文化物品已成为英国日常生活的一部分。伍尔夫的深层次理解基于她对有关东方文化的文学作品和视觉艺术的领悟和洞见,在创作中表现为全新的创作心境、人物性情和审美视野,其显著标志是她作品中三个人物的"中国眼睛"。他们分别是:随笔《轻率》(*Indiscretions*,1924)中的英国玄学派诗人约翰·多恩、小说《达洛维夫人》(*Mrs. Dalloway*,1925)中的伊丽莎白·达洛维和小

---

① 高奋:《"现代主义与东方文化"的研究进展、特征和趋势》,《浙江大学学报》2012年第3期,第31页。

说《到灯塔去》(To the Lighthouse,1927)中的丽莉·布里斯科。这三位典型欧洲人的脸上突兀地长出"中国眼睛",这与其说是随意之笔,不如说是独具匠心。

英美学者已经关注到伍尔夫的"中国眼睛",并尝试阐释其内涵。帕特丽莎·劳伦斯(Patricia Laurence)曾撰写《伍尔夫与东方》("Virginia Woolf and the East",1995)一文,指出伍尔夫赋予其人物以"中国眼睛",旨在以"东方"元素突显人物的"新"意。[1]此后劳伦斯在专著《丽莉·布里斯科的中国眼睛》(Lily Briscoe's Chinese Eyes,2003)中,通过布里斯科的"中国眼睛"透视20世纪二三十年代英国"布鲁姆斯伯里文化圈"与中国"新月派"诗社之间的对话和交往,回顾和总结英国人认识、接受和融合中国文化的历史、途径及表现形式。她指出丽莉的"中国眼睛","不仅喻示了英国艺术家对中国审美观的包容,而且暗示了欧洲现代主义者乃至当代学者对自己的文化和审美范畴或其普适性的质疑",[2]代表着英国现代主义的"新感知模式"。[3]不过她的研究聚焦布鲁姆斯伯里文化圈,重在提炼英国现代主义的普遍理念,并未深入探讨伍尔夫的"中国眼睛"的渊源和意蕴。另外厄米拉·塞沙吉瑞(Urmila Seshagiri)比较笼统地指出,伍尔夫的《到灯塔去》"批判了20世纪初期英帝国独断式的叙述方式,用丽莉·布里斯科的眼睛所象征的东方视角担当战后贫瘠世界的意义仲裁者"。[4]

---

[1] Patricia Laurence, *Virginia Woolf and the East*, London: Cecil Woolf Publishers, 1995, p.10.

[2] Patricia Laurence, *Lily Briscoe's Chinese Eyes: Bloomsbury, Modernism and China*, Columbia: University of South Carolina Press, 2003, p.10.

[3] Patricia Laurence, *Lily Briscoe's Chinese Eyes: Bloomsbury, Modernism and China*, Columbia: University of South Carolina Press, 2003, p.326.

[4] Urmila Seshagiri, "Orienting Virginia Woolf: Race, Aesthetics, and Politics in *To the Lighthouse*," *Modern Fiction Studies*, Vol. 50, No. 1, Spring 2004, p.60.

那么,伍尔夫的"中国眼睛"缘何而来？其深层意蕴是什么？这是本文探讨的主要问题。

一、东方文化与"中国眼睛"

伍尔夫笔下的三双"中国眼睛"集中出现在她发表于20世纪20年代中期的作品中,即随笔《轻率》(1924)、《达洛维夫人》(1925)、《到灯塔去》(1927),这与她对中国文艺的感悟过程及中国风在英国的流行程度相关。像大多数欧美人一样,她对中国文化的了解最初是从东方文化中提炼的,不过当她最终在作品中启用"中国眼睛"一词时,它背后的中国诗学意蕴是明晰的。

她感知和了解中国和东方其他国家的主要途径之一是她的亲朋好友的旅游见闻、译介,以及她本人与中国朋友的通信交流。1905年她的闺密瓦厄莱特·迪金森去日本旅游,其间曾给她写信描述日本的异国风情,伍尔夫随后撰写随笔《友谊长廊》(*Friendships Gallery*, 1907),以幽默奇幻的笔触虚构了迪金森在日本的游览经历。[①] 1910年和1913年,她的朋友、剑桥大学讲师高·洛·狄更生两次访问中国,他在出访中国之前已出版《中国人约翰的来信》(*Letters from John Chinaman*, 1903),讽刺英国人在中国的暴行。1912年,弗吉尼亚与伦纳德·伍尔夫结婚,后者此前曾在锡兰工作6年,回国后撰写并出版了《东方的故事》(*Stories of the East*, 1921)。1918年至1939年,她的朋友、汉学家阿瑟·韦利(Arthur Waley, 1889—1966),继牛津大学汉学教授理雅各(James

---

① Virginia Woolf, "Friendships Gallery," *The Essays of Virginia Woolf* (Vol. 6), Ed. Stuart N. Clarke, London: The Hogarth Press, 2011, pp.515-548.

Legge,1815—1896)的七卷本《中国经典》(The Chinese Classics)和剑桥大学汉学教授翟理斯(Herbert Allen Giles,1845—1935)的《中国文学史》(A History of Chinese Literature)之后,翻译和撰写了十余部有关中国和日本的文史哲著作,包括《170首中国诗歌》(A Hundred and Seventy Chinese Poems,1918)、《更多中国诗歌》(More Translations from the Chinese,1919)、《中国绘画研究导论》(Introduction to the Study of Chinese Painting,1923)等。[1]伍尔夫曾在小说《奥兰多》前言中感谢韦利的"中国知识"对她的重要性。[2] 1920年伍尔夫的朋友、哲学家罗素到中国北京大学担任客座教授,回国后出版《中国问题》(The Problem of China,1922)一书,论述他对中国文明的领悟和建议。1925年她的密友、艺术批评家罗杰·弗莱,选编出版了《中国艺术:绘画、瓷器、纺织品、青铜器、雕塑、玉器导论》(Chinese Art: An Introductory Handbook to Painting, Sculpture, Ceramics, Textiles, Bronzes & Minor Arts,1925),并撰写序言《论中国艺术的重要性》("The Significance of Chinese Art"),详述他对中国视觉艺术的理解。[3] 1928年她的另一位密友、传记作家利顿·斯特拉奇,出版一部关于中国皇帝和皇太后慈禧的讽刺传奇剧《天子》(Son of Heaven,1928)。1935—1937年,伍尔夫的外甥朱利安·贝尔到国

---

[1] 韦利的其他重要著作包括:《源氏物语》(The Tale of Genji,1925—1933)、《道德经研究及其重要性》(The Way of Power: A Study of the Tao Te Ching and Its Place in Chinese Thought,1934)、《孔子论语》(The Analects of Confucius,1938)、《中国古代三种思维》(Three Ways of Thought in Ancient China,1939)等。

[2] Virginia Woolf, "Preface," Orlando, Oxford: Oxford University Press, 1992, p.5.

[3] Roger Fry & Laurence Binyon, et al., Chinese Art: An Introductory Handbook to Painting, Sculpture, Ceramics, Textiles, Bronzes & Minor Arts, London: B. T. Batsford LTD, 1935, pp.1-5.

立武汉大学教书,不断写信给她,介绍中国文化和他喜爱的中国画家凌叔华。1938年,朱利安在西班牙战死后,伍尔夫与凌叔华直接通信,探讨文学、文化与生活,并在信中鼓励、指导和修改凌叔华的小说《古韵》。上述人员都是伍尔夫所在的布鲁姆斯伯里文化圈的核心成员,该文化圈坚持了30余年的定期活动,他们对中、日等国文化的深入了解和主动接纳对伍尔夫的影响深远。他们有关中国文化的作品基本出版于20世纪20年代,这与伍尔夫20年代作品中出现三双中国眼睛相应和。

　　伍尔夫对中国和东方文化的深层领悟源于她对相关文艺作品的阅读。20世纪初期,英国汉学研究有了很大发展,一方面理雅各、翟理斯、韦利、劳伦斯·宾扬等传教士和汉学家所翻译的中国典籍和文艺作品在20世纪二三十年代大量出版;另一方面伦敦大学东方研究院于1916年成立,①阅读英译中国作品或学习汉语变得便利。中国艺术在20世纪初期的英国社会受到热捧,一位出版商曾在前言中概括这一态势:"对中国艺术的兴趣和领悟正在日益增强,近二三十年中,有关这一专题的著作大量出版便是明证。"②他在该书中列出了20世纪头30年有关中国艺术的出版书目,其中以"中国艺术"为题目的专题论著多达40余本。③伍尔夫的藏书中有阿瑟·韦利的《170首中国诗歌》、翟理斯的《佛国记》(The Record of Buddhist Kingdoms,1923)和《动荡的中国》(Chaos in

---

① 何培忠主编:《当代国外中国学研究》,北京:商务印书馆,2009年,第184—190页。
② Roger Fry & Laurence Binyon, et al., *Chinese Art: An Introductory Handbook to Painting, Sculpture, Ceramics, Textiles, Bronzes & Minor Arts*, London: B. T. Batsford LTD, 1935, p.v.
③ Roger Fry & Laurence Binyon, et al., *Chinese Art: An Introductory Handbook to Painting, Sculpture, Ceramics, Textiles, Bronzes & Minor Arts*, London: B. T. Batsford LTD, 1935, p.5.

China,1924)、奇蒂的《中国见闻》(Things Seen in China,1922)等书籍,①同时伍尔夫夫妇共同经营的霍加斯出版社曾出版2部有关中国的著作,《今日中国》(The China of Today,1927)和《中国壁橱及其他诗歌》(The China Cupboard and Other Poems,1929)。②伍尔夫究竟阅读过多少有关中国的书籍已很难考证,从她撰写的随笔看,她曾阅读一些英美作家撰写的东方小说,也阅读过中、日原著的英译本。她不仅积极领悟人与自然共感共通的东方思维模式,而且青睐东方人温和宁静的性情。

她对东方审美的领悟大致聚焦在人与自然共感共通的思维模式中。

她体验了以"心"感"物"的直觉感知。在随笔《东方的呼唤》("The Call of the East",1907)中,她评论英国作家夏洛特·罗利梅(Charlotte Lorrimer)的小说,赞同小说家的观点,"我们已经遗忘了东方人当前依然拥有的珍贵感知,虽然我们能够回忆并默默地渴望它。我们失去了'享受简单的事物——享受中午时分树下的荫凉和夏日夜晚昆虫的鸣叫'的能力"。她认为"这是欧洲文化走近神秘的中国和日本时常有的精神状态;它赋予语词某种感伤;他们能欣赏,却不能理解"。虽然该小说仅描述了一位西方妇女目睹日本母亲平静地接受丧子之痛的困惑和费解,伍尔夫对它的评价却很高,认为"这些在别处看来极其细微的差异正是打开东方神秘的钥匙"。③

---

① Patricia Laurence, *Lily Briscoe's Chinese Eyes: Bloomsbury, Modernism and China*, Columbia: University of South Carolina Press, 2003, p.164.

② Stephen King-Hall, *The China of Today*, London: Hogarth Press, 1927; Ida Graves, *The China Cupboard and Other Poems*, London: Hogarth Press, 1929.

③ Virginia Woolf, "The Call of the East," *The Essays of Virginia Woolf* (Vol. 6), Ed. Stuart N. Clarke, London: The Hogarth Press, 2011, pp.323-324.

她深深迷恋于人与自然共通的审美思维。她曾撰写随笔《心灵之光》("The Inward Light",1908)和《一种永恒》("One Immortality",1909),评论英国作家菲尔丁·豪(Harold Fielding Hall,1859—1917)的两部同名小说。她在随笔中大段摘录小说中的东方生命意象:

> 世界万物鲜活美丽,周围的草木花鸟都与它一样是有灵魂的,正是这些相通的灵魂构成了和谐而完整的世界。
> 生命是河流,是清风;生命是阳光,由色彩不同的独立光束组合而成,它们是不可分割的,不可指令某一色彩的光束在灯盏中闪烁而另一色彩的光束在炉火中燃烧。生命是潮汐,它以不同方式流动,其本质却相同,它穿越每一种生命体,穿越植物、动物和人类,他们自身并不完整,只有当无数个体融合起来时才构成整体。①

她认为这些东方思想,完全不同于西方那些"枯燥而正式"的信仰,充分表现了生命体与大自然的共感与应和。她这样评价这部小说:

> 的确,本书给人的印象是一种特别的宁静,同时也有一种特别的单调,部分可能出自无意识。那些不断用来表达其哲学思想的隐喻,取自风、光、一连串水影和其他持久之力,它们将所有个体之力和所有非常规之力,均解释为平和的溪流。

---

① Virginia Woolf, "The Inward Light," *The Essays of Virginia Woolf* (Vol. 1), Ed. Andrew McNeillie, London: The Hogarth Press, 1986, pp.171-172.

它是智慧的、和谐的，美得简单而率真，但是如果宗教诚如豪先生所定义的那样，是"看世界的一种方式"，那么它是最丰富的方式吗？是否需要更高的信念，以便让人确信，最大限度地发展这种力量是正确的？①

虽然伍尔夫的点评表现出一种雾里看花的困惑，不过她对物我共通的东方思想的领悟是深刻的。她感悟到，作品的"智慧""和谐"与"美"是通过隐喻（均取自自然持久之力）来表现的，而隐藏在"物象—心灵"隐喻模式之下的，是东方哲学的基本思想，即自然持久之力与生命个体之力是共通的，均可以解释为"平和的溪流"。她的点评，从某种程度上应和中国传统的共通思想，比如王夫之的"形于吾身之外者，化也；生于吾身之内者，心也。相值而相取，一俯一仰之间，几与为通，而浮然兴矣"。身外的天化与身内的心灵之间存在着一个共通的结构模式（"相值而相取"），当个体生命在天地之间悠然而行之际，心灵与物象的通道忽然开通，审美意象油然而生。② 难能可贵的是，伍尔夫在赞叹"所有人的灵魂都是永生的世界灵魂的组成部分"③的东方思想之时，已经自觉地领悟到东方艺术之美在于物我共通的哲学理念及其表现方式。

在阅读中国原著英译本时，她感受到中国文学真中有幻、虚实相生的创作风格。她曾撰写随笔《中国故事》（"Chinese Stories"，1913），专题评论蒲松龄的《聊斋志异》。她觉得《聊斋志异》的故事

---

① Virginia Woolf, "The Inward Light," *The Essays of Virginia Woolf* (Vol. 1), Ed. Andrew McNeillie, London: The Hogarth Press, 1986, p.173.
② 转引自朱良志：《中国艺术的生命精神》，合肥：安徽教育出版社，2006年，第259—260页。
③ Virginia Woolf, "One Immortality," *The Essays of Virginia Woolf* (Vol. 1), Ed. Andrew McNeillie, London: The Hogarth Press, 1986, p.256.

就如"梦境"一般,不断"从一个世界跳跃到另一个世界,从生转入死",毫无理路且总是出人意料,令她疑惑它们究竟是奇幻的"童话"还是散漫的"儿童故事"。虽然一头雾水,但她还是从中捕捉到了艺术之美感:"它们同样颇具幻想和灵性……有时会带来真正的美感,而且这种美感因陌生的环境和精致的衣裙的渲染而被大大增强。"①正是基于这一启示,她在随后的创作中不断思考生活之真与艺术之幻的关系问题,不断提问:"何谓真,何谓幻……柳树、河流和沿岸错落有致的一座座花园,因为雾的笼罩而变得迷蒙,但是在阳光下它们又显出金色和红色,哪个是真,哪个是幻?"②她的答案是,文学之真从本质上说是生命之真与艺术之幻的平衡,"最完美的小说家必定是能够平衡两种力量并使它们相得益彰的人"。③她的真幻平衡说与中国明清时期小说家们的"真幻说"相通,比如幔亭过客称赞《西游记》"文不幻不文,幻不极不幻。是知天下极幻之事,乃极真之事;极幻之理,乃极真之理";④脂砚斋评《红楼梦》"其事并不真实,其情理则真";⑤闲斋老人称颂《儒林外史》"其人之性情心术,一一活现纸上"。⑥这些均揭示了对文学艺术虚实相生

---

① Virginia Woolf, "Chinese Stories," *The Essays of Virginia Woolf* (Vol. 2), Ed. Andrew McNeillie, London: The Hogarth Press, 1987, pp.7 - 8. 其英文原文是:"The true artist strives to give real beauty to the things which men actually use and to give to them the shapes which tradition has ordained."

② Virginia Woolf, *A Room of One's Own*, San Diego: Harcourt Brace Jovanovich, Inc., 1957, pp.15 - 16.

③ Virginia Woolf, "Phases of Fiction," *Granite and Rainbow: Essays*, London: Harcourt Brace Jovanovich, Inc., 1958, p.144.

④ 幔亭过客:《西游记题记》,载黄霖、蒋凡主编:《中国历代文论选新编·明清卷》,上海:上海教育出版社,2007年,第218页。

⑤ 脂砚斋:《红楼梦评语》,载黄霖、蒋凡主编:《中国历代文论选新编·明清卷》,上海:上海教育出版社,2007年,第352页。

⑥ 闲斋老人:《儒林外史序》,载黄霖、蒋凡主编:《中国历代文论选新编·明清卷》,上海:上海教育出版社,2007年,第362页。

本质的自觉意识。

她从日本古典名作《源氏物语》(*The Tale of Genji*, 1925)英译本中感悟到了东方艺术形式美的奥秘。她从这部错综复杂的宫廷小说中看到的不是日本女子凄婉的命运，而是东方艺术之美。她指出，作品的美表现在"雅致而奇妙的、装饰着仙鹤和菊花"的物品描写中，其根基是创作者紫式部的审美信念，即"真正的艺术家'努力将真正的美赋予实际使用的物件，并依照传统赋形'"，由此艺术之美才可能无处不在，渗透在人物的呼吸、身边的鲜花等每一个瞬间中。① 伍尔夫对紫式部艺术思想的推崇与领悟，在一定程度上贴近中国审美"平淡自然"的境界，比如司空图的"俯拾即是，不取诸邻。俱道适往，著手成春。如逢花开，如瞻岁新"；②或苏轼的"随物赋形，尽水之变"③。这里，司空图与苏轼将随物赋形视为创作的最高境界，强调艺术之真在于外在之形与生命之真的自然契合，不刻意雕琢，无人工之痕。伍尔夫从紫式部的作品中感悟到的也正是随物赋形的创作理念。

除了物我共感共通的审美思维之外，她另一个关于中国文化的深刻印象是中国人宁静、恬淡、宽容的性情。她曾评论美国小说家赫尔吉海姆的两部小说《爪哇岬》(*Java Head*, 1919)和《琳达·康顿》(*Linda Condon*, 1920)。她在随笔《爪哇岬》中生动描述了出身高贵、个性恬淡的中国女子桃云，她嫁到美国后，对邻里无事生非的飞短流长淡然处之，对道德败坏人士的挑逗诱惑不为所动，但

---

① Virginia Woolf, "The Tale of Genji," *The Essays of Virginia Woolf* (Vol. 4), Ed. Andrew McNeillie, London: The Hogarth Press, 1994, p.267.
② 司空图:《诗品》，据人民文学出版社郭绍虞集解本。
③ 苏轼:《苏轼文集》卷十二，北京:中华书局，1986年版。

最终因环境所迫吞下鸦片药丸,在睡梦中安静死去。①在随笔《美的追踪》中,她列出了两尊远古的美的雕像,"一尊是灰绿色的中国菩萨,另一尊是洁白的古希腊胜利女神",指出小说主人公琳达·康顿早年的生活是由灰绿色的中国菩萨主宰的,"她的表情意味深长且宁静,蔑视欲望与享受"。②

这便是伍尔夫的中国和东方印象。虽然零碎,但从每一个碎片中,她都读出了中国和东方其他国家的思维之美与性情之和,以及它们与欧美文艺的不同。

单纯依靠这些文字碎片,很难获得对中国思维和性情的整体理解,幸运的是,她从 20 世纪初在英国广泛流行的"中国风"(Chinoiserise)物品上所绘制的中国风景图案中获取了直观的视觉印象。这些简单而宁静的中国图像频繁出现在瓷器、屏风、折扇、壁纸、画卷、丝绸、玉器之上,展现在伦敦中国艺术展和大英博物馆东方艺术部中,或者以建筑物的形式矗立在英国国土上(比如坐落在伦敦皇家植物园邱园中的中国宝塔,修建于 1761—1762 年)。这其中,最广为人知并给人深刻印象的是源自中国的垂柳图案青花瓷盘(willow-pattern blue plate)。

最初这些青花瓷盘是由传教士和商人从中国带到欧洲的。17、18 世纪在荷兰东印度公司(VOC)的全球贸易活动推动下,青花瓷盘开始从中国大量销入欧洲各国。英国人从 17 世纪开始仿制中国青花瓷,到 18 世纪已经建立了较大规模的陶瓷生产厂家。他们不仅模仿中国青花瓷盘的图案,而且采用转印图案技术,将复

---

① Virginia Woolf, "Java Head," *The Essays of Virginia Woolf* (Vol. 3), Ed. Andrew McNeillie, London: The Hogarth Press, 1988, pp.49-50.
② Virginia Woolf, "The Pursuit of Beauty," *The Essays of Virginia Woolf* (Vol. 3), Ed. Andrew McNeillie, London: The Hogarth Press, 1988, p.233.

杂图案做成瓷胚,用机械方式大量重复印制,同时他们还赋予垂柳图案以凄美的中国爱情故事。这些青花瓷故事在维多利亚时期的报刊、书籍、戏剧、小说中被不断演绎,将一个带着浓郁中国风情的故事慢慢定型,在英国社会家喻户晓,成为英国人遥望中国文化的一扇视窗。

青花瓷盘上的基本图案是这样的:瓷盘中心是一颗大柳树,柳枝随风飘扬;柳树的左边矗立着亭台楼阁,四周环绕着桃树、玉兰树等,树下扎着可爱的篱笆;柳树的右边有一座小桥,桥上行走着三个人。小桥的前方是湖泊,不远处有一条遮篷船,船夫正站在船头撑篙,更远处是一座小岛,上面有农舍、宝塔和树木。柳树的正上方飞翔着一对斑鸠,四目相对,含情脉脉。

图案的背后流传着一则古老的中国爱情故事:很久以前,在中国杭州,一位官吏的女儿爱上了父亲的文书,但父亲逼迫女儿嫁入豪门,于是那对情侣只能私奔。桥上的三个人正是出逃中的女儿和她的恋人,后面紧紧追赶的是手执皮鞭的父亲。女儿和恋人渡船逃到小岛上生活了多年,后来被人发现后被烧死。他们的灵魂化作斑鸠,飞翔在当初定情的柳树上空,形影不离。①

这一青花瓷传说有很多版本,以童谣、儿童故事、戏剧、小说乃至电影等方式不断在英国重复演绎。比如,1865年,在利物浦的威尔士王子剧院上演了戏剧《垂柳瓷盘的中国原创盛典》(*An Original Chinese Extravaganza Entitled the Willow Pattern Plate*);1927年由美国人詹森执导,所有角色均由中国人扮演的古

---

① Patricia O'Here, "The Willow Pattern that We Know: The Victorian Literature of Blue Willow," *Victorian Studies*, 1993 (summer); Lucienne Fantannaz & Barbara Ker Wilson, *The Willow Pattern Story*, London: Angus & Roberyson Publish, 1978.

垂柳图案青花瓷盘

装默片《青花瓷盘的传说》(*The Legend of Willow-Pattern Plate*)在伦敦首映,英国女王陛下出席了首映仪式。①

这种瓷盘与传说同步且长期传播的方式,几乎将垂柳图作为中国的象征印入几代英国人的心中。瓷盘中所展现的中国审美方式既困扰了英国人(尤其是早期英国人),也在潜移默化中让英国人默认了这一表现方式,乃至视其为理解中国思想的参照物。

查尔斯·兰姆(Charles Lamb)1823年点评青花瓷盘图案时所表达的不解,代表了早期英国人对东方思维的困惑。兰姆认为它是"小小的、毫无章法的、蔚蓝而令人迷醉的奇形怪状的图案",那上面有女子迈着碎步走向停泊在宁静的小河彼岸的轻舟,而"更远处——如果他们世界中的远和近还可以估计的话——可以看见马群、树林和宝塔"。②兰姆既不习惯画面中的远近距离,因为完全不符合透视法的布局,也不习惯将人物非常渺小地置于自然风景之

---

① 沈弘:《青花瓷盘的传说——试论填补中国电影史空白的一部早期古装默片》,《文化艺术研究》2012年第4期,第36—44页。
② Charles Lamb, "Old China," *The Portable Charles Lamb*, Ed. John Mason Brown, New York: Viking, 1949, p. 291.

中的表现方式,它与西方绘画聚焦人物而隐去自然风景的传统做法是截然不同的。

对20世纪初期的伍尔夫而言,这一视像却为她理解令人费解的中国文字故事提供了参照物。她阅读蒲松龄《聊斋志异》中的志怪故事后,觉得"那些氛围古怪且颠三倒四的小故事,读了三五则后,让人觉得好像行走在垂柳图案青花瓷盘里那座小桥上一般"。① 可以看出,伍尔夫对垂柳图案比较熟悉,她尝试用它来理解蒲松龄的故事在人、兽、鬼之间的快速变形,理解那些"梦境"一般的无厘头叙述。

至此,我们已经追踪了伍尔夫的"中国眼睛"与东方文化(特别是中国文化)之间的渊源关联。作为20世纪初期渴望了解并热情接纳中国文化的英国作家,伍尔夫不仅从大量阅读中感受东方人的思维模式和性情,而且将东方人直观感应昆虫、河流、阳光、清风、人兽鬼幻变,以及中国女子的恬淡、中国菩萨的宁静无欲等点点滴滴均注入垂柳图案青花瓷盘之中。整个东方便异常生动地呈现在她的面前。中国青花瓷盘所发挥的作用就如"眼睛"一般,将一种全新的观察世界和理解生命的方式展现在她面前。正是透过"中国眼睛",伍尔夫重新审视并拓展了英国人的生命故事。

二、"中国眼睛"与中国式创作心境、人物性情、审美视野

伍尔夫在随笔《轻率》和小说《达洛维夫人》《到灯塔去》中所描绘的"中国眼睛"的内涵各有侧重,分别体现了她对中国式创作心

---

① Virginia Woolf, "Chinese Stories," *The Essays of Virginia Woolf* (Vol. 2), Ed. Andrew McNeillie, London: The Hogarth Press, 1987, p.8.

境、人物性情和审美视野的感悟。

在《轻率》中,伍尔夫给英国玄学派诗人约翰·多恩长上了一双"中国眼睛",以赞誉他拥有中国式的整体观照思维模式和超然自如的创作心境。在该随笔中,伍尔夫将英国作家分为三类:一类作家在创作中隐含着性别意识,比如乔治·艾略特、拜伦、济慈、约翰逊等;另一类作家超然于性别意识之上,但注重作品的道德教诲作用,比如弥尔顿、托马斯·布朗、马修·阿诺德等;最后一类作家最伟大,他们超然于一切自我意识、性别意识和道德评判之上,整体观照活生生的世界的本来面目,他们包括莎士比亚、约翰·多恩和瓦尔特·司各特。在论述约翰·多恩时,伍尔夫给他嵌入了一双"中国眼睛",并详细描述他的高超之处:

> 有一位诗人,他对女人的爱荆棘满地,又抱怨又诅咒,既尖刻又温柔,既充满激情又隐含亵渎。在他晦涩的思想中某些东西让我们痴迷;他的愤怒灼人,却能激发情感;在他茂密的荆棘丛中,我们可以瞥见最高的天堂之境、最热烈的狂喜和最纯粹的宁静。不论是他年轻时用一双狭长的中国眼睛凝视着喜忧参半的世界,还是他年老时颧骨凸显,裹在被单中,受尽折磨,最后死于圣保罗大教堂,我们都不能不喜爱约翰·多恩。①

伍尔夫之所以将约翰·多恩与莎士比亚一起并置于英国文学的巅峰,是因为他们能够整体考察、理解和表现生命,旨在表现生

---

① Virginia Woolf, "Indiscretions,"*The Essays of Virginia Woolf* (Vol. 3), Ed. Andrew McNeillie, London: The Hogarth Press, 1988, p.463.

命的本真面目,而不是以自我意识、性别意识、道德意识去束缚和评判它们。她认为,莎士比亚伟大,是因为他能够"将内心的东西全部而完整地表现出来",他的头脑"是澄明的",里面没有障碍和未燃尽的杂质;①而多恩的"中国眼睛"则代表着超然于自我、社会、世界的创作境界。她对多恩的狂放和纯真的赞叹,不禁让人联想到陶渊明对生命的整体观照。在阿瑟·韦利赠送给伍尔夫的《170首中国诗歌》中,有12首陶渊明诗作的英译文,②其中包括他著名的《形影神三首》,以形、影、神三者的对话揭示道家的人生哲理。在陶渊明"影答形"诗节中有一行"与子相遇来,未尝异悲悦"(自从我影子与你形体相遇以来,一直同甘共苦,喜忧参半)。阿瑟·韦利的译文是"Since the day that I was joined to you/We have shared all our joys and pains";③而伍尔夫这样描述多恩,"Whether as a young man gazing from narrow Chinese eyes upon a world that half allures, half disgusts him"(他年轻时用一双狭长的中国眼睛凝视着喜忧参半的世界)。用词虽然不同,但是他们对喜忧参半的现实本质的理解却相近,所启用的是一种超然于二元对立思维的整体观照法。

他们以"顺其自然"作为人生最高境界的态度同样相近。陶渊明的人生最高境界表现在"神释"的最后四行中:"纵浪大化中,不惜亦不惧。应尽便须尽,无复独多虑。"(在宇宙中纵情放浪,人生没有什么可喜,也没有什么可怕,当生命的尽头来临,那么就让生

---

① Virginia Woolf, *A Room of One's Own*, San Diego: Harcourt Brace Jovanovich, Inc., 1957, p.58.
② Arthur Waley, *A Hundred and Seventy Chinese Poems*, New York: Alfred A. Knope, 1918, pp. 103 - 116.
③ Arthur Waley, *A Hundred and Seventy Chinese Poems*, New York: Alfred A. Knope, 1918, p. 107.

命之火熄灭吧,不必再有什么顾虑。)韦利的英译文是"You had better go where Fate leads—/Drift on the Stream of Infinite Flux/Without joy, without fear/When you must go—then go/And make as little fuse as you can."①而伍尔夫则在随笔中直接描写了走入生命尽头的多恩,以及她对他始终如一的喜爱之情:"or with his flesh dried on his cheek bones, wrapped in his winding sheet, excruciated, dead in St Paul's, one cannot help but love John Donne."(还是他年老时颧骨凸显,裹在被单中,受尽折磨,最后死于圣保罗大教堂,我们都不能不喜爱约翰·多恩。)综合考察伍尔夫对多恩狂放诗句的包容,对他超然诗境的赞美,对他死亡形态的坦诚,以及对他由心而发的喜爱之情,超然自如和观照生命本真无疑是她对他的人生和创作的最高评价,而这一切都是透过他的"中国眼睛"来传递的。

在小说《达洛维夫人》中,伍尔夫借助伊丽莎白·达洛维的"中国眼睛",表现了中国式淡泊宁静的人物性情。

伊丽莎白是达洛维夫妇的女儿,两位黄头发蓝眼睛的欧洲人所生的女儿,却拥有中国人的特征,"她黑头发,白净的脸上有一双中国眼睛,带着东方的神秘色彩,温柔、宁静、体贴人"。② 关于她的中国血缘,伍尔夫做了含糊的交代,暗示达洛维家族带着一点蒙古人血统。在小说中,伊丽莎白出场次数不多,总是与母亲达洛维夫人最憎恨的人物基尔曼一起出现。达洛维夫人憎恨基尔曼是因为她是一位虔诚的基督教徒,对达洛维夫人这样的有产阶级怀着极度的嫉妒和仇恨。达洛维夫人感受到了基尔曼内心强压的激愤,

---

① Arthur Waley, *A Hundred and Seventy Chinese Poems*, New York: Alfred A. Knope, 1918, p. 108.
② Virginia Woolf, *Mrs. Dalloway*, London: Penguin Books, 1996, p.135.

由此对宗教产生怨恨之情,认为是宗教使人走火入魔,是宗教摧毁了基尔曼的灵魂。伊丽莎白对母亲和基尔曼之间的敌对情绪心知肚明,却能淡然处之。她喜爱自然和小动物;宁愿住在乡下,不受外界干扰,做自己想做的事;她"个性上趋于被动,不善言辞","美丽、端庄、安详";"她那双美丽的眼睛因为没有别人的眼睛可对视而凝视着前方,茫然而明亮,具有雕塑一般凝神专注和难以置信的天真"。①

伊丽莎白善良、美丽、平和、淡泊的柔和形象,几乎可以说是英国人心目中的东方人的典型形象,恰如垂柳图案中的中国女子、《爪哇岬》中的中国媳妇桃云、《源氏物语》中的日本女子、《东方的呼唤》中的日本母亲和宁静安详的中国菩萨。伊丽莎白个性平和,拥有轻松快乐的心境,这与小说中其他人物因爱憎分明而充满烦恼和痛苦的心理状态形成显著反差:比如女主人公克拉丽莎·达洛维热爱生活,但内心缺少温暖,心中不时涌动莫名的仇恨;男主人公彼得·沃尔什理智而尖刻,与他人和社会格格不入,其内心脆弱且封闭,只能在梦中获得平和心境;塞普蒂莫斯·沃·史密斯个性冷漠、麻木不仁,内心充满恐惧,直至最终走上不归路;多丽丝·基尔曼偏执扭曲,狂热信仰宗教,但内心冷漠无情,言行举止充满怨恨和痛苦。这部典型的意识流小说,深入揭示了众多英国人物的复杂心理状态,表现了他们努力消解内心情绪冲突,取得心理平衡的过程。伍尔夫让"有一双中国眼睛"的、平静宽容的伊丽莎白作为其他人物的反衬,就好比用宁静、平和、友好、安详等人类天性去映衬战后英国社会弥漫着的仇恨、冷漠、恐惧、偏执等负面情绪,显然是有意而为之。

---

① Virginia Woolf, *Mrs. Dalloway*, London: Penguin Books, 1996, pp.149 – 150.

伍尔夫这一中西比照模式和立场并非基于盲目想象,而是形象地表现了她所在的布鲁姆斯伯里文化圈对中国人的共识。曾到北京大学担任客座教授的哲学家罗素(布鲁姆斯伯里文化圈主要成员之一)在专著《中国问题》(1922)中明确论述了这一共识,他以中西对比模式揭示了中国人平和、宽容、幸福的生活形态及理念:"一个普通的中国人,即使他贫穷悲惨,也要比一个普通的英国人更为幸福。他之所以幸福,是因为该民族建立在比我们更人道、更文明的观念基础上……中国,作为对我们科学知识的回报,将会给我们一些她的伟大宽容与沉思的恬静心灵";①他认为中国人的基本性格是,"中国,从最高层到最底层,都有一种冷静安详的尊严"。②罗素有关中国人的哲学论述与伍尔夫的中国人形象几近琴瑟和鸣。

在小说《到灯塔去》中,伍尔夫用丽莉·布里斯科的"中国眼睛"阐释了天人合一的审美视野。

丽莉·布里斯科是《到灯塔去》中拉姆齐夫妇的朋友,她用她那双"中国眼睛"整体观照了拉姆齐一家围绕"到灯塔去"这一主情节展开的现实事件和心理历程。丽莉的魅力在于有"一双狭长的'中国眼睛',白皙的脸上略带皱纹,唯有独具慧眼的男人才会欣赏",③同时她具备"一种淡淡的、超然的、独立的气质"。④这一独特的形貌,不仅赋予她智慧、从容、超然、独立的气质,也赋予她观察者的角色,让她承担起融理性与感性、主体精神与客观自然为一体

---

① 罗素:《中西文明的对比》,载何兆武、柳卸林主编:《中国印象:外国名人论中国文化》,北京:中国人民大学出版社,2011年,第357—358页。
② 罗素:《中国人的性格》,载何兆武、柳卸林主编:《中国印象:外国名人论中国文化》,北京:中国人民大学出版社,2011年,第368页。
③ Virginia Woolf, *To the Lighthouse*, London: Penguin Books, 1996, p.42.
④ Virginia Woolf, *To the Lighthouse*, London: Penguin Books, 1996, p.157.

的职责,以实现从天人相分到天人合一的转化。

她用"中国眼睛"洞察到的令人困惑的情形是,拉姆齐先生所代表的理性思辨与拉姆齐夫人所代表的感性领悟之间截然对立。拉姆齐先生只关注"主观和客观和现实本质",[1]"为了追求真理而全然不顾他人的感情",[2]所代表的是柏拉图在《理想国》中所推崇的那类只追求绝对真理的西方哲学家,他们只追求"一个'真'字。他们永远不愿苟同一个'假'字",[3]他们关注本体和现象的区分,依托理性认知来追寻形而上本体(真理)。这种纯粹的理性思辨模式,其内在隐藏着"天人相分"的理念,即预设现象界与本体界是割裂的,追寻真理是"从一个理念到另一个理念,并且最后归结到理念"的过程,不需要依靠任何感性事物。[4] 而拉姆齐夫人关注的是"人"本身,她对世界的理解和对自我的洞察均源自对自然之物的凝视和直觉感悟:"她从编织中抬起头,正好看见灯塔的第三道闪光,她仿佛与自己的目光相遇了,就像她在独处中探究自己的思想和心灵那样……"[5]她所代表的是一种物我混沌式的天人合一,即"天"与"人"在根本上是相合不分,同源一体的。丽莉用她的"中国眼睛"敏锐地观察到拉姆齐夫妇之间的根本对立,在自己的绘画创作中长久地思考如何在拉姆齐先生和她的画作"这两股针锋相对的力量之间取得瞬间平衡",[6]最后在经历了长时间的生命体悟(尤其是残酷战争)之后,她以自己的精神之旅感应拉姆齐先生一家到灯塔去的现实之旅,在忘却表象、忘却自我的某一瞬间,她在画作

---

[1] Virginia Woolf, *To the Lighthouse*, London: Penguin Books, 1996, p.38.
[2] Virginia Woolf, *To the Lighthouse*, London: Penguin Books, 1996, p.51.
[3] 柏拉图:《理想国》,郭斌和、张竹明译,北京:商务印书馆,2010年,第230页。
[4] 柏拉图:《理想国》,郭斌和、张竹明译,北京:商务印书馆,2010年,第270页。
[5] Virginia Woolf, *To the Lighthouse*, London: Penguin Books, 1996, p.97.
[6] Virginia Woolf, *To the Lighthouse*, London: Penguin Books, 1996, p.283.

中央添加了关键的"一条线",终于取得了拉姆齐先生所代表的理性之真与她的画作和拉姆齐夫人所代表的感性之爱两股力量之间的瞬间平衡,实现了从天人相分到天人合一的转化。

  当她忘却对外在事物的感知,忘却她的姓名、个性、容貌,也忘却卡迈克尔的存在的时候,她脑海深处不断涌现场景、人名、话语、记忆和观点,它们像喷泉一般,喷洒到眼前这块耀眼的、令人惧怕的白色画布上,而她就用绿色和蓝色在上面绘制。

她看着画布,一片模糊。她一阵冲动,似乎在刹那间看清了它,她在画面的中央画了一条线。作品完成了,结束了。是的,她精疲力竭地放下画笔,想道:我终于画出了心中的幻象。①

丽莉在画面中央添加的那"一条线",类似于中国诗学中的"物化"意象,在一定程度上表现了审美创作主客体浑然一体的境界。它以物我两忘为基点,在创作主体超越个体自我和现实表象的瞬间,实现物与我之间的互化,或者说"天"与"人"之间的合一。它是小说整体结构上的中心点,将小说第一部分"窗"中拉姆齐夫妇之间理性和感性的对立,第二部分"时光流逝"中残酷战争所带来的毁灭性打击,和第三部分"到灯塔去"中丽莉的精神之旅与拉姆齐一家的现实之旅之间的交相呼应,用"一条线"聚交在一起,喻示精神与现实、主体与客体、我与物这些平行前行的线最终合一。它具

---

  ① Virginia Woolf, *To the Lighthouse*, London: Penguin Books, 1996, pp.234, 306.

化为詹姆斯·拉姆齐的觉醒（即他意识到物理灯塔与想象灯塔实为一体）和丽莉的顿悟（即她在拉姆齐先生与她的画作这两股针锋相对的力量之间取得瞬间平衡），以"一条线"为聚合的表征，喻示天人合一的境界。

伍尔夫的小说结构与她所熟悉的青花瓷盘"垂柳图"的布局极为相似。在垂柳图中，一对青年男女从相恋、抗争、夫妻生活到化为斑鸠的悲剧故事被巧妙地置入垂柳、小桥、小岛和斑鸠等空间物象中，背衬着天空、湖泊、大地、树木、亭台楼阁，呈现出人与自然合一的全景图：垂柳下的恋情——小桥上的抗争——小岛农舍里的夫妻生活——灵魂化为斑鸠。不同时空的场景以循环模式共置在青花瓷的圆形平面上，其中心就是那对"斑鸠"，表现了物我互化、天人合一的象外之意。伍尔夫的小说用战前某下午、战争某夜晚、战后某上午共置出一个循环时空图，最后以"一条线"将它们聚合在一起，所表现的同样是物我互化（万物世界与理性精神互化）的天人合一之境。

伍尔夫与她的朋友对中国诗学的"物化"理论是有自觉意识的，将它视为中国艺术的根本特性："他们（指中国人，笔者注）用心灵和直觉感受去理解动物这一生命体，而不是用外在和好奇的观察去理解它们。正是这一点赋予他们的动物之形以独特的生命活力，那是艺术家将内在生命神圣化和表现化的那一部分。"[1]

---

[1] Roger Fry & Laurence Binyon, et al., *Chinese Art: An Introductory Handbook to Painting, Sculpture, Ceramics, Textiles, Bronzes & Minor Arts*, London: B. T. Batsford LTD, 1935, pp.4-5.

结 语

伍尔夫的"中国眼睛"是直觉感知的,它的基点是大量阅读东方和中国故事;又是创造性重构的,它的源泉是创作主体的生命体验和审美想象。借助这双"中国眼睛",伍尔夫不仅深切领悟了中国诗学的意蕴,而且拓展了人类生命故事的内涵和外延。

(载《广东社会科学》2016年第1期;转载于《外国文学研究》人大复印资料,2016年第6期)

汤亭亭的跨民族视野
——读《女勇士》

美国华裔作家汤亭亭(Maxine Hong Kingston,1940—)持有自觉的跨民族创作信念。她坚信文学的宗旨在于表现不同民族的共通性,认为文学创作不应局限于单一民族性,而应着重表现生命的"普遍性"①。她坚信不同民族的核心理念可以共存,美国个人主义与中国集体主义的共融图景就像"一个学校体系,整个班级是一个群体,在那里孩子们不用为成绩和奖励而竞争"②,既保持民族独立性又维护跨民族相互依存的和谐关系。她坚信艺术的世界性,赞赏惠特曼包容全部民族的"新的人类图景"③,指出她自己的使命是书写"世界华人文学"④。

汤亭亭的创作信念与近年来美国学界提出的跨民族主义(Transnationalism)理念共通。跨民族主义被界定为"一个有创造力的蜂巢,一个可持续的结构,能赋予各个民族国家、国际和本土

---

① Maxine Hong Kingston, "Cultural Mis-readings by American Reviewers," *Asian and Western Writers in Dialogue: New Cultural Identities*, Ed. Guy Amirthanayagam, London: MacMillan, 1982, p.65.
② Maxine Hong Kingston & Angels Carabi, "Interview with Maxine Hong Kingston," *Atlantis*, 1988, 10(1/2): 142.
③ Shelley Fisher Fishkin and Maxine Hong Kingston, "Interview with Maxine Hong Kingston," *American Literary History*, 1991, 3(4): 784.
④ 卫景宜:《全球化写作与世界华人文学》,《国外文学》2004年第3期,第48页。

机构、特定社会空间和地理空间以身份。一个整合却又是中空的蜂巢,在那里每个组织、个体、观点都可以衰退,让位于新的组织、民族和创意"①,所倡导的核心思想是:建立两个或多个民族之间既独立又相互依存的关系,"从与其他民族之间的关系角度来关注民族内部的研究对象"②。汤亭亭的创作形式体现了飞散文学的跨民族性:接纳并超越两种民族文化,以全新文学形式表现身处两种文化联结中的族裔的生存状况和心境,以客观态度观察族裔生活,"既有同情,又有反讽,并不把身处飞散生活状态中的人浪漫化,更不把这些人物描写成完美的化身"③。汤亭亭在《女勇士》(The Woman Warrior)中营造跨民族性的两大技法是:双向对话的结构和虚实相生的叙事模式。

一、双向对话的结构

汤亭亭的《女勇士》问世后,获得公众的普遍认可,但文学批评界对它的评价莫衷一是,争鸣集中在中美文化的真伪、冲突、主从等问题方面。最初的争论聚焦中国文化的真实性和族裔描写的代表性,学界认为她歪曲了亚裔美国人的生活现实,以迎合美国主流文化。④ 随后,争鸣拓展到小说的东方主义立场。麦伦(Mylan)指出作者刻意将主人公与中国文化相区分,以阐发美国主流文化意

---

① Patricia Clavin, "Defining Transnationalism," *Contemporary European History*, 2005,14(4): 421.
② 金衡山:《美国文学研究中的跨民族视角》,《国外文学》2009 年第 3 期,第 11 页。
③ 童明:《飞散》,载赵一凡等主编:《西方文论关键词》,北京:外语教学与研究出版社,2006 年,第 119 页。
④ Frank Chin, ed., *The Big AIIIEEEEE! An Anthology of Chinese American and Japanese American Literature*, New York: Merdian,1991, p.27.

识形态①;李(David Li)认为小说表现主流文化与族裔文化之间的争夺,展现亚裔美国人的"创造力和批判力的增强"②;拉宾(Rabine)指出,它具有东方主义无意识,以西方文化传统为准则描写亚裔美国人的社会现实③。近年来,学界用后结构主义理论深入探讨华裔主体性④、语言与身体的关系⑤、沉默的权力话语⑥等。大部分研究中,中国与美国、主流与族裔处于二元对立状态,很少有人探讨其跨民族书写特性。

汤亭亭曾指出,她的创作具有"艺术独特性",是多层面的,并不局限于单一的亚裔美国人维度。⑦她自己称这种独特性的主要特征是"混合运用东西方神话"⑧和多文化合成有机体:"我们把不同的文化元素经过合成,变成一个有机体,我们创造出一种新的文化"⑨。深入分析后,我们发现作品具有中美文化双向对话结构。

小说以华裔女儿"我"为中线,分两侧建构我与中美文化的双

---

① Sheryl Mylan, "The Mother as Other: Orientalism in Maxine Hong Kingston's *The Woman Warrior*," *Women of Color: Mother-Daughter Relationships in 20th-Century Literature*, Austin: University of Texas Press, 1996, pp. 132 - 152.

② David Leiwei Li, *Imagining the Nation: Asian American Literature and Cultural Studies*, Stanford: Stanford University Press, 1998, p.62.

③ Leslie W. Rabine, "No Lost Paradise: Social Gender and Symbolic Gender in the Writing of Maxine Hong Kingston," *Signs*, 1987(12): 471 - 492.

④ Yuan Shu, "Cultural Politics and Chinese-American Female Subjectivity: Rethinking Kinston's 'Woman Warrior,'" *MELUS*, 2001,26(2): 199 - 233.

⑤ Jeehyun Lim, "Cutting the Tongue: Language and the Body in Kingston's *The Woman Warrior*," *MELUS*, 2006,31(3): 49 - 65.

⑥ Jill M. Parrott, "Power and Discourse: Silence as Rhetorical Choice in Maxine Hong Kingston's *The Woman Warrior*," *Rhetorica: A Journal of the History of Rhetoric*, 2012,30(4): 375 - 391.

⑦ Maxine Hong Kingston, "Cultural Mis-readings by American Reviewers," *Asian and Western Writers in Dialogue: New Cultural Identities*, Ed. Guy Amirthanayagam, London: MacMillan, 1982, p. 56.

⑧ 张子清、汤亭亭:《东西方神话的移植和变形》,载汤亭亭:《女勇士》,李剑波、陆承毅译,桂林:漓江出版社,1998年,第194页。

⑨ 卫景宜:《全球化写作与世界华人文学》,《国外文学》2004年第3期,第47页。

向对话结构。双向结构:小说共五章,双向拓展的两侧分别是,我与中国的对话(小说前三章)和我与美国的对话(小说后两章),它们就像扇子的两面,既独立又相互补充,构成美国华裔的整体世界。对话性:小说每一章的内在结构是对话性的,用小说人物的话说,"故事的前半部分是母亲讲的,后半部分是我加的"①;用批评家的话说,故事以"母亲要女儿'有耳无口','只听不讲'的禁令开始,以母女的合说、合写而终……其文本中所表现的对话和多音的特性……显而易见"②。

我与中国的对话分为传统习俗、文化精神、祖国亲友三个层面,分别表现在"无名女子""白虎山学道"和"乡村医生"三章中,重在揭示华裔的性情、梦想与生命态度。

(一) 我与中国传统习俗的对话

在"无名女子"一章中,母亲讲述某不知名姑姑的人生经历,凸显中国某地域传统习俗。这位姑姑在丈夫出国2年后怀孕,其不贞触犯族规,因而遭村民夜袭。村民"用鸡血在姑姑的四周画出一道弧线"③,以示将她逐出族门,最终她抱着婴儿投井自杀。母亲讲故事时反复强调"不能把我告诉你的话,告诉任何人"④,故事的真实性令人生疑。她侧重讲述姑姑深夜遭袭的可怕场景,不准我提问。我只能在母亲讲述之外,想象姑姑的故事。

隐性对话在母亲的讲述和我的想象之间展开,构成这一章的

---

① Maxine Hong Kingston, *The Woman Warrior*, New York: Random House Inc., 1989, p.206.
② 单德兴:《说故事与弱势自我的建构:汤亭亭与席而柯的故事》,《铭记与再现:华裔美国文学与文化论集》,台北:麦田出版社,2000年,第138页。
③ Maxine Hong Kingston, *The Woman Warrior*, New York: Random House Inc., 1989, p.4.
④ Maxine Hong Kingston, *The Woman Warrior*, New York: Random House Inc., 1989, p.3.

主、副线。母亲突出触犯族规的残酷后果,以强化教育效果,而我的想象重点却放在姑姑怀孕、生孩子、自杀时的心情上。我从多个视角猜测姑姑怀孕的原因:父权社会男人的霸道和女人的逆来顺受,姑姑被迫怀孕;或者女人天性中的爱情和情欲萌发,姑姑为爱而孕。我想象姑姑深夜在田野分娩时的心情:心灵的伤痛、恐惧、孤独;身体的阵痛、寒冷;孩子产下后的炽热感,以及油然而生的母爱;抱着婴儿投井时那份爱意和释然。

母亲的讲述和我的想象之间的对话是跨民族的。母亲故事的背后隐含着"未嫁从父、出嫁从夫、夫死从子"和"妇德、妇言、妇容、妇红"等三从四德、男尊女卑的中国传统道德规范。而美国出生成长的我则用人的天性,将一个恐怖的说教故事演绎成乡村女子的情感故事,生动突显了我作为华裔的独特性情:具有多视角看问题的立场和心态,对遥远的祖国充满善意的想象,从自己的性情出发体悟同族女子的喜怒哀乐。

(二) 我与中国文化精神的对话

"白虎山学道"一章中的"花木兰"是中国文化精神的集合体。小说用我的梦境将我所闻所见的中国神话传说杂糅在一起:我化身为巾帼英雄花木兰,练功习武,替父从军;一路所向披靡,剿土匪、杀巨蛇、怀孕生子、杀昏君,拥立新皇帝,最后归隐家乡。这一异想天开的华裔版花木兰与中国传统花木兰出入很大。花木兰是中国南北朝时期一个传奇巾帼英雄,女扮男装,代父从军十二载,屡建战功。在花木兰故事的流传过程中,除南北朝的《木兰辞》外,唐、元、明、清均有诗歌、碑文、戏曲等,民间传说不计其数,均呈现独立故事。然而我的梦境是开放的,在极短篇幅里将多重中国文化元素杂糅到"花木兰"名下:除了传统花木兰的忠、孝、勇、义等人品外,我练就侠客功夫,明白齐物论道理"耕耘劳作与舞蹈并无不同,农民的衣裳与皇帝的金冠玉带一样辉煌"①,感悟和而不同的思想,"我学会让自己的心灵博大开阔,能包容各种悖论"②。我既胸怀岳飞般"精忠报国"的抱负,也不忘与丈夫"相敬如宾";我肩负"替天行道"的责任,杀昏君酷吏,拥立新皇帝;最后解甲归隐,享受天伦之乐。

与我的梦境构成隐性对话的是"我"的日常生活,主线是梦境,副线是现实。我门门功课都是 A,华人圈亲友们却反复告诫我"宁养呆鹅不养女仔""女大必为人妻"等中国传统观念,预言我逃不出"为人妻"的现实。我唯一的反击便是梦想成为"花木兰"。

梦境传达了传统中国梦的集体主义精神:天下为先、保家卫国、行侠仗义、替天行道、敬老爱幼、合家团圆,最终以国家强盛、民众安乐、家庭和谐为成功标志。它不同于我作为华裔在现实生活中必须遵循的传统美国梦的个人主义精神:自我完善,出人头地,最终以个人获得巨额财富和社会地位为标志。换言之,在成长的过程中,中国文化对我的心智成长发挥重大作用,主导我的梦想。诚如格尔兹所言,"在我们的身体告诉我们的知识和我们为生存而必须掌握的知识之间,有一个我们必须自己去填充的真空地带,我们用文化提供的信息来填充它"③,我少年时期的文化填充物,源自母亲的中国神话传说和民俗故事。

(三)我与中国亲友的对话

"乡村医生"一章讲述了母亲的故事。母亲与无名姑姑的经历

---

① Maxine Hong Kingston, *The Woman Warrior*, New York: Random House Inc., 1989, p.27.
② Maxine Hong Kingston, *The Woman Warrior*, New York: Random House Inc., 1989, p.29.
③ Clifford Geertz, *The Interpretation of Cultures: Selected Essays*, New York: Basic Books, 1973, p.50.

相似,婚后丈夫都去美国淘金,但她们对生命和命运的态度截然不同。母亲敢说敢当、勤劳敬业,富有独立精神和适应能力,同时好面子、迷信固执,是个性鲜明、充满活力的乡村妇女。她婚后用丈夫寄来的钱求学,取得医科文凭,然后回村行医,深得村民爱戴。移居美国后,她将洗衣店经营得风生水起。但她也做蠢事,比如逼迫妹妹来美寻夫,讲述鬼怪故事吓唬孩子。

对话在母亲与我之间展开,主线描写母亲的个性,副线表现母女两代华裔的不同身份定位。大半辈子生活在中国的母亲总是想,"总有一天,很快,我们就会回国,那里都是我们汉人"[①]。而出生在美国的我的生命态度是跨民族的,我告诉母亲:"现在我们属于整个地球……不论我们站在什么地方,这块地方就属于我们,就像其他地方曾属于我们一样。"[②]

显然,我与中国的对话是精神的、超越的:我想象和杂糅祖国文化,我的视野和生命定位超越祖国。不过,我与美国的对话则非常现实,分为现实和文化两个层面,分别表现在"西宫门外"和"羌笛野曲"两章中,重点表现华裔在美国的生存困境和走出困境的历程。

(一)我与美国现实的对话

"西宫门外"一章客观叙述了姨妈在美寻夫的过程。姨妈婚后,其丈夫去美淘金,随后娶妻生子,将她遗弃了。姨妈在母亲的鼓动下来美寻夫,她胆小怕事,面对丈夫美国式的粗鲁逼视和蛮横

---

① Maxine Hong Kingston, *The Woman Warrior*, New York: Random House Inc., 1989, p.98.
② Maxine Hong Kingston, *The Woman Warrior*, New York: Random House Inc., 1989, p.107.

断言,"你驾驭不了这里的生活"①,她说不出一句话,乃至精神失常。透过姨妈的经历,本章展现了姨妈身边的我和兄妹们"不爱交际、离群索居"②的生存状态。初到美国的姨妈的懦弱和惊恐,与华裔孩子为躲避现实压力而长时间宅在家中所流露的胆怯,相互映衬,客观呈现了华裔孩子的迷茫和不安。

隐在的对话在华裔与美国现实之间展开。身处异国,压力无处不在却无形无影,其显在形式是华裔的失常和变形。姨妈的失常是有形的,美国化丈夫的蛮横指责直接导致她的疯癫乃至死亡。华裔孩子的身心失衡是无形的,他们担负着适应美国现实的重任,但年幼的身心全然不知如何调和中国式家庭教育与美国社会文化之间的巨大差异,不知如何克服自己作为"他者"的自卑和惶恐,于是家便成了唯一的庇护所。他们的失常言行展现他们无力适应美国现实的外在形态。故事背后隐藏着"西宫门外"这一中国传说,西宫娘娘篡权后,东宫娘娘勇敢地冲入宫中夺回皇帝。而现实状况是,东宫娘娘胆怯而沉默。

(二)我与美国文化的对话

"羌笛野曲"一章中,我讲述华裔孩子从沉默走向言说的艰难成长故事。隐性对话在我与美国学校之间展开。我进入美国幼儿园第一天起便沉默了,因为我看着英文却想着中文,我敏感地感觉到美国老师对华裔孩子的区别对待,我的任何美国式思维、言行都遭到华人圈中国观念的打击。也就是说,在我与美国文化之间,隔着强大的中国家庭教育,它的观念是传统、封闭和排斥美国文化

---

① Maxine Hong Kingston, *The Woman Warrior*, New York: Random House Inc., 1989, p.156.

② Maxine Hong Kingston, *The Woman Warrior*, New York: Random House Inc., 1989, p.128.

的。我在中国家庭教育和美国学校教育的拉锯战中挣扎,在文化差异的沉重自卑中挣扎。本章用两条线描述了华裔孩子的痛苦。一条线描写我的沉默,另一条线描写我用暴力强迫另一个沉默华裔女孩讲话。那女孩始终沉默,终身依恋家庭,无法独立;我则莫名其妙地生了18个月的病,直到吼出长久压抑的话语:"并不是所有人都认为我是废物。我不想做用人或家庭主妇……我要离开这里。再住下去我受不了……我要上大学,我不要再去华人学校。我要在美国学校争取一个职位……"①这段长长的话语充满了对母亲的责备,这也是美国批评界认为汤亭亭的作品持东方主义立场的主要证据,麦伦·拉宾的观点就是代表。但是,我如果不挣脱家庭观念束缚,是无法接纳美国文化并独立生存的,我是华裔,我更是美国人。汤亭亭不想用小说讨论中美文化孰主孰从或孰优孰劣的问题,她想表现的是一个族裔孩子是如何突破族裔家庭教育的厚墙,实现自主的文化交融的生命突围过程的。我与美国文化对话的重心,就落在我突破华裔家庭教育藩篱,进入美国社会的过程。沉默是封闭和抗拒的代名词,言说是对话和交流的方式,是走出困境的唯一途径。作为对这一过程的反衬,汤亭亭在副线中引入中国女诗人蔡琰的故事。蔡琰被匈奴擒获,与蛮人生活12年,最终用羌笛吹出心中的苦闷、怨愤和憧憬,这一简短的故事,画龙点睛,揭示族裔走出单一民族束缚,走向跨民族交融的生存使命。

  我作为故事的真正主角,我的内心世界和现实生活通过我与中国以及我与美国的对话得以全面呈现。不过,双向对话是虚实相映的,这样避免了结构松散,并将内在意蕴和盘托出。

---

① Maxine Hong Kingston, *The Woman Warrior*, New York: Random House Inc., 1989, pp.201-202.

二、虚实相间的叙事模式

约翰斯顿(Johnston)曾说,"中国神话与传统,西方文学风格与美国大众文化,所有这一切都只是汤亭亭书写其变幻莫测的想象的原材料。在汤亭亭的世界中,东方和西方就像阴和阳、女和男一样,相互映衬"①。《女勇士》形式上不仅体现中西杂糅特性,而且具有虚实相间的叙事特性,一定程度上类似中国明清小说中虚实相生的技法。汤亭亭称,她的创作特点是虚与实相结合:她"试图找到一种表述方式,它能结合母亲、祖父讲故事的韵律……她的故事既像虚构,又像写实……这种叙事方法是她对现实主义写作概念的突破;是她达到的一种新的写作自由"②。

"虚实相生"指称文学创作中写实与写虚相互映衬的方式。它的妙处在于:以实引虚,以虚明实,言有尽而意无穷。此技法在中国明清时广泛运用于小说,《红楼梦》《西游记》《水浒传》《聊斋志异》等均是虚实相生的典范。清代李渔一言道破虚实相生的妙处,"和盘托出,不若使人想象于无穷耳"③;清代蒋和则阐明其关系,"大抵实处之妙,皆因虚处而生"④。清代金圣叹在评点《水浒传》时,用实例论述虚实相生法在渲染人物形象和突显小说主旨上的妙用。他总批《水浒传》第26回时,称赞小说托张青之口,不仅描述鲁智深获救一事,而且虚构一个高大威武的和尚被害后留下一

---

① Sue Ann Johnston,"Empowerment Through Mythological in 'Woman Warrior,'" *Biography*,1993,16(2):137.
② 卫景宜:《全球化写作与世界华人文学》,《国外文学》2004年第3期,第47页。
③ 李渔:《李笠翁一家言全集·答同席诸子》,载胡经之主编:《中国古典文艺学丛编》(一),北京:北京大学出版社,2001年,第270页。
④ 蒋和:《学画杂论》,载胡经之主编:《中国古典文艺学丛编》(一),北京:北京大学出版社,2001年,第275页。

把戒刀的故事,指出这段叙述突显虚实相生的妙处:"须知文到入妙处,纯是虚中有实,实中有虚,联绾激射,正复不定,断非一语所得尽赞耳。"①也就是说,以来去无影踪的无名和尚反衬鲁智深,从正反两方面突显其英武,这比单纯的正面赞誉多出无尽意蕴。此外,评点第59回时,他赞誉虚实相生法可突显主旨。他指出,《水浒传》第2、4、16、31回分别描写史进、鲁智深、杨志、武松落草为寇的经历,显写实笔法,第59回横空出现绰号"混世魔王"的樊瑞,能呼风唤雨、用兵如神,显写虚笔法。他高度称赞此写虚笔法,"得此一虚,四实皆活"②,其妙处在于,突破此前各章详述前因后果,情节迂回曲折的写实法,单刀直入,在短短篇幅内展示对战、擒拿、投诚、落草等关键环节,就好比写实章回抖落枝叶,只留下大树主干那样,显露梁山好汉落草的关键之所在。

《女勇士》的独特性也在于启用虚实相生的叙事模式。汤亭亭熟读《水浒传》,曾坦言"我阅读了几个译本的《水浒》,其中包括赛珍珠的译本《四海之内皆兄弟》"③。她小说中的"白虎山",与《水浒传》第31回中的"白虎山"同名④。她的虚实相生模式主要用于强化人物和主旨,这一点类似于金圣叹的点评。所不同的是,她将虚实相生模式拓展到整体布局,不像《水浒传》只停留在局部。

模式一:章节内,写实(现实生活描写)与写虚(传说、梦境、鬼怪故事)相间,从正反两面表现人物的情感与个性。

全书五章,均体现虚实相间特色。(1)"无名女子"传说写虚,我的想象写实。虚实拼贴,一方面用我的想象给虚构女子注入真

---

① 施耐庵:《水浒传·金圣叹批评本》(下卷),长沙:岳麓书社,2015年,第312页。
② 施耐庵:《水浒传·金圣叹批评本》(下卷),长沙:岳麓书社,2015年,第685页。
③ 张子清、汤亭亭:《东西方神话的移植和变形》,载汤亭亭:《女勇士》,李剑波、陆承毅译,桂林:漓江出版社,1998年,第196页。
④ 施耐庵:《水浒传·金圣叹批评本》(下卷),长沙:岳麓书社,2015年,第366页。

情实感,激活人物;一方面以虚构女子反衬我的细腻情感和纯真天性。(2)在我郁闷的现实生活中,插入我异想天开的"花木兰梦"。生活是实,梦境是虚,"花木兰"的雄心、品德、勇气,正是现实生活中柔弱的我的倔强精神和强烈欲望的具化。(3)母亲在中国求学行医和在美国劳作的经历,被数次插入鬼怪故事。母亲的经历是实,鬼怪故事是虚。单调艰辛的现实生活,插入聊斋式鬼怪后,既渲染母亲的勇气,也突显她的愚昧。(4)姨妈和华裔孩子的经历是实,"西宫门外"的传说是虚。传说中"西宫娘娘阴谋篡位,东宫娘娘善良而坦诚……她在黎明时刻冲进宫殿,将皇帝从西宫解救出来"[①]。在勇敢的东宫娘娘反衬下,华裔的沉默颇为无奈。(5)我的成长经历是实,蔡琰故事是虚。我在美国学校努力从沉默走向言说的历程,经女诗人蔡琰传说的映照,"超越祖国文化束缚,走向跨民族交融"的主旨昭然若揭。

小说各章节内在布局均体现"以实引虚"特性,用"讲故事"方式将虚幻奇想插入现实生活;其目标在于"以虚明实",用写虚揭示人物的精神、个性、生存形态和心灵突围的实质。实和虚就像一个硬币的两面,从正反两面突显事物的表象和本质。

模式二:整体布局上呈现写虚(中国传说、梦境、故事)与写实(华裔现实)相生的特征,写虚发挥画龙点睛作用,揭示作品主旨。

我与中国的对话和我与美国的对话,相映成趣,表现了两类同中有异的"女勇士"形象。一类是祖国版女勇士:花木兰为虚,母亲为实。她学艺悟道,为国效劳,最终获得社会赞誉。她的文化土壤是坚实的,她只要尽力奉献就好。另一类是族裔版女勇士:华裔女

[①] Maxine Hong Kingston, *The Woman Warrior*, New York: Random House Inc., 1989, p.143.

儿"我"为实,蔡琰为虚。她移居他国,文化根基多元且不稳定,必须克服两种文化碰撞带给她的磨难。她具备跨民族看事物的能力和同时接纳两种文化的生命态度;虽然可能在居住国因胆怯和封闭而离群失语,但最终必然能突破单一民族的厚墙,在跨民族交融中创立自己的生存方式。

花木兰的传奇经历和蔡琰的《胡笳十八拍》,以虚明实,展现了我和母亲所代表的两代华裔在异国他乡的生命力和创造力。这构成了小说的主旨,也是汤亭亭的最大创意。

(载《当代外国文学》2017年第4期)

叶芝与中国诗学
——论《天青石雕》
W. B. Yeats's "Lapis Lazuli" and Chinese Poetics[①]

"Lapis Lazuli" presents W. B. Yeats's apprehension of traditional Chinese poetics. The poem, which parallels the "Western" first three stanzas with the "Chinese" final two stanzas, creates a West-East contrast in terms of creative perception, poetic form, and aesthetic essence, and consequently discloses the difference between Western and Chinese aesthetic appreciation.

Yeats critics have discussed the theme of "tragic joy" in the poem "Lapis Lazuli": they either point out that it expresses "bitter and gay are to meet despair and show forth the heroic mood"[②], or are compelled to accept the irrational logic of the "gay" in the Chinamen's eyes while staring at the tragic scene,[③] or believe the poem "is about an inexpressible and illogical

---

① 本文的第二作者是美国北伊利诺伊大学的 William Baker 教授。
② A. Norman Jeffares, "Notes on Yeats's 'Lapis Lazuli,'" *Modern Language Notes*, Vol. 65, No. 7, Nov. 1950, p. 491.
③ Harold Bloom, *Yeats*, Oxford UP, 1969, p.439.

mood"①, or regard Yeats's "tragic joy" as a theory close to that of sublime②; yet few critics have attached great importance to the separable structure and different styles within the poem, and few have been aware of the different connotations of joy between the Western stanzas and Chinese stanzas. The West-East difference of joy is worth considering since Yeats had clear awareness a year before he completed the poem "Lapis Lazuli": "Ascetic, pupil, hard stone, eternal theme of the sensual east. The heroic cry in the midst of despair. But no, I am wrong, the east has its solutions always and therefore knows nothing of tragedy. It is we, not the east, that must raise the heroic cry."③ A reading of the poem from the Chinese poetic perspective will be helpful to apprehend Yeats's perception of Chinese arts and poetics. Such a reading may furthermore reveal Yeats's insight into the differences between Western and Chinese aesthetic perceptions, forms and essence, and more specifically between "tragic joy" and "natural joy."

Ⅰ. Yeats and Chinese Arts

Yeats's approach to China and Chinese arts is by means of "the mind's direct apprehension of the truth," a phrase Yeats

---

① William H. O'Donnell,"The Art of Yeats' 'Lapis Lazuli,'" *The Massachusetts Review*, Vol. 23, No. 2, Summer 1982, p. 367.
② R. Jahan Ramazani, "Yeats: Tragic Joy and the Sublime," *PMLA*, Vol. 104, No. 2, Mar. 1989, p.163.
③ William Butler Yeats, *Letters on Poetry from W. B. Yeats to Dorothy Wellesley*, Oxford UP, 1940, pp.8 - 9.

used to describe certain Indian, Chinese, and Japanese apprehensive approaches to the truth, which is a way of accessing the truth not merely through a particular physical organ, for instance eyes or ears or nostrils, but through the "heroic ecstatic passion prolonged through years, through many vicissitudes"①. Such a "mind's direct apprehension" described by Yeats is somewhat close to the typical Chinese apprehensive approach clarified by Zhuangzi, a key figure in classical philosophical Taoism in the late fourth century BCE: "You must concentrate your attention. Do not listen with your ears, but with your mind; do not comprehend with your mind, but with your vital energy. Your ears can only hear and your mind can only comprehend. But the vital energy is an emptiness that is responsive to anything. The mighty Tao can only gather in an emptiness and that emptiness is the fasting of the mind."② In other words, the apprehension of truth is an integral and comprehensive process, based on one's life experience through many years, which includes gradually developing phases from the organic to the intuitive, the rational, and finally the insightful. Yeats's understanding of China and Chinese arts underwent such a year-long experience.

When Yeats began to conceive and create the poem "Lapis Lazuli" after he received a Chien Lung lapis lazuli carving on July 4, 1935, as a seventieth birthday present from Henry Talbot de

---

① William Butler Yeats, *Essays and Introductions*, Macmillan, 1961, p.436.
② Zhuangzi, *Zhuangzi*, Translated by Wang Rongpei, Hunan People's Publishing House, 1999, p.55.

Vere Clifton to whom the poem is dedicated, he had known about China for more than half a century. His first impression of Chinese art was his childhood view of some Chinese paintings in his grandfather William Pollexfen's house in Sligo, where Yeats's mother Susan Yeats and her children often visited and lived from 1867 to 1874.① These paintings were deeply imprinted in Yeats's mind at that time, when he was "still a very little boy, seven or eight years old perhaps"②, and he recorded in detail his organic impression in his short memoir "Reveries Over Childhood and Youth": "I can remember no other pictures but the Chinese paintings, and some colored prints of battles in the Crimea upon the wall of a passage, and the painting of a ship at the passage end darkened by time."③ These Chinese paintings of the Crimea seemed to be products of Chinoiserie, European stories with Chinese styles or European retelling of Chinese stories, which had been popular in Europe since the 18th century. They were, however, attractive enough to stimulate Yeats's childhood fancy and interest in this mysterious foreign country.④

---

① William Butler Yeats, *Autobiographies*, Edited by William H. O'Donnell and Douglas N. Archibald, Scribner, 1999, p.419.
② William Butler Yeats, *Autobiographies*, Edited by William H. O'Donnell and Douglas N. Archibald, Scribner, 1999, p.43.
③ William Butler Yeats, *Autobiographies*, Edited by William H. O'Donnell and Douglas N. Archibald, Scribner, 1999, p.44.
④ According to Dr. Tom Walker of Trinity College Dublin, Yeats in his *Autobiographies* was "pretty liberal with the truth...in line with his ideas about textual self-making more generally. Also, in this passage he is referring to separate pictures as regards the Chinese paintings and the Crimean battleprints'" (e-mail to William Baker, 6 February 2018); for some discussion of Yeats and Eastern art see Richard Rupert Arrowsmith, *Modernism in the Museum*.

Even in 1910, Yeats still understood Chinese paintings from a European perspective; for instance, in the essay "The Tragic Theatre," he discussed the implicit meaning of some Chinese paintings through the eyes of Italian painter Titian: "when we look at the faces of the old tragic paintings, whether it is in Titian or in some painter of mediaeval China, we find there sadness and gravity, a certain emptiness even, as of a mind that waited the supreme crisis."① To Yeats, the sadness and gravity of Chinese paintings were the same as those of Titian's paintings, yet he did not realize that there was no "mediaeval" in China, and there were no feelings of sadness and gravity in the faces of the traditional Chinese paintings, but only peace and serenity. For the supreme aesthetic state of Chinese art is to be natural. Liu An of the Han Dynasty② says that "the essence of all things is nature "③. Natural feelings (such as peace and serenity) are commonly painted instead of human subjective desires (such as sadness and gravity). The origin of these ideas may be traced back to Laozi's④ philosophy of Tao, which says "The Tao that can be spoken of is not the eternal Tao; the name that can be named is not the eternal name.... Therefore, he who rids himself forever of desire can perceive the subtleties of the Tao; he who has never rid himself of

---

① William Butler Yeats, *Essays and Introductions*, Macmillan, 1961, p.244.
② Liu An (c. 179 - 122 BCE) of the Han dynasty was adviser to his nephew, the Emperor; see "Liu An." The Han dynasty (206 BCE - 220 AD) was the second imperial Chinese dynasty.
③ Liu An, "Huainanzi: Origin of Tao," *Collection of Chinese Classical Theory of Arts*, Vol. 3, Edited by Hu Jingzi, Beijing UP, 2001, p.274.
④ For Laozi, the ancient Chinese philosopher (fl. 6th century BCE), see Chan.

desire can only see the superficiality of the Tao"[1].

Yeats's true understanding of Chinese arts developed during the 1910s and the 1920s through his close experience of Japanese and Chinese arts and his comprehension of the relationship between the two. His reading and watching of Japanese Noh plays helped him perceive the ideal beauty and common essence shared by Japanese and Chinese arts. Yeats's interest in Japanese Noh and Chinese poetry was largely ignited and strengthened by Ezra Pound, whom Yeats knew since 1909. He invited Pound to accompany him as his secretary at Stone Cottage in Sussex during the winter of 1913 - 1914, early 1915, and early 1916. During this period Pound was busy dealing with Ernest Fenollosa's material about Japanese Noh and Chinese Poetry. Yeats was very much interested in Japanese Noh translated by Fenollosa and finished by Pound. Yeats described vividly the expressive performance of a Japanese dancer Michio Ito[2] in a drawing-room, and believed that Ito "was able, as he rose from the floor, where he had been sitting cross-legged, or as he threw out an arm, to recede from us into some more powerful life. Because that separation was achieved by human means alone, he receded but to inhabit as it were the deeps of the mind"[3]. Yeats's "powerful life" is perceived

---

[1] Laozi, *Laozi*, Translated by Arthur Waley, Hunan People's Publishing House, 2007, p.3.

[2] See Daniel Albright's "Pound, Yeats, and the Noh Theater," *The Lowa Review*, Vol. 15, No. 2, Spring-Summer 1985, pp. 34 - 50.

[3] William Butler Yeats, *Essays and Introductions*, Macmillan, 1961, p.224.

through emotional resonance with Ito's dancing. Yeats disclosed that the ideal of beauty shared by Japanese Noh and Chinese paintings is presented through "rhythm." He wrote that he noticed that "their ideal of beauty, unlike that of Greece and like that of pictures from Japan and China, makes them pause at moments of muscular tension. The interest is not in the human form but in the rhythm to which it moves, and the triumph of their art is to express the rhythm in its intensity"[①]. To Yeats, "rhythm" is the vital force of Japanese and Chinese arts, which expresses "powerful life," "deeps of the mind," and "ideal of beauty." Yeats's intuitive grasp of "rhythm" shows the resemblance between his thinking and a common theory practiced by most Chinese artists, who believe that "vitality of rhythm is the first and foremost device of arts," and seen for instance in the ideas of Xie He of the Nanqi Dynasty[②], and in "rhythm" being one of the most important terminologies in Chinese poetics.

Furthermore, Yeats believed the similarities of the poetic principles between Japanese and Chinese arts are established in their common attitudes to nature, with "the mountain scenery of China" as the public theme of the Japanese arts, just as Greek cyclic tales reflect the eternal themes of Greece, and Christian

---

① William Butler Yeats, *Essays and Introductions*, Macmillan, 1961, pp. 230 – 231.

② Xie He, "Appreciating Ancient Paintings," *Collection of Chinese Classical Theory of Arts*, Vol. 2, Edited by Hu Jingzi, Beijing UP, 2001, p.137. Xie He, author of the "Six Principles of Chinese Painting," lived during the unstable Nanqi (Southern dynasty), 479 – 502 BCE.

mythology reflects common European themes.① Yeats thought highly of the Chinese arts, and his attitude echoes Pound's praise of Chinese arts at a similar period of time. Pound wrote in 1915, "It is possible that this century may find a new Greece in China,"② yet Yeats's sharp and precise grasp of the value of "rhythm" in Japanese and Chinese arts was a breakthrough in terms of Western artists' understanding of Eastern arts at the very beginning of the 20th century.

Yeats's reading of Arthur Waley's *An Introduction to the Study of Chinese Paintings* (1923) and Daisetz Suzuki's *Essays in Zen Buddhism* (1927, 1933, and 1934),③ and his reading and translation of Indian arts and philosophy made possible his rational understanding of Indian and Chinese aesthetic theories. His knowledge of India came mainly through his reading of Rabindranath Tagore's poems, Indian scriptures (especially *The Upanishads*), and his contact with Shri Purohit Swami. When he praised these great Indian poets and philosophers, he would naturally associate their arts and philosophy with Chinese paintings. For instance, he eulogized the great Indian poet Tagore for his poems "so abundant, so spontaneous, so daring in his passion," and associated Tagore's "images of heart" with a typical Chinese image of "a man sitting in a boat upon a river playing upon a lute,

---

① William Butler Yeats, *Essays and Introductions*, Macmillan, 1961, pp.viii–ix.
② Ezra Pound, "The Renaissance: I—The Palette," *Poetry*, Vol. 5, No. 5, Feb. 1915, p. 228.
③ See Ishibashi.

like one of those figures full of mysterious meaning in a Chinese picture, is God himself"①. For Yeats, the image of a whole civilization absorbed by the imagination is powerful not because of its strangeness, "but because we have met our own image"②, for it simply and naturally comes from one's soul.

When he described the unique wisdom of the Indian monk, Shri Purohit Swami, with whom he was in close contact between 1931 and 1936, as "heroic ecstatic passion prolonged through years, through many vicissitudes "③, he would particularly point out that it was shared by "certain Indian, Chinese, and Japanese representations of the Buddha, and of other Divine beings"④. Yeats believed the unique wisdom would present itself on their faces as a similar mark, "a little round lump on the centre of the forehead," signifying "the third eye, no physical organ, but the mind's direct apprehension of the truth, above all antinomies, as the mark itself is above eyes, ears, nostrils, in their duality—'splendour of that Divine Being'"⑤. Yeats's description appears to be mysterious, yet in this phase of life, he succeeded in penetrating the surface to access Eastern poetic lines and artistic images. He disclosed the essential Eastern aesthetic way of thinking, a way beyond mere organ, intuition, or rational-

---

① William Butler Yeats, *Essays and Introductions*, Macmillan, 1961, pp.391 - 392.
② William Butler Yeats, *Essays and Introductions*, Macmillan, 1961, p.392.
③ William Butler Yeats, *Essays and Introductions*, Macmillan, 1961, p.436.
④ William Butler Yeats, *Essays and Introductions*, Macmillan, 1961, p.437.
⑤ William Butler Yeats, *Essays and Introductions*, Macmillan, 1961, p.437.

ity but through the mind's apprehension based on one's life-long experience. Such a way of thinking is defined to be a process "from Guan to Wu" in Chinese poetics, indicating an aesthetic process from the integral view of the visible things to the deep perception of the invisible spirit, and it holds that only when "the things" and "the spirit" unify into one, can we perceive the truth.①

The Chinese lapis lazuli carving Yeats received in 1935, with the typical mountain theme and usual temple, trees, and serene faces, gave Yeats insight into Chinese poetics, and brought him awareness that China "has its solutions always and therefore knows nothing of tragedy"②. The final two stanzas of the poem "Lapis Lazuli" are an expression of Yeats's mental apprehension of Chinese arts, just as the first three Western stanzas are a presentation of his profound comprehension of Western people, nations, and civilization.

II. "Lapis Lazuli" and Chinese Poetics

In July 26, 1936, Yeats wrote a letter to Dorothy Wellesley informing her that he had just finished his poem "Lapis Lazuli," and that he believed "the poem Lapis Lazuli is almost the best I

---

① Cheng Fuwang, *Traditional Chinese Aesthetics Road: The Unification between the Spirit and the Things*, Shandong People's Publishing House, 2007, p.281.

② William Butler Yeats, *Letters on Poetry from W. B. Yeats to Dorothy Wellesley*, Oxford UP, 1940, p.9.

have made of recent years"①. He did not explain in the letter why it was "the best." His assertion is of great importance in order to grasp the significance of the poem. Another of Yeats's great poems written during this late period, "The Gyres," is also dealing with the themes of civilization and "tragic joy." However, "The Gyres" is limited to Western Civilization and is stylistically consistent; while in "Lapis Lazuli" Western and Chinese civilizations stand alongside each other cohered by the repeated keyword "gay" yet with different connotations from its modern one relating to sexuality, and the writing styles of different stanzas vary. "The Gyres" consists of three stanzas of *ottava rima* (eight iambic lines rhyming a-b-a-b-a-b-c-c)②; "Lapis Lazuli" has five stanzas of tetrameter lines. Helen Vendler writes in *Our Secret Discipline: Yeats and Lyric Form* that these are lines of "frequent oscillations from the grotesque to the serious" in which the poet "inserts delays, emotional moments of lament and close-focus commentary" and "at other times ... slows down his tetrameters by means of middle-and end-punctuation"③.

The implication of the parallel arrangement in "Lapis Lazuli" corresponds to Yeats's creative idea in his essay "Art and Idea":

---

① William Butler Yeats, *Letters on Poetry from W. B. Yeats to Dorothy Wellesley*, Oxford UP, 1940, p.91.
② See O'Neill 171-172.
③ Helen Vendler, *Our Secret Discipline: Yeats and Lyric Form*, Harvard UP, 2007, p.237.

Our appreciations of the older schools are changing too, becoming simpler, and when we take pleasure in some Chinese painting of an old man meditating upon a mountain path, we share his meditation, without forgetting the beautiful intricate pattern of the lines like those we have seen under our eyelids as we fell asleep...Shall we be rid of the pride of intellect, of sedentary meditation, of emotion that leaves us when the book is closed or the picture seen no more; and live amid the thoughts that can go with us by steamboat and railway as once upon horseback, or camel-back, rediscovering, by our reintegration of the mind, our more profound Pre-Raphaelitism, the old abounding, nonchalant reverie? ①

For Yeats, the vitality of the arts and the truth of civilizations could be best expressed when placed amongst Eastern and Western civilizations, amid the modern steamboat and railway and the ancient horseback and camel-back. It is important to set poetry free from the limitation of "moral maxims," "received philosophy," or "politics, theology, science,"② from all those European conventional intellect-oriented subjects, and to rediscover the values of the artistic expression of "senses," "passions," "imagination,"③ and all those essential life elements spe-

---

① William Butler Yeats, *Essays and Introductions*, Macmillan, 1961, p.355.
② William Butler Yeats, *Essays and Introductions*, Macmillan, 1961, pp.348 - 349.
③ William Butler Yeats, *Essays and Introductions*, Macmillan, 1961, p.351.

cially preferred by the Eastern arts. Yeats wrote, "No two civilizations prove or assume the same things, but behind both hides the unchanging experience of simple men and women"①.

"Lapis Lazuli" is a good illustration of such artistic ideas and displays various meanings of the word gay. The first stanza presents the "hysterical" women's question and questions the value of the artistic "gay" (3) confronted with the threat of human disaster and war.② The second stanza expresses the tragic "gay" (16) of the European arts to the dread. The third is an expression of the heroic "gay" (36) of the Greeks from their origins to their collapse and reconstruction. The concluding two stanzas express the glittering "gay" (56) of the Chinese arts to "the tragic scene" (52). Critics argue that the first stanza serves an introductory function through drawing a general tragic picture or raising a doubtful question, followed by three different attitudes or answers to tragedy. These consist of the European, of the Greek, and of the Eastern. All the stanzas join forces to express Yeats's "heroic mood"③, his "tragic heroism and its expression and resolution in art"④, or his "paradoxical tragic joy"⑤. A few critics,

---

① William Butler Yeats, *Essays and Introductions*, Macmillan, 1961, p.448.
② Yeats's poem "Lapis Lazuli" is quoted from Pethica 115 – 116, all the following quoted lines will be indicated by the line number only.
③ A. Norman Jeffares, "Notes on Yeats's 'Lapis Lazuli,'" *Modern Language Notes*, Vol. 65, No. 7, Nov. 1950, p. 491.
④ Marion Labistour and W. B. Yeats, "Lapis Lazuli," *Critical Survey*, Vol. 3, No. 1, Winter 1966, p. 14.
⑤ William H. O'Donnell, "The Art of Yeats' 'Lapis Lazuli,'" *The Massachusetts Review*, Vol. 23, No. 2, Summer 1982, p. 366.

such as Ellmann, contend that the poem presents a contrast between its Western stanzas and Eastern stanzas① as opposed to the view that the poem parallels the Western in the first three stanzas with the Chinese final two stanzas, displaying a West-East contrast in terms of creative perception, poetic form, and aesthetic essence.

In terms of creative perception, the poem charts a transitory course from a personal perception to an aesthetic perception, and finally to a Chinese aesthetic perception. Five stanzas present four pictures which are at different distances from their respective concerns. Yeats was aware of the subtle differences between Western and Chinese perceptions:

> I opened my eyes and looked at some red ornament on the mantelpiece, and at once the room was full of harmonies of red, but when a blue china figure caught my eye the harmonies became blue upon the instant. I was puzzled, for the reds were all there, nothing had changed, but they were no longer important or harmonious; and why had the blues so unimportant but a moment ago become exciting and delightful? Thereupon it struck me that I was seeing like a painter, and that in the course of the evening every one there would change through every kind of artistic perception.②

---

① Richard Ellmann, *The Identity of W. B. Yeats*, 2nd ed., Faber and Faber, 1964, pp. 185–187.
② William Butler Yeats, *Essays and Introductions*, Macmillan, 1961, p.282.

Through a painter's eyes, Yeats understood the secret of artistic perception by realizing the importance in the change of focus. The vision with the red ornament as the focal point and the vision with the blue china as the focus are both harmonious, yet the change of focus deconstructs the existing harmony, making the unimportant important, and the important unimportant, leading to a new vision. Consequently, the change of focus is a way to create a new perception. Such awareness is strong enough to make Yeats realize that different perceptions between West and East result from their various artistic concerns. He wrote: "whenever I have been tempted to go to Japan, China, or India for my philosophy, Balzac has brought me back, reminded me of my preoccupation with national, social, personal problems, convinced me that I cannot escape from our *Comédie humaine.*"①

To Yeats, the West focuses on human issues, those of the personal, the social, and the national, and various "distances" between the arts and their various preoccupations make possible the different styles; while the East focuses on the essence of human life itself, which is likely to express Taoist ideas through images from nature. His poem "Lapis Lazuli" parallels Western perceptions, focusing on issues of persons, nations, and civilizations respectively, with the Chinese perceptions, focusing on life itself.

Personal perception is presented in the first stanza, which faithfully represents ordinary persons' complicated moods faced

---

① William Butler Yeats, *Essays and Introductions*, Macmillan, 1961, p.448.

with the coming disaster, the war. Personal desires and feelings (expectations, anxiety, horror) are depicted audibly through the voices of "hysterical women" (1), and the drastic reality is displayed visually through images of the "Aeroplane," "Zeppelin," and "bomb-balls" (6 – 7). The whole picture mirrors reality and is not at a distance from everyday life as the poem itself declares, "For everybody knows or else should know" (4). Such a personal perception in arts is, as Yeats said, "without the memory of beauty and emotional subtlety"①. In other words, personal interests and the intellect restrict attention and taste to the physical world and personal desires only. Consequently, it is difficult to penetrate the depths of the mind.

The second stanza focuses upon the national issue. The poet's concern then shifts to the masterpieces of European arts, represented by the plays of William Shakespeare. Through the masks of Hamlet, Lear, Ophelia, and Cordelia and their performances over generations, the vicissitudes of the European nations are presented to us all. The last scenes of the plays symbolize tragic endings as they exemplify what Yeats refers to as the heroic "gay [ness]" of the players and the national heroic spirit they embody. Confronted with tragic endings that seem to be illogical in everyday life, the players are "gay." To emphasize, in this poem the ramifications of the word "gay" are an expression of Yeats's aesthetic perceptions. He writes that "All imaginative art remains

---

① William Butler Yeats, *Essays and Introductions*, Macmillan, 1961, p.227.

at a distance and this distance, once chosen, must be firmly held against a pushing world"①.

For Yeats, it is the artistic distance between the subject and the tragedy that removes all the personal interests and desires, obstructing human imagination, taste, and state of mind. Artistic distance transcends the physical dangers and intellectual limitations and changes the normal "weep[ing]" confronted in a tragedy—neither Hamlet, Lear, Ophelia, or Cordelia "break up their lines to weep"—into the heroic "gay" (15 – 16). Yeats confirmed and presented such an aesthetic perception in his essays, poems, and plays, and declared that the arts which interest him are those "while seeming to separate from the world and us a group of figures, images, symbols, enable us to pass for a few moments into a deep of the mind that had hitherto been too subtle for our habitation"②. Yeats derived this aesthetic perception from Japanese Noh plays and Japanese dancers' performances, and he not only accepted the idea that imaginative arts should keep a distance from the world and the personal intellect, but believed that to create the distance is to use "a group of figures, images, symbols," and moreover, he was aware that the ultimate aim is to reach "a deep of the mind." Consequently, the differences between the first two stanzas demonstrate his skillful practice of his aesthetic perception.

---

① William Butler Yeats, *Essays and Introductions*, Macmillan, 1961, p.224.
② William Butler Yeats, *Essays and Introductions*, Macmillan, 1961, p.225.

The third stanza continues this aesthetic perception, yet as the focus is now on the issue of civilization, the distance between arts and reality is more extensive than that in the second stanza. On "feet," "shipboard," "camel-back," "horse-back," "ass-back," and "mule-back" (25 – 26), there rise and decline the ancient civilizations; and through the Greek artist Callimachus's (d. 240 BCE) artistic work "long lamp," which "stood but a day," the transitory nature of all things including civilization is revealed: "All things fall and are built again." (35) However, the aesthetic perception would not bring us to sadness or horror; instead, it would give us one of the ramifications of the word "gay": "And those that build them again are gay." (36) In the poem, symbols are used to keep the distance between the realistic world and artistic works. These are ancient and simple, representing both Western and Eastern civilizations: for the Greek Callimachus was the last to keep a half-Asiatic style, as Yeats himself made it clear in an essay, "In half-Asiatic Greece Callimachus could still return to a stylistic management of the falling folds of drapery, after the naturalistic drapery of Phidias"[①]. In view of the reference to Callimachus (29), a native of the Greek colony of Cyrene in Libya and a man who spent much time in Alexandra at its famed library,[②] the transient position of this third stanza is evident, especially since the final two stanzas of Yeats's poem are

---

① William Butler Yeats, *Essays and Introductions*, Macmillan, 1961, p.225.
② For Callimachus see entry "Callimachus."

particularly devoted to a Chinese mountain picture.

The final two stanzas present the Chinese perception, one that recedes from the human world entirely, describing a vision neither of personal nor of national, nor of civilization, but a broader vision of human beings in nature. Based on the Chien Lung lapis lazuli carving, a simple sketch of three Chinamen climbing a mountain is depicted, followed by an imaginative picture of the three men sitting "on the mountain and sky," on "all the tragic scene" listening to "mournful melodies" (51 – 53): their glittering eyes are "gay" (56). Such an unworldly picture is an expression of a most influential Chinese aesthetic perception, that of "Xujing." "Xujing"—in Chinese characters 虚静—the literary meaning of "xu" is void, and "jing" quietness. Originally, this was a way of cultivation advocated by Taoists, and subsequently developed into an important Chinese poetic category.

Laozi is the first philosopher to present the idea from two aspects. Firstly, only when personal desires are eradicated can Tao be perceived: "Truly, Only he that rids himself forever of desire can see the Secret Essences; / He that has never rid himself of desire can see only the Outcomes."[1] Secondly, only when returning to the essence of things is Tao illumined: "Push far enough towards the Void, / Hold fast enough to Quietness.... See, all things howsoever they flourish / Return to the root from which

---

[1] Laozi, *Laozi*, Translated by Arthur Waley, Hunan People's Publishing House, 2007, p.3.

they grew. / This return to the root is called Quietness; / Quietness is called submission to Fate; / What has submitted to Fate has become part of the always-so. / To know the always-so is to be illumined."[①] To be more specific, "xu" refers to the void of personal desires, and "jing" refers to return to the root of things. Also, Zhuangzi put forwards the theory of "losing oneself" (15). Zhuangzi emphasizes the necessity and importance of losing one's "own fixed idea"[②], since "there is always the interchangeability and uniformity of things"[③], and the best way to see the world is "observing with a tranquil mind"[④].

Such a tranquil mind is exactly the mind of Xujing, which transcends personal desires and the appearances of things. Since the Han Dynasty, this philosophical category is extensively used in the field of arts that advocates an aesthetic transcendence. There are four principles to follow in the practice of the Xujing perception. Firstly, we should refine the existing things from their practical functions so as to discover their beauty. Secondly, we should take the existing things away from their specific time and space so as to seek their eternity. Thirdly, we should transcend the appearances of the existing things so as to understand

---

① Laozi, *Laozi*, Translated by Arthur Waley, Hunan People's Publishing House, 2007, p.33.
② Zhuangzi, *Zhuangzi*, Translated by Wang Rongpei, Hunan People's Publishing House, 1999, p.19.
③ Zhuangzi, *Zhuangzi*, Translated by Wang Rongpei, Hunan People's Publishing House, 1999, p.25.
④ Zhuangzi, *Zhuangzi*, Translated by Wang Rongpei, Hunan People's Publishing House, 1999, p.27.

their spirit. Fourthly, we must remove and transcend our personal desires, intellectual prejudices, and conscious activities.① Yeats's idea, "to separate from the world and us," shares a similar connotation with Xujing. The dominant artistic method to practice "Xujing" is the use of the image, which to Yeats is to use "a group of figures, images, symbols"②. The ultimate aim of Xujing is to release the imagination, to get to the depths of the mind, to create broad visions, and to gain insight into the subtlety of Tao. For Yeats it is "to pass for a few moments into a deep of the mind"③.

The Chinese aesthetic perception "Xujing" was intuitively interpreted by Yeats, and the practice of Xujing in "Lapis Lazuli" contains his poetic exposition. The depicted mountain picture in the poem is removed from its practical functions, from its specific time and space, from specific issues, and from the author's possible desires, intellectual prejudices, and conscious arrangement. What we can see, hear, and feel is the purity, peace, beauty, eternity, and spirit, shining in the unworldly and natural scene of "a long-legged bird," "water-course," "cherry-branch," "house," "mountain," "sky," "Chinamen," and "melodies," the core of which is "gay" in the "glittering eyes" (39 – 56) staring at the "tragic scene" (52). The deep mind is beyond the vision, for it

---

① Zhu Liangzhi, *Life Spirit of Chinese Arts*, Anhui Education Press, 2006, pp.238 –242.
② William Butler Yeats, *Essays and Introductions*, Macmillan, 1961, p.225.
③ William Butler Yeats, *Essays and Introductions*, Macmillan, 1961, p.225.

never tells but shows, in the manner of Chinese arts.

In terms of poetic form, there is a contrast between European symbolism and Chinese Yixiang (意象)① in "Lapis Lazuli."As Ezra Pound said, "Yeats is a symbolist, but he has written *des Images* as have many good poets before him"②. Yeats advocated and promoted symbolism, and was good at the arrangement of symbolic words, colors, images, and forms in his poetic writing. He shared the connotation of symbolism with William Blake's definition of imagination, and emphasized that the nature of symbolism is imagination: "William Blake has written, 'Vision or imagination'—meaning symbolism by these words—'is a representation of what actually exists, really or unchangeably. Fable or Allegory is formed by the daughters of Memory.'" ③ Yeats believed that the ultimate aim of symbolic writing is to evoke "an infinite emotion, a perfected emotion, a part of the Divine Essence," and he held that symbolic writing is of a long tradition: "all art that is not mere story-telling, or mere portraiture, is symbolic," for "it entangles, in complex colours and forms, a part of the Divine Essence"④. To Yeats, to express the depths of the Essence is the ultimate aim of symbolism, while an

---

① Yixiang (Chinese characters 意象) is a unique and influential terminology in Chinese poetics; its complex connotations will be expressed in the following discussion.

② Ezra Pound, "The Renaissance: I—The Palette," *Poetry*, Vol. 5, No. 5, Feb. 1915, p. 65.

③ William Butler Yeats, *Essays and Introductions*, Macmillan, 1961, p.147. For more on the Yeats-Blake connection see for instance Vendler 419 and O'Neill 189.

④ William Butler Yeats, *Essays and Introductions*, Macmillan, 1961, p.149.

imaginative arrangement of colors, sounds, and forms serves its realization.

The first three stanzas of "Lapis Lazuli" then display Yeats's practice of the theory of symbolism.① There are four pairs of contrasts in total: the contrast between "palette," "fiddle-bow," "poets" and "Aeroplane," "Zeppelin," "bomb-balls"② in the first stanza; between "Hamlet,""Lear,""Ophelia,""Cordelia" and the "drop" of "curtain" and "scenes" in the second stanza; between the civilizations on "feet," "shipboard," "camel-back," "horseback," "ass-back," "mule-back," and the civilizations "went to rack" in the third stanza; and between "handiwork," "marble," "draperies," "long lamp chimney" of the Greek artist "Callimachus" and the handiwork "stood but a day" in the third stanza.

All the symbolic contrasts focus on the same conflict between the living and the dead (or the end), and reveal the same confrontation between the "gay" and the tragic. Yet, they yield three different symbolic meanings: one is the hysterical women's contemptuous attitude to the "gay" arts and her calling for the "drastic"; one is the belief that "They know that Hamlet and Lear are gay / Gaiety transfiguring all that dread" (16 – 17); and the third is the truth that "All things fall and are built again / And those that build them again are gay" (35 – 36).

---

① See Gould "Yeats and Symbolism" and cf. Vendler 421.
② "Lapis Lazuli" was written in 1936, "the year of the outbreak of the Spanish Civil War and of Hitler's occupation of the Rhineland, and a time of great political tension" (O'Neill 173).

The differences in the ideas result from the differences of perspectives: from the realistic perspective, the threat of death stimulates the hysterical idea, to fight against the "bomb-balls" by means of the "drastic." Underpinning such an idea is neither wisdom nor humanity, but indignation and rage and a consequent impasse. From the aesthetic perspective, the drop of the final curtain of a tragic drama brings insight into human spirit: "Gaiety transfiguring all that dread" (17). This is what "All men have aimed at, found and lost" (18), and "heaven blazing into the head" (19), yet only the tragedy can reveal such a deep and fundamental idea, of what a tragedy is worthy of. This is why "Hamlet and Lear are gay" (16).

From the historical perspective, the rise and fall of civilizations, and construction and destruction of handiwork, indicate the eternal truth that "All things fall and are built again" (35), which is why "those that build them again are gay" (36). To build and to fall are both parts of the natural changing course. It is not necessary to feel tragic while seeing things that "went to rack," just as it is never sad to build things anew. These Yeatsian lines are based on a well-designed arrangement of symbols and their contrasts, and elaborate shifts of perspectives such as Yeats clarified as the "Divine Essence"[①] beneath the pairs of symbols.

The form of the Chinese stanzas is very different from that of the Western stanzas. The differences are as follows. Firstly, Chi-

---

① William Butler Yeats, *Essays and Introductions*, Macmillan, 1961, p.149.

nese stanzas are composed of images of natural things only and are not personal, social, or civic issues. Secondly, no deep idea or belief is clarified. Thirdly, there is no presentation of the intellectual mind, but a sketch of natural things parallel to the human imagination. Fourthly, all things are harmonious, without contrast or confrontation. Since the fourth stanza is a faithful depiction of a Chinese handicraft, lapis lazuli carving, and the fifth stanza is an imaginative representation of some typical Chinese paintings, it is a good expression of Chinese Yixiang.

Yixiang (Chinese characters 意象) is an influential term in Chinese poetics. It originally appeared in *The Book of Changes* of the pre-Qin period, indicating an organic unity between the image of thing and its essence beyond. "Xiang" refers to the image of a thing, while "Yi" refers to the essence beyond the image and the thing. The philosophical origin can be traced back to Laozi, who interprets Tao as something with both the image of a thing (Xiang) and the essence (Yi): "For Tao is a thing impalpable, incommensurable. Incommensurable, impalpable. Yet latent in it are Xiang. Impalpable, incommensurable. Yet within it are things. Shadowy it is and dim; Yet within it there is the essence, the essence that is real and efficacious."[1] Accordingly, the

---

[1] Laozi, *Laozi*, Translated by Arthur Waley, Hunan People's Publishing House, 2007, p.42. The book *Laozi* is a Chinese-English bilingual book. Quoted here is the Chinese version by Laozi, translated by Fen Gao. Arthur Waley's English translation reads: "For the way is a thing impalpable, incommensurable. Incommensurable, impalpable. Yet latent in it are forms. Impalpable, incommensurable. Yet within it are entities. Shadowy it is and dim; Yet within it there is a force. A force that though rarefied is none the less efficacious."

principle of Yixiang is "to evoke both the metaphysical Tao and the living emotions and perception through images of things"①, and the method to create Yixiang is to perceive the thing deeply so as to reach a sense of unification between human spirit and the things in nature. Generally, Yixiang refers to unification between life perception and the image of a thing, based on refining, selecting, and expressing. The different connotations between symbolism and Yixiang constitute the divergence between the Western stanzas and the Chinese stanzas: elaborate devices, such as contrasts, confrontation, clarification and perspectives are necessary to reveal the symbolic meanings in the European stanzas, while Chinese Yixiang simply presents natural images in order to show the natural Tao.

The fourth stanza is a sketch of the lapis lazuli carving, composed of images of things, "Chinamen," "long-legged bird," "musical instrument" (37, 39, 42), followed in the fifth stanza by an imaginative vision of a peaceful, harmonious and happy scene of human beings in nature in natural surroundings. The happy atmosphere is described by beautiful and agreeable scenes from nature: the "water-course" or "avalanche" or "slope" with "snows," "plum," or "cherry-branch" (45 – 47). The flexibility of the natural images makes possible a display of the different seasons. Then the verse is strengthened by the peaceful and delightful "Chinamen" (49), whose unworldly position may be

---

① Chen Bohai, *Modern Interpretation of Chinese Poetics*, Shanghai Classics Press, 2006, p.145.

emphasized by their being seated on the "mountain" and the "sky" (51). Their "mournful melodies" seem to correspond to "the tragic scene" they are staring at, yet their eyes are "glittering" and "gay," as if they have long accepted "the tragic scene" (52), and regard it as part of their life. Human beings and nature are one; "the tragic" (52) and the "gay" (56) are one. The picture is simple, visual, yet integrated and abundant. The aesthetic implication is beyond the picture itself, "Incommensurable, impalpable" as Laozi says[①], yet perceivable to the deep mind.

In terms of aesthetics, there is a contrast between the Western division of the intelligible and the visible, and the Chinese unification between human beings and nature. Both the Western stanzas and the Chinese stanzas express the deep and subtle essence, which is infinite and eternal, innate and imaginative. Yeats believes that "True art is expressive and symbolic, and makes every form, every sound, every color, every gesture, a signature of some unanalysable imaginative essence," and "True art is the flame of the Last Day, which begins for every man when he is first moved by beauty, and which seeks to burn all things until they become 'infinite and holy'"[②]. However, the Western essence as expressed in "Lapis Lazuli" is different from that of the Chinese.

What is expressed in the Western stanzas of the poem is a sense of "tragic joy" indicated by critical commentators of the po-

---

① Laozi, *Laozi*, Translated by Arthur Waley, Hunan People's Publishing House, 2007, p.42.

② William Butler Yeats, *Essays and Introductions*, Macmillan, 1961, p.140.

em. Yeats clarified his aesthetic ideas in 1936, the year he conceived "Lapis Lazuli." In a letter to Dorothy Wellesley, he pointed out that "the true poetic movement of our time is towards some heroic discipline," and that "bitter and gay" is the heroic mood. When there is despair, public or private, when settled order seems lost, people look for strength within or without. The lasting expression of our time is not this obvious choice but in a sense of something steel-like and cold within the will, something passionate and cold"[1]. This "passionate and cold" spirit is "to make one rejoice in the midst of tragedy" (13). This "tragic joy" in the poem is fully expressed by the use of the word "gay" (16) to refer to Shakespearean characters who are confronted with the "drop" of the "curtain" (13), and in the "gay" of those who rebuild the civilization again from the ruins. This "tragic joy" is, as Ramazani indicates, not something newly created by Yeats, but an expression of the traditional aesthetic theory of the sublime: "The theory of the sublime is close to being a theory of what Yeats calls 'tragic joy', for the sublime transforms the painful spectacle of destruction and death into a joyful assertion of human freedom and transcendence."[2]

Such a transcendent attitude to dread can be traced back to the famous Platonic division between "the intelligible" and "the

---

[1] William Butler Yeats, *Letters on Poetry from W. B. Yeats to Dorothy Wellesley*, Oxford UP, 1940, p.8.
[2] R. Jahan Ramazani, "Yeats: Tragic Joy and the Sublime," *PMLA*, Vol. 104, No. 2, Mar. 1989, p. 163.

visible"①, which builds a long-lasting model of the cosmos: "A world of appearances is subordinated to a world of reality somewhere beyond. All aspects of reality are ultimately emanations of the Divine One, the first being, to which they aspire to return."② Owing to the hypothetical division between the intellectual spirit and physical appearances, transcending the appearances to seek the metaphysical divine essence turns out to be the everlasting subject of philosophy and arts. The Western stanzas of "Lapis Lazuli" are an expression of this. In other words, the only way to transcend the tragic is to remove the fear and terror of physical destruction (of human beings, nations, and civilization) through an awareness of returning to the divine essence.

In conclusion, what is expressed in the Chinese final two stanzas of the poem is absolutely different from in the Western stanzas. Yeats was aware of the difference and clarified in his letter to Dorothy Wellesley that the lapis lazuli carving displayed the "eternal theme of the sensual east," and there was "nothing of tragedy"③. He chose the mountain and Chinamen and "a musical instrument" ("Lapis" 42) as the key elements in artistic expression, not merely because of the visual lapis lazuli carving itself, but because he had already a deep understanding of Chinese poetics. Yeats realized "the mountain" (51) was the sacred place

---

① Plato, *The Republic*, 3rd ed., Translated by Benjamin Jowett, Clarendon Press, 1888, p.210.
② Raman Selden, *The Theory of Criticism: From Plato to the Present*, Longman Group UK, 1988, p.10.
③ William Butler Yeats, *Letters on Poetry from W. B. Yeats to Dorothy Wellesley*, Oxford UP, 1940, pp.8 – 9.

where the Gods dwell: "To Indians, Chinese, and Mongols, mountains from the earliest times have been the dwelling-places of the Gods."① For Yeats the Chinese mountains were just like "the letters of an alphabet, into great masterpieces, traditional and spontaneous"②. Above all, he knew of the implied unified relationship between human beings and nature in the Chinese landscape paintings. He wrote that "a man sitting in a boat upon a river playing upon a lute, like one of those figures full of mysterious meaning in a Chinese picture, is God Himself"③. Yeats's "God" in this passage is an equivalent of Chinese "Nature" (自然), which includes the metaphysical Tao (the essence) and all the physical things (including Heaven, Earth, and all natural things in between). As Laozi says, "Man follows the way of Earth, Earth follows the way of Heaven, Heaven follows the way of the Tao, and the Tao follows the way of Nature"④. Yeats comprehends the essence of Chinese aesthetics: human beings and nature are unified, they are of the same origin physically and spiritually. Nature is the whole, while human beings are the soul, they form an integral one.

Generally speaking, nature and human beings can perceive and communicate with each other. The human's highest state of

---

① William Butler Yeats, *Essays and Introductions*, Macmillan, 1961, p.455.
② William Butler Yeats, *Essays and Introductions*, Macmillan, 1961, p.454.
③ William Butler Yeats, *Essays and Introductions*, Macmillan, 1961, p.392.
④ Laozi, *Laozi*, Translated by Arthur Waley, Hunan People's Publishing House, 2007, p.3.Cited here is the Chinese version by Laozi, translated by Fen Gao. Arthur Waley's English translation reads: "The ways of men are conditioned by those of earth. The ways of earth, by those of heaven. The ways of heaven, by those of Tao, and the ways of Tao, by the Self-so."

mind is to follow the way of nature, or in other words, to unify with nature. Confrontation with death or destruction or loss is not tragic at all, for every individual thing goes from birth to death, as an essential part of the whole. Yeats succeeds in expressing the basic Chinese aesthetic essence by foregrounding the "Chinamen" on the "mountain," the "sky" (49 – 50) and the "tragic scene," playing "mournful melodies" (52 – 53) yet their "glittering" eyes are "gay" (56). There is no contradiction between things and feelings. There is no necessity to transcend the "mournful" (53) if human beings unify themselves with nature (or God, as Yeats said in his *Essays and Introductions*[①]). No doubt, the Chinamen's "gay" is a kind of natural joy, a joy to accept both the "mournful" (53) and the "gay" (56)—the final word of "Lapis Lazuli"—to accept both birth and death.

(载 A&HCI 期刊 *Style*, Volume 53, Number 1, 2019)

---

① William Butler Yeats, *Essays and Introductions*, Macmillan, 1961, p.392.

华莱士·史蒂文斯的理想境界与中国古典画
——读《雪人》

Wallace Stevens' Ideal State of Mind and Chinese Classical Paintings[①]

"The Snow Man," which is considered by most critics as a "cynosure or keystone"[②] in Wallace Stevens' oeuvre, has received so much critical attention that divergent interpretations have been offered since its publication. The controversial thematic interpretations rang from the stoic endurance[③], through Emersonian sense of nothing[④] or an insight into the Cartesian-Schopenhauerian

---

① 本文的第二作者是美国新奥尔良大学的钱兆明教授。
② Bart Eeckhout, *Wallace Stevens and the Limits of Reading and Writing*, Columbia: University of Missouri Press, 2002, p.56.
③ Helen Vendler, "Wallace Stevens," In *Voices & Visions: The Poet in America*, ed. Helen Vendler, New York: Random House, 1987, p.151.
④ Critics who have used Emersonian theory to discuss "The Snow Man" include: Helen Vendler, *Wallace Stevens: Words Chosen Out of Desire* (Knoxville: University of Tennessee Press, 1984) 49; Eleanor Cook, *Poetry, Word-Play, and Word-War in Wallace Stevens* (Princeton: Princeton University Press, 1988) 50; Harold Bloom, *Wallace Stevens: The Poems of Our Climate* (Ithaca, N.Y.: Cornell University Press, 1987) 61; and William W. Bevis, *Mind of Winter: Wallace Stevens, Meditation, and Literature* (Pittsburgh: University of Pittsburgh Press, 1988) 43.

ideal of subjectivity[1] or Nietzschean perception of will[2], to a presence of Chan Buddhism's meditative streak[3] and its process of enlightenment[4]. Apparently, the divergence may result from different critical perspectives, but most probably it derives from multiple insights into a way of thinking. As Eeckhout puts it, the significance of the poem "is not a simple matter of variety of meaning, but rather of whether his writings can delight, enlighten, and empower us and whether they have the potential to change our lives"[5]. Based on previous critics' affirmation of Wallace Stevens' connection with East Asian culture, this paper attempts to illustrate the poet's perception of the ideal state of mind through a comparative reading of "The Snow Man" and two Chinese classical paintings.

---

[1] William W. Bevis, *Mind of Winter: Wallace Stevens, Meditation, and Literature*, Pittsburgh: University of Pittsburgh Press, 1988.

[2] Critics who have used Nietzsche's philosophy to discuss "The Snow Man" include: B. J. Leggett, *Early Stevens: The Nietzschean Intertext* (Durham: Duke University Press, 1992) 187–188; Harold Bloom, *Wallace Stevens: The Poems of Our Climate* (Ithaca, N.Y.: Cornell University Press, 1987) 61; William W. Bevis, *Mind of Winter: Wallace Stevens, Meditation, and Literature* (Pittsburgh: University of Pittsburgh Press, 1988) 81, 141, 143.

[3] William W. Bevis, *Mind of Winter: Wallace Stevens, Meditation, and Literature*, Pittsburgh: University of Pittsburgh Press, 1988, p.25.

[4] Qian Zhaoming, *The Modernist Response to Chinese Art*, Charlottesville and London: University of Virginia Press, 2003, p.93.

[5] Bart Eeckhout, *Wallace Stevens and the Limits of Reading and Writing*, Columbia: University of Missouri Press, 2002, p.115.

1. A Mind of Winter

One must have a mind of winter
To regard the frost and the boughs
Of the pine-trees crusted with snow;①

Fig. 1. Fan Kuan (范宽,南宋), *Snowy Mountain and Xiao Temple*(《雪山萧寺图》)

"The Snow Man" begins its "consciousness in the act"② with a suggestion of a state of mind, namely "a mind of winter," cor-

---

① "The Snow Man" is quoted from the book: Wallace Stevens, *The Collected Poems of Wallace Stevens*, New York: Alfred A. Knopf, 1954, pp.9 - 10.
② Geoffrey H. Hartman, "The Poet's Politics," In *Beyond Formalism: Literary Essays 1958 - 1970*, New Haven: Yale University Press, 1971, p.256.

responding to two typical images of winter, "the frost" and "the boughs of the pine-trees crusted with snow." How do we understand "mind of winter"? What is the relationship between "mind of winter" and the two images? A close examination of a Chinese classical painting may help explore the implication of "mind of winter."

Snowy Mountain and Xiao Temple by Fan Kuan, a well-known Chinese painter of the Song dynasty, apparently expresses the quintessence of traditional Chinese painting—which draws much of its force from Daoism and Chan Buddhism, especially their emphasis on achieving mind of nothingness through observation of thingness of a thing. It shares the seven characteristics of Chan art summarized by Hisamatsu Shin'ichi, a Japanese art critic, in *Zen and the Fine Arts*: asymmetry, simplicity, austere sublimity or lofty dryness, naturalness, subtle profundity or deep reserve, freedom from attachment, and tranquility.[①]

Of these the most noticeable are tranquility and sublimity. Tranquility is expressed by balancing everything—mountain peaks, trees, stone stairs, a temple, and a pavilion—in a frozen, motionless snow world, and contrasting it with two monks walking on the road. "Motion amid rest" brings into the picture a sense of vitality. Sublimity, on the other hand, is displayed through a panoramic perspective of the bright and almost trans-

---

① Qian Zhaoming, *The Modernist Response to Chinese Art*, Charlottesville and London: University of Virginia Press, 2003, p.87.

parent snow world, foregrounded by a spontaneous connection of the dim sky with the dry trees.

What is represented is not only a momentary tranquility of the snow world, but a state of sublimity, which detaches from the secular world and identifies the self with all things painted, with no egoist consciousness separating the self from the unified snow world. It is a display of a mind of winter, which not only indicates that one has to be a thing oneself to understand the thingness of a thing, but tells that the expression of the thing is just the expression of the self.

The first stanza of "The Snow Man" calls for exactly such an ideal state of mind. Stevens' comment on the poem in a 1944 letter, "I shall explain 'The Snow Man' as an example of the necessity of identifying oneself with reality in order to understand it and enjoy it"[①], is certainly an announcement of such a unification. The ideal state of mind is firstly suggested by the implied speaker, who appeals for an identification of the mind with "the frost" and "the boughs of the pine-trees crusted with snow." And it is then presented by a panoramic and tranquil scene constructed by the omnipresent "frost" and the numerous "boughs" and "pine-trees." The common nature of frost and snow shows possible a white and pure world without any impurity, corresponding to the sublimated mind without any egoist bias. It is ob-

---

① Wallace Stevens, *Letters of Wallace Stevens*, Ed. Holly Stevens, New York: Alfred A. Knopf, 1966, p.464.

vious that the mind and the winter are reciprocal.

2. Wind and Misery

And have been cold a long time
To behold the junipers shagged with ice,
The spruces rough in the distant glitter

Of the January sun; and not to think
Of any misery in the sound of the wind,
In the sound of a few leaves,

Which is the sound of the land
Full of the same wind
That is blowing in the same bare place.[①]

Since the implication of the ideal state of mind is clarified, how do we achieve such a state? What is the relation between wind and misery? The following Chinese painting may help offer a revelation, as what is disclosed poetically in the three stanzas above.

Traditional Chinese paintings usually express the sense of transcendence in a static atmosphere. For instance, in fig. 2, a white crane

---

① Wallace Stevens, *The Collected Poems of Wallace Stevens*, New York: Alfred A. Knopf, 1954, pp.9 – 10.

stands peacefully and gracefully in the frozen snow; in contrast are white plum flowers blossoming and leaves of palm crested with snow. A sense of peace fills the whole picture, not only in corresponding colors and harmonious balance among all things but in the peaceful attitude of all things. It reveals the transcendence of mind in a transiently static situation.

It is an expression of transcending a frozen world by keeping a constant mind. The world is changing continuously, from windy through stormy to sunny, or from birth through death to rebirth. However, what is changed is the physical and not the essence. If the mind changes with the changing world, it will be overwhelmed by various senses of sufferings aroused. The only thing one can do is to transcend the physical changes, and stick to the essence of the thing itself, for the changing of the physical world is natural and fatal. One could never dominate it truly. Only when one transcends the changes, could one discover that a change is one of the many; it is identical with all the rest, and would not last long. If one could transcend all changes and all egoist considerations aroused consequently, one could live in peace and make the world

Fig.2 Shen Quan (沈铨,清), *White Crane and Snowy Palm* (《雪蕉仙鹤》)

peaceful, as in the painting, where the bear's careless response to the chilly storm makes possible its appreciation of the moon as usual.

The thought of transcendence has long been expressed in ancient Chinese philosophy and art. Zhuangzi, the most famous Daoist exponent, sums up the idea when he depicts a person with a constant mind, who "confronts things as significant as life and death, yet never changes his state of mind." "Even if the whole world overturns," he adds, "his mind would not perish with it. He insights many into one, and never changes with the unpredictable world; he lives in accordance with the natural course and sticks only to the essence of things that never change."①

Similar to the above pictures the second to fourth stanzas of "The Snow Man" express transcendence in motion. Facing the chilly images of winter—"junipers shagged with ice," "spruces rough in the distant glitter of the January sun"—and listening to "the sound of the wind," the implied speaker suggests not to think of any misery, for he believes that "In the sound of a few leaves/Which is the sound of the land/Full of the same wind/That is blowing in the same bare place." In other words, the sound of a few leaves in the frozen winter is only one of many sounds in the land, and the wind at the specific moment is the same as all others in the land. Since the current experience is one transient change of the many and one physical shape of the ever-

---

① 庄子的英文引文均由我自己翻译,原文来自:《庄子》,孙海通译,北京:中华书局,2007年,第38页。原文:"死生亦大矣,而不得与之变;虽天地覆坠,亦将不与之遗;审乎无假而不与物迁,命物之化而守其宗也。"(《庄子·德充符》)

lasting essence, it is nothing miserable to those who are able to have a panoramic view of the whole.

These stanzas serve to disclose in detail the process of achieving the mind of winter and to foreground the transcendent nature of the mind of nothingness. The transformation from "the junipers shagged with ice/The spruces rough in the distant glitter/Of the January sun" through "any misery in the sound of the wind" to a thoughtful ponder of "the same wind/That is blowing in the same bare place" indicates the manner in which to achieve the mind of nothingness from a sensual observation. And the transcendent nature is disclosed ostensibly through an abrupt shift from "behold" to "not to think," displaying a turning from external to internal, and is profoundly revealed through a penetrating process from the specific—"the sound of the wind," "the sound of a few leaves," through the general—"the sound of the land," to the identical—"the same wind" and "the same bare place." The repetition of the word "same" makes clear the identical nature of all things, and evinces the fact that a transcendent mind of winter is achieved through the perception of the sameness essence of things.

3. Nothing and Thing

For the listener, who listens in the snow,
And, nothing himself, beholds
Nothing that is not there and the nothing that is.[①]

---

① Wallace Stevens, *The Collected Poems of Wallace Stevens*, New York: Alfred A. Knopf, 1954, p.10.

In an abrupt shift, Stevens concludes "The Snow Man" with the appearance of a listener, either visible or invisible, listening to nothing and beholding nothing in the snow. What is the connection between "mind of winter" and "nothing himself"? What do the three repeated "nothings" refer to? Are they of the same implication or different? Let us get back to the first picture *Snowy Mountain and Xiao Temple* by Fan Kuan to catch a glimpse of the unfathomable profundity both of the painting and of the poem.

In *Snowy Mountain and Xiao Temple* the mind of winter is merged with the mind of nothing. In the picture, two conspicuous contrasts are presented: that between the flat land and the towering peak and that between two monks walking on the road and a hermit sitting high. In the contrasts, we notice two parallel scenes. The one close by at the bottom shows a road stretching to the outer world and two monks walking in a haste to seek a warm place. The one near the top foregrounds the grandeur of the mountain through invisible stone stairs. On the top of the stairs is a temple, faintly visible, while on the other side of the mountain, almost opposite to the temple, is a simple pavilion, bare on a terrace, half surrounded by several peaks. The pavilion, echoing the monks from afar, is so remote from the sight that we could hardly see any hermit sitting or listening in the snow.

The monks and the hermit appear to live in two different manners. The monks are physical and visible. Seeking a place to keep out the cold and the wind, they live in a secular world. The hermit, on the other hand, is spiritual and invisible. Merging himself into the surroundings, he lives in the world of nothingness. Symbolic as they are, they clarify a theory of separation between the soul and the body in ancient Chinese philosophy.

According to Daoism, the world is composed of the invisible and the visible. The invisible is the origin, the beginning, the mother, in short, Dao; while the visible is the product of the invisible, which is the thing. As one thing among the numerous, human beings are composed of the invisible and the visible as well; the invisible is the soul and the visible is the body.

As a product of Dao and Nature, the body is limited and affiliated to fate. The body is limited, for it is one of the numerous physical entities; it is full of desires, for it can only be one thing and not another; it is affiliated to fate, for it can never truly control itself and the world. As Zhuangzi puts it, "Death and life, existence and perish, lack and saturation, poverty and prosperity, virtue and infidelity, praise and blame, hunger and thirsty, chill and warmth, all are the changes of things and the motion of natural course. They change day and night, but could never be penetrated the origins."[①] The best way out, therefore, is to transcend or become oblivious to its misery and suffering.

Only the soul belongs to human being himself. It is invisible with nothingness as its essence. From infancy through adulthood to old age, one experiences a process from nothingness through egoism to nothingness with the growth of the body. The sense of

---

① 《庄子》,孙海通译,北京:中华书局,2007 年,第 42 页。原文:"死生、存亡、穷达、贫富、贤与不肖、毁誉、饥渴、寒暑,是事之变,命之行也。日夜相代乎前,而知不能规乎其始者也。"(《庄子·德充符》)

nothingness is experienced when one is in a state of no distinction and views one in many, as in infant ignorance or in old age's sublimation. During the long cognitive process, however, one is likely to be confined to his bodily experience, and to overstate all egoist emotions and cognitional, for instance, misery, disliking, hatred, etc. If one can transcend his egoist bias, one can reach an ideal state of mind, a mind of nothingness or a mind of winter, which makes possible "all changes could not disturb the peace of self or violate the soul," and "keeps the soul real day and night, and amusing itself with all things in spring."①

The hermit in the painting is in such an ideal state, with the soul merging into all things peacefully as if it separates itself from the body, and the listener in "The Snow Man" is in the same ideal state. As a man of "nothing himself," the listener regards as "nothing" all the egoist emotions and cognitions "that is not there," and only beholds "the nothing that is there." In other words, the three nothings here indicate different implications: "nothing himself" refers to an ideal and integral state of mind as a man with a mind of nothingness or with a mind of winter; such a state is realized by a transcendent attitude to all personal cognitions, derived from the body, which are not the essence there, as Stevens puts it, "beholds/Nothing that is not there"; and it is ultimately incarnated by a spiritual insight into the identical es-

---

① 《庄子》,孙海通译,北京:中华书局,2007年,第42页。原文:"故不足以滑和,不可入于灵府。使之和豫,通而不失于兑。使日夜无隙,而与物为春,是接而生时于心者也。是之谓才全。"(《庄子·德充符》)

sence of things, that is, things are the same, with nothingness as common nature, as Stevens puts it, "the nothing that is." Obviously, the snow man is nothingness, for nothing on earth could disturb him; and he is the thing, for the essence of the thing is nothingness. As Zhuangzi says, "Nothingness, tranquility, solitude and non-action are the essence of the Great nature and Dao, in which the saint rests his heart. To rest one's heart is to reach nothingness; and in nothingness one fills himself with life itself; and filled with life, he has sufficient energy to get into Dao."[①]

Paintings may sometimes express what words cannot. Whenever you are appreciating a painting undisturbed by egoist moods, emotions and cognitions, or whenever you are appreciating a pavilion in a Chinese painting, with or without a hermit inside, you are perceiving "The Snow Man," for he is exactly the one who is with a physical body transcending his ego.

（载《英美文学研究论丛》2012 年春季刊）

---

① 《庄子》,孙海通译,北京:中华书局,2007 年,第 106 页。原文:"夫虚静、恬淡、静寂、无为者,天地之平而道德之至也。故帝王、圣人休焉。休则虚,虚则实,实则备矣。"(《庄子·天道》)

霍加斯出版社与英国现代主义的形成和发展

英国霍加斯出版社（the Hogarth Press，1917—1987），由伦纳德·伍尔夫（Leonard Woolf）和弗吉尼亚·伍尔夫（Virginia Woolf）夫妇共同创建和经营。在前30年的出版历程中（后40年并入查特与温达斯出版社，维持其原有出版风格），它出版了弗吉尼亚·伍尔夫、T. S. 艾略特、罗杰·弗莱、克莱夫·贝尔等英国作家的作品，引进了弗洛伊德、琼斯等心理学家的系列作品，翻译了陀思妥耶夫斯基、托尔斯泰、契诃夫等俄罗斯小说家的作品，在催生和推进英国现代主义的过程中，发挥了举足轻重的作用。霍加斯出版社之所以能发挥推进英国文化发展的作用，源于它独到的理念、联动的运作机制和开放的国际视野，回顾和总结霍加斯的出版理念和文化推进举措，有益于我们借鉴并汲取国外文化出版的特质和机制。

一、霍加斯的出版理念：杂糅思想

霍加斯是20世纪初期英国诸多私营出版社中的一家。当时英国私营出版社流行，运行时间短则3至5年，长则10至20年，无法持久经营。在这一态势中，霍加斯的营运却一直处于良好状态，这在很大程度上是因为它拥有适合自身发展的出版理念。出版社负责人伦纳德·伍尔夫曾用非常直白的话描述他的出版理念,并称它为"杂糅"①:

> 我们的基本关注点是图书非物质的那个部分:作者说了什么以及他怎么说的。我们的经营观点是,出版商业出版社所不能出版或不愿出版的书籍。我们要求我们的书籍"看起来很好",对于书中哪些部分必须看起来很好,我们自有主见,不过我们对印刷和装帧的精美不感兴趣。我们也不在乎图书的精致和精确,这些东西是文化在艺术和文学中催长出来的某种真菌,它们在英国很普遍,在有教养的美国人身上也习以为常。②

这一段直白的话语道出了霍加斯出版社的两条基本原则:一是坚持以图书的内在品质为最根本的评判标准;二是采取独辟蹊径的商业运作方式。这两条原则综合成一个完整的出版理念,就是一种杂糅思想:图书品质和商业运作兼顾。在霍加斯的出版史上,这一杂糅思想在关键阶段以下面的方式表现出来。

(一) 出版初期:拒绝单纯追求雅致或个人趣味

在霍加斯出版社创建的初期,伍尔夫夫妇的出版理念并不明确。他们建立霍加斯的初衷源于对文学的热爱,希望将自己和身边好友的作品印制成册,最大限度地享受出版自由;同时期望它能

---

① Leonard Woolf, *Down All the Way: An Autobiography of the Years 1919 to 1939*, New York: Harcourt Brace Jovanovich, Inc., 1967, p.79.
② Helen Southworth, *Leonard & Virginia Woolf: The Hogarth Press and the Networks of Modernism*, Edinburgh: Edinburgh University Press, 2010, p.4.

够缓解弗吉尼亚·伍尔夫的小说创作压力。

在这一阶段,他们能够仿效的私营出版社大致有两种。一种以英国思想家兼作家威廉·莫里斯创办的克莱姆斯哥特出版社(Kelmscott Press,1890—1896)为典范,它以图书的精美为最高目标,信奉"有用之作也就是艺术之作"的理念。当时类似的出版社较多,比如阿逊德尼出版社(Ashendene Press,1894—1935),以出版英国经典名著为己任;欧米加工作室(Omega Workshops,1913—1919),主要出版艺术类作品。另一种是当时流行于巴黎、伦敦的小型家庭出版社,比如黑太阳出版社(Black Sun Press,1925—1936),只出版家庭成员和好友的作品,在很小的社交圈内交流个人趣味。这些出版社常常昙花一现,很快便消失。

出版初期的霍加斯与上述两类出版社都有点相似,唯一不同的是,出版社负责人伦纳德清醒地意识到,他们必须与上述两类出版社拉开距离,要以一种完全不同的方式经营。1917年至1922年,他们以手工制作的方式出版了约20种图书,大部分是家庭成员和好友的作品,但也开始出版俄罗斯作家契诃夫、陀思妥耶夫斯基等人的作品的英译本。

总之,霍加斯创办初期便开始采取比较开放的出版策略,拒绝单纯追求雅致或个人趣味。

(二) 转折时期:拒绝被完全商业化

1922年是霍加斯重要的转折年。伍尔夫夫妇决定寻求合作者来更好地经营出版社。好几家较大规模的商业出版社先后向他们提出合作或合并意向,比如康斯特伯(Constable)、海纳曼(Heinemann)出版社等。经过一段时间的商谈后,伍尔夫夫妇预感小小的霍加斯出版社被合并后很可能会变成纯粹的商业营利性出版社的一个部分,完全失去他们原有的重视图书内在品质的特性。他们最终放弃了与其他出版社的合并意向,决定保持出版的独立和自由。此外,也有人推荐当时牛津大学出版社某分社的经理到霍加斯负责经营,最后也被伍尔夫夫妇拒绝了,拒绝的原因同样是不愿意霍加斯被完全商业化。

(三)发展时期:坚持自己的品位,开拓全新出版领域,打造霍加斯品牌

经历抉择后,伍尔夫夫妇的出版理念逐渐成熟。他们决定让霍加斯向社会上"所有的人开放"[①],以自己的独立标准和品味开拓新的出版领域;同时着手组织和打造霍加斯图书系列。1917年至1946年,霍加斯大约出版了525种图书,这些图书充分体现了他们兼顾图书品质和商业运作的杂糅理念。

为实施以自己的品位开辟新的出版领地的思想,伍尔夫夫妇放弃了商业出版社所占据的传统经典和主流文化这些影响力大、获利快的出版领地,重点开发先锋文化、大众文化和国际文化等边缘乃至未开垦的出版领域。作为知识分子,伍尔夫夫妇更关注思想的传达,并不以营利为目标,因而出版规模一直控制在适度范围内。为保证出版社顺利运转,霍加斯的图书范围非常宽泛,包括文学、艺术、政治、音乐、教育、法律、心理、哲学、文化人类学、绘画、摄影、书信、游记、翻译作品等多个学科领域,思想性、专业性著作与通俗浅显的畅销书籍并举。[②]

除了开辟新领地,以图书的多样性保证资金的运转外,伍尔夫夫妇在商业运作中的另一个有力措施是出版霍加斯品牌系列丛

---

① Leonard Woolf & Virginia Woolf,"Are Too Many Books Written and Published?",*PMLA*,2006,121(1):241.

② "Hogarth Press Publications, 1917 - 1946: Duke University Library Holdings," http://library.duke.edu/rubenstein/scriptorium/literary/hogarth.htm.

书。霍加斯的重要丛书系列包括:(1)霍加斯文学批评系列(包含1924—1926,1926—1928,1947 三个系列),共有 35 种图书;(2)霍加斯文学演讲系列(包含 1927—1931,1934 两个系列),共 16 种;(3)莫登斯战争与和平演讲系列(1927—1936),共 8 种;(4)霍加斯当代诗人系列(包含 1928—1932,1933—1937 两个系列),共 29 种;(5)霍加斯书信系列(1931—1933),共 12 种;(6)当今问题小册子系列(1930—1939),共 40 种,旨在探讨当时的社会、政治和经济问题;(7)建构世界与动摇世界系列(1937),即苏格拉底、达尔文等西方著名人士的传记系列。[①] 伍尔夫夫妇邀请当时社会上的著名人士就文学、批评、社会、政治、时势等议题撰写论著,作者们的论点大都代表时代的声音,对当时的社会具有较大的影响力。

二、霍加斯出版社与英国现代主义的形成和发展

霍加斯出版社作为传媒机构,在英国现代主义的形成和发展中发挥了重要的作用。1917 年,霍加斯出版社成立之际,英国的现代主义仅仅是一种处于萌芽状态的先锋文化;经过近 30 年的图书出版和运作,至 1946 年它已经进入英国主流文化圈,成为英国重要的文艺思潮,其思想深度和表现力度绝不逊色于西方其他国家的现代主义。在英国现代主义从萌芽走向成熟的漫长过程中,霍加斯发挥了极为关键的培育、策划和传播作用。

首先,霍加斯为现代主义的形成发挥了"生产工场"或者"筹备

---

① Max Yela, "Seventy Years at the Hogarth Press: The Press of Virginia and Leonard Woolf," http://www.lib.udel.edu/ud/spec/exhibits/hogarth/.

场所"①的思想培育作用。"现代主义不仅仅是一系列文本和观点的表现,它更是一种社会现实,由机构和实践构成,在20世纪话语大家庭中集中地生产、营销和出版一种约定的、共享的语言。"②英国现代主义在当时社会中的前卫性质,决定了它只能依靠一些边缘的出版社、期刊和报纸来发出它微弱的声音,直至逐渐变得强大。这些边缘的传播媒体为现代主义的发展提供了大型商业出版社所无法提供的作品审查和出版规程上的自由空间。③

其次,霍加斯凭借其独到的出版理念和运作机制,在图书策划和传播过程中十分重视作品的创意、宣传的力度和思想的深度,并构建了现代主义的作家网络、批评网络和思想网络,这使他们在众多小型出版社中脱颖而出,成为传播英国现代主义的重要媒体。

(一) 现代主义作家网络的建立

霍加斯的作家网络大致包含三个层次,由内而外,构成英国现代主义创作圈。

核心层是伍尔夫夫妇和他们的"布鲁姆斯伯里"文化圈中好友罗杰·弗莱、克莱夫·贝尔、T. S. 艾略特、E. M. 福斯特等人。这些中青年作者大都毕业于剑桥大学,在艺术、美学等领域有着敏锐的领悟和独到的见解。他们从世界大战的硝烟中觉察到西方文明的局限性,开始反思西方社会的困境和出路,每周在弗吉尼亚的家中聚会一次,从美学、艺术、文学、政治、社会、文化等多个视角剖析西方思想,并独立撰写著作。他们的著作很多都由霍加斯出版。

---

① George Bornstein, *Material Modernism: The Politics of the Page*, Cambridge: Cambridge University Press, 2001, p.1.

② Lawrence Rainey, *Institutions of Modernism: Literary Elites and Public Culture*, New Haven: Yale University Press, 2001, pp.4 - 5.

③ Peter D. McDonald, *British Literary Culture and Publishing Practice 1880 - 1914*, Cambridge: Cambridge University Press, 1997, p.228.

这些出道不久、名不见经传的年轻人的著作出版后,他们的思想慢慢汇聚成一种力量,在经历质疑、争论、探讨等过程后,渐渐为社会所知晓和接纳,英国现代主义也便慢慢形成并推进。从弗吉尼亚·伍尔夫的《两个故事》(1917)、《楸园》(1919)、《雅各的房间》(1922),凯瑟琳·曼斯菲尔德的《序曲》(1918),克莱夫·贝尔的《诗歌集》(1921),伦纳德·伍尔夫的《东方的故事》(1921),T. S. 艾略特的《荒原》(1923),罗杰·弗莱的《艺术家与心理分析》(1924)一直到 E. M. 福斯特的《英国乐园》(1940)、弗吉尼亚·伍尔夫的《幕间》(1941)等,可以说霍加斯主导了英国现代主义著作的出版史。

霍加斯作家的中间层是霍加斯品牌丛书系列的作者。这些作者大都是当时英国社会的名流,他们从文学、文学批评、艺术、审美、传记、社会学、政治、经济等多个领域就当时的社会现状进行艺术表现或文化评述,再现了当时的思想者、学者、艺术家对西方社会的反思和质疑,在一定程度上促进了人们对现代主义新思想和新艺术的渴望和呼唤。

霍加斯作家的外围层是诸多普通大众,他们撰写浅显易懂的通俗书籍,反映英国社会特定时期的观点和现象,记录时代的情绪。部分书籍在当时很畅销,曾给普通读者带来轻松快乐的阅读时光。这些大众的声音是不易被大型商业出版社所接纳和传播的,经过霍加斯的出版后,它们让社会看到了事物的多样性和复杂性,为现代主义的创新提供了环境和素材。

(二)现代主义批评网络的建立

霍加斯批评网络大致可分为两种。两者相辅相成,形成并强化了英国现代主义在欧美的影响力。

第一种批评是由霍加斯主导的,由霍加斯成员和霍加斯所组织的人员撰写的文艺评论。在这些人当中,弗吉尼亚·伍尔夫是当之无愧的核心人物。弗吉尼亚从 1904 年开始,便在《泰晤士报文学副刊》《全国书评》《耶鲁评论》《纽约先驱论坛报》等英美多种报纸杂志上发表文学评论。所评论的范围包括英美现代作家,如福斯特、劳伦斯、毛姆、高尔斯华绥、威尔斯等人的作品;现代批评家汉密尔顿、威廉斯、哈里斯等人的理论著作;欧美经典作家的作品,比如英国作家乔叟、斯威夫特、笛福、斯特恩、柯勒律治、雪莱等;俄罗斯作家陀思妥耶夫斯基、托尔斯泰、契诃夫等人的作品;法国作家蒙田的作品;美国作家爱默生、梭罗、惠特曼和古希腊戏剧家索福克勒斯、埃斯库罗斯、欧里庇得斯等人的作品。① 弗吉尼亚的全部评论文多达 500 余篇,她弘扬经典,剖析当代,其批评涉及百余名欧美作家的作品。正是基于对欧美传统的深刻领悟和对当代文学的慎重反思,弗吉尼亚发表了她的核心之作《现代小说》《班内特先生与布朗夫人》,详尽阐明了现代主义艺术的特性和本质,为英国乃至西方现代主义的发展铺平了道路。此外,霍加斯策划出版了"霍加斯文学批评"系列丛书(共 35 种),丛书撰稿人包括重要的现代主义者弗吉尼亚·伍尔夫、T. S. 艾略特、格特鲁德·斯泰因、伦纳德·伍尔夫等,充分传播现代主义批评思想。

第二种批评是对霍加斯图书所做的评论,评论的人部分来自布鲁姆斯伯里文化圈,大多数是霍加斯图书的读者。霍加斯所出版的重要现代主义作品,比如艾略特的《荒原》,弗吉尼亚·伍尔夫的《雅各的房间》《达洛维夫人》《到灯塔去》《奥兰多》《海浪》《岁月》《幕间》等,均引起欧美学界的广泛关注,大量书评发表在英美报刊

---

① Virginia Woolf, *The Essays of Virginia Woolf* (Vols. 1,2,3,4), Ed. Andrew McNeillie, London: The Hogarth Press, 1986 – 1994.

上,批评家之间的争鸣异常激烈。现代主义就是在争鸣之中逐渐获得了人们的理解、接纳和推崇。

(三) 现代主义思想网络的建立

霍加斯的思想网络表现为两个层面:第一层是 T. S. 艾略特、弗吉尼亚·伍尔夫等人的现代主义作品,此处不再详述;第二层是霍加斯从国外引进的心理学、文学等方面的文化著作。两者就像冰山的两个层面,前者浮在海面之上,显在地表现现代主义艺术;后者沉在海面之下,以多元的思想和形式隐在地支撑并催生英国的现代主义艺术。

英国现代主义的生命力在很大程度上源于它对国际上其他文化思想的吸收和借鉴。诚如西方著名批评家艾布拉姆斯所言,西方现代主义是"对西方艺术乃至对整个西方文化某些传统的有意和彻底的决裂",其思想和形式上的剧变源于尼采、马克思、弗洛伊德等西方思想家对支撑西方社会结构、宗教、道德、自我的传统理念的确定性的质疑。①但霍加斯的出版历程表明,英国现代主义所汲取的思想养分不仅源于欧美,还源于东方诸国。霍加斯不仅从奥地利、俄罗斯首次引进和翻译弗洛伊德、陀思妥耶夫斯基、托尔斯泰、契诃夫等人的心理学、文学著作,也翻译来自德国、法国、中国、印度、非洲的作品。这些翻译作品既为英国文化打开了国际视窗,也为英国现代主义的形成和发展带来了丰富的思想源泉和推进动力。

英国现代主义在意识流描写的深刻性和完整性上堪称一绝,这在很大程度上与霍加斯系统地引进国际书籍有关。1924 年霍加

---

① M. H. Abrams, *A Glossary of Literary Terms* (7th Edition), Shanghai: Foreign Language Teaching and Research Press, 2004, pp.167-168.

斯出版社获得了国际心理分析协会（International Psycho-Analytical Institute）论文的出版权,从而成为弗洛伊德在英国的授权出版商。由著名心理学家厄内斯特·琼斯主编,1924年至1946年霍加斯共出版该协会的论著27种,率先将当时的心理分析理论完整地引入英国。其中比较著名的作品包括弗洛伊德的《论文集》(1924—1925)、《自我和本我》(1927),厄内斯特·琼斯的《论噩梦》(1931),安娜·弗洛伊德的《自我与防卫机制》(1937)等。这些著作的编辑和出版,无疑让现代主义作者深入了解心理的基本运行机制和轨迹,有益于他们生动形象地描写人物的意识流。此外,自1921年开始,伍尔夫夫妇亲自参与翻译俄罗斯作家陀思妥耶夫斯基、托尔斯泰、契诃夫等人的作品,俄罗斯人深刻的心理描写为现代主义作家打开了全新的视域,关于这一点,弗吉尼亚曾多次撰文论述,足见其影响力之大。

可以看出,霍加斯以独特的理念和运作方式,建立了霍加斯的作家、批评、思想网络,这些网络交集在一起,自然地形成了出版、评论、翻译、文化圈的联姻。正是这一联姻,为英国现代主义的形成和发展提供了充足的养分和空间,促使它茁壮成长。

三、霍加斯出版社的启示

霍加斯出版社可以为我们提供的启示是多方面的,从出版经营的角度来说,主要表现为下面五点。

（一）出版人的良好素养

霍加斯出版社的负责人是伦纳德·伍尔夫和弗吉尼亚·伍尔夫。伦纳德毕业于剑桥大学,曾作为公职人员在斯里兰卡工作数年。他经营霍加斯出版社期间,兼任《国际评论》《当代述评》《政治季刊》等学术期刊的编辑，撰写并发表专著17部，主要是政论性著作，比如《国际政府》(1916)、《经济帝国主义》(1920)、《帝国主义与文明》(1928)等，是一位思想深邃、刚正不阿的知识型出版人。弗吉尼亚·伍尔夫出生于知识分子家庭，父亲和兄弟均毕业于剑桥大学，她在家庭图书馆中博览群书，对人性有着极为敏锐的领悟力，一生创作9部现代主义经典名作，500余篇评论文和传记、短篇小说等其他作品，是公认的西方现代主义代言人。她同样是一位知识型出版人。出版人所必备的开阔视野、敏锐思想、独到见解、高度责任心，伍尔夫夫妇均兼而有之，因而能够在整个出版历程中坚定不移地走自己的特色之路。

（二）出版方针的兼容性

霍加斯出版社既重视图书品质，又兼顾商业运作的"杂糅"理念，超越了"纯真时代"和"资本时代"只分别关注"趣味"和"商业利益"的偏颇，因而能够既保持传统出版业的智性价值、美学价值和社会批判功能，又能获得适度的商业利益却不沦为娱乐业的附庸。[①] 正是依托文化价值和商业利益兼备的出版方针，它大胆且成功地开辟了先锋文化、大众文化和国际文化新领地。

（三）出版视野的国际性

霍加斯出版社的国际视野既源于伍尔夫夫妇的内在学养，又出于时势的需要。伦纳德的东方经历和他对政治的关注自然使他的视野超越国界，弗吉尼亚曾博览欧美及东方作品，尤其喜爱俄罗斯、古希腊的作品，同样不可能将视野囿于国内。而第一次世界大战的爆发激发了欧美知识分子对西方文明的质疑，布鲁姆斯伯里

---

① 陈昕:《应该拥有一个怎样的"出版"》,《新华文摘》2012年第4期,第132—136页。

文化圈正是反思西方传统的场所。他们意识到必须依托他者文化来反观自己文化中的问题和狭隘之处,因此俄罗斯、奥地利、德国、法国、中国等国家均成为他们反观自我的参照物,相应书籍被大量引进。

(四) 出版运作的品牌意识

商业品牌的策划和经营是霍加斯出版社变劣势为优势的一个例证。小型的出版规模和有限的出版能力促使伍尔夫夫妇将注意力集中在一些特定的专题上。这些特定专题正是伍尔夫夫妇各自的长处:弗吉尼亚对文学的擅长和伦纳德对政治的擅长。霍加斯七大丛书系列基本锁定在文学和政治两大领域之内,伍尔夫夫妇的社会影响力得到充分的发挥,丛书的学术性和社会性得到了保障,在当时文化界取得了良好的品牌效应。

(五) 出版定位的普通读者意识

霍加斯的出版定位是普通读者的共感,而不是少数专家的理性判断。伦纳德曾声称"我们要求我们的书籍'看起来很好'",它指称书籍所表现的情感思想的内涵、意义和价值的"好",而且这种"好"能够被普通读者所感知。用弗吉尼亚的话说,那就是"依照自己的直觉,运用自己的心智,得出自己的结论",以便从瞬息即逝的表象中获取"坚实和持久的东西",那种从心而发的东西。要获得这种最根本、最有价值的东西,所需要的是一个人的"想象力、洞察力和学识"。[①] 正因为倚重这极易被人忽视的"普通读者意识",霍加斯的书籍才深受读者的喜爱。

---

① Virginia Woolf, "How Should One Read a Book?", in *The Common Reader* (*Second Series*), London: The Hogarth Press, 1959, pp.268-270.

结　语

　　文化的催生和发展不仅需要文化人的感悟、发现和表达，而且需要文化媒体的培育、策划和传播。霍加斯出版社对英国现代主义的催生和推进无疑是一个极好的例证。对文化推进而言，我们需要萌发思想的土壤，培育思想的空间，观照自我的国际视域和传播文化的策略；对出版传播而言，我们需要取得图书的智性价值、美学价值、社会功用与商业利益之间的平衡。当思想和传播达到适度的融合时，原创性的文化便萌发、成长。

（载《中国出版》2012 年第 13 期）

第二篇

现代主义作家作品论

美国大都市的文化标志
——论菲茨杰拉德的《了不起的盖茨比》

20世纪20年代是美国城市化发展进程中的重要转折点。在经历了殖民时期的城市兴建、19世纪上半叶的城市区域化、19世纪下半叶的城市工业化和20世纪初期的城市化高速发展期之后,到20世纪20年代,纽约、芝加哥等城市已扩展成"把周边的郊区囊括进去,构成以多中心为主要特征"的大都市[①]。城市结构变化所带来的社会剧变既促进了经济繁荣,激发了大都市消费文化的兴盛,也加剧了大都市各社会阶层之间的交往与冲突,美国"镀金时代自由竞争的精神"[②]得以充分展现。美国作家斯科特·菲茨杰拉德在小说《了不起的盖茨比》(*The Great Gatsby*,1925)中,聚焦20世纪20年代大都市的物质消费与精神冲突,揭示了"美国社会的本质"[③],值得深入剖析。

自1925年小说出版以来,不同年代的批评家们对《了不起的盖茨比》的批评聚焦各不相同。20世纪20年代的批评家赞赏它

---

① 王旭:《美国城市发展模式》,北京:清华大学出版社,2006年,第155页。
② 埃里克·杭伯格:《芝加哥和纽约:美国现代主义的两种形式》,载马·布雷德伯里等主编:《现代主义》,胡家峦等译,上海:上海外语教育出版社,1992年,第129页。
③ 埃里克·杭伯格:《芝加哥和纽约:美国现代主义的两种形式》,载马·布雷德伯里等主编:《现代主义》,胡家峦等译,上海:上海外语教育出版社,1992年,第136页。

的时代描写,但普遍认为它未能揭示美国精神的内在本质;[1] 20世纪 40 年代的评论家指出小说揭示了"资本主义社会的悲剧"[2]或美国悲剧[3];20 世纪 50 年代的批评侧重探讨小说的"美国梦"意蕴;[4]20 世纪 60、70 年代的批评重点剖析小说的意象、叙事方法、象征手法等技巧;[5]20 世纪 80、90 年代的批评大量运用女性主义、新历史主义、后殖民主义等文学理论,探讨特定问题;[6]21 世纪的批评侧重文化研究,聚焦小说文本的历史意蕴,透过文本与它所处时代的关系,揭示菲氏的历史意识,主要聚焦种族、性别、身份等问题。[7]

本文侧重文化研究,探讨在 20 世纪 20 年代城市化大背景下,菲氏如何表现该时期的消费模式,揭示该时代的道德意识与生命信念。

---

[1] Jackson R. Bryer, ed., *F. Scott Fitzgerald: The Critical Reception*, New York: Burt Franklin, 1978.

[2] Jr. Charles Weir, "An Invite with Gilded Edges," In Alfred Kazin, ed., *F. Scott Fitzgerald: The Man and His Work*, New York: Collier, 1967, pp.138 - 141.

[3] Andrews Wanning, "Fitzgerald and His Brethren," In Alfred Kazin, ed., *F. Scott Fitzgerald: The Man and His Work*, New York: Collier, 1967, pp.165 - 166.

[4] Lionel Trilling, *The Liberal Imagination: Essays on Literature and Society*, New York: Viking, 1950, pp.251 - 252.

[5] M. Bettina, "The Artifact in Imagery: Fitzgerald's The Great Gatsby," *Twentieth Century Literature*, 1963, 9(3): 140 - 142; Bruce R. Stark, "The Intricate Pattern in *The Great Gatsby*," *Fitzgerald/Hemingway Annual*, 1974:51 - 61.

[6] Glenn Settled, "Fitzgerald's Daisy: The Siren's Voice," *American Literature*, 1985, 57(1): 115 - 124; Frances Kerr, "Feeling 'Half Feminine': Modernism and the Politics of Emotion in *The Great Gatsby*," *American Literature* 1996, 68(2):405 - 431.

[7] Robert Beuka, *American Icon: Fitzgerald's* The Great Gatsby *in Critical and Cultural Context*, New York: Camden House, 2011, pp.118 - 125.

一、有闲消费与夸示性消费

《了不起的盖茨比》刚出版不久,美国批评家伊莎贝尔·帕特森就注意到它出彩的时代描写,称它为"一部应景之作",同时毫不留情地指出它"迷失在直觉表象之中……缺乏活力,不可能长久"。① 然而这部小说却出乎意料地在 20 世纪 50、60 年代被普遍认定为美国文学经典,迄今依然获得众多读者和批评家的青睐。它的价值不仅在于深入触及美国悲剧、美国梦,如诸多学者们所揭示的那样,还在于它形象地表现了美国特定时期的消费文化方式。

小说重墨描写数次社交活动,诠释美国不同阶层的生活和消费方式。这些社交活动基于三个独立的阶层,它们分别是出身显赫、家境富裕的阶层(布坎南夫妻社交圈)、白手起家的富豪阶层(盖茨比社交圈)、蓝领阶层(汤姆·布坎南的情妇威尔逊太太社交圈)。小说前四章透过叙述人尼克·卡拉韦的目光,分别描写了不同社交圈相对独立的聚会活动,小说后五章围绕"盖茨比力争重获黛西·布坎南的爱情"这一主情节,让不同社交圈的人们交织在一起,形成对抗和冲突,以静态和动态方式展现不同阶层人物的两种主导消费模式。

小说中不同阶层的人们均生活在一个以物(商品)的大量消费为特征的消费社会中,就如鲍德里亚所言,他们生活在物的时代,"根据它们的节奏和不断替代的现实而生活着"②。不同阶层的消

---

① Jackson R. Bryer, ed., *F. Scott Fitzgerald: The Critical Reception*, New York: Burt Franklin, 1978, p.202.
② 让·鲍德里亚:《消费社会》,刘成富、全志刚译,南京:南京大学出版社,2001年,第 2 页。

费方式各不相同,大致表现为有闲消费和夸示性消费两种。所谓有闲消费,指称有闲阶级以浪费时间和精力的方式来展示自己的显赫出身、殷实财富和社会声誉的消费模式;夸示性消费,指称富裕阶层以浪费财物的方式来显示自己的经济实力,期望由此获得社会声望的消费模式。① 两者均以消费向社会展示其经济实力和社会地位,所不同的是,在经济迅猛发展的现代社会,前者是贵族出身且家境富裕的有闲富豪的主导生活方式,而后者则盛行于白手起家、一夜暴富的新生代富豪中。

为了有效显示他们的体面和名望,有闲阶层对消费品的质量有专门要求,在吃穿住行、服务娱乐等各方面都随心所欲地享用高档产品;他们通常体格强壮,乐于以消费某类运动或娱乐来展现其审美趣味,标示其身份。布坎南社交圈所推行的是典型的有闲消费。他们的物品享受程度已达到当时社会的极致,无须以此夸示他们的富有,因此菲茨杰拉德在小说中只重点描写布坎南夫妻的宫殿式豪华别墅,它有着"英王乔治殖民统治时期的建筑风格,面朝大海,俯瞰海湾,红白相间且赏心悦目",②其他物质消费均一笔带过,并不刻意描写。他的笔墨主要落在对该阶层终日无所事事,无聊地消费时间和精力的有闲消费模式的描写上:"他们在法国待了一年,并没有什么特殊原因,然后来回游荡,居无定所,只要哪里有玩马球的,哪里有富人,他们就往哪里去。"(4)汤姆·布坎南挥金如土,搬家时竟将全部马匹从芝加哥迁至纽约;他体魄健壮、态度傲慢、专横武断,将大部分精力放在踢橄榄球、玩马球上,是全国

---

① 索尔斯坦·维布伦:《夸示性消费》,载罗钢、王中忱主编:《消费文化读本》,北京:中国社会科学出版社,2003年,第14页。
② F. Scott Fitzgerald, *The Great Gatsby*, Nanjing: Yilin Press, 2013, p.4. 小说中的引文均出于此书,由笔者本人翻译,此后此书的引文只在文后标注页码,不再做注。

知名的球星;他的另一大爱好是玩女人,婚后不久便爆出与饭店女佣人的丑闻;"孩子出生不到一小时,他就不知跑到哪里去了"(11);搬到纽约后,"他在纽约搞上了女人"(10)。他的妻子黛西·布坎南同样以消费时间和精力为主业。随着故事的推进,黛西始终是一位穿着优雅服饰舒展地躺在或坐在沙发上的女子,不断用"充满金钱的声音"(74)向人抱怨"我们今天下午做什么好呢?……还有明天,还有今后30年?"(73)她唯一能向大家展示的是她的女儿。虽然丈夫不断出轨让她痛苦,她却并不采取什么行动;在盖茨比向她证明他的财富,表明他的爱情后,她曾有过心动,但很快又重新缩回到自己的阶层内;她开车撞死威尔逊太太后,惊恐地与丈夫逃之夭夭,丝毫不想为此承担任何责任。虽然整日无所事事,她却像她的丈夫一样"傲气逼人"(11)。黛西的朋友乔丹·贝克同样是一位消费有闲时间与精力的人,尼克每次见到她时,都看到她着装优雅,舒适地、长久地躺在沙发上,"一动也不动,下巴微微翘起,仿佛要保持平衡,不让上面的什么东西掉下来"(5)。她我行我素,傲气十足,是国内著名的高尔夫球星,不断参加赛事,不过她在生活和比赛中都是不诚实的人,而且对此毫无羞耻感,"她不诚实已经到了不可救药的地步"(36)。显然,他们是这样一群人,世袭的财富足够他们挥霍,世袭的地位不需要他们去证明,他们唯一需要做的是以各种无所事事的方法来消遣他们的时间和精力,以表明他们无须劳作,但拥有地位与财富,生活高雅体面,具备独特的审美情趣。有闲消费不仅是他们的生活方式,而且是他们的全部生活。

对于那些拥有财富但缺乏世袭地位和名望的白手起家的富豪来说,他们需要夸示消费来显示他们雄厚的财力,以换取公众对他们的体面和名望的认可。最有效的夸示方式是举办盛大社交宴会,这正是白手起家的富豪盖茨比采用的方式。他定期举办周末奢华招待会,一方面可以夸示财富以博取知名度,另一方面期望有机会与昔日恋人黛西重续旧情。虽然来参加周末晚会的绝大多数宾客与他素不相识,但是他对他们的招待可谓尽心尽力,不仅派出豪华车辆专程去车站接人,提前购置琳琅满目的高档酒类、水果、肉类、甜点等,而且将宴会场景布置得五彩缤纷,用大乐队演奏烘托晚宴的热烈气氛,让宾客们尽情享受免费晚宴,乐不思蜀。而盖茨比本人却滴酒不沾,只是优雅地与宾客聊天、微笑、送别。等他终于通过晚宴联系上黛西并与她见面时,他给她的见面礼依然是夸示财富:他带她参观他的豪宅,展示室内各种贵重物品,特别是体现男人身份的时尚衬衫;他邀请黛西和汤姆参加周末晚宴,向他们介绍出席宴会的名流;他邀请她乘坐豪华轿车。总之,他用所有贵重物品来夸示他的富有,以便给黛西一种安全感,让黛西放弃汤姆,重新投入他的怀抱。只是他的夸示性消费最终并未能重获黛西的爱情。

夸示性消费同样体现在汤姆的情妇威尔逊太太身上。虽然威尔逊太太在丈夫破旧而窄小的汽车修理铺中,其物质消费仅处于糊口的底线,然而她一旦来到汤姆身边,便开始消费夸示性物品。在汤姆为她租下的纽约城市中心小公寓里,堆满了她购买的俗气家具、风景画、流行小说和杂志,以装点门面。她偶尔也购买一只小狗来夸示她的趣味,或赠送亲朋好友衣服来显示富有。总之,当她用消费炫耀时,表情变得极为傲气,言辞做作,自信心膨胀。夸示性消费让她得意忘形,最终也因为一件微不足道的夸示性物品,一条小狗链子,一件不属于她生活的世界的物品,她付出了生命的代价。

大约在1899年,索尔斯坦·维布伦在《有闲阶级论:关于体制的经济学研究》中指出:"在任何具有高度组织的工业社会,声望最终都取决于经济实力。而显示经济实力以赢得荣誉、保全声望的办法,就是有闲以及进行夸示消费。因此,在任何阶层中,只要有可能,这两种办法——有闲和夸示性消费——就都会盛行。"[1]如果说维布伦的论述代表了20世纪初期的西方学者对经济发展到一定程度后的主要消费模式的揭示,那么菲氏以极为生动的社交活动描写表现了该时期美国社会的两种主要消费模式——有闲消费和夸示性消费的形态与实质。若以当代学者的界定来审视菲氏的描写,我们会发现当代西方学者所概括的消费文化四大特征:商品的迅捷广泛流通,消费过程与生产过程的相对独立性,市场消费行为决定生产和评估体系的变化,消费过程体现个人地位、社会声誉和生活质量,[2]基本上在小说中得到了显在和隐在的描绘,尤其突显了最后那个特征,即以消费体现地位、声誉和品味。

二、道德的社会性和道德的冲突性

有闲消费和夸示性消费在20世纪20年代的盛行,喻示该时期的社会道德原则发生了剧烈变化。人们已经突破传统道德观,不再将道德视为某种恒定不变的形而上标准,而是从个人与社会环境的关系中建构适用各阶级的实用道德立场,普遍接纳了道德的社会性,同时也面临着道德冲突的威胁。《了不起的盖茨比》生动表现了该时期社会道德观的剧变及由此引发的冲突。

同时期美国哲学家约翰·杜威曾在《人性与行为》(1922)中系统地阐发了道德的社会性本质。他指出:"道德判断和道德责任都

---

[1] 索尔斯坦·维布伦:《夸示性消费》,载罗钢、王中忱主编:《消费文化读本》,北京:中国社会科学出版社,2003年,第14页。

[2] Lury Celia, *Consumer Culture*, Cambridge: Polity Press, 1996, p.88.

是由社会环境为我们塑造的……一切道德都是社会性的","道德是个人与其社会环境的相互作用","个人主义并非源自其天然的本性,而是源自他在社会环境影响下所形成的习惯,源自他的具体目标,而这些具体目标则是社会条件的反映"。① 杜威的观点打破了此前将道德视为永恒的、不变的、不容修改的形而上准则的传统,肯定了道德的社会性,为顺应时势的发展,破除传统道德观,推进经济迅猛发展,发挥了极其重要的作用。

《了不起的盖茨比》的整体叙事就是建立在对道德的社会性的自觉意识上的,而不仅仅如特里林所言,"用历史瞬间阐释了道德事实"。② 它通过叙事人尼克·卡拉韦的中立视角,表现了对不同社会阶层的不同道德观的包容。小说一开头,菲氏就亮出了叙事人尼克的基本信条:"人的基本道德观在出生时是不同的,不可等量齐观,因而若想对他人评头品足,务必记住'世界上并非所有的人都有你那样的优越条件'。"(1) 这一信条的重要价值在于,它不仅保证了小说叙事的中立性和可信度,而且昭示了叙事人对道德的社会性的自觉意识。也就是说,尼克相信,人们的基本道德观并不属于某种恒定不变的、形而上的理想准则,也不依附于纯粹的生活现实,而是个人与社会环境相互作用的结果。

基于对道德社会性的自觉认知,尼克尽量客观地描述了处于三个不同阶层的人物的道德原则。

布坎南夫妻社交圈代表了出身显贵、生活富裕的中产阶层,他们的道德原则是享受并维护自身的既得利益。他们习惯于挥金如

---

① 约翰·杜威:《人性与行为》(1922),载万俊人主编:《20世纪西方伦理学经典Ⅱ》,北京:中国人民大学出版社,2004年,第518—519页。
② Lionel Trilling, *The Liberal Imagination*: *Essays on Literature and Society*. New York: Viking, 1950, p.251.

土、无所事事的生活模式,常常摆出咄咄逼人、傲慢轻蔑的待人态度,普遍默认婚姻出轨、行事不诚实等不良行为,以各种方式竭力显示他们的权力、地位、气派和财富,所体现的是这一阶层对有闲享乐的共同理解和维护。比如,汤姆之所以情妇不断,是因为该阶层默认了男人用情妇炫耀自己的方式,妻子不会与他决裂,朋友习以为常:"汤姆有一个情妇这事在圈内几乎无人不知……他常带上她出入大家常去的餐馆,将她留在餐桌边,他自己四处走动,见到熟人就聊天。"(15)又比如黛西之所以两次都放弃盖茨比的爱情而选择汤姆的财富和地位,是因为对这一注重实利的阶层来说,财富和地位带来的安全感远比爱情的浪漫温馨重要。黛西爱盖茨比,她在决定嫁给汤姆之前曾为放弃爱情而号啕大哭,她对盖茨比五年后的热烈追求怦然心动,但她无论如何不会选择盖茨比,因为她没有勇气背叛自己的阶级,宁愿忍受丈夫对她的无数次背叛。再比如乔丹·贝克之所以在生活中撒谎,在比赛中作假,是因为该阶层觉得那些只是炫耀的游戏,是他们应享的权利:"她不能忍受处于劣势,又不心甘情愿,我觉得她从很年轻开始便耍花招,以便对世人装出酷酷的傲慢微笑,同时又能满足她矫健躯体的需要……女人不诚实,对此不必苛求。"(36)毋庸置疑,汤姆、黛西、乔丹是在中产阶层共同培育出来的习俗中养成,并行使他们的道德规范的。为了维护这些规范,他们不惜奋力反击其他阶级的侵入。比如,汤姆在论及《有色帝国的崛起》一书时,表现出对阶级冲突的强烈关注,"如果我们不警惕的话,我们白种人就会被彻底淹没"(8)。他对情妇大打出手,不能容忍出身贫贱的情妇叫他妻子的名字,不是出于对妻子的爱,而是认为情妇没有权利触犯他的阶级。

盖茨比的道德原则是积极进取,全力争取公平竞争的自由权利,代表着白手起家的成功人士的道德诉求。他出身贫寒,但从小志向高远,其少年时代的"作息表"颇具本杰明·富兰克林自传中的自我完善意识,所实践的是19世纪末20世纪初流行的"成功指南"所倡导的励志理念,比如安德鲁·卡内基在演讲《商业成功之路》("The Road to Business Success",1885)中告诫年轻人的,要成功必须胸怀大志、勤俭节约、远离酒精;①奥斯丁·比尔沃在《如何成功》(*How to Succeed*,1900)一书中告诫那些盼望成功的年轻人要勤奋工作、目标明确、等待机遇、当机立断、坚持不懈、强健体魄、远离酒精。② 这些书籍,卡内基等白手起家成功人士的传记,以及帮助盖茨比出道的富翁丹·科迪、沃尔夫山姆等人的亲身示范,构建了盖茨比的道德意识。他以淳朴而真诚的天性赢得机遇和爱情:他的微笑"让人无比放心","似乎面对整个永恒世界……对你表现出一种不可抗拒的偏爱"(30),这一微笑让富翁丹·科迪和黑帮头子沃尔夫山姆给予他充分的信任和发展的空间,让美丽少女黛西坠入爱河。他以勤奋好学、认真负责、坚持不懈等自我完善意识,在丹·科迪身边收获"独特而实际的教育"(62);在战争中表现卓越,"晋升为少校"(94);在沃尔夫山姆的黑帮中担任要职。他以目标明确的实干精神,效法当时社会成功人士的道德原则,努力实现自己的梦想:为了快速积累财富,他以贩卖私酒的方法牟取暴利;他滴酒不沾,始终清醒而沉稳,绝不放浪形骸,"在他的身上看不到任何邪恶的东西"(31);他体魄健壮,穿着优雅,风度翩翩,言辞谨慎,给人良好印象;他将理想、信念与爱情合一,全力追求自己的目标。除了贩卖私酒违反美国当时的法令外,盖茨比代表积极进取的力量。

---

① Andrew Carnegie,"The Road to Business Success: A Talk to Young Men,"(1885),From *The Empire of Business*,Garden City, N. Y.:Doubleday, Doran, 1933,pp. 1-13.
② Austin Bierbower,*How to Succeed*,New York:R. F. Fenne, 1900.

威尔逊太太代表了社会贫穷阶层的拜金主义原则和求生法则。她生活在社会底层,俗气而世故。她嫁给威尔逊,只因为他有一套像样的西装,她以为他是绅士。婚后发现他的西装是借来的,他缺乏教养,她凑合着过日子。她成为汤姆的情妇,是因为"他穿着一套礼服,一双漆皮皮鞋"(22),他能够让她有钱买时装、买小狗、去按摩、去烫发。她对这一切心满意足,没有野心和梦想,没有爱情和自尊,只要在基本生存线之上,能满足一点物欲。

这三个社会阶层,彼此遵循各自阶级培育的习俗,行使各自的道德原则。如果社会稳定,他们不同的道德原则就不会发生冲突。但是,城市化、工业化所引发的社会变迁促进了不同阶级人们的交往,不同道德原则之间发生冲突。冲突的根源是维持旧秩序和创建新秩序之间的矛盾,不可调和。

关于社会变迁时期的道德冲突,哲学家杜威曾在1922年做精辟论述:

> 每个阶级都坚信自己目标的正义性,因而不太计较达成目的的手段。一方宣称秩序——有利于自身利益的旧秩序——高于一切。另一方则高喊自由权利,并将正义等同于自己受到压制的权利。没有共同的立场,没有道德上的理解,没有公认的申述标准。这种冲突已经发生……每一方都求助于自己的标准;每一方都认为对方是私欲熏心、异想天开或顽固不化的家伙……历史上从未出现过如此频繁的接触与交织。从来没有过比这更重大的冲突,因为每一方都感到自己得到道德原则的支持。①

---

① 约翰·杜威:《人性与行为》(1922),载万俊人主编:《20世纪西方伦理学经典Ⅱ》,北京:中国人民大学出版社,2004年,第516页。

在出版于 1925 年的《了不起的盖茨比》中，布坎南与盖茨比，威尔逊与布坎南、盖茨比之间的冲突几乎就是对杜威的观点的形象表现。

小说结构的对抗性为不同阶层冲突奠定了基础。小说呼应纽约大都市"把周边的郊区囊括进去，构成以多中心为主要特征"的空间结构，让人物来回穿梭在"富裕郊区（东、西埃格村）—城市中心（平民公寓、地下室餐厅、广场饭店）"之间，在郊区与城市中心的中间有一个灰烬山谷，那是汤姆的情妇威尔逊太太的住处。从视觉上看，小说结构宛若一个大三角形内藏一个小三角形：纽约城市中心（工作、消遣之地）、郊区东埃格村（布坎南家庭的居所）、西埃格村（盖茨比的居所）构成一个大三角形，其中富有阶层的布坎南家族与白手起家的富豪盖茨比构成势均力敌的对抗态势（两者之间相隔一个海湾），纽约城市中心是他们工作、消费、对抗的舞台；与此同时，灰烬山谷与东、西埃格村构成一个小三角形，三者之间同样呈现对抗态势。

故事结构的对抗性让不同道德原则之间剑拔弩张。小说后五章围绕布坎南家庭与盖茨比之间的对抗主线，威尔逊与布坎南、盖茨比的冲突副线展开。对抗的主要原因是：盖茨比试图凭借爱情的力量从汤姆·布坎南身边夺走他的妻子黛西；威尔逊为妻报仇，在布坎南的引导下错杀盖茨比。

盖茨比相信他的目标是正义的，他认为爱情高于一切，他有权利夺回他深爱的恋人黛西。为了实现梦想，他违背禁酒令，靠贩卖私酒牟取暴利；他频频举办盛大的周末晚宴，提升自己的声望；他向她展示财富，表达爱情，劝她回到他的身边；他向汤姆当面叫板，声称黛西不爱他，要离开他。他志在必得，但是他的手段与目标理想且天真，他不知道他与黛西的梦想并不相同，他未觉察黛西的爱是犹豫的。他至死还心甘情愿地替黛西承担车祸肇事人的责任，期望黛西来电话。他是一个追逐自由权利的勇敢追梦人。

汤姆·布坎南相信他的反击是正义的，他相信自己是文明堡垒的维护者，他爱他的阶级，更爱如鱼得水地生活在其中的自己。对他而言，财富是他的生活，妻子是他的体面，情妇和运动是他的炫耀，三者缺一不可。他称他的出轨行为只是"胡闹"(81)，他为一点小事殴打情妇，但他绝不容忍她们"从他的控制下溜走"(77)。他用最有效也是最无情的方式反击了盖茨比：他指明盖茨比"私酒贩子"的身份(83)，特别点明它的违法性质，让盖茨比的财富大厦顷刻便失去安全感，让黛西立即放弃她的"意图"和"勇气"(84)；他误导因为妻子的车祸丧命痛不欲生的威尔逊，暗示盖茨比是车祸的肇事人，结果导致盖茨比被杀和威尔逊自杀。他的反击残酷无情，一切都是为了维护自己的利益。

黛西·布坎南与汤姆在本质上是相同的，她爱她的阶级，更爱她自己。她曾被盖茨比的真诚爱情打动，但她更愿意接受汤姆带给她的金钱和安逸。她享受东埃格村世袭富豪们无所事事的游荡和逢场作戏的无聊；她厌恶西埃格村白手起家富豪们的"原始生命力"(67)，害怕这个她不了解的世界。她实际上并未认真考虑过盖茨比的要求，也没有足够的勇气离开她的阶级。她撞死威尔逊太太后便与汤姆一起逃走了，全然不顾盖茨比的安危。

威尔逊相信他的杀戮行为是正义的，他要维护他的生存底线，哪怕付出生命的代价。他用小小的汽车修理铺维持一家人卑微的生活，但不能容忍别人侵犯他的生存底线。他从妻子的小狗链中猜测她与别的男人有染，便果断决定带着妻子离开。妻子车祸死亡后，他整个人都崩溃了。他从汤姆那里得到消息后，便去枪杀了盖茨比，然后自杀。他用暴力捍卫了一个卑贱者的自尊。

盖茨比、布坎南和威尔逊，他们从各自的道德原则出发，处理和解决所面临的问题，没有共享的立场、共同的理解和统一的标准，于是冲突和悲剧无可避免地发生了。道德的社会性和不同阶层道德的冲突性昭然若揭。

三、信念的坚实与虚无

如果说多样化的消费模式源自不同阶层道德原则的差异，那么在各不相同的道德原则之下还有更为本质的差异，那就是人们信念的差异。

信念的坚实与虚无决定了人们生活的充实与无聊。这正是小说题目"了不起的盖茨比"的意蕴之所在，它用"了不起"赞扬小说主人公盖茨比"对生命承诺的高度敏感"，称赞这是"一种期待希望的卓越天赋，一种充满浪漫气息的意愿"(1—2)。整部小说就是围绕盖茨比无比珍贵的"生命承诺"展开的。我们可以从美国哲学家威廉·詹姆斯1895年对美国现状的描述中感知到它的重要性："在我们的周围，到处都是俗不可耐的东西，它们代替了古老而温暖人心的、为人所爱的神的观念，成为一种可怕的力量，这力量既不是恨，也不是爱，但却将所有的一切毫无意义地卷入到一种共同的劫数之中。"[①]也就是说，随着宗教信仰的失落和物质水平的日益提升，现代人面临的共同困惑是：我们如何才能让自己的生活值得一过？詹姆斯发现，没有信仰的纯粹快乐和随心所欲的单一幸福是不能持久的，这样的生活不久就会被忧郁和恐惧所侵占，随之

---

① 威廉·詹姆斯：《生活值得过吗？》，载万俊人主编：《20世纪西方伦理学经典Ⅱ》，北京：中国人民大学出版社，2004年，第479页。

会产生"只要你愿意,便可了此残生"的轻生念头。要走出生命意义失落的劫数,我们需要在物质世界之外追寻一个适合自己的精神世界,"我们有权利相信,物序只是一种片面的秩序;我们有权利用一种看不见的精神秩序来补充之,如果生活只有因此才可能使我们觉得更值得过的话,那么我们就得相信这种精神秩序的存在。"①

盖茨比的"生命承诺"正是对物质世界之外的精神秩序的自觉意识、建构、守望和追寻。他17岁遇见丹·科迪时,将自己从詹姆斯·盖兹改名为杰伊·盖茨比,喻示他将自己寄托在"作息表"中的少年梦想转化为一种明确的"柏拉图式的理念"(生命承诺):"他是上帝之子……他必须为他的主子效命,致力于追求一种博大的、世俗的、华丽的美。"(61)他果断地接受了丹·科迪给予他的机会,开启了追梦之旅;在此之前,他早已自觉地意识到"现实是不真实的,世界的基石安稳地维系在仙女的翅膀上"(61)。他爱上黛西后,便将自己虚幻的理念具化为他对黛西的爱情,"他吻了她。经他的嘴唇一碰,她就像鲜花一样为他绽放,于是理念的化身就成形了"(69)。他对她的爱是物质的,更是精神的。他不仅爱她,更爱她的世界带给他的那种"引人入胜的神秘感"(92),他长久地将她幻化为"她家码头上一盏通宵不灭的绿灯"(58),并"以一种创造性的激情将自己的全部心身投入这个梦想之中,不断地用迎面飘来的每一根闪亮的羽毛为它增光添彩"(60),用想象和激情长久地、神圣地守望着。追梦失败后,盖茨比对黛西声称她也爱汤姆,深感痛心,他忽然间说出了一句奇怪的话:"无论如何,这只是私人的

---

① 威廉·詹姆斯:《生活值得过吗?》,载万俊人主编:《20世纪西方伦理学经典Ⅱ》,北京:中国人民大学出版社,2004年,第468页。

事。"(95)这句奇怪的话喻示着他对自己的追求的顿悟,同时昭示了菲茨杰拉德对信念的"了不起"的阐释。我们可以透过威廉·詹姆斯的一段话来理解它的深刻性。

面对生命如何才能值得一过这一问题,詹姆斯的答案是:

> 如果生活不是一种真正的战斗——在这场战斗中,我们可以在宇宙中成功地获得某种永恒的东西——它就不过是**一场私人的游艺**而已。在私人的游艺中,任何人都可以随意退出。但是,我们感觉到生活是一场真正的战斗,仿佛宇宙中真的有某种野蛮的东西,需要我们用自己的理想和信念去拯救,这中间,首先是将我们的心灵从各种无神论和恐惧中拯救出来。因为我们的本性适合这种半野蛮半需要拯救的宇宙。在我们的本性中,最深刻的东西是这种内心深渊,我们的意愿和无意、我们的信念和恐惧就寄居于这无言的心灵领域。①

盖茨比就是那个将生活理解为一种"真正的战斗"的人,他自从17岁确立自己的生命理念之后,便矢志不渝地忠于和追寻这一理念。因为有了信念,他对生活充满了热情,他有勇气和力量去拥抱和主宰生活,不论它是艰难痛苦的,还是富有舒适的。他虽然在追求财富的过程中违背了法令,却从来没有被物质遮蔽和束缚,因为他知道物质并不是全部,生命并不是一场私人游戏,生命中更重要的那一部分是由我们自己创造的精神和信念。

与盖茨比为信念而生而死的人生不同,布坎南、威尔逊的人生

---

① 威廉·詹姆斯:《生活值得过吗?》,载万俊人主编:《20世纪西方伦理学经典Ⅱ》,北京:中国人民大学出版社,2004年,第491—492页。

是纯粹物质的。他们在物质的世界中醉生梦死或穷困潦倒,既无热情也无人情,既无勇气也无希望,生活的一切都只是在冰冷的物质世界之中的"漂泊"和"游戏",一切都只是一场个人的游戏,随时可以退出。用尼克的话说,"他们是满不在乎的人……他们砸烂了东西,毁了人,然后就退缩到自己的钱财中,或者退缩到他们茫然而虚空的麻木之中,或者不管什么将他们维系在一起的东西中,让别人去收拾他们的烂摊子……"(112)因为缺乏信念,他们不仅百无聊赖,而且丢失了最珍贵的情感、责任、勇气和信心。于是在叙述人尼克的眼中,纽约东部就成了物质的废墟,那里有"上百所房屋,既平常又怪异,蹲伏在阴沉的天空和暗淡的月亮下",那里的人们穿着大礼服,用担架抬着全身珠光宝气的醉酒女人,"走错了地方"(110)。

结　语

在创作《了不起的盖茨比》的时候,菲茨杰拉德曾说:"我要写点新的东西——独特的、美丽的、简单的,同时又是错综复杂的。"① 他做到了。在这部看似简单的作品中,他为我们立体展现了美国大都市的消费模式、道德原则和生命信念。它就像一枚多棱镜,每一面的色泽、大小、构图都不同,合而为一却能映射特定时期美国大都市光怪陆离的全景和矛盾重重的内质,最重要的是,无论从哪一个侧面去观照,你总能欣喜地看见一道若隐若现的美的光泽,从内核深处不断向外发射光芒。借助他同时代思想家索尔斯坦·维

---

① F. Scott Fitzgerald, *Correspondence of F. Scott Fitzgerald*, Ed. Matthew J. Bruccoli and Margaret M. Duggan, New York: Random House, 1980, p.112.

布伦、约翰·杜威和威廉·詹姆斯的思想之光,我们不仅领略了菲氏对20世纪20年代美国大都市复杂生活的勾勒,而且感悟到他对失落的生命意义的苦苦追寻,而这正是文学的永恒命题。

(载《广东社会科学》2018年第6期)

现代主义小说的古希腊神韵
——论弗吉尼亚·伍尔夫的《雅各的房间》

弗吉尼亚·伍尔夫(1882—1941)的《雅各的房间》(*Jacob's Room*, 1922)是形神契合的范例。这部与乔伊斯的《尤利西斯》(1922)和艾略特的《荒原》(1922)合力开创现代主义风格的作品,是伍尔夫第一部"懂得运用自己的声音"①的小说,充分实践了她对新的小说形式的构想:"抛开那些貌似合理实则违背常情的程式","故事可能会摇晃,情节可能会支离,人物可能会碎裂。但小说却可能成为一件艺术品"。②它之所以能突破英国小说的传统程式,其创意源于古希腊经典戏剧,就像庞德借力中国古典诗歌,艾略特借力印度佛教思想一样。

长期以来,英美学界对《雅各的房间》的研究主要集中在新形式的特征及其文化政治喻义上。20世纪20至40年代,英美批评家重点质疑其人物的"鲜活性"③和结构的"无叙述,无布局……无视角"④及无

---

① Virginia Woolf, *The Diary of Virginia Woolf* (Vol. 2), Ed. Anne Olivier Bell and Andrew McNeillie, London: The Hogarth Press, 1978, p.186.

② Virginia Woolf, "The Art of Fiction," *The Moment and Other Essays*, London: Harcourt Brace Jovanovich, Inc., 1948, p.112.

③ Arnold Bennett, "Is the Novel Decaying?", *Cassell's Weekly*, 28 March, 1923:74.

④ Robin Majumdar and Allen McLaurin, eds., *Virginia Woolf: The Critical Heritage*, London: Routledge & Kegan Paul, 1975, p.107.

整体性和无统一性。① 20 世纪 50 年代以后,批评家着重分析其叙述、象征、结构和有机整体性等特征:其叙述被视为对传统的全知视角的挑战,②一种"不在场"叙述,③一种"随笔叙述人"叙述,④一种人物与叙述人分离的叙述;⑤其象征意蕴被揭示,雅各象征着"普世之爱",⑥小说本身象征着永恒的神话,⑦雅各的"房间"象征着个性或心境;⑧其结构被视为类似"图画艺术"⑨或"写生簿"⑩或音乐节奏,⑪或以主人公雅各为核心的构架(类似《墙上的斑点》中的斑点或《楸园》中的蜗牛);⑫其有机整体性体现在"主体与客体,个体

---

① Joan Bennett, *Virginia Woolf: Her Art as a Novelist*, Cambridge: Cambridge University Press, 1945; J. K. Johnstone, *The Bloomsbury Group*, New York: Secker & Warburg, 1954.

② Lucio P. Ruotolo, *The Interrupted Moment: A View of Virginia Woolf's Novels*, Stanford: Stanford University Press, 1986, pp.69-70.

③ Avrom Fleishman, *Virginia Woolf: A Critical Reading*, Baltimore: The Johns Hopkins University Press, 1975, p.64.

④ Christine Froula, *Virginia Woolf and the Bloomsbury Avant-Garde War, Civilization, Modernity*, New York: Columbia University Press, 2005, pp.73-80.

⑤ Pamela L.Caughie, *Virginia Woolf and Postmodernism: Literature in Quest and Question of Itself*, Urbana and Chicago: University of Illinois Press, 1991, p. 69.

⑥ Alice Van Buren Kelley, *The Novels of Virginia Woolf: Fact and Vision*, Chicago: University of Chicago Press, 1973, p.81.

⑦ Jean O. Love, *Worlds in Consciousness: Mythopoetic Thought in the Novels of Virginia Woolf*, Berkeley, Los Angeles and London: University of California Press, 1970, pp.133-135.

⑧ Harvena Richter, *Virginia Woolf: The Inward Voyage*, Princeton: Princeton University Press, 1970, p. 213.

⑨ Robin Majumdar and Allen McLaurin, eds., *Virginia Woolf: The Critical Heritage*, London: Routledge & Kegan Paul, 1975, p.101.

⑩ Alex Zwerdling, *Virginia Woolf and the Real World*, Berkeley: University of California Press, 1986, p. 63.

⑪ H. Harper, *Between Language and Silence: The Novels of Virginia Woolf*, Baton Rouge: Louisina State University Press, 1982, p.88.

⑫ Nancy Topping Bazin, *Virginia Woolf and the Androgynous Vision*, New Brunswick: Rutgers University Press,1973.

与世界,人物与感觉,松散地、共存地联结的小说世界中"。①另有批评家探讨小说情节与社会真实事件之间的关联,②论析小说对战争和父权文化的批判,③也有批评家指出,它是一部"不连贯的狂想曲",表现了西方正统教育用希腊神话式理想将雅各诱入战争直至丧命的成长过程。④最新出版的研究专著着力探讨了伍尔夫对小说艺术的滑稽模仿。⑤

微观分析是已有研究的主要特征,学者们往往只剖析叙述、结构、人物等单一技巧,几乎不曾探讨其创新渊源,也很少对作品做全方位观照。国内研究成果非常少。尚无批评家通过探讨《雅各的房间》的创作与伍尔夫对古希腊文学的钟爱之间的关系,揭示其新形式的古希腊渊源,观照其形神契合的特性。这些正是本文探讨的目标。

一、构思:体现古希腊戏剧的精髓

伍尔夫大约在1920年1月开始构思《雅各的房间》,她在日记

---

① Jean O. Love, *Worlds in Consciousness: Mythopoetic Thought in the Novels of Virginia Woolf*, Berkeley, Los Angeles and London: University of California Press, 1970, p. 125.

② Avrom Fleishman, *Virginia Woolf: A Critical Reading*, Baltimore: The Johns Hopkins University Press, 1975; Alex Zwerdling, *Virginia Woolf and the Real World*, Berkeley: University of California Press, 1986.

③ William R. Handley, "War and the Politics of Narration in Jacob's Room," *Virginia Woolf and War: Fiction, Reality and Myth*, Ed. Mark Hussey, Syracuse: Syracuse UP, 1991, pp. 110 - 133; Linden Peach, *Virginia Woolf*, New York: St. Martin's, 2000.

④ Christine Froula, *Virginia Woolf and the Bloomsbury Avant-Garde War, Civilization, Modernity*, New York: Columbia University Press, 2005, pp. 80 - 84.

⑤ Lindy van Rooyen, *Mapping the Modern Mind: Virginia Woolf's Parodic Approach to the Art of Fiction in "Jacob's Room,"* Herstellung: Diplomica Verlag, 2012.

中这样记录自己的创作意图：

> 无疑，我现在要比……昨天下午我意识到自己可以用**新的形式**创作**新的小说**之前幸福多了。假设一件事情可以从另外一件事情上生发，就像《未写的小说》（若它不只是 10 页，而是 200 页），它不是把我需要的松散和轻灵给我了吗？它不是靠得更近一些，**包罗万象、包容一切**，但依然保持形式和速度吗？我的疑问是，它究竟能在多大程度上**包容人类的心灵**，我能够用对话网住这一切吗？我想这一次的**写作模式将彻底不同：没有脚手架，几乎看不见一块砖**；一切都在微光之中，心灵、激情、幽默，一切都像雾中之火那样发光。我需要创造一个空间，可放入如此之多的东西：一种欢快的气氛——一种不一致性———束激起的光，它就在我美好的意向上驻足。我是否有足够的能力描绘事物，这还有一些疑问；那就设想**让《墙上的斑点》《楸园》和《未写的小说》牵起手，和谐地起舞**。怎样构建这种和谐，我还需要去寻找；作品主旨我还不清楚；但是两周以前我已经偶尔瞥见了无边的可能性。我想所面临的危险是那可恶的**自我中心主义**，我认为它毁了乔伊斯和桃乐茜·理查德森……①

这一段话表明，伍尔夫将新小说和新形式的突破点放在创建"非个性化"和"整体"之上。它们体现在两个方面：

（1）新小说的创作目标是表现"非个性化"的"整体"。它"包罗

---

① Virginia Woolf, *The Diary of Virginia Woolf* (Vol. 2), Ed. Anne Olivier Bell and Andrew McNeillie, London: The Hogarth Press, 1978. pp. 13 - 14. 黑体为笔者所加。

万象、包容一切",旨在表现"人类心灵",而不是塑造英国传统小说中特立独行的典型人物及其故事情节。

(2)新形式的表现方式类似中国画的"写意"模式,即遗貌取神的方式。它让"一切都在微光之中",整体勾勒人类的"心灵、激情和幽默",脱略对具体事物的描写;因此它既不启用英国传统小说程式所提供的"脚手架",比如情节、故事,也不突显特定的"砖",比如典型人物。

"脚手架"和"砖"是英国传统小说创作的必备工具,以便用精致的"工笔",再现典型的人物、统一连贯的事件、真实可信的细节,将外在世界之形精致地摹仿出来。但伍尔夫的目标是"传神",让情感思想与形式完全融合,为此她决意放弃传统的"脚手架"和"砖"。

这一段话还表明,伍尔夫此前已经就"非个性化"的"整体"进行了短篇创作实验,她计划以这些短篇为基础,完成对长篇小说的新形式的构建。伍尔夫此前创作的三个短篇,以三种不同的形式,彻底改写了英国传统小说的结构和人物。《墙上的斑点》(1917)[①]表现了以"斑点"为核心的发散性联想,作品透过易变的观念、虚构的历史和变迁的自然,重点展示"意识"的流动;《楸园》(1919)[②]表现了以"蜗牛"为联结物的多场景并置,作品让形形色色的人物的言行举止并行在同一时空之中,重在呈现"物象"的意蕴;《未写的

[①] Virginia Woolf, "The Mark on the Wall," *The Complete Shorter Fiction of Virginia Woolf*, New Edition, Ed. Susan Dick, London: The Hogarth Press, 1989, pp. 77-82.

[②] Virginia Woolf, "Kew Gardens," *The Complete Shorter Fiction of Virginia Woolf*, New Edition, Ed. Susan Dick, London: The Hogarth Press, 1989, pp. 83-89.

小说》(1920)①以火车车厢里一张女人的"脸"为楔子,在散漫的臆想中展露纷乱生活的一角,重在表现"心灵"的飘忽。伍尔夫期望在这部正在构思的新小说中,让《未写的小说》中的"心灵"之旅、《墙上的斑点》中的"意识"流动和《楸园》中的"物象"并置,和谐地起舞,实现心灵、意识和物象的融合。她的构思中的非个性化整体的目标是明晰的。

关于"非个性化"和"整体",伍尔夫是从古希腊文学中获得领悟和启示的。伍尔夫自15岁(1897年)开始学习希腊文,毕生坚持阅读古希腊经典。自1920年开始构思《雅各的房间》时,她已经反复阅读索福克勒斯、欧里庇得斯、埃斯库罗斯、阿里斯托芬、荷马、柏拉图等文学家和哲学家的作品,从中领悟了英国文学不曾有的品质。②1917年,她在随笔《完美的语言》("The Perfect Language")中高度赞扬了古希腊文学的"整体美"和"非个性化品质":

> 它们(古希腊文学作品)与我们的文学的不同在那些警句中表现得十分显著,如此深切和宽广的情感竟可以凝聚在如此小的空间之中……当我们想要将古希腊的世界视像化的时候,我们看见它就站在我们面前,背衬着天空,那里没有一丝云彩或一点碎物……

---

① Virginia Woolf, "An Unwritten Novel," *The Complete Shorter Fiction of Virginia Woolf*, New Edition, Ed. Susan Dick, London: The Hogarth Press, 1989, pp. 106 - 115.

② 伍尔夫在日记中多次记录所阅读的古希腊作家和作品。具体见5卷本日记全集 Virginia Woolf, *The Diary of Virginia Woolf* (5 Vols), Ed. Anne Olivier Bell and Andrew McNeillie, London: The Hogarth Press, 1977 - 1984. 主要日期包括:1901/1/22, 1909/1/4, 1917/2/3, 1918/8/15, 1919/1/30, 1920/1/24, 1920/11/4, 1922/9/21, 1922/11/11, 1922/12/3, 1923/1/7, 1924/2/16, 1924/8/3, 1934/10/29, 1934/10/29, 1939/9/6, 1939/11/5 等。

  它们的另一种力量是,一种直率凝视事物之真的力量和一种浑然天成之美,不是另外赋予的装饰,而是世界本质的一部分。它有一种**整体美**而不是局部美……这是**一种类似非个性化的品质**,它不是为了声音的变形而将所有的悲伤、激情或快乐充入语词之中……它是为了不以言说而以意会。①

  伍尔夫以可视可感的语词概括了古希腊文学特有,但英国文学欠缺的特性:一种浑然天成的整体美,具备非个性化的品质。这一特性正是她构思《雅各的房间》时所渴望实践的。当她立意要表现"心灵、激情和幽默"的时候,她眼前浮现的正是古希腊文学所表现的原初世界:它那不关注细节的质朴视像,它那浑然天成的"整体美",它那毫无"自我中心主义"的表现形式,它那用"对话"网住一切的戏剧手法。

  1920—1925 年,在伍尔夫创作《雅各的房间》期间和之后,她持续不断地大量阅读古希腊作品,②撰写了纵论古希腊文学的重要随笔——《论不懂希腊》。该随笔大约完成于 1924 年,③是她特别为《普通读者Ⅰ》(1925)撰写的。该随笔充分论述和发展了《完美的语言》中的主要观点,通过评论索福克勒斯、欧里庇得斯、埃斯库罗斯等戏剧大师的作品,阐明"古希腊文学是非个性化文学,也是卓

---

① Virginia Woolf, "The Perfect Language," *The Essays of Virginia Woolf* (Vol. 2), Ed. Andrew McNeillie, London: The Hogarth Press, 1987, pp.117-118. 黑体为笔者所加。

② 从日记记录看,1920—1924 年是她阅读古希腊文学最频繁的时期,主要日期包括:1920/1/24, 1920/11/4, 1922/9/21, 1922/11/11, 1922/12/3, 1923/1/7, 1924/2/16, 1924/8/3 等。

③ 伍尔夫在日记中写道,她直到 1923 年 11 月 16 日,依然在为"希腊章节"纠结。见 Virginia Woolf, *The Diary of Virginia Woolf* (Vol. 2), Ed. Anne Olivier Bell and Andrew McNeillie, London: The Hogarth Press, 1978, p.276.

越的文学"①的论点,并详尽论述它的四大特性:情感性、诗意性、整体性和直观性。

《雅各的房间》创作于 1920—1922 年,时间上介于两篇随笔《完美的语言》(1917)和《论不懂希腊》(1925)之间。小说中多处出现描写、探讨和追寻古希腊景致与精神的场景,其作用是承上启下,既充分表现随笔《完美的语言》对古希腊文学的初步感悟,又以两年的创作深化对古希腊的理解和表现,最终在随笔《论不懂希腊》中完成对古希腊经典的深度评论。也就是说,随笔《论不懂希腊》对古希腊戏剧的深刻评述与小说《雅各的房间》对古希腊文明意味深长的艺术表现是意蕴相通的。

二、创作:基于古希腊艺术的形神契合范本

《雅各的房间》共 14 章,形式新奇。14 章串联起主人公雅各的童年、少年、大学、访友、娱乐、恋爱、晚会、性爱、迷茫、探寻、交友、游览希腊、成熟和死亡等一生的 14 个横截面。各横截面之间间隔着大段空白,宛若 14 个同心圆,通透地串联在一起,以"雅各"这一似有若无的姓名为中轴。每一幅横截面上均呈现主人公雅各生命某阶段的几个瞬间场景,各场景之间除了时间上的共时性或延续性外,其情节是断裂或错置的,其时空关联是随意偶然的,既无因果性也无逻辑性。小说中的"人物"约有 120 多位,他们或有姓名或无姓名,其形貌、举止、言行大都一鳞半爪,只闻其声,不显其貌。无论是在整体结构上还是在微观细节上,它都彻底颠覆了英国传

---

① Virginia Woolf, "On Not Knowing Greek," *The Essays of Virginia Woolf* (*Vol. 4*), Ed. Andrew McNeillie, London: The Hogarth Press, 1994, p.49.

统小说。

当然,这只是表象,是我们透过西方传统诗学所规定的情节、人物、结构等形式要素所看到的缺失和异常。如果转换视角,顺着伍尔夫力图表现人类非个性化的"心灵、激情和幽默"这一立意去透视,我们则可以洞见其基于古希腊戏剧特性之上的颇具创意的形神契合特性:以声音勾勒形神,以物象并置表现诗意,以内外聚焦构建整体性,以意象传达象外之意。

(一)用"声音"勾勒作品的形神

伍尔夫认为古希腊戏剧的独特性之一在于,它用"声音"构建作品的形神。她以索福克勒斯的戏剧为例,论述"声音"的两大作用。首先,人物在危急关头的叫喊是"绝望、兴奋和愤怒"等情感的强烈表达,它们在作品中发挥着"赋予剧本角度与轮廓"、"维系着全书的重量"[1]的作用,是全剧的核心之所在。其次,人物的叫喊具有"痛彻肺腑、振奋人心的力量",其声音的细微变化足以令人感受到人物的"性格、外貌、内心的煎熬、极度的愤怒和刺激"及其"对处境的恐惧";同时各种"声音"均无形地指向人物的内在信念(精神),比如"英雄主义、忠诚",赋予"栩栩如生、复杂微妙"的人物以灵魂。[2]伍尔夫在感悟古希腊戏剧时,没有依循西方传统诗学"以情节为灵魂"的悲剧六大成分说,而是重点突出戏剧对话中的"声音"在情感表现中的关键作用,以揭示古希腊戏剧之所以能塑造"稳定的、恒久的、原初的人"[3]的深层原因。在伍尔夫看来,古希腊戏剧

---

[1] Virginia Woolf, "On Not Knowing Greek," *The Essays of Virginia Woolf* (Vol. 4), Ed. Andrew McNeillie, London: The Hogarth Press, 1994, p.41.

[2] Virginia Woolf, "On Not Knowing Greek," *The Essays of Virginia Woolf* (Vol. 4), Ed. Andrew McNeillie, London: The Hogarth Press, 1994, p.41.

[3] Virginia Woolf, "On Not Knowing Greek," *The Essays of Virginia Woolf* (Vol. 4), Ed. Andrew McNeillie, London: The Hogarth Press, 1994, p.42.

的情节和人物对观众而言是耳熟能详的,因而它的重心并不是情节发展和人物个性,而在于情感表达的力度和强度;它是情感的、体验的、直击心灵的,而不是文字的、逻辑的、技巧的。

基于这一领悟,伍尔夫在《雅各的房间》中同样让"声音"发挥了构建作品重心和表现人物性情的作用,只是形式有所不同。

伍尔夫对"声音"的重构是通过将传统戏剧单一的口头对话转化成现代生活多元的口头和文字对话来实现的。她用书信、对话、叫喊、自言自语、意识流、记忆等多种"声音"构建作品的形式,为此放弃了传统小说情节结构上的因果律、逻辑性,以及人物塑造上的典型性、连贯性和关联性。作品的结构和人物的破碎性是通过充分发挥"声音"的主导作用来弥补的,这是她的创作的精妙之处。

在小说中,"声音"的第一个主导作用是构建并突显作品的重心。在小说诸多声音中,有一种声音自始至终贯穿着小说,成为通透地串联小说 14 个横截面(章)的中轴,那就是亲人和朋友对小说主人公雅各的呼喊声。

它响彻在小说第一章,透过兄长阿彻对弟弟雅各的呼喊,"雅——各!雅——各!",昭示了它的喻义:"这声音饱含伤感。既无实体,也无激情,孤寂地飘入这个世界,无人应答,冲击着岩石——回响着。"[①]

随后,作为呼应,这一无人应答的呼喊声或轻或重地飘荡在小说的每一章中。它依次出现在:道兹山山顶上、剑桥大学走廊里、康沃尔农舍里、克拉拉的日记里、弗洛琳达的呼叫中、克拉拉的晚会上、母亲贝蒂的来信中、朋友的交谈中、范妮的记忆中、雅典卫城

---

① Virginia Woolf, *Jacob's Room*, New York: Bantam Boos, 1998, p.3. 其余相关引文均出自此书,在论文中以夹注形式标注。

的夜色中、暗恋雅各的女性朋友们的记忆中。最后,雅各去世之后,"雅——各"的呼喊声穿出雅各房间的窗口,在窗外的树叶间无力地垂落下来。

"雅——各"这一声声呼喊不仅是串联小说各章节的中轴,而且喻示了对生命的无奈的领悟。雅各的生命空间是由"雅——各"这一名字和人们对它的呼喊支撑起来的,周围的人和物由此感觉到他的存在,分享他的情感、思想和活力。然而当雅各逝去之后,这个世界除了记住他的名字和形貌之外,其余的一切都随风飘逝,不留一丝踪迹。作品以看似漫不经心的一席话道出了对这一生命真谛的领悟:

> 人人都有自己的事情要想。个个都将往昔锁在心里,就好像一本背得滚瓜烂熟的书中的片片书页;他的朋友只能念出书名:詹姆斯·施帕尔丁或者查尔斯·巴吉恩,而对面过来的乘客却什么也念不出来——除了"一个红胡子男人""一个穿灰西装、叼烟斗的青年"之外。(78)

> 不管怎样,生命不过是一长串影子,天知道我们为什么会如此热切地拥抱着它们,看见它们离去时极其痛苦,只因为我们自己便是影子。如果这一切都是真实的话,为什么当我们站在窗边,忽然觉得坐在椅子上的年轻人是世界万物中最真切、最实在又是最熟悉的人的时候,我们依然无比惊讶?因为此刻过后,我们竟对他一无所知。(87—88)

这两段引文昭示了《雅各的房间》这一书名的意蕴,也喻示着小说的形式特征。作品让雅各周围的人们用各自不同的情感和思想,去审视一个无法穿透的生命实体——雅各,最终留下的只是一个姓名和一些音容笑貌。也就是说,每一个生命实体的情感和思想通常都封闭在自己的房间之内,他显露在天地之间的,印入朋友和世人的眼帘和记忆之中的,除了姓名和声音这些无实体的、无激情的、孤寂的、无人应答的东西之外,别无他物。这一感悟源于伍尔夫的切身体验。哥哥索比去世之后,伍尔夫发现她对索比所知甚少,她写信给索比最亲近的朋友,请他们写写索比。朋友们苦思冥想一阵后,都觉得这个任务太难,无法完成。①

"声音"的第二个主导作用是表现人物的复杂性情。在《雅各的房间》中,"声音"是人物的存在之据,它让人物活跃在书信、对话、叫喊、自言自语、意识流、记忆等空灵的形式之中,除了保留姓名和简单的人际关系之外,略去了人物所有必要的社会文化信息,使他们像精灵一般来去无踪。人物的社会现实链被割断,他们的复杂情感、独特个性和生命信念透过纯粹的"声音"被浓郁地宣泄出来。比如,母亲贝蒂的声音在雅各童年的时候总是泪水涟涟的,年轻寡妇的委屈、无助、伤心、迷茫、渴望和勇气通过一封封信传递出来;雅各长大后,贝蒂的声音变得洒脱、爽快;雅各去世后,贝蒂在他的房间内惊叫、抱怨、无奈、伤悲,情感的复杂无以言说。再比如,沉默寡言的雅各,他与伙伴在一起时会发出"天哪""扑哧"这样的大声疾呼或肆意大笑,毫无顾忌地流露出无畏、自信、叛逆、傲慢的年轻性情;他与年长的人在一起则显得沉默、生硬、礼貌;他与年轻女孩在一起,却字字千钧,显得漫不经心、超然物外、卓尔不群。这些表面上看似无关联甚至相互冲突的情绪,通过种种"声音"汇聚在一起,不仅表现了人物在不同时期、不同环境中的复杂情感、心理和思想,而且传递了人物的内在信念,比如贝蒂的随遇而安、

---

① 昆丁·贝尔:《伍尔夫传》,萧易译,南京:江苏教育出版社,2005年,第121页。

雅各的执着。

伍尔夫淡化情节、人物、结构等传统小说的主要成分,将作品的形神维系在"声音"之上,实现了对英国传统小说程式的突破和重建。"声音"既无形又有形,它用呼喊、书信、对话、意识流所构建的世界和人物是变幻的、半透明的,完全不同于情节和人物这些传统脚手架和砖所构建的固态的"人类画像或石膏模型"①。它以灵动的方式展现作品之形的同时,也以飘忽的方式隐现作品之神,用伍尔夫的话说,那就是,"一切都在微光之中,心灵、激情、幽默,一切都像雾中之火那样发光"。显而易见,"声音"正是非个性化的"心灵"的绝妙化身,它凭借共通的人性,穿越包罗万象的复杂表象,将情感迅速而直接地传递给读者,激起读者的心灵共鸣。

(二) 以"物象并置"表现非个性化诗意

伍尔夫认为古希腊文学的独特性之二在于,它具有将具体的、个别的情感和观点升华为普遍的、不朽的思想的诗意力量。古希腊戏剧实现诗意升华的通用方式是发挥合唱队的作用。比如,索福克勒斯会选择他要强调的东西,让合唱队"歌颂某种美德";欧里庇德斯会让合唱队超越剧情本身,发出"疑问、暗示、质询"。②伍尔夫相信,古希腊剧作家通过合唱队的评论、总结或质询,在剧情的维度之外树立了一个思想的维度,为观众领悟作品的普遍诗意提供了有效的途径。

伍尔夫在《雅各的房间》中同样实践了诗意升华,只是她以自然和人类文明取代了合唱队的作用,用人与自然、人与文明"并置"

---

① Virginia Woolf, "On Not Knowing Greek," *The Essays of Virginia Woolf* (*Vol. 4*), Ed. Andrew McNeillie, London: The Hogarth Press, 1994, p.41.

② Virginia Woolf, "On Not Knowing Greek," *The Essays of Virginia Woolf* (*Vol. 4*), Ed. Andrew McNeillie, London: The Hogarth Press, 1994, pp.43-44.

的图景实现作品的诗意化。

在作品的每一章,伍尔夫都将个体人物与大自然、人类文明等并置于同一或不同的场景之中,用"物象并置"消融前景与背景之分,突显两者之间的共通性。依托这些天人合一的物象并置,个体人物的喜、怒、哀、乐被自然地融入普遍的、诗意的、不朽的共感之中。

限于篇幅,我们列出部分章节,展示其物象并置关系。

第 1 章:海滩上泪水涟涟的**寡妇贝蒂与她两个懵懂的儿子雅各和阿彻**与**亘古的岩石、海浪、海滩、海滩上的头骨、暴风骤雨**相依相伴

第 3 章:**雅各**就读于剑桥大学,纠结在保持本性和接受现代教育的矛盾之中;楼顶上,亮着**古希腊思想、科学与哲学**三盏明灯

第 4 章:**雅各在船上**,在康沃尔的农舍中与朋友们轻松对话;四周是锡利群岛的**千年古岩、海水的轰鸣声、亿万里之外的星星**

第 9 章:**雅各**访友、骑马、争吵、跳舞、在大英博物馆阅览,充满青春的野性;

大英博物馆里,**柏拉图与亚里士多德、索福克勒斯与莎士比亚、罗马、希腊、中国、印度、波斯的书籍**并排站立

第 12 章:**雅各游览希腊**,寻找真爱;

雅典卫城高耸入云霄,俯瞰全城,**帕台农神庙**活力四射,经久不衰

第 14 章:**雅各在战场上死去**;

修建于 18 世纪的**雅各的房间**丝毫未变

伍尔夫在实践"物象并置"的诗意升华过程中,遵循两个基本理念。

其一,动态的形与静态的神的并置。小说每一章都表现雅各生命某阶段的横截面,每一个横截面都由多个场景拼贴而成,从多角度描绘雅各及周围人们的生活、情感、精神和自然时空。其中,作品对个体生活的描写始终是动态的,琐碎、飘忽、零乱的情感变迁和生活流变在眼前快速转换,像万花筒一般,瞬息万变,杂乱无章;然而作品对并置在个体生活片段之中或之外的自然和文明的描写却是静态的,亘古、壮观、深邃的自然和本源、恒久的文明思想以岩石、海浪、罗马营垒、雅典卫城这些自然人文景观,以及柏拉图、索福克勒斯、希腊、中国、印度这些文化名人和古国的静态形貌和名称出现。前者是动态的、鲜活的、不确定的形,后者是静态的、恒定的、博大精深的神。伍尔夫将动态的生活之形与静态的自然、文明之神并置,构筑了从具体走向普遍诗意的通途。

其二,道通为一。伍尔夫通过人物之口,阐明了"多变成一"的真谛。小说中的人物吉妮·卡斯拉克珍藏着一个小小的珠宝盒,里面装着一些从路上捡来的普通卵石。她说,"要是你长久地凝视它们,多就变成了一,这是生命的奥秘"(166)。"多变成一","多"源于万物之"形"的相异,"一"指称万物之"神"的相通。正是基于这一源自印度哲人的思想,基于对万事万物道通为一的领悟,伍尔夫构建了以物象之"多"参悟精神之"一"的途径,实践了"多变成一"的升华。

伍尔夫以"物象并置"式的诗意升华改写了古希腊戏剧的"合唱队"式的升华,彰显其独特魅力。古希腊的"合唱队"是一种外置,在剧情之外用合唱之声追加对故事的评论、总结、质疑;合唱队成员在剧中不扮演任何角色,只忠实地传递剧作家的心声,其诗意升华中掺和了作家的主观声音。伍尔夫的"物象并置"是一种内嵌,它以同一场景或相邻场景的物象并置,构建天地、人、文明景观共存的全景式小说世界。物象并置本身是自然而随意的,由此引发的联想、感慨或震撼也是油然而生的,作者本人悄然引退。与古希腊的人为的"合唱队"相比,伍尔夫自然而然的"物象并置"更多了一份诗意和韵味。

(三)以"内外聚焦"铸就整体性

伍尔夫认为古希腊文学的独特性之三在于其文学作品的整体性。她通过论析苏格拉底探寻真理的过程,说明古希腊的基本思维模式是整体思维,即"从各个角度观察(同一个问题)","从大处着眼,直接观察,而不是从侧面细察"。[①]她认为古希腊的整体思维以机敏的辩论、直白的陈述和观点的拓展为过程,"当所有的力量都被调动起来营造出整体的时候",它才达到其至高境界。[②]

伍尔夫在《雅各的房间》中创造性地实践了这一整体性理念,她用"外在观照"和"内在审视"相交融的方式完成了对雅各这一生命体的全方位观照和内在统一性建构。"外在观照"是由周围人们对雅各的印象、评价、态度等意识构成的,所涉人数众多,包括雅各亲近的母亲、兄弟、同学、女友,比较亲近的朋友、邻居和一面之交的路人。"内在审视"以雅各为核心,由他对自我、亲人、朋友、社会、自然、文明等世界万物的言、行、思构成。外在观照和内在审视均以感悟雅各的性情为目标,全面展示雅各的外在形貌和内在精神轨迹。

---

① Virginia Woolf, "On Not Knowing Greek," *The Essays of Virginia Woolf* (*Vol. 4*), Ed. Andrew McNeillie, London: The Hogarth Press, 1994, p.46.
② Virginia Woolf, "On Not Knowing Greek," *The Essays of Virginia Woolf* (*Vol. 4*), Ed. Andrew McNeillie, London: The Hogarth Press, 1994, p.47.

"外在观照"以众人的印象勾勒出雅各超凡脱俗的容貌和气质。

雅各周围的人们从各自不同的视角出发,以书信、对话、意识流、记忆等方式表达对雅各的印象。人们的感觉纷乱、飘忽且随意,却大致指向某一共通特性,勾勒出雅各的个性轮廓:相貌不凡、超凡脱俗、英俊洒脱,酷似大英博物馆中的希腊雕像,酷似赫尔墨斯或尤利西斯的头像,最了不起的人、卓尔不群、漫不经心,具有浪漫气质等。这些来自众人的印象和评价从不同层面昭示了雅各思想上的超然、浪漫和纯真,容貌上的轮廓分明和俊美,言行举止上的温文尔雅、漫不经心和沉默寡言。这些美好的印象,使雅各捕获了众人的好感,尤其是女性朋友的钟爱。

"内在审视"以雅各的行、言、思揭示他对自己与生俱来的"率性而为"的本性的感知和把握。小说中,雅各的言行、举止和意识散落在断断续续、零零落落的片段之中,却可删繁就简地串联起他从天性的自然流露到本性的自觉意识,到信念的执着追寻的精神历程。

雅各"率性而为"的本性最初通过其浑然无知的"行"显现。幼童时期,雅各勇敢而独立,独自爬上布满起棱贝壳的远古岩石,"一个小孩必须叉开双腿,内心充满豪情,才能爬到岩石顶上"(3);中学时期,雅各个性叛逆,对母亲的教诲置若罔闻,喜爱拜伦自由奔放的诗作,热衷于在野外捕捉蝴蝶。

雅各"率性而为"的自觉意识萌生于大学时期。他桀骜不驯地坚持,"我就是原本的我,我要保持我的本性"(40)。他大量阅读莎士比亚、斯宾诺莎、狄更斯等人的作品,以及古希腊戏剧等。踏入社会后,他的自觉意识增强。虽然对未来一片茫然,但他认定"一个人必须投入地做点什么"(88);他愈发喜爱古希腊经典,"因为雅典的全部情操都投合他的心意,自由、大胆、高尚……"(94—95);他结交具有"率真天性"的朋友;他坚持阅读心爱的书籍(莎士比亚、马洛、多恩、菲尔丁、雪莱、拜伦等)。他做这一切,是为了化解迷茫,抵御打击,认清自我。

雅各在游览希腊的途中终于悟出自己的生命信念。在雅典卫城俯瞰整个马拉松平原的位置给了他信心和精神,他顿悟:"希腊已成为过去;帕台农神庙已成为废墟;然而他还在那里。"(191)他开始思考如何治理国家、历史的意义、民主等问题。他遇上了他的真爱,一位"带有希腊情调"的优雅妇女。

雅各为实践其生命信念而捐躯。从希腊回国,雅各心中充满"文雅、文明、崇高、美德"等理念。他在伦敦海德公园了解了战争的局势,义无反顾地加入队伍,带着自己的信念,参军,战死。

这便是隐藏在凌乱万象之下的基本构图:一个天性不羁的男孩,一副超凡脱俗的容貌,一颗率性而为、为信念而生的心灵。无论是外在观照还是内在审视,意识的焦点均聚集在雅各的"本性"和"信念"及其相融之中。"本性"是与生俱来的;"信念"是觉悟和实践的。联结两者的媒介是那些与雅各情投意合的艺术作品,促使两者合一的圣地是雅典卫城,因为雅典卫城上矗立的神庙正是本性的力量破土而出化成信念的艺术表现:

> 它们极其确定地矗立在那里……体现出经久不衰的信念,其精神的力量破土而出,在别处仅仅表现为雅致而琐碎的观点。但是这种经久不衰的信念独立长存,对我们的赞叹浑然不觉。尽管它的美颇具人情味,能使我们变柔弱,激起我们心底的记忆、释放、悔恨和感伤,帕台农神庙对这一切全然不知。如果考虑到它一直如此醒目地矗立,经历了那么多个世

纪,人们就会将它的光辉(……)与"唯有美才是永恒的"这样的信念联系起来。(188—189)

正是在雅典卫城的高地上,雅各的信念破土而出,完成了从懵懂、迷茫到清晰、坚定的精神之旅。古希腊文学中常见的那个"稳定的、持久的、原初的人"在雅各身上复活,小说的内在统一性和整体性牢固构建。

伍尔夫以内外意识聚焦的方式实现了整体的建构。她用雅各内在的生命本性和生命信念,磁铁一般吸附住四周人们对雅各的无以计数的印象碎片,使雅各这一生命体以完整的、充满无限意蕴的球体的形式呈现,而不是以人为串联的、有限的情节之线来虚构。外在的众人意识与内在的雅各意识之间的聚焦契合点正是古希腊精神。众人眼中具有"古希腊雕像"般容貌和气质的雅各,不仅具备与生俱来的"率性而为"的本性,而且始终保持、追寻这一古希腊初民的本色,并将它具化为信念,用生命来实践它。古希腊精神既是雅各的脊梁,也是整部作品的脊梁。

(四)用"意象"揭示对命运的彻悟

伍尔夫认为古希腊戏剧的独特性之四在于其作品的直观性。这种直观性以语词的简练和意象的运用直接将古希腊人的"生命景观"[①]呈现在我们面前,让我们不仅可以观看古希腊原始的土地、海洋和原初的人,而且还可以体验他们对命运的彻悟。"如此清晰,如此确定,如此强烈,要想简洁而准确地表现,既不模糊轮廓又

[①] Virginia Woolf, "The Perfect Language," *The Essays of Virginia Woolf* (Vol. 2), Ed. Andrew McNeillie, London: The Hogarth Press, 1987, pp.116-117.

不遮蔽深度,希腊文是唯一理想的表现方式。"①

在《雅各的房间》中,伍尔夫创造性地发挥了意象的作用,用意味深长的意象比照将人物置身于生死命定的自然规律之中,以个体的生命态度昭示对命运的彻悟。

在诸多意象比照中,有一类多次出现在作品中,其意蕴大致相同:在生命的光晕之上,始终悬挂着死亡的黑剑,生死命定。比如,下面两段分别引自第二章和第四章,以人与文明、人与自然的比照喻示生死命定的自然法则。

> 儿子的声音与教堂的钟声同时响起,将生与死融为一体,难分难解,令人振奋。(14)
>
> 你可以看见悬崖上的裂缝,白色的农舍炊烟袅袅,一片安宁、明媚、祥和……然而,不知不觉中,农舍的炊烟低垂,显露出一种哀伤的氛围,一面旗帜在坟墓的上空飘动,安抚着亡灵。(57—58)

作为对生死命定这一自然法则的回应,小说用意象表现了两种生命形态:

一种是有目标的徒劳:

> 乳白色的螃蟹慢慢地绕着桶底,徒劳地用它的细腿攀爬陡直的桶帮。爬上,跌下;爬上,跌下;屡试屡败,屡败屡试。(11)
>
> "我拿它们怎么办,博纳米先生?"
>
> 她拎出雅各的一双旧鞋。(227)

---

① Virginia Woolf, "On Not Knowing Greek," *The Essays of Virginia Woolf* (*Vol. 4*), Ed. Andrew McNeillie, London: The Hogarth Press, 1994, p.49.

一种是漫无目的地行进：

> 如果你在一棵树下放一盏灯,树林里的昆虫都会爬过来……摇摇晃晃,用头在玻璃灯罩上瞎撞一气,似乎漫无目的……它们绕着灯罩蠕动,呆头瞎脑地敲打,仿佛要求进去……突然枪声大作……一棵树倒下,一种森林之死。(35)
> "我从不认为死人可怜……他们安息了,"贾维斯夫人说,"而我们浑浑噩噩地度日,做傻事,竟不知其所以然。"(166)

在这两种生命形态中,"有目标的徒劳"意象贯穿着整部小说,而"漫无目的的行进"意象则点缀在作品的中部。前者的"螃蟹"意象出现在第一章,"旧鞋"意象出现在最后一章,两个意象之间的呼应是显著的:螃蟹虽然不可能逃脱命运的水桶,不过它一遍一遍地尝试了;就像雅各的那双旧鞋,它护佑着雅各从家乡走到剑桥,从剑桥走到希腊,带着自己的自然天性和自觉意识,顺着前人的足迹,在天地之间悟得自己的生命信念,毅然决然地实践自己的使命,直至死亡。这双"旧鞋"虽然不可能带着雅各走出命运的"水桶",却留下了清晰的足迹。同时,在漫长的人生历程中,雅各不断地陷入各种迷茫状态,就如同那些呆头瞎脑的"昆虫"和自我反思的"贾维斯夫人"。显然,对于生命的形态,伍尔夫的感悟是开放的、多元的,而不是封闭的、单一的。

雅各的一生,因为有"螃蟹""旧鞋""昆虫"等意象的衬托,似乎表现出一份悲壮和无奈;其实不然,它们更多地昭示了生命的质朴、执着和对无情命运的坦然,就如伍尔夫从古希腊戏剧中感悟到的那样:

数千年前,在那些小小的岛屿上,他们便领悟了必须知晓的一切。耳边萦绕着大海的涛声,身旁平展着藤条、草地和小溪,他们比我们更清楚命运的无情。生命的背后有一丝哀伤,他们却不曾试图去减弱。他们清楚自己站在阴影中,却敏锐地感受着生存的每一丝震颤和闪光。他们在那里长存。①

伍尔夫用这一段话揭示了古希腊人对命运的彻悟和坦然,它也是对《雅各的房间》的深层意蕴的直观写照。

结　语

伍尔夫在领悟、汲取古希腊艺术的基础上成功地实践了小说创作上的形神契合:她以"声音"构建形神,有效突破了传统小说程式,让"心灵"伴着情感自由舞动;她以"物象并置"实现升华,树立了天人合一的诗意维度,极大地拓展艺术的内蕴;她以内外聚焦构筑整体,实现内在统一性与外在开放性的并存,激活艺术品的生命力;她以"立象尽意"的手法,用渺小的"象"揭示出深远的命运之"意",让艺术回归其本源。所有这一切都源于她对古希腊戏剧的声音、合唱队、整体性和直观意象的妙悟和改写,源于她让心灵、意识和物象和谐起舞的创意,源于她对形式与情感合一、实质与表现合一的彻悟。

(高奋:《走向生命诗学——弗吉尼亚·伍尔夫小说理论研究》,人民出版社,2016年,第九章,第二节。)

---

① Virginia Woolf, "On Not Knowing Greek," *The Essays of Virginia Woolf* (*Vol. 4*), Ed. Andrew McNeillie, London: The Hogarth Press, 1994, pp.50-51.

生命形神的艺术表现
——论弗吉尼亚·伍尔夫的《海浪》

文艺作品作为主体精神的物化形态，其最高境界是形神合一。这里的"形"指称艺术作品所呈现的人或物的形象，是可以感知并描写的；这里的"神"指称艺术作品所传达的思想和精神，是可以意会却言不尽意的。形与神的对应和融合是中西方艺术和诗学的永恒命题。西方传统诗学推崇摹仿论，强调以形象的酷肖再现现实，性格刻画或心理描写是主要的表现手法；中国传统诗学崇尚"诗言志"，强调"意得神传，笔精形似"①式的传神写照，立象尽意是主要的表现手法。20世纪的西方现代主义作家超越现实摹仿，表现出立意于象的创作态势，后印象派、意象派等创作流派纷至沓来，其创作曾一度表现出形神合一的境界，伍尔夫的《海浪》便是一个典型例证。

按照伍尔夫自己的构想，《海浪》旨在表现"任何人的生命"。②这一生命主旨曾获得西方诸多批评家的回应和关注，比如：伯纳

---

① 张九龄：《宋使君写真图赞并序》，载《唐丞相曲江张先生文集》卷十七，《四部丛刊》本。

② Virginia Woolf, *The Waves: The Two Holograph Drafts*, Ed J. W. Graham, Toronto: University of Toronto Press, 1976, p.1.

德·布莱克斯东(Bernald Blackstone)称它追踪了"人格的导线",[①]罗伯特·柯林斯(Robert Collins)认为它表现了"生活素质的体验本质",[②]詹姆斯·奈尔默(James Naremore)认为《海浪》暗示"人格理论,一种玄学体系,是对死亡这一痛苦事实的另一种反应",[③]林德尔·戈登(Lyndall Gordon)称其为"生命的标本",[④]简·布里格斯(Jane Briggs)认为《海浪》探索了"人类生存的基本因素:爱的本质,对他人的需要和害怕,我们共享的处世经验,死亡和无情冷漠的自然以及我们用想象性的感应力进行的相互联结和相互沟通"。[⑤]然而很少有批评家研究《海浪》生命形神的契合问题。本文将以中国诗学中的"随物赋形""神制形从""气韵生动"为参照,阐释伍尔夫的《海浪》实现形神合一的表现手法。

一、随物赋形

要实现形神合一,重要的是要突破形似的局限,进入传神的境界,"随物赋形"正是超越形似以表现神似的重要方式。"随物赋形"由宋代诗人苏轼提出,用以评述文艺创作之佳境,"唐广明中,处士孙位,始出新意,画奔湍巨浪,与山石曲折,随物赋形,尽水之

[①] Bernard Blackstone, *Virginia Woolf: A Commentary*, New York: Harcourt Brace, 1949, p.165.

[②] 罗伯特·G. 柯林斯:《海浪:弗吉尼亚·伍尔夫感觉的黑箭》,载瞿世镜选编:《伍尔夫研究》,上海:上海文艺出版社,1988年,第320页。

[③] James Naremore, *The World Without a Self: Virginia Woolf and the Novel*, New Haven: Yale University Press, 1973, p.151.

[④] Lyndall Gordon, *Virginia Woolf: A Writer's Life*, Oxford: Oxford University Press, 1986, p.203.

[⑤] Julia Briggis, "The Novels of the 1930s and the Impact of History," in Sue Roe, *Cambridge Companion to Virginia Woolf*, Shanghai: Shanghai Foreign Language Education Press, 2001, p.77.

变,号称神逸"。①这里,苏轼将自然之水无常形,随物形的变化而变化的特性,誉为创作的最高境界(神逸),其中包含两层重要的思想。其一,创作需突破"常形",才能表现"常理"。苏轼认为人禽宫室器用等有常形,而山石竹木水波烟云等无常形。有常形者只能呈现外在形象,无常形者却可以传达常理,即本真、道。水无常形,可以随物赋形,因而水能传达道之玄妙,同理,艺术创作只有不囿于一物之常形,才能传达出艺术之本真。其二,创作既需要合于天造,又需要合于人意。无常形的山水烟云被注入创作主体的思想精神,其品质与天道契合,传神因此得以实现。苏轼的"随物赋形"思想传达的正是中国诗学的主旨:艺术的真谛在于呈现艺术的本体之真,艺术本真的关键是生命真实。要表现生命真实,必须超越外在形似而进入生命本质的神似。

"随物赋形"正是伍尔夫的《海浪》表现生命之真谛的主要方法。

伍尔夫的《海浪》旨在表现生命之真谛。她不仅在创作过程中反复提醒自己,"我不是关注一个人的生命,而是所有人的生命",②而且在作品中通过主要人物伯纳德反复申明对生命的理解:生命是"圆球形、有重量、有深度的,是完整的",生命是一个"充满各种人影的球体",③"生命的晶体,生命的球体,……摸起来绝不是坚硬而冰冷的,而是包着一层薄薄的气膜的"(171)。

伍尔夫表现生命真实的主要方式就是超越生命之常形。《海

---

① 《苏轼文集》卷十二,中华书局,1986年。
② Virginia Woolf, *The Waves*: *The Two Holograph Drafts*, Ed. J. W. Graham, Toronto: University of Toronto Press, 1976, p.42.
③ Virginia Woolf, *The Waves*, London: Vintage, 2000, p.159. 本章此后出自相同著作的引文,只在文后标明页码,不再另行做注。

浪》记录了六个人物：伯纳德、苏珊、珍妮、奈维尔、路易和罗达，从懵懂小孩到孤寂老者的生命全程的九个瞬间。然而，这六个人物并不拥有生命之常形。生命常形的突破主要表现在两个方面。

其一，六个人物既无形貌也无举止，六个无形的人的言说组成了小说的主体部分。同时，小说中不同人物的言语风格和同一人物在不同生命阶段的言语风格几乎完全一致，具有"相同的结构、相同的实质、相同的基调"，[1] 而且其言语的内容既无对话的相关性，也无独白的个性特征，也无意识流的非逻辑性，却享有共同的时空和事件。

其二，小说对生命过程的划分并不依照传统的情节顺序，即以出生、恋爱、结婚、成功、死亡等重要事件为分界线，而是以生命体自我认知过程与自然运行规律之间的关系为分界线。伍尔夫曾通过伯纳德这样解释生命过程的分段原则："我把一根根火柴确定地埋在草地上，以标明感悟的各个阶段（可能是哲学的、科学的，或者是我自己的）。同时我那随意飘浮的感官末梢正在捕获种种模糊的知觉，过后再让记忆去吸收和消化它们。"（166）用感官捕捉知觉，经过感悟后获得对生命的理解，然后以生命过程中最重要的自我认知为分界线，将生命划分为若干阶段，这便是伍尔夫划分生命阶段的基本原则。

替代生命常形的，是无常形的太阳升落。与六个人物生命全程的九个瞬间相对应的是人物的居住地——海滩边一幢带花园的房子——从日出到日落一天中九个瞬间的场景。九个瞬间的自然场景以楔子的方式独立放置在人物言说的前面，既充当着六个人

---

[1] Jean Guiguet, *Virginia Woolf and Her Works*, Trans Jean Stewart, London: The Hogarth Press, 1965, p.283.

物各个生命阶段的"背景"和"联结物",①又以太阳运行的整体过程喻示生命过程的整体性。这种天人对应的结构用小说人物伯纳德的话说,就是:"我们的生命自动调整得与庄重地走过天空的白昼保持一致。"(182)

整部《海浪》正是以这一思想为核心,按照太阳运行的轨迹将人物的一生划分为九个阶段,以"圆球"的意象表现了隐藏在这一显在的自然轨迹之下的生命体自我认知的九个阶段。依据它们的特性,我们可以依次将它们概括为自我识别、自我构建、自我确认、自我整合、自我认识、自我接受、自我变形、自我消融、自我升华九个阶段。

第一阶段:以自我识别为主要特征的儿童时期,与太阳升起前海和天分离时射出的那道弧形光芒相对应。自我识别最初表现为生命个体与自然的区分,通过六个懵懂孩子分别述说"我看见""我听见"等来表现他们对外部世界的原初感觉和印象;然后表现为各生命个体之间的区分,以奈维尔对"差异"的认识为本阶段的最高意识:"世界有一种秩序;万物是有区别的,是各不相同的,我现在刚刚踏上这个世界的边缘。"(10)站在世界的入口处,六个人物都有了最基本的自我认知:苏珊爱憎分明,思维单一;伯纳德擅长言辞,喜欢交往,从洗澡水的流淌中顿悟自己情感的丰富;奈维尔喜欢思考,无意中听到有人被切断喉管惨死,对世界充满恐惧;罗达喜欢独自幻想,曾遭遇单独被留在教室中的经历,感觉被世界排斥;路易受困于他的澳洲口音,备感压抑;珍妮喜欢色彩斑斓的服饰。人物所有的瞬间感觉都围绕着一个核心:差异。孩子们朦胧

---

① Lyndall Gordon, *Virginia Woolf: A Writer's Life*, Oxford: Oxford University Press, 1986, p.203.

地意识到他们之间的差异,并从差异中辨别自己的特征和缺陷,对自己的不完整,特别是对即将来临的分别感到恐惧和忧心。显然,太阳光照所导致的万物区分,与人物自我意识产生后感受到的人与人之间的区分形成对应关系,这种区分带给人的困惑和压力表露在所有人物的言语中。

第二阶段:以自我构建为主要特征的中学时期,与冉冉升起的太阳射出的朦胧光斑在花园中拼出的图案相对应。从离家上学到毕业回家的九个场景中,六个中学生分别诉说各自对外部世界的自觉反应,开始自我构建。伯纳德意识到"我们不是特立独行的,而是一体的"(43),因此努力用漂亮语词和故事抵挡恐惧,消除隔阂,建立人际关系。路易感受到外部世界的强大,他羡慕权威,渴望建立"另一种不同的却能永远体现理性的更好的生活秩序"(23)。奈维尔喜欢读书,讨厌虚假,钦佩超然物外的态度,他珍视心中瞬间涌现的"战胜混乱的完美感",向往"炉火和清静"(32)。苏珊讨厌学校中的一切,渴望重新回到父亲和自然的怀抱。珍妮喜欢自己的身体,意识到自己能"随意打开或合拢身体",渴望跳舞和得到他人的爱慕(40)。罗达害怕外界,觉得自己没有面目和人格,她喜欢黑夜、孤独,喜欢感受内在生命之流,早早预见了生命的静寂。所有的瞬间情感都指向人物共同的心理特征:探寻自我。面对强大的世界,六个初涉人世的少男少女做出不同反应,并借助瞬间反应所产生的信念拼凑各自的自我意识构图,但图案尚未成形。

第三阶段:20岁前,以自我确认为主要特征,与明媚阳光下寻觅确定目标的小鸟相对应。六个人物或进入大学,或进入社会,都被同样的问题困扰:我是谁。伯纳德发现自己频繁转换角色,不断将自己幻想成所崇拜的偶像,却无法融合自我与偶像;他长久地徘徊在多个自我之中,不断自问"我是谁",最终从奈维尔的信赖中,认清自我的形象:"一个忠诚而略带讥讽的人,一个不幻想也不怨愤的人,一个无确定年龄和无使命的人。"(51)奈维尔欣赏"坚定自如"的超然态度,坚信自己就是自己,不扮演任何人,却徘徊在追求学识,还是成为名人的两难选择中(52)。已经步入社会的路易痛感生活变化无常,但是在幻灭和绝望中,依然感受到生活节律的和谐完美,他相信生活自有其"中心旋律",并最终认定自己的使命是"恢复秩序"(61)。苏珊视自己为自然的化身,渴望结婚、生育,成为母亲。珍妮擅长用"身体交流",确信身体是她的全部,她的世界(66)。罗达喜欢独处,害怕交往,向往"世界彼岸的大理石圆柱和水池,那儿有燕子掠水飞过"(68)。面对纷繁复杂、真假掺杂的世界,六个人物经历困惑,做出抉择,成为特立独行的个体。他们在瞬间感悟的一刹那瞥见自我。

第四阶段:25岁前,以自我整合为主要特征,与强烈光线射进室内化成的锋利楔形相对应。六个年轻人踌躇满志、个性各异,聚餐欢送他们的偶像波西弗去印度,内心经历了从自以为是到和谐共处的过程。波西弗到来之前,他们抱着既羡慕又妒忌的攀比心理相互尖刻地评价对方;波西弗到来之后,烦恼和不平衡的情绪消失,大家摆脱自我封闭的心态,变得亲近融洽。他们敞开心扉,回忆童年。伯纳德将他们七人喻为"一朵七边形的花"(82),奈维尔相信"光芒已经投射到真正的目标上……世界已经显现真实面貌"(83)。六个人物视波西弗为一个神,一个中心,一个整体,一种激流,一种心境,一种琼浆玉液,并以其为镜,深入剖析自我,获得内心的圆满与和谐。在春风得意中回忆往昔,解剖自我,众人物在相互观照中丢弃故步自封的局限,对自己有了更清楚的了解,对生命也有了更深入的感悟。

第五阶段:25 岁,以自我认识为主要特征,与高踞中天的太阳那耀眼的光芒给大地带来的酷热相对应。波西弗的死讯传来,众人物感受到死亡带来的苦痛、困惑和参悟,对生命的无奈有了认识。奈维尔痛感世界的船帆倾倒,世界之光熄灭,他心灰意冷,倍感孤独,觉得世界上再无知音。伯纳德在儿子出生之际忽闻好友亡故,对生死困惑不已,开始思考死亡对世界的影响和生命中什么最重要的问题。他经历了困惑、伤心、鄙视、渴望等复杂情感变化之后,面对美术馆中的圣母像,忽有所悟,发现占据心灵中心位置的波西弗已经从原来的神的形象变成了他自己软弱自我的反面,即真人的形象,于是,伯纳德在心中为往昔的自我举行葬礼,准备开始新生活。罗达听到波西弗的死讯,感觉自己无法跨越命运的"水坑",觉得"所有可触摸的生命形式都弃她而去"(104)。透过波西弗的死,她感觉人类面目可憎,到处充斥仇恨、嫉妒、冷漠;她看到了生命本质的灰暗,即所有人都将走向死亡。生命从和谐的高峰一下子跌落到痛苦的低谷,面对死亡的打击,众人开始重新认识生命和自我,调整生命的状态和指向。

第六阶段:30 多岁,以自我接受为主要特征,与午后躲避强光、栖息林间的小鸟相对应。生命进入成熟期,众人在精心打造的小天地中畅游。路易事业有成,不管在阳光下还是在风雨中都傲然挺立,坚持不懈地"建立秩序",并与罗达建立恋人关系。苏珊已经生育孩子,每日与田野、树林、四季为伴,精心呵护小生命,生活平静幸福。珍妮与多个男人亲近,通过躯体享受生命乐趣,感受事物轮廓。奈维尔走出波西弗死亡带来的绝望心境,经过艰苦求索,不仅获得显赫地位,而且重获生命的"中心":一个能够抚慰他的心灵的"爱人"。在忙碌的生活节奏中,众人用爱抚平自己的忧伤和痛苦,接受现实和自我的局限,体验生命的乐趣。

第七阶段:以自我变形为主要特征的中年时期(一),与西斜的阳光下被疾风吹得摇曳起伏的花儿、小草相对应。日复一日中,六个人物蓦然意识到时间的流逝和生命的有限,开始在失落中反思自己的生命状态,感悟真实的自我。伯纳德感觉到时间坠落,世界急速逝去,于是来到罗马,"蜕去生命中的一层皮",用心灵的眼睛看见"汪洋中的鱼鳍"(125),从此不再看重以前十分介意的东西,以超然的神态看待事物,虽然尚未触及但是已经感应到生命的真谛。苏珊看着长大的儿女和富裕的家园,觉得愿望已经实现,同时也意识到压抑多年的欲望在心底涌流,她面对自己狭隘的一生怅然若失。珍妮正置身于生活的中心,却发现自己孤独而憔悴,但还是鼓足勇气前行。奈维尔感到自己不再年轻,他丢弃妒忌、心计和烦恼,开始对已取得的成果淡然视之,并质问为什么要像路易一样刨根问底,或像罗达一样追寻真谛。他终于学会用心阅读,不再刻意追寻某种知识,而是倾听真我的心声,并准备好坦然面对死亡。路易已经拥有权威和声望,他在反复吟诵雪莱的《西风颂》的过程中,反思自己多年来担负的使命的价值,最终相信自己不是孤独的过客,他的生命之线将传递下去。罗达害怕生活,憎恨丑恶,因为害怕拥抱而离开路易,并渴望跳入死亡的深潭。众人获得瞬间顿悟,穿刺生命的奥秘,瞥见真实的自我,于是他们各自调整生命的轨迹,逐渐确认各自的归宿。

第八阶段:以自我消融为主要特征的中年时期(二),与沉落的太阳、哆嗦的树叶、悲啼的鸟儿、暗淡的群山和轰鸣的海浪相对应。六个人物在汉普顿宫聚会,回顾消逝的岁月。再度相聚,众人相互交锋,努力证明自己比别人出色,却发现自己"完全融化,个性特征消隐,难以与人区分"(149)。他们在孤寂中思考可以拿什么与时间抗衡,是历史,是人与人的融合,是情感,还是真理?伯纳德觉得他们六人已经变成了一朵"六边形的花",这朵花由六种生活聚合而成,汇集成"一个生命"(152),这便是他们六人留下的东西。在记忆的碰撞中,他们一起赋予生命以意义。

第九阶段:以自我升华为主要特征的老年时期,与消失的太阳、混沌的海天、坠地的树叶、黑暗的世界和叹息的海浪相对应。生命已经接近尾声,六个人物有的已经去世,伯纳德比所有人都长寿,于是由他来对生命做回顾和总结,并阐释生命的意义。伯纳德按照小说前八个部分所述的自我意识发展顺序回顾了六个人的生命全过程,以自我剖析的姿态,深入解读自己的灵魂,剖解不同的生命形态,最终进入"没有自我的世界":"今晚,我的身体高高矗立,就像一座冷穆的神殿。铺着地毯的地板上人声鼎沸,祭坛上烟香袅袅;然而,在上面,在我平静的头脑中,只有阵阵悦耳的乐声和涌动的馨香……当我超然地俯视时,就连那些散落的面包屑也显得如此美丽!"(195)在这一瞬间,伯纳德摆脱了形影不离的"魔怪",即自我,以及"浑身长毛的野人",即躯体,在超然无我的心境中体验生命的轻灵和美丽。

可以看出,《海浪》中生命过程的九个阶段是连接的、生长的,是以自我认知、情感反应、人与自然/人与人的关系变化为生长链构成的一个感悟性的整体,而不是如戈登所言,"某种与实验科学具有相同性质的东西"[1],或者如弗莱什曼(Avrom Fleishman)所言,是一系列"必然的遗传阶段"[2]。

---

[1] Lyndall Gordon, *Virginia Woolf: A Writer's Life*, Oxford: Oxford University Press, 1986, p.248.

[2] Avrom Fleishman, *Virginia Woolf: A Critical Reading*, Baltimore: The Johns Hopkins University Press, 1975, p.151.

二、神制形从

实现形神合一的关键是神制形从。文艺作品的"神"指称作品所表现的灵魂和精神,"形"则指称艺术作品呈现在我们面前的可感知的"象"。形是外相,神为内蕴;无形不能通神,无神则形无生气。诚如《淮南子·诠言训》所云:"神贵于形也,故神制则形从,形胜则神穷。"①《淮南子·原道训》也云:"以神为主者,形从而利;以性为制者,神从而害。"②形与神虽然是一体的,整一的,但是居主导地位的是神,而不是形。

伍尔夫在她的小说理论随笔中反复申明了"神制形从"的思想。她在随笔《现代小说》《班内特先生与布朗夫人》中,强烈批判了"物质主义者"徒有其形,却让精神逃走的致命局限;她在《俄罗斯人的视角》中热诚推崇陀思妥耶夫斯基、契诃夫、托尔斯泰对生命"灵魂"的深刻表现;她在《蒙田》《三百年后读多恩》等随笔中称赞蒙田、约翰·多恩对生命的复杂性的整体表现;这样的例子不胜枚举。"神制形从"可以说是她评判文学作品的基本原则,也是她创作时遵循的基本原则。

在《海浪》中,伍尔夫通过主要人物伯纳德反复申明:生命是"圆球形、有重量、有深度的,是完整的"。她在表现生命的"圆球"之形的同时,已经将生命之神即它的"重量、深度"充入其内。它们是:"生命与天地同构""乐天知命"以及自我认知从"无我"到"有我"再到"无我"的精神变形历程。

---

① 刘安:《淮南子·诠言训》,据《诸子集成》本。
② 刘安:《淮南子·原道训》,据《诸子集成》本。

(一) 生命与天地同构

"圆球"所具有的整一性昭示生命的本质在于"与天地同构"。伍尔夫曾在散文《飞蛾之死》("The Death of the Moth",1942)中表达她对生命本质的感悟。她昭示小小的飞蛾是世界巨大能量中非常细小而纯粹的一缕,是生命能量"极其简单的一种形式",它是如此奇妙,仿佛"有人握着一颗微小而纯净的生命之珠,极其轻柔地给它缀上羽绒和羽毛,让它起舞、辗转,向我们揭示生命的本真"。①从这些精美的描述中可以看出,伍尔夫相信:生命作为个体,其形态各不相同,却都是天地间自然能量的表现形式之一,因而无论其大小、形体、内质、生存状态如何不同,它都是世界整体中的一个部分,与天地自然共享同一的本质。

这一生命与天地同构的思想在《海浪》中呈现为"天人合一"的境界。这一境界是通过"外部世界"与"人物意识"的对应关系得以表现的,即外部世界的变化(比如太阳升落的高度、小鸟生存的状态、花园光照的亮度、海风海浪的力度等等)与人物内在意识的发展密切对应。我们不妨将《海浪》九个部分中"外部环境"与"人物意识"的对应关系列简表如下:

1	太阳即将升起,海天分离	人物自我意识产生,能够辨别与自然,与他人的不同
2	太阳正在升起,阳光尚未照亮整个花园	人物自我意识逐渐形成其基本构图
3	太阳升起,小鸟目光锐利,专注搜索目标	人物在真假自我之间抉择

---

① Virginia Woolf, "The Death of the Moth," *The Death of the Moth*, New York: Harcourt, Brace and Company, Inc., 1942, pp.3-6.

续 表

4	锋利的阳光给万物涂上锋芒和棱角	人物展示锋芒毕露的自我
5	高踞中天的太阳以炙热的光照和温度熔化一切	死亡沉重打击人物
6	太阳侧斜,小鸟栖息林间	人物心态成熟,享受生活
7	太阳西斜,疾风阵阵	人物蓦然意识到时间的坠落和生命的有限,心情怅然
8	太阳即将沉落,暮色弥漫	人物回顾一生的收获
9	太阳落山,海天一色,万物逐渐消融	生命进入无我状态,包容一切

可以看出,自然界从太阳升起到落下所构成的"圆球"与人物从自我辨认到自我混沌所构成的"圆球"浑然一体。

(二) 乐天知命

与天人同构思想相呼应的是伍尔夫对"乐天知命"这一浑厚圆满的生命态度的称颂。

《海浪》六个人物中的五个都将一生维系在所认定的单一目标上,或者"为追求完美而呕心沥血",或者"飞向荒漠",或者"对烈日的炎热和霜打的青草又爱又恨",或者活得像"野兽",他们的生命就在竭尽全力的求索中随风飘逝。

这五个人物中,路易像"拴着铁链的野兽"(83),意志坚强,头脑敏锐,终生肩负沉重使命,"不论在阳光下还是在风雨中都挺直脊梁,像斧头一般重重落下,拼尽全力砍倒橡树"(110),却给人留下望而生畏的背影,在成功的光环下独自承受孤寂。奈维尔像一条猎犬,从早到晚都在追猎,但无论是跋涉荒原追求完美,还是追求名誉金钱,他都觉得毫无意义,给人留下"一片飘扬的飞絮"的印象,在一片盛名中很早便对一切漠然视之(163)。罗达始终觉得自己没有面目,无所归属,她沉浸在自己内心世界的深潭中无法自拔,无法跨越现实世界中丑陋肮脏的"水坑",终日生活在对世界和他人的害怕和憎恨之中,渴望飞向死亡(104)。苏珊视自己与自然一体,沉溺于天伦之乐,对世界又爱又恨。珍妮像熊熊燃烧的"火",一生用身体与他人交流,无论是在青春飞扬中,还是在衰老憔悴时,都毫无顾忌,勇往直前。这五个人物的生命状态类似庄子在《养生主》中所警示的:"吾生也有涯,而知也无涯。以有涯随无涯,殆已!"①以有限的生命,追索无限的知识、欲望,无疑就像渺小的人挑战浩瀚的大海。生命随时会被大海吞没,因为在这种状态中,人与知识或欲望的海洋处于一种对立状态,即一种征服与被征服的状态,而生命本身却被忽略了。

伍尔夫赞赏伯纳德的生命态度:顺应自然规律,进退安命。这是一种人与大自然达成默契,将生命置于一切行动之上的生命状态。伯纳德像他的伙伴们一样也设定了人生目标,但始终在目标与生命感悟之间寻求平衡。他渴望寻求"一种完整的东西",他感兴趣的是"生命的全景"(161)。他避免像他的伙伴们那样走极端(比如珍妮的无度、苏珊的狭隘、罗达的偏激),因此比伙伴们都长命;他用探索而不是用对抗(如路易的钢硬)或者隐退(如奈维尔的孤寂)来消除自己对外部处境的畏惧;他以成年人的"知足和听天由命"(180)的心态来消解好友猝死所带来的沉重打击以及时间流逝带来的危机和绝望感,而不是像奈维尔那样在打击中崩溃,或者像罗达那样在打击中愤世嫉俗。从某种程度上说,伯纳德的生命态度达到了庄子"知不可奈何而安之若命"②的生命境界,能够以超

---

① 庄子:《养生主》,据《四部丛刊》本。
② 庄子:《人间世》,据《四部丛刊》本。

然物外的心境"无限地感受和包容一切,为内心的充实而震颤,然而又清醒而自制"(195)。

(三) 精神变形历程

伍尔夫的"生命构图"包含自我意识从"无"到"有"(前四个阶段),再从"有"化为"无"(后五个阶段)的过程,其中贯穿着四次"变形"。依据美国分析心理学家默里·斯坦因(Murray Stein)的理论,所谓"变形",就是"生命的态度、行为、意义感的彻底重构";而引发变形的因素是"一个引发变形的心象,比如一个带着宗教意味的象征、一则梦、一个给人留下深刻印象的人、一种鲜活的想象,或者重要的生命创伤,比如离婚、孩子夭折、父母或爱人去世"。①

《海浪》对人物变形过程的描述与这一理论极其相似。在《海浪》的九个阶段中,从"自我识别"到"自我整合"的成长过程代表着从"无我"走向"有我"的第一次变形,在这一过程中,六个人物借助波西弗的完美形象所发挥的"心象"作用,将众多飘忽游离的自我努力包容在"我"之中,成人的模样初步形成,就像幼蚕结出蚕茧一样,但是"真我"尚隐而不显。从"自我认识"到"自我接受",代表着从"理想自我"到"现实自我"的第二次变形。在这一过程中,波西弗的死所带来的创伤发挥着"心象"的作用,促使"我"对生命产生顿悟,并努力适应外部世界;这期间,"真我"开始显露,就像蚕茧中的幼蚕逐渐变成蚕蛹,为破茧做准备。"自我变形"代表着从"假我"(或者说"小我")走向"真我"(或者说"大我")的第三次变形,也是唯一一次真正意义上的变形,即"诞生一个人的'真我'"②的精神

---

① Murray Stein, *Transformation: Emergence of the Self*, College Station: Texas A&M University Press, 1998, p.7.
② Murray Stein, *Transformation: Emergence of the Self*, College Station: Texas A&M University Press, 1998, p.10.

历程。这是一次裂变,日积月累的细微变化在瞬间发生质变,"真我"从"假我"中脱颖而出,就像蚕蛹破茧而出,化为飞蛾。其间,对生命有限性的顿悟发挥着"心象"的作用。从"自我消融"到"自我升华",代表着从"真我"走向"无我"的最后一次变形,"真我"从充实走向虚无,并随着身体的消亡而终结。伍尔夫这一生命过程的描述与默里·斯坦因在《变形:自性的显现》(Transformation: Emergence of the Self,1998)中描述的生命中的四次变形①基本一致。

伍尔夫的"生命构图"将"没有自我的世界"作为生命的真谛来揭示,彰显她对生命境界的思考。伯纳德的"没有自我的世界"与庄子《齐物论》中南郭子綦的"吾丧我"状态颇为相似。他们进入的都是一个没有成心②、没有区分的世界。伯纳德曾这样申明他的无我之境:"我和他们是无法分离的。我这会儿说话的时候,我觉得'我就是你'。我们曾觉得如此重要的区别,如此狂热地珍视的身份,如今都被抛开了。"(194)批评家布莱克斯东也曾为伯纳德的无我之境归纳出八种特征:"对世事的淡定""对居所的无意识""对物质世界现实的怀疑""与他人认同""对自然全面接受""对万物无私的兴趣""丢弃欲望""无处不在的感觉"。③

这种境界与庄子《齐物论》中的"大知"和"大言"应合。"大知

---

① Murray Stein,Transformation:Emergence of the Self,College Station:Texas A&M University Press,1998,p.10.
② 成心,指心的某种状态,即"吾丧我"中的"我"。心本是虚明的,像镜子一般,可以映照万物而不留痕迹。成心却是实有的,以自己的好恶或是非观接纳或拒绝事物。它其实是一种自我意识,用以区分自己和世界;也正因为这一区分,导致各种争斗、冲突和焦虑,对世界和自己都造成伤害。因此需要超越成心,进入一种无心状态,即吾丧我。更详尽的阐释见王博:《庄子哲学》,北京:北京大学出版社,2004年。
③ Bernard Blackstone,Virginia Woolf:A Commentary,New York:Harcourt Brace,1949,p.101.

闲闲，小知间间。大言炎炎，小言詹詹。其寐也魂交，其觉也形开。与接为构，日以心斗。"①这里的"大知"和"大言"居无我之境，无须区别"我""你""他"，处于一种洒脱和淡定状态，而"小知""小言"则居有我之境，有明确的"我""你""他"之区别，因此日日算计，夜夜焦虑，长久与他人处于钩心斗角的冲突之中。伍尔夫的"没有自我的世界"类似于庄子"天地一指也，万物一马也"②的齐物之境。

三、气韵生动

实现文艺作品形与神合一的媒介是"气"。《淮南子·原道训》曾明晰指出这一点："夫形者，生之舍也；气者，生之充也；神者，生之制也。一失位则三者伤也。"③"气"介于形与神之间，是用于充实生命的一种物质，它承担着调节形与神的融合，使之呈现生机勃勃之势的重要作用。它是"精神"的体现者，"精者，人之气也；神者，人之守也"。④ 文学作品实现形神合一的重要方式就是"气韵生动"。

伍尔夫特别关注"气"与"生命"的关系，呼吁现代文学能表现那个包裹在"气"中的"生命"整体。比如，她在《现代小说》中用"气囊"包裹"生命"："生命不是一系列对称并置的马车灯；生命是一圈光晕，一个半透明的气囊，包裹着我们，从意识的开端到意识的终结。表达这种变化的、未知的、无限的精神，不论它可能以怎样不合常规或者错综复杂的形式呈现，尽可能少掺和混杂的外在事物，

---

① 庄子：《齐物论》，据《四部丛刊》本。
② 庄子：《齐物论》，据《四部丛刊》本。
③ 刘安：《淮南子·原道训》，据《诸子集成》本。
④ 刘安：《淮南子·精神训》，据《诸子集成》本。

这难道不正是小说家的任务吗?"① 又比如,她在《海浪》中用"气膜"包裹住"生命的圆球":"生命的圆球……绝不是摸上去坚硬而冰冷的,而是包着一层薄薄的气膜。只要一挤它便会破裂。"(171)

在她的作品中,"气"是以"昼夜运行""四季更替""海浪涌动"等大自然的运行来表现的,其作用在于推动生命"圆球"的循环和生生不息的运动。伍尔夫按照"节律而不是情节"②来构思《海浪》,这种构思不仅体现在白昼运行与生命阶段之间静态的对应关系中,而且体现在四季更替与生命进程之间动态的递进关系中,体现在海浪的节律与人物的思想情感之间息息相关的应和关系之中。虽然前者是显在的、有形的,后者是隐在的、无形的,然而两者之间密切呼应,相互契合。

《海浪》中白昼运行规律与自我意识变化的对应关系已经在本章第一部分中列出,尚需进一步阐明的是,从日出到日落的太阳运行并非发生在同一天,而是春、夏、秋、冬四季的组合。我们在人物的中学生涯里看到了春天的"蓓蕾":"随着光照增强,时不时会有花苞开放,绿色的丝纹微微颤抖"(16);在人物25岁时,我们感受到盛夏的酷热:"它(阳光)照在果园的墙壁上,在砖墙的坑洼和纹理上激出耀眼的银色和紫色,火烫烫的,仿佛快要融化,好像只要一碰便会化为焦土似的"(97);在人物的中年,我们看见秋天的"谷穗":"午后的阳光暖暖地照在田野上,阴影中透着蓝色,将谷穗映红"(120);在人物的老年,我们看到冬天的凋零:"树枝摇曳,树叶纷纷落下。它们安静地躺着,等待消融。"(157)与春天的蓓蕾、夏

---

① Virginia Woolf, "Modern Fiction," *The Essays of Virginia Woolf* (Vol. 4), Ed. Andrew McNeillie, London: The Hogarth Press, 1994, pp.160 – 161.
② Virginia Woolf, *The Diary of Virginia Woolf* (Vol. 3), Ed. Anne Olivier Bell and Andrew McNeillie, London: The Hogarth Press, 1988, p.316.

天的酷热、秋天的谷穗、冬天的落叶相对应的是少年的探索、青年的锤炼、中年的温馨和老年的睿智。这一隐在的四季更替结构,解构了白昼运行的完整性和封闭性,不仅使我们感受到由无数个昼夜和四季的更替所构建的时空绵延,也感受到由无数个日子和岁月的流动所组成的生命节律的循环。显然,作品中的生命"圆球"是动态的、递进的、绵延的。

《海浪》不仅以昼夜运行和四季更替对应人物意识的消长和情感的变化,而且将海浪涌动的声音像脉搏和呼吸一样嵌入人物的思想、情绪、话语和聚散之中,使作品呈现出真正的生命活力。我们可列简表如下:

1	儿童期	海面稍有涟漪,接着微微起伏; 人物话语从简短明快转向简洁多样,情感由平静转向担忧;众人聚合
2	中学期	海浪扫过海岸,浪涛碎裂时发出沉闷回响; 人物思想多样而凌乱,情绪激烈,自主意识日益增强;女孩和男孩分离
3	二十岁前	海浪似击鼓般拍打海滩,似勇士般冲上海岸; 人物情绪热烈,思想敏锐,却困惑多多,风趣、坦然、感伤、热情、烦恼、憎恶、怨恨等多种情绪同在;众人基本处于分离状态
4	二十五岁前	涛声隆隆; 人物个性热烈、言辞锋利、信心十足;众人聚合
5	二十五岁	海浪高高涌起,猛然落下,浪花飞溅,似巨兽蹬脚; 人物遭受沉重打击,情绪低落,思想转入较深层次;众人分离
6	三十多岁	海浪汹涌起伏,迸然四散,溅起高高浪花; 人物意志坚定、爱情浓烈、生活忙碌;众人基本处于分离状态
7	中年期(一)	海浪开始退潮,露出珍珠般白色的沙子; 人物情绪茫然,思想逐渐透视生活迷雾,心态逐渐趋向平和,生活节奏放慢;众人分离

续 表

| 8 | 中年期（二） | 海浪似倒塌的墙壁，在轰鸣中碎裂、落下；人物陷入沉思，思维穿透一切，生活变得空明、虚无；众人物聚合 |
| 9 | 老年期 | 海浪远远地退离海滩，在黑暗中发出叹息声；伯纳德独自回顾一生，目光超然，剖析深邃，进入无我境界；众人消逝 |

在这里，"海浪"宛若"气"一般，时时刻刻渗透在生命之中，与生命的思想共呼吸，与生命的情感共搏动。它的律动和起伏的形态和强度，不仅与人物的思想、情感和言行相应和，而且与人物的聚合状态相呼应。它像一面镜子，映现出生命各个阶段丰富的姿态和节奏；它更像一盏灯，照亮了生命的内质与外延。

至此，我们可以看出，代表轮廓、重量、深度和完整性的显在的"圆球"意象与代表循环、绵延、生生不息的隐在的"海浪"意象是契合的。"海浪"带着不可阻挡的自然之力将"圆球"整合、打碎又整合，不断向前推进。正是通过双重自然节律的叠合，《海浪》昭示了生命的循环性：个体生命是短暂的，又是永恒的，它的永恒性是通过生命个体之间的循环来体现的，换一句话说，一种生命形式的圆满和结束，意味着另一种生命形式的开始。伍尔夫这样阐发生命循环的思想："于是奈维尔、珍妮、苏珊和我，就像海浪拍岸一般碎裂、散落，让位于下一片树叶、某一只小鸟、一个拿铁环的孩子、一只腾跃的狗、炎热一天后聚集在树林中的热浪、白丝带一般在水波中闪动的光。"（186）她还给小说安上了一个富有循环寓意的开放式结尾："浪涛击岸，纷纷碎落。"（199）

伍尔夫的生命循环观源于直觉感悟，比较接近东方文明中的生命循环观。比如《吕氏春秋》中的"日夜一昼，圜道也。……精行四时，一上一下各有遇，圜道也。物则动萌，萌则生，生而长，长而大,大而成,成而衰,衰乃杀,杀乃藏,圜道也",①日夜轮回,四时更替,万物由生到死,再由死到生,循环往返,都是自然界的运行规律。伍尔夫以"圆球"和"海浪"双重意象所喻示的生命的圆满性、完整性和循环性,充分体现了她"对生命的挚爱"。②

结　语

"传神者必以形,形相与心手凑而相忘,未有不妙者。"③在艺术创作中,形与神一直是一对对立统一的概念。《海浪》一方面将大自然形态与生命意识并置,独具匠心地将生命的"圆球"之形与"生命与天地同构""乐天知命""精神变形"之神融合,映现生命的过程与本质的圆满、质朴和壮美;另一方面让自然节律之"气"与生命精神互动,自然而传神地用四季和海浪的节律表现生命的循环和生生不息。最终,生命的形神呈现为"圆球"意象与"海浪"意象的契合,既体现其完整性,又传达其绵延性。正是通过形、气、神的自然融合,伍尔夫以形之神似传达神之意蕴,以气之充盈揭示形神之生动,用意象直观呈现生命精神,使作品达到了形神兼备的境界。

---

① 吕不韦:《吕氏春秋·圜道》,据《诸子集成》本。
② 朱良志:《中国艺术的生命精神》,合肥:安徽教育出版社,2006年,第59页。
③ 胡经之:《中国古典文艺学丛编(二)》,北京:北京大学出版社,2001年,第190页。

詹姆斯·乔伊斯的美学思想及创作实践

自1922年问世以来,《尤利西斯》带给20世纪读者很多的困惑或愤怒。人们带着失望、懊恼和乏味之情,将它束之高阁,不再或不敢问津;或者人们对它大肆诋毁、谩骂和挖苦,乃至将其列为禁书。人们困惑,那是因为"《尤利西斯》是所有有趣味的小说中最难懂的一部"。① 人们愤怒,那是因为作品有明显的"亵渎神明"的倾向。然而,这样一部看似既晦涩又猥亵的作品却给那些拥有大胆而敏锐的文学感受的读者带来了前所未有的欣喜和希望,获得了前所未有的高度的评价,比如戴维·洛奇就称其为"既是一部心理学史诗,又是一部语言学史诗"②。于是,我们不禁想问:《尤利西斯》的精妙之处究竟何在?它缘何竟对20世纪文学界产生如此巨大的影响?我们不妨顺着戴维·洛奇的思路,看看《尤利西斯》,一部以呈现人的心理活动过程为中心的艺术作品,是如何建构起用语言展现人类复杂的心理的艺术体系和艺术观念的。

艺术创作是一种心理活动,艺术作品是心理活动的产物。艺术和心理学两者之间有着某种天然的关联。虽然我们不可能依据

---

① 英国学者艾尔曼的评语,转引自刘燕:《〈尤利西斯〉:空间形式的解读》,《外国文学研究》(武汉)1996年第1期。
② 戴维·洛奇:《小说的艺术》,北京:作家出版社,1998年,第55—56页。

心理学的原理,以科学的方法和态度探讨艺术的本质问题,但是我们得承认,心理学的发现从某种程度上影响着艺术观和艺术风格的改变。

一、三种创作模式

我们可以从荣格对不同创作心理的划定来观照文学史上不同的艺术观。在《论分析心理学与诗歌的关系》一文中,荣格将艺术创作划分为三种模式:

一种模式是这样的,"文学作品完全是从作者想要达到的某种特殊效果的意图中创造出来的。他让自己的材料服从于明确的目标,对它们作特定的加工处理。他给它增添一点东西,减少一点东西;强调一种效果,缓和另一种效果;在这儿涂上一笔色彩,在那儿涂上另一笔色彩;自始至终小心地考察整体效果,并且极端重视风格和造型规律;他运用最敏锐的判断,在遣词造句上享有充分的自由;他的材料完全服从于他的艺术目标,他想要表现的只是这种东西,而不是别的任何东西;他与创作过程完全一致"。① 这是一种理性创作模式,在这种创作模式中,作家的创作活动始终未能超越意识领域,所有的材料都来自被意识所控制的日常经验,并经过作家严格的、有目的的选择和提炼。创作的目的是为了通过解释和剖析人类生活的经验和情感,使读者清晰而深刻地洞察人的内心,以此获得对人生、情感和命运的感悟,以及伦理道德上的升华。作品语言的表达是以一种有条不紊、严谨的方式进行的,一切都限定在

---

① 荣格:《心理学与文学》,冯川、苏克译,北京:生活·读书·新知三联书店,1987年,第110—111页。

可理解、可认识的范围之内。

坚持这种创作模式的作家们拥有大致相同的艺术观念,即作家必须以理性的光芒照亮情感的混沌迷糊和现实的纷繁杂乱。莱辛在《汉堡剧评》中的话颇具代表性:

> 自然中的一切都是相互联系着的;一切事物都是交织在一起,互相转换,互相转变的。但是,这种无限纷纭复杂的情况,只是无限精神的表现。有限精神为了享受到这种无限精神的表现,就必须取得一种能够给原来没有界限的自然划出界限的本领。……艺术的使命就在于使我们(指读者,笔者注)在美的王国里省得自己去进行这一选择工作,使我们便于集中自己的注意力……艺术把事物或各种事物的组合,在我们的感觉所能接受的限度内尽可能真纯、尽可能简练地呈现给我们。①

艺术的使命在于表现美,而美是通过作者用理性透视事物的结构和事物之间的关系,并重组事物的结构和事物之间的关系才形成的。美的表现形式通常是真纯而精练的。这应该是20世纪之前主宰着文学界的一种主要的艺术观。它清晰地表现在20世纪以前大部分文学作品之中,包括爱情小说、家庭小说、社会小说、侦探小说、环境小说、抒情诗、各种悲喜剧等。它易于为读者接受,深受大众的欢迎,不仅因为它的题材来自大众熟悉的意识和经验领域,它的关注焦点是外在事物的结构和它们的冲突,更因为它用

---

① 莱辛:《汉堡剧评》,载伍蠡甫主编:《西方文论选(上)》,上海:上海译文出版社,1963年,第433页。

逻辑营造了一个貌似真实的现实,满足了读者认识世界的梦想。然而,问题的症结正在这儿,真实的世界真是如此程序化、规范化的吗?人的认识真的可以这样绝对化吗?人们的思想的确是如此合乎逻辑和简洁吗?传统的诗学观的影响造就了这种创作的理想化模式,但当时人们对无意识的认知的模糊也是形成这种艺术观的一个重要的因素。

另一种创作模式是这样的:

> 这些作品或多或少完美无缺地从作者笔下涌出。它们好像是完全打扮好了才来到这个世界,……这些作品专横地把自己强加给作者:他的手被捉住了,他的笔写的是他惊奇地沉浸于其中的事物;这些作品有着自己与生俱来的形式,他想要增加任何一点东西都遭到拒绝,而他自己想要拒绝的东西却再次被强加给他。在他的自觉精神面对这一现象处于惊奇和闲置状态的同时,他被洪水一般涌来的思想和意象所淹没,而这些思想和意象是他从未打算创造,也绝不可能由他自己的意志来加以实现的。尽管如此,他却不得不承认,这是他自己的自我表白,是他自己的天性在自我昭示。①

这是一种由无意识控制的创作过程,它中断了作者创作过程中的自觉意识,也超越了读者的理解,无论在形式上还是内容上都表现出某种超常的特征。在形式上,它表现出了一种非逻辑的、无序的特征,语言表达支离破碎,既不连贯又不完整;在内容上,它完全撇开了源于意识经验的日常现象,表现的是客观世界反映在无

---

① 荣格:《心理学与文学》,第 111 页。

意识之中的纷繁杂乱、相互渗透的心理状态。

　　这种创作模式显然是对上一种创作模式的反叛。它追求的是心理真实,试图以"记录"或"自动写作"的方式,再现心理的真实。这种创作模式大量出现在19世纪末和20世纪的实验小说中,尤其在心理学家们对无意识作出较为形象和明确的描述之后。比如,1881年,在法国作家迪雅尔丹发表《月桂树被砍了》之前七年,法国心理学家维克多·埃格尔发表了心理学专著《内心话语》,他在书中指出:"每一个瞬间的灵魂都在内心说着它的意念,这个被多数心理学家所忽视的事实,正是我们所有内心经验中最重要的方面。一系列的内心词语构成连续不断的序列,与其他心理活动序列并行发展。话语的序列因而成为每个人意识的主要部分。"[①]埃格尔强调了内心意念在人的意识中所占据的重要地位,指出了内心意念反映在语言上的某种"连续不断"的性质,它与内心话语和日常话语之间语序的不同,以及它与心理并行发展的规律。埃格尔的研究为文学真实地表现人的心理提供了理论依据。另一位心理学家维戈斯基更为明确地指出了人的内在意识特殊的语言特征,他说:"我们的实验证明,内在的言语必须给予重视,不仅要重视它失去了声音,而且还得重视它具有了一种完全独特的语言功能。这种内在语言最主要的特征是其特殊的句法。与外在言语相比照,内心言语呈现出不连贯性和不完整性。"[②]此外,威廉·詹姆斯对意识流动的内在机制的研究,亨利·柏格森的直觉说和西格蒙德·弗洛伊德将意识分为三个层次的理论,极大地推动了文学对内心话语的真实描述。但许多现代作家由于过于追求心理的真实而忽

---

① 转引自王诺:《内心独白:回顾与辨析》,《外国文学研究(人大)》1994年第1期。
② 同上。

视了作品的文学性,许多实验作品往往在一时的哗众取宠之后,便如过眼云烟,杳无踪影了。心理真实是否就是文学?文学创作是否根本就不存在其固有的本质和特性?文学创作是否可以完全无视读者的审美感受能力?许多实验文学的稍纵即逝从反面回答了这些问题。韦恩·布斯在《小说修辞学》中一针见血地指出了这种精确的心理模仿法对文学可能产生的毁灭性的后果。这种创作模式从传统创作直接走向它的反面,崇尚彻底无意识实录,矫枉过正,导致了艺术性的丧失。如果说前一种创作的缺陷主要在于作者用理性给予事物过于明确的阐释和意义,使文学作品带上了某种"虚假"的局限性,那么后一种创作模式的过失在于它让无意识本能完全压倒了理性的光亮,使文学作品陷入完全的"心理真实"之中而丢失了文学性。艺术是审美的,从理论上讲,它带给读者的应该是单纯的愉悦,它与意义无关;但人是理性的,在无穷的表象中,我们始终在探寻某种称之为"意义"的东西。也许,艺术本应该是某种介乎于绝对的客观真实和绝对的主观假设之间的一幅藏而不露的图画,我们追寻的问题也许应该是:"隐藏在艺术意象后面的,究竟是什么样的原始意象?"①

真正的艺术作品表现的是某种超越个人的东西,这是许多作家,尤其是现代主义作家对艺术的共识。现代主义作家对艺术的另一种共识是,真正的艺术作品是一种有生命的存在物。荣格正是在艺术作品的这两种本质特征中推导出伟大艺术的创作过程:这种创作过程

就在于从无意识中激活原始意象,并对它加工造型精心制作,

---

① 荣格:《心理学与文学》,第119页。

使之成为一部完整的作品。通过这种造型,艺术家把它翻译成了我们今天的语言,并因而使我们有可能找到一条道路以返回生命的最深的泉源。艺术的社会意义正在于此:它不停地致力于陶冶时代的灵魂,凭借魔力召唤出这个时代最缺乏的形式。艺术家得不到满足的渴望,一直追溯到无意识深处的原始意象,这些原始意象最好地补偿了我们今天的片面和匮乏。①

这种创作模式介于上述两种模式之间。一方面,它丢弃了传统文学只重事物不注重心理的局限性,克服了传统文学描写人物心理时表现的那种虚假性,摈弃了传统文学用理性阐释事物的习惯。它注重心理真实,艺术表现的素材不仅包括人们熟悉的意识经验,更多的是被传统文学所遗忘的人类心灵深处的某种东西,一种超越人类理解力的原始经验,一种积淀于无意识深处的原始意象。它特别关注意识沉睡之际,比如在梦中,在半梦半醒中或在癫狂状态中,人的无意识心理状态,因为这时候浮现的意象往往带有某种原始性质。它注重心理的真实,在表达内心独白的时候,它的语言是不规范、不完整、不连贯、不合逻辑和变幻莫测的。另一方面,它注重文学的艺术性,在它那看似纷乱的叙述中隐藏着完整的结构和可领悟的思想,它以我们共有的原始意象为媒体,与我们意识中的种种价值不断发生碰撞和联系,使心灵在某一瞬间突然受到触动,豁然开朗,获得某种不同寻常的自由感和轻松感。乔伊斯的《尤利西斯》正是这样一部作品。

---

① 荣格:《心理学与文学》,第122页。

二、《尤利西斯》中的美学思想及意识流创作实践

《尤利西斯》以精湛的写作技巧全面展示了人的意识和无意识领域。许多批评家都对《尤利西斯》精湛而真实的意识流手法做出了论述,但是,由于各自的视角和出发点不同,他们对《尤利西斯》中意识流的划定和评论莫衷一是。比如霍夫曼在《弗洛伊德主义与文学思想》中将意识流划分为四个层次:传统的层次,即从某一人物的视角出发做出的客观叙述,语言符合逻辑和语法规范;"前意识"层次,语言表现出较大的流动性,句子结构和词汇意义的联系明显松散,时空参照较为模糊,但依然可辨认;"潜意识"层次,意识的控制更为放松,但依然存在,叙述更为模糊,不连贯,作品的完整性主要体现在由意象、象征、暗示组成的参照系上而不是传统的时间和因果链上;"无意识"层次,无论是形式还是内容已经与理性的控制基本决裂。霍夫曼认为《尤利西斯》中包含了"从传统到无意识的所有层次的写作"。[①] 弗里德曼在《意识流,文学手法研究》中则笼统地说明乔伊斯在作品中使用了客观叙述和内心独白,没有对内心独白进行进一步的细分。而斯坦伯格在《〈尤利西斯〉中的意识流及其他》一书中,根据作者介入的程度将《尤利西斯》中的内心独白分为三类:叙述独白、自言自语和沉思默想、内在独白。叙述独白是由作者从某一人物的视角转述人物的内心话语;自言自语是由人物直接表达自己,但因为说出了口,所以语言上有一定的逻辑和语法规范;内在独白是对内心话语的直接再现,语法、逻

[①] 霍夫曼:《弗洛伊德主义与文学思想》,王宁译,北京:生活·读书·新知三联书店,1987年,第165页。

辑等各方面都力图模仿内在话语的原始状态。① 国内学者则做出了另一种划分，比如李维屏先生将《尤利西斯》的意识流技巧细分为内心独白、自由联想、蒙太奇、梦境和幻觉。李梦桃先生指出《尤利西斯》内心独白的四个特征，主要阐述了叙述语与内心独白之间的关联。批评家们对《尤利西斯》的片段分析都相当精彩，但理论上对意识流技巧的分类却众说纷纭，他们的不一致主要体现在如何划定内心独白的内涵的问题上。是将内心独白直接等同于意识流，再依次根据意识控制的程度将其细分，如霍夫曼、斯坦伯格，还是缩小内心独白的内涵，直接将意识流划分为客观叙述和内心独白，如弗里德曼，或者将意识流再细分为更多的方法？笔者认为，《尤利西斯》的意识流技巧主要在于巧妙地结合了内心独白、自由间接叙述和传统客观叙述三种叙述方式，且句式转换自如，变化丰富。比如，下面一段文字讲述了布卢姆清晨离家去买猪肾的路上的情形：

> 他走近了拉里·奥罗克的酒店。隔着地窖的格子窗飘出走了气的黑啤酒味儿。从酒店那敞着的门口冒出一股股姜麦酒、茶叶渣和糊状饼干气味。然而这是一家好酒店：刚好开在市内交通线的尽头。比方说，前面那家毛丽酒吧的地势就不行。当然喽，倘若从牲畜市场沿着北环路修起一条电车轨道通到码头，地皮价钱一下子就会飞涨。
>
> 遮篷上端露出个秃头，那是个精明而有怪癖的老头子。劝他登广告算是白搭。可他最懂得生意经了。瞧，那准是他。

---

① Erwin Ray Steinberg, *The Stream of Consciousness and Beyond in Ulysses*, Pittsburg: University of Pittsburg Press, 1973, pp.254-256.

我那大胆的拉里啊,他挽着衬衫袖子,倚着装糖的大木箱,望着那系了围裙的伙计用水桶和墩布在拖地。西蒙·迪达勒斯把眼角那么一吊,学他学得可像哩。你晓得我要告诉你什么吗?——哦,奥罗克先生?——你知道吗,对日本人来说,干掉那些俄国人就像是八点钟吃顿早饭那么轻而易举。①

第一段的第一句是客观叙述,从布卢姆的视角描写他的动作,点明了故事发生的地点,但从语法上讲似乎另有一个隐秘的叙述者。第二、三、四句是自由间接叙述,用转述的口吻讲出了人物的嗅觉、视觉和人物对酒店的评论,省略了传统文学中常用的插入语,比如"他闻到""他看见""他认为"等词语。最后两句是内心独白,分别由插入语"比方说""当然喽"作为过渡,进入布卢姆的内心,思维的跳跃明显比前面要大,不过语言略显正规了些。接下去的一段全是布卢姆的内心独白。布卢姆看到秃头便断定那肯定是拉里酒店的老板,于是布卢姆想到他精明的个性,又联想起他自己的广告业务。然后,他由拉里的名字联想起一首流行于18世纪的爱尔兰歌谣《拉里被处绞刑的前夕》,接着他的视线又回到了当前的拉里老板身上,想起西蒙学他说话的样子。这一段的最后一部分显然是布卢姆对当时西蒙学样时的对白的回忆,只是省略了引号。内心独白、自由间接叙述和传统的客观叙述三种叙述方式在短短的篇幅中自如而流畅地转换,中间几乎没有什么铺垫或过渡,只是依靠灵活的人称变换和句法变换便完成了意识的转换。

---

① 詹姆斯·乔伊斯:《尤利西斯》,萧干、文洁若译,南京:译林出版社,1994年,第130页。

《尤利西斯》是文学作品艺术性的成功的例证。在《一个青年艺术家的画像》中,乔伊斯阐述了他对艺术和美的理解。他认为美是由三要素组成的:"完整、和谐和光彩。"[①]"完整"即人们对被感受事物的轮廓的完整性的感知。"和谐"是指被感受事物内部各部分之间的平衡。各部分之间的关系应该是"复杂、多层、可分、可离",但它们的总体又是和谐的。"光彩"是指"人对所有东西或一种概括力中的神的意志的艺术发现和再现,它使美的形象具有普遍意义的形象,使得它呈现出远远超出它的一切具体条件的光芒"。[②]乔伊斯的《尤利西斯》是对美的三要素的最好的阐释。

《尤利西斯》的完整性体现在时空结构的整体性,神话结构的整体性和心理呈现的整体性上。乔伊斯打破了传统小说的时间顺序和因果链,通过在文本中并列放置那些游离于叙述过程之外的各种意象、象征、暗示、场景,在作品中建立起交互参照体系,使作品成为一个整体,换言之,《尤利西斯》的统一性不是存在于时间关系之中而是存在于空间关系之中。它要求读者具备敏锐的感知能力和理解能力;此外,乔伊斯用隐藏的神话结构,将作品统一在"回归"这样一个永恒的主题之中;它全面展现了人的心理的各个层面,却不曾做出任何理性的阐析和结论,因为"它想成为月亮的一只眼睛,一个超然于客体之上的意识,无论灵魂与肉体,爱情与憎恨,信仰与偏见,都不能将它束缚"。[③] 正是这种对纯粹理性"意义"的弃绝,才使读者获得了真正的、源于直觉的整体感悟。

《尤利西斯》是和谐的。虽然它的叙述始终处于不间断的运动之中,一切都不固定,但它基本以感觉和直觉为中心,理性思维和

---

① 詹姆斯·乔伊斯:《尤利西斯》,第 288 页。
② 同上,第 290 页。
③ 荣格:《心理学与文学》,第 163 页。

思考处处受到了压制。意识和无意识各部分以内心独白、自由间接手法和客观叙述互相渗透,互为补充,呈现出总体的和谐状态。

《尤利西斯》的色彩体现在它对旧传统的反叛和摧毁上。这种反叛首先体现在他对传统的创作模式的彻底颠覆之中。为了揭示生活的本来面目,乔伊斯"不惜任何代价来揭示内心火焰的闪光,那种内心的火焰所传递的信息在头脑中一闪而过,为了把它记载下来,乔伊斯鼓足勇气,把似乎是外来的偶然因素统统扬弃,不论它是可能性、连贯性,还是诸如此类的路标"。① 伍尔夫的评点形象地概括了乔伊斯在创作革新上的彻底性。乔伊斯的反叛更为主要地体现在他对传统宗教思想的摧毁上。作品中有许多"亵渎神灵"的描写,连一向对乔伊斯称赞不已的伍尔夫都对《尤利西斯》中的猥亵深表惋惜,然而,乔伊斯显然是有目的而为之。在完成《一个青年艺术家的画像》之后,乔伊斯便明确表示他将不再为上帝服务了。② 他要真实地揭示那些生活在一片幽暗之中的现代人的痛苦、迷茫和庸碌。他要揭开宗教扼杀人性的真面目,展现现代人的本能生活。他要让作品中人物的心灵和肉体不可分割地联系在一起,就像现实世界中的人一样,这就是为什么他如实描写了布卢姆对猪腰的嗜好,布卢姆和莫莉的小便,莫莉的性行为,斯蒂芬酗酒、逛妓院等传统创作不敢涉足的场面。正如荣格所说的,"要想从一整套禁锢着精神的体系和制度中解放出来,唯一的办法便是对自己的世界和自己的本性做'客观'的承认",只有这样才能使那些精神受到束缚的人们"从直截了当地道出他们世界的事实真相中找

---

① 伍尔夫:《论现代小说》,载李乃坤选编:《伍尔夫作品精粹》,石家庄:河北教育出版社,1990年,第340页。
② 霍夫曼:《弗洛伊德主义与文学思想》,第150页。

到强烈的欢乐"。① 这显然是让迷失自我的现代人认识自己,走出沼泽,返回真我的必经之路,也是现代人从统治了他们的心灵几千年的宗教和道德的"善"中重新夺回自己丰富多彩的生活的必由之路。

艺术作品的本质在于超越作家个人的生活,以实现艺术家的心灵与全人类心灵的对话。《尤利西斯》的精妙之处正在于此。

(载《英美文学研究论丛》2007年第6期)

---

① 荣格:《心理学与文学》,第160页。

母性、现实与天性
——读蒂莉·奥尔森的《我站在这儿熨烫》[1]

《我站在这儿熨烫》是美国女作家蒂莉·奥尔森在文坛沉寂多年后复出的第一则短篇小说。操持家务、赚钱养家、哺育子女,这样繁重琐碎的工作耗费了奥尔森整整 20 年的写作光阴,同时也不断地加深着她对母亲角色、女性地位、社会责任这一系列问题的认识和思考。"20 年来我孕育子女,养育他们,同时还得外出工作,创作的基本条件都无法满足。但是写作,写作的欲望,就像'呼吸的空气一样重要,只要我依然活着。'"[2]正是这样的创作激情、文化积淀和反思能力最终促使奥尔森重拾纸笔,并将艺术视角投向同她一样挣扎在美国主流文化之外的边缘人物:疲惫不堪的母亲、失意落寞的少女、孤苦无依的弃儿、漂泊不定的浪子……在所有的小说中,体现在女性身上的"母性"是奥尔森着墨最多、思考得最为深入的一个问题。"她"不仅是奥尔森小说创作中的灵魂,也是奥尔森女性问题研讨的中心。我们可以在《我站在这儿熨烫》《告诉我一个谜》《哦,是的》等多部中短篇小说中看到"她"形象而生动的影子,我们也可以在《母亲对女儿,女儿对母亲》《沉默》等论文集中读

---

[1] 本文的第二作者是我的硕士生沈艳燕。
[2] Tillie Olsen, *Silences*, New York: Dell Publishing Co., Inc., 1979, p.19.

到关于"她"的问题的严肃而深入的思考。

我们应该如何理解"母性"?"母性"是如何影响女性的生活?奥尔森在她的论文集《沉默》(*Silences*,1979)一书中这样概括她对母性的理解:"母性的内涵,包括……人类的天性、欲望和永不枯竭的潜力,——以及抑制、压迫、扭曲、扼杀这一切的生活现实。"[①]本文将在充分解读奥尔森对"母性"的理解的基础上,用精神分析理论剖析奥尔森复出后创作的第一则短篇小说——《我站在这儿熨烫》。

母性与现实

《我站在这儿熨烫》不同于传统意义上的短篇小说,它没有跌宕起伏的故事情节,没有扣人心弦的疑团悬念,没有个性鲜明的主要人物,它只是一位心力交瘁的母亲对她女儿19年来的成长历程的回忆。回忆是以对话式的内心独白表现的,对话的双方是母亲与女儿的某位不在场的老师。对话的起因是正在熨烫衣服的母亲接到了女儿的老师的电话,要求她抽时间到学校去谈谈她女儿的情况。"我希望你能挤出点时间来我这儿一趟,我们来谈谈你的女儿。我想你可以帮我了解她。她还年轻,需要帮助,而且我也很想帮她。"[②](78)老师的话在母亲的耳边回响,于是母亲一边继续熨衣,一边开始与想象中的老师进行对话。正因为是对话,而不是单向度的回忆,于是,我们不仅听到了母亲心目中的女儿的成长故

---

① Tillie Olsen, *Silences*, New York: Dell Publishing Co.,Inc., 1979, p.202.
② Tillie Olsen, "I Stand Here Ironing",载高奋:《小说、诗歌与戏剧探寻之路》,杭州:浙江大学出版社,2013年,第78—85页。此后该短篇小说的引文均出于此书,仅在文中夹注页码,不再一一标注。

事,还听到了母亲不断为自己所做的辩解,母亲的内疚和思考,母亲对女儿的信心和希望,于是,想象中的对话的中心从女儿扩展到了母亲,从回忆扩展到思考。母亲想要做的是好好回想一下,在女儿的成长过程中,"哪些是我曾经做过的,哪些是未能做到的,哪些是本该做好的,哪些是无可挽回的"(78)。

母亲的内心独白是从自我辩解开始的,"即使我去了,又有什么用呢?你以为我是她母亲,我就一定有办法,或者你就可以从我身上找到办法?她已经19岁了。这19年来,她一直游离在我的体外,生活在我无法企及的地方"(78)。这样的辩解紧接着老师的请求,显然母亲已经感受到了老师话语中对女儿的担忧、关心和希望,以及对母亲的某种责备。于是母亲急切地表达了她对女儿的现状的无奈,想以此缓解她内心的愧疚。然而,母亲对女儿的内疚心理却在无意识中主宰了母亲整个内心独白。母亲的意识流虽然断断续续,零零碎碎,不时被外界的干扰打断,然而这些看似不经意的片段却始终围绕着女儿不断受到的伤害展开,围绕着女儿的"天性、欲望和永不枯竭的潜力"如何一次一次受到"抑制、压迫、扭曲、扼杀"而展开。透过这些片段,我们和母亲一起感受了女儿艾米莉从一个"非常可爱"的女婴成长为一个自我封闭的少女的痛苦历程。

艾米莉出生在20世纪30年代美国经济萧条时期。呱呱落地的女孩活泼可爱:"她出生时非常可爱。是五个孩子中第一个也是唯一一个一落地就容貌秀丽的宝宝。"(78)年仅19的母亲,初为人母,得不到任何指导和帮助,只有盲目地追随育儿手册上所谓的指导。手册上倡导整点按时喂养婴儿,于是"尽管她的哭声使我心疼得颤抖,尽管双乳胀得肿痛,我还是固执地等到时钟敲响的那一刻才给她喂奶"(78)。这是母亲记忆中艾米莉遭受的第一次痛苦,是由母亲的无知造成的,不过母亲不确定这"对她的成长是否有影响"。

女儿才 8 个月大时,女儿的父亲就无情地遗弃了她们。年轻的母亲举目无亲,彷徨无依。没有任何社会机构或政府部门向贫困交加的母女伸出援助之手。为了生存,视女儿为奇迹的母亲"只能白天把她托付给住在楼下的一个女人照看,那女人根本就不把她当回事儿"(79)。而母亲自己则不得不外出工作挣钱。这次母女分离的结果是,女儿从"非常可爱"的婴儿变成了一见母亲就"抽抽搭搭地哭个不停,怎么哄也哄不好"的孩子。

紧接着,母亲迫于生计,又不得不把女儿送往她父亲的家寄养。等到她终于攒够了钱接女儿回来时,女儿"婴儿时期的那份可爱已经荡然无存"(79)。她变得消瘦、孤僻、瑟缩、怯懦。这次分离给艾米莉的身心造成了严重的伤害,更给母女二人之间的关系留下了一道疏远和隔阂的阴影。

那时,艾米莉刚好两岁,在旁人的劝说下,母亲将她送进了托儿所。然而,母亲不知道,那个时代的托儿所,仅仅是一些"儿童寄存处",严厉暴躁的老师和你争我抢的群体生活折磨着弱小的艾米莉,使她日夜惊恐不安。但"这是她唯一可去的地方。这是我们能在一起而我又能继续工作的唯一方法"(79)。年幼的艾米莉不得不努力去适应这一切:托儿所、新爸爸、晚上一个人留在家里、做了噩梦尽量不喊妈妈……处于生活重压之下的母亲开始意识到女儿个性上的压抑,以及与她的日益疏远。母亲心酸地发现女儿遇事"从不直接反对,或公开抗议"(79),女儿不断地向她表示她的懂事,"我没有哭。我就是喊了你三次,只有三次""两次,她只叫两次"。女儿逐渐变得自我封闭,对于母亲的问候与关心,"她的回答总是千篇一律:'不用,我没事儿,去睡吧,妈妈。'"当母亲学会褪下满脸的忧虑,用笑脸迎向艾米莉时,已经太迟了,"她不苟言笑,更不用说像她的弟弟妹妹一样成天乐呵呵了"(80)。

染上风疹的艾米莉没有完全康复,她骨瘦如柴,食欲不振。毫无经验的母亲又一次听从了他人的意见,将她送到了康复中心。这些由富人出资的所谓的慈善机构被宣扬得有如天堂,报纸上刊登着大幅为孩子们募捐筹款、组织活动的照片,但是"他们从不刊登孩子们的照片",所以人们无从知晓那里的孩子不得不与自己的亲人隔离,每日吞咽着"黏糊糊的鸡蛋做早餐,或是结成块状的玉米粥",只能在阳台上声嘶力竭地与前来探望他们的父母对话,不能爱自己的朋友,甚至不能保留父母寄来的信件。康复中心的生活使艾米莉的健康每况愈下,她的个性也愈发内向。这一次的经历几乎扭曲了艾米莉的天性,扼杀了她的爱的能力,她开始拒绝母亲的爱:"我经常有意去拥抱她,以此表达我的爱意,可她的身子总是绷得紧紧的,只一会儿就把我推开。"(81)她的生活态度完全变了,她不仅厌食,也厌倦生活。她为自己的相貌平平而自卑,为笨嘴拙舌而懊恼,为妹妹各方各面都胜过自己而心怀敌意。她沉默寡言,形单影只,在家庭和学校都郁郁不得志。

毫无疑问,是残酷的现实使母女二人饱受肉体和精神上的伤害。战争、经济危机、不健全的婴幼儿护理体系和机构,以及面对选择和挑战的时候那些所谓的权威声音,这一切造成了"无可挽回"的过去。然而,在这一过程中,存在于母性中的那种被动地适应和接受现实的倾向使母亲在无意中扮演了对女儿直接实施伤害的可悲角色。小说中,母亲的一切行动似乎都是在无形的"他们"引领下进行的:"他们"教导母亲整点哺乳孩子,"他们"建议母亲送两岁的女儿进托儿所,"他们"劝说母亲把女儿隔离在康复中心,"他们"不许孩子们保留属于自己的东西……而在每一次给女儿造成伤害后母亲都以"我不知道""我不了解""我没有意识到""即使我了解这些也于事无补""我能做什么呢?""又有什么用?"等理由来表示她对现实的无奈和被动态度。而正是母亲这种被动的观念、态度和决定使母亲丧失了为女儿营造一个安全和充满爱的空间和环境的能力,在不自觉中将自己弱小的孩子直接置于与社会期待和现实生活的不协调之中,使孩子在自我形成的过程中受到了严重的伤害。

根据拉康的理论,我们可以将幼儿建构"我"的镜像阶段理解为"一个认同",在这个过程中,"我"处于某种原始形式,"之后通过和他者的认同辩证法,'我'被具体对象化了"。① 也就是说,"我"要成为我自己,必须经过在他者的介入之下与外部镜像认同的过程。或者说,在"我"的形成过程中,存在着主体、镜像和他者的目光,幼儿作为主体只有通过微笑着欢迎自己的镜像、他者的目光,得确认,才能接受它自己。而在艾米莉成长的过程中,本应该担当介于她和她的"镜像"之间的他者、充满爱和微笑的目光的母亲却由于忙于生计和缺乏经验而缺席了,艾米莉看到的、感受到的都是现实对她的否定。作为弱小的个体,艾米莉因无法承受这些压力而不断从积极抗争(啼哭)到消极抵抗(压抑天性:听话、懂事),直至完全进入自我封闭的状态(扭曲、扼杀天性:孤僻、冷漠、仇恨)。

二、母性与天性

虽然小说中人物的经历是痛苦的,小说的基调却并不悲观。

---

① Jacques Lacan, *Ecrits*: *A Selection*, Trans. Alan Sheridan, Verlag: Tavistock Publications, 1977, p.2.

严峻的现实一次又一次地挑战、压抑着母亲，也伤害着女儿，更给母女关系蒙上了一层无法摆脱的阴影。身处逆境，母女二人曾经失落、彷徨，然而"母性"促使她们不再一味地退缩和逃避，而是以各自的方式，勇敢地向生活喊出了"不"字。

"母性"中"爱"的天性是不可能被生活完全埋没的。被丈夫遗弃之后，年轻的母亲曾经在生活的压力中迷失自己，她以自己柔嫩的肩膀挑起生活的重担，尽自己最大的努力为女儿遮风挡雨，然而她却将焦虑、苦恼和担忧误当作自己生活的主色调，在忙忙碌碌中丢失了对自己和对艾米莉的微笑和信心。艾米莉的压抑和慈祥老人的提醒使母亲很快意识到问题的症结所在。尽管对艾米莉来说有些迟了，但母亲终于学会在现实生活的苦难中展露自己的笑脸，用笑脸面对自己的儿女，用拥抱安慰遭受创伤的儿女。她再次结婚、生儿育女，为自己和艾米莉重新建立了一个完整健全的家庭。虽然数次与艾米莉分离，她总是千方百计接她回来，用母爱弥补缺失，呵护孩子孤僻自闭的心灵。她深信"一切都在好转"，相信女儿在生活各处留下了自己的印记："舒舒。这是个有趣的词汇，是我们家传的词汇，是艾米莉发明的，意思是：舒服。她就是用这样的方法在生活中刻下了她的印记。"(83)她尽量为艾米莉提供一个自由成长的空间和环境：在艾米莉无法承受学校的压力的时候，她"任由她缺课"；为调解艾米莉和苏珊之间的敌意，她创造交流与和解的机会；为帮助和鼓励艾米莉克服自卑，树立信心，她建议擅长模仿的艾米莉去"学校的业余表演中露一手"。她深信女儿"是如此的可爱……她会找到自己的方向"(84)。总之，她努力用她的爱改变艾米莉原先形成的那个虚假和扭曲的自我，尽量用微笑和赞赏激发艾米莉对生活的希望，使她认识和发挥自身无穷的潜力。

而艾米莉，在母亲微笑的目光下，也终于逐渐摆脱幼年时形成的封闭的自我原型,努力在与他者的交往和联系中建构新的自我。她专注地翻看自己的婴儿照,在母亲一遍一遍的肯定的语气中感受自己的可爱与漂亮;她用自己的方式,尝试着结交异性朋友;她以自己的勤奋,努力去博得老师和同学的认可;她努力与漂亮的妹妹苏珊建立起和谐共处的关系,不再因为被苏珊夺走了自己的理想形象而妒忌、愤怒乃至心怀敌意。虽然她依然为各式各样的小事烦恼,但是她终于找到了表达自我的方式。在母亲的建议下,艾米莉在学校的业余表演中崭露头角,充分展现了她表演哑剧的天赋。这位一向默默无闻的"笨学生"一下子成了学校的风云人物,每次表演都能引起轰动。不善言辞的艾米莉学会了通过自己的手势和形体动作展露丰富多彩的内心世界,不苟言笑的艾米莉能够在台上赢得观众"一阵接一阵的笑声,一浪又一浪的掌声"(84)。这是一种特殊的言说和交流方式,正如亚当·杰沃斯基在《沉默的力量》(*The Power of Silence*,1993)中所说,"哑剧中的沉默其实是一种表现人生百态的容器""是表演的特殊境界"。[①] 这种言说形式抛弃了传统意义上的权威性语言,用独特的方式使"笨嘴拙舌"的艾米莉发出了自己的声音,实现了自己的存在价值,并得到了大家的认可和喜爱。

母女之间的隔阂也在爱的融化下消失了。"妈?惠斯勒画了一幅他母亲坐在摇椅里的画。我得画一幅你站在熨衣板前的画。"(84)艾米莉无心的戏谑在作者笔下有意地传达了这样一个事实:男孩们描绘的母亲通常是静态的。在传统的文艺作品中,母亲往往只是一幅画面,一个意象,一个被描绘的静止客体,而不是一个

---

① Adam Jaworski, *The Power of Silence*, London: Sage Publications, 1993, p.146.

活生生的施动者。虽然母亲的日常工作渺小琐碎得不能作为文学和艺术的对象，但艾米莉已经开始意识到母亲这种熨衣、做饭的日常生活，母亲那些简单朴实的言语和笑容对她的重要性。它们作为爱的传达方式曾如此有力地帮助她重建自我，它们已经深深融入她的生活和生命中，成为一个不可分割的整体。这样行动着的、爱着的母亲，才是真实的，有生命力的。

小说的结尾，母亲感慨着"她不该只像熨板上的这件裙子一样，无助地等待被熨烫的命运"(85)。对艾米莉来说，孤独自闭的童年时代和失意落寞的少女时期都已"无可挽回"，但是她有爱她的母亲可以帮她解开自我封闭的状态，学会倾听自己的心声，挖掘自己的潜力，创造自己的未来。而母亲，也在追忆生活往事的同时，因为爱而感悟到了自身内在的欲望和潜力，开始点燃自己生命的光亮。小说似乎想说明，当主体在只承认实用功能的社会里，面对强大的社会联结体，遭受极度的个人焦虑时，唯有爱才能解除现实对主体的欲望和潜能的束缚，回归正常的心理。这一点也是精神分析学家拉康的结论。他在自己最有影响力的论文《镜像期：精神分析实践所揭示的"我"的功能构成》的结尾中说："神经症和心理症所引发的痛苦对我们来说是心灵激情的磨难，就像精神分析天平的横杆一样，当我们计算它对整个社会造成威胁的倾斜度时，它向我们提供了扑灭社会激情的标志。在这种自然与文化的交接处……唯独精神分析学认识到了想象的奴役这一死结，爱必须再一次解开或割断这一死结。"①

《我站在这儿熨烫》是奥尔森最具自传性质的作品。像小说中的母亲一样，她19岁时成了单身母亲；经历过贫穷、分离和再次组

---

① Jacques Lacan, *Ecrits*: *A Selection*, Trans. Alan Sheridan, Verlag: Tavistock Publications, 1977, p.7.

建家庭的磨难；她不得不一边工作一边料理家务、抚育子女；她的大女儿卡拉，也"有一段并不轻松的成长经历"，[①]同时又颇具舞蹈天赋。对此，奥尔森这样解释："故事的基调和我的经历有些相似，然而共同点不在于具体的情节，而在于母亲的心情。"[②] "她站在这儿熨烫，而我是站在这儿写作"，[③]这可能是小说中的母亲与小说作者奥尔森之间的最大区别。奥尔森的小说几乎都是在夜深人静孩子们都入睡以后，在熨衣板上写就的。数十年来，她一直在寻求家务、工作和写作之间的平衡，或者说，她一直在寻求着社会责任、家庭责任与主体欲望之间的平衡，思考着"母性"的内涵与本质，以及母性本质与生活现实交织碰撞的真实状态。传统和社会给母亲的定位常常使母亲在生活中丧失属于自己的生存空间和时间，就如奥尔森在《沉默》一书中所描绘的："母亲的角色意味着随时被打扰，时时操心，时刻细致……母亲要习惯的是被打扰，而不是沉思；是中断，而不是连续；是突发状况，而不是一成不变。"[④]过于沉重的社会责任与家庭责任常常使母亲忽视甚至扼杀自己和家人，尤其是孩子的内在欲望，给自己和家人造成心灵的伤害。个人的经历使奥尔森感觉到了现实责任与人类天性之间的矛盾和冲突，然而，面对这个人类永恒的难题，奥尔森也只能给出模糊的答案。不过，她始终在探索和思考这个问题，她同她笔下的人物一样，身处逆境而不轻言放弃，这是她仅靠寥寥数篇作品就在美国文学史上占据一席之地的主要原因之一。

（载《外国文学》2004 年第 3 期）

---

① Tillie Olsen, *Silences*, New York: Dell Publishing Co., Inc., 1979, p.20.
② Tillie Olsen, *Silences*, New York: Dell Publishing Co., Inc., 1979, p.21.
③ Tillie Olsen, *Silences*, New York: Dell Publishing Co., Inc., 1979, p.23.
④ Tillie Olsen, *Silences*, New York: Dell Publishing Co., Inc., 1979, p.19.

意识流小说艺术创新论

意识流小说的创作模式是对传统模式的一种超越与突破。一方面,它丢弃了传统文学只重事物不注重心理的局限性,克服了传统文学描写人物心理时的虚假性,摒弃了传统文学用理性阐释事物的习惯。它注重心理真实,它的主要表现对象是个体的人的全部意识,不仅包括理性思索、推理和分析,还包括直觉的情绪、感觉、记忆、想象、幻想、联想,乃至无意识的混沌状态。为了表现心理真实,体现意识的片段性、跳跃性和无逻辑性,它在写作风格上充分表现了语词之间的隐喻特征,使小说的"各个片段部分在相似性和讽刺对照的基础上连成一篇,几乎完全没有依赖叙述上的因果关系或时空上的相邻关系"①,当然为了表现意识的不同层次,也会适当采用其他关联话语。另一方面,它注重文学的艺术性,在看似纷乱的叙述中隐藏着完整的结构和可领悟的思想。它以我们共有的原始意象为媒体,使隐藏于种种个体意识之后的集体无意识——一种积淀于无意识深处的原始意象——与读者意识中的各种价值不断发生碰撞和联系,使读者的心灵在某一瞬间突然受到

---

① 戴·洛奇:《现代主义、反现代主义、后现代主义》,载王潮:《后现代主义的突破》,兰州:敦煌文艺出版社,1996年,第91页。

触动,豁然开朗,获得不同寻常的自由感和轻松感。因此它特别关注人在意识沉睡之际,比如在梦中,在半梦半醒中或在癫狂状态中的无意识心理状态,因为这时候浮现的意象往往带有某种原始性质。

我们不妨从意识流小说作品中摘取某些段落,看看小说家们是如何尝试着运用富有张力的、多变的语言再现意识的。福克纳的《喧哗与骚动》的前三部分表现了班吉、昆丁和杰生三兄弟在某个特定时间段的意识流。三兄弟的意识随清醒程度的不同而显示出不同的语言特征。班吉部分表现的是一个只有三岁儿童智力的白痴的意识。

> 我先没哭,可是我脚步停不下来了。我先没哭,可是地变得不稳起来,我就哭了。地面不断向上斜,牛群都朝山岗上奔去,T·P想爬起来。他又跌倒了,牛群朝山岗下跑去。昆丁拉住我的胳膊,我们朝牲口棚走去。可是这时候牲口棚不见了,我们只得等着,等它再回来。我没见它回来。它是从我们背后来的,接着昆丁扶我躺在牛吃食的木槽里。我抓紧了木槽的边儿。它也想走开,我紧紧地抓住了它。①

在这一段中,班吉回忆起凯蒂结婚的那天,黑小厮T·P与班吉偷喝酒之后的一段经历。所述的都是视觉意识,琐碎、表面化且颠三倒四,物我不分,不断复述着他对表象世界的原初感受,意识尚处于混沌的无理智状态。各个片段之间的衔接是通过某些关键词语的不断重复完成的,比如"哭""牛群""牲口棚""木槽"等。措辞句法简单,句与句之间似乎有一定的因果关系,但大都极不合

---

① 威廉·福克纳:《喧哗与骚动》,杭州:浙江文艺出版社,1992年,第21页。

理,足以表现班吉逻辑思维的紊乱。福克纳显然想表达一种不受理性控制的潜意识状态。

福克纳在昆丁部分表现的是一位沉浸在妹妹凯蒂失身的耻辱中不能自拔,准备自杀的青年的混乱意识。这种意识属于心理学家称为下意识的领域:

> 您说哪里的话,您看上去就像一个小姑娘嘛您比凯丹斯显得嫩相得多啦!脸色红红的就像是个豆蔻年华的少女,一张谴责的泪涟涟的脸一股樟脑味儿、泪水味儿从灰蒙蒙的门外隐隐约约地不断传来一阵阵嘤嘤的啜泣声,也传来灰色的忍冬的香味。把空箱子一只只从阁楼楼梯上搬下来发出了"空隆空隆"的声音像是棺材去弗兰区·里克。盐渍地没有死亡。①

这一段的第一句是昆丁的回忆。昆丁回忆起凯蒂的未婚夫赫伯特·海德到康普生家向凯蒂求婚时对康普生太太说的那句奉承话。除了省略了标点符号,海德的话原汁原味地映现在昆丁的记忆中,显然海德当时露骨的奉承激起了昆丁的反感。在后面这句无标点、无句法的长句中,昆丁回想起康普生一家人在得知凯蒂失身后的反应。全句用形容词、名词堆积而成。那个又是泪水,又是谴责,还夹带着一股樟脑味儿的是昆丁心目中的康普生太太;而那在门外嘤嘤哭泣,散发忍冬香味的是昆丁又爱又恨的妹妹凯蒂。两个女人在昆丁的意识中呈现出两种不同的意象。第三句,昆丁回忆了康普生先生的反应。他安排凯蒂去弗兰区·里克换换环

---

① 荣格:《心理学与文学》,冯川、苏克译,北京:生活·读书·新知三联书店,1987年,第 100 页。

境。空箱子搬下楼梯发出的声音让昆丁联想到了棺材，预示了昆丁的死亡意识。最后一句是昆丁的内心独白，昆丁由地名里克（Lick），联想到了"盐渍地"（salt lick），又由此联想到死亡。较之班吉部分，福克纳对这部分意识增加了理性的控制，但这种控制相当宽松，因而意象的跳跃较大。为了表达下意识的流畅、随意和松散，福克纳不仅在多处将语言从句法和逻辑的束缚中解放出来，而且还尝试着省略标点符号，让昆丁的意识在不同的意象中随心所欲地流动。对该片段的理解仅仅依靠上下文语境已无法实现，因为该语篇语句之间的衔接完全建立在意象的对照、象征的运用和主题的重复之上，话语的隐喻特征十分明显。

在杰生部分，福克纳表现的是注重实利的杰生的庸俗意识：

> 我总是说，天生是贱胚就永远是贱胚。我也总是说，要是您操心的光是她逃学的问题，那您还算是有福气的呢。我说，她这会儿应该下楼到厨房里去，而不应该待在卧室里，往脸上乱抹胭脂，让六个黑鬼来伺候她吃早饭。这些黑鬼若不是肚子里早已塞满了面包与肉，连从椅子上挪一下屁股都懒得挪呢。①

杰生的意识清醒而成熟，但唯独缺少想象力，因此人物所见、所思都以一种符合语法规则的句式表达，不会对读者造成阅读上的困惑。他的意识就像未曾说出口的对话，预想中的听众是康普生太太，意识的中心人物是寄养在他家的凯蒂的女儿小昆丁。整段文字措辞简单、平常、实在，语句简短，叙述中的衔接依靠不断出现的口头禅"我总是说""我说"来完成，带有明显的口语特征。

---

① 威廉·福克纳：《喧哗与骚动》，杭州：浙江文艺出版社，1992年，第184页。

对隐喻式话语的关注拓展了语言的维度，而多种话语形式的采纳为意识流小说形象而真实地表现个体人物的各种意识提供了条件。但这并非意识流小说创作的最终目的，它最终的目的"在于从无意识中激活原始意象，并对它加工造型精心制作，使之成为一部完整的作品"。[①] 现代作家乔伊斯在这方面做出了不懈的努力，他在《尤利西斯》中通过作品隐含的神话结构表现了人类的"集体无意识"。小说最初连载的时候，每一章都有自己的标题，这些标题与荷马史诗《奥德赛》相对应。全书的三个部分根据《奥德赛》的三部分组成，第一部分叙述了斯蒂芬从巴黎回到都柏林家中，后因父亲酗酒又从家中搬出，租下旧炮台，靠教书糊口。这天一早，斯蒂芬离开炮台去学校上课，后来又去海滨散步，同住的穆利根戏言"雅弗在寻找父亲哪"。穆利根把斯蒂芬比作《旧约·创世记》中寻找父亲的雅弗，以此与《奥德赛》中的儿子忒勒玛科斯寻找父亲相对应。第二部分记录了布卢姆一天忙忙碌碌却一事无成的生活，与奥德赛的漂泊形成对照。第三部分记叙了布卢姆与斯蒂芬回到布卢姆家中的过程，与奥德赛回归故里相对应。书中的莫莉与奥德赛的妻子珀涅罗珀相对应。借助这一神话框架，错综复杂、混乱不堪的意识和无意识的活动拥有了一种统一性和整体性。借助这一神话框架，发生在1904年6月16日早上8点到次日凌晨2点约18个小时的两个现代人布卢姆与斯蒂芬的生活经历和精神感悟便拥有了某种普遍性和永恒性，因为隐藏在这两个现代人平凡的生活经历之后的是迷失的灵魂回归的神话。谁是尤利西斯？他并不是指布卢姆或斯蒂芬单个人，他象征着一个整体，包括布卢姆、斯

[①] 荣格：《心理学与文学》，冯川、苏克译，北京：生活·读书·新知三联书店，1987年，第122页。

蒂芬、莫莉以及所有的人,也包括乔伊斯本人。如果说尤利西斯面对的是自然和神怪的肆虐,那么现代人面对的是更为棘手的道德的沦丧和人性的失落,现代人能够重新找回它那失去的世界吗?乔伊斯用隐藏的神话结构,将作品统一在"回归"这样一个永恒的主题之中,全面展现了人的心理的各个层面,但不曾做出任何理性的阐析和结论,正是这种对基于理性的"意义"的弃绝,才使读者获得了真正的、源于直觉的整体感悟。

二

在意识流小说发展的初期,叙述视角一般都是单一的。多重叙述视角在乔伊斯、伍尔夫和福克纳等作家的作品中才多次出现。视角的转换大多在章节间进行,也就是说,多个叙述人在各自的章节中独立地、平行地回忆同一个人物,同一种心态,或同一段经历。《喧哗与骚动》《我弥留之际》《尤利西斯》等大都采用了视角章节间的转换。这种视角转换相对比较容易操作,读者也比较容易掌握和理解。但是,视角的转换也可以在文内随意进行,即从一个人的内心独白直接切换成另一个人的独白而无须变换章节或风格。伍尔夫在这一方面表现出精湛的技术。她在《达洛维夫人》中,娴熟而自然地展现了克拉莉莎、彼得和塞普蒂默斯等人物在某一特定时期的思绪。不同的意识之间的交接媒体往往是外部的场景或人物的行为。比如在《达洛维夫人》第一部分,克拉莉莎正在花店,突然听到汽车轮胎的爆裂声,伍尔夫用一句:"塞普蒂默斯·沃伦·史密斯发现前面无法通行,他听见了这句话。"[①]故事便从克拉莉莎

---

① 弗吉尼亚·伍尔夫:《达洛维太太 到灯塔去 海浪》,北京:人民文学出版社,1997年,第14页。

的意识转入到塞普蒂默斯的意识,然后:

>那辆轿车还停在原地,挂着窗帘,窗帘上有奇特的图案,像一棵树,塞普蒂默斯想:一切事物逐渐地被吸引到一个中心的现象就发生在他眼前,似乎一种恐惧的东西很快就要出现,马上就要喷出烈焰,他感到十分恐惧。整个世界在动摇,在震颤,并威胁着要迸出烈焰。是我挡住了去路,他想。他难道没有正在被人观看和指点吗?难道他在人行道上牢牢地站定不是为了某个目的吗?但究竟是为什么呢?
>
>"咱们走吧,塞普蒂默斯。"他的妻子说。她身材矮小,眼睛大大的,脸又扁又尖,是个意大利姑娘。
>
>但是柳克利西亚也不由自主地看了看那辆轿车以及窗帘上的树形图案。车里坐的是王后吗?是不是王后出门买东西?……
>
>人们一定注意到了,人们一定看见了。人们,她一面看着那些瞪大眼睛注视那辆轿车的人群一面想:"那些英国人以及他们的孩子、马匹和服装,对于这些她在某种程度上是爱慕的,但现在他们不过是'人们'而已,因为塞普蒂默斯曾说过:'我要自杀',多可怕的话呀。"假设他们听见了他的话?她看看人群。救命!救命啊!①

短短的一段文字,小说又从塞普蒂默斯的意识转到了妻子柳克利西亚的意识,前者表现的是一个神经质男人的狂想,后者表现的是一个妻子对丈夫自杀意念的恐惧,这中间,只一句"咱们走吧,

---

① 弗吉尼亚·伍尔夫:《达洛维太太 到灯塔去 海浪》,北京:人民文学出版社,1997年,第14—15页。

塞普蒂默斯",伍尔夫就将一个人的意识转到了另一个人的意识,而且风格基本保持一致。正是因为采用了文内视角自由转换,伍尔夫的作品给读者留下了极其流畅和优美的印象。

作品的视角转换方式不同,它的叙述方式也往往不同。章节视角转换大都采用内心独白的叙述方式,而文内视角转换大都采用自由间接手法。内心独白,是对人物意识的直接引述,通常以第一人称沉思冥想的方式出现,作者处于完全隐退的状态。作品中的措辞与人物意识的清醒程度、人物受教育程度和个性密切相关。语句表现出缺少句法和逻辑关联的特征,跳跃较大;意识的流向呈散射状,随着视觉、听觉、嗅觉、触觉、味觉等感觉的干扰而改变,但永远处于行进态势之中。人物的联想可以是暗喻性的,即一件事暗示出另一件事,两者具有某种相似性,比如《喧哗与骚动》中昆丁的联想;人物的联想也可以是换喻性的,即一件事暗示出另一件事,两者具有某种因果关系或时空上的关联性,比如《尤利西斯》中布卢姆的联想;当然人物的联想更可以是直接而实在的,由一种事物想起另一种事物,一件事情想起另一件事情,比如《喧哗与骚动》中杰生的联想。

自由间接手法是用第三人称的独白来记录意识流动的过程和节奏的创作手法。从文体上讲,它介于第一人称独白和内心分析之间,是未加剪辑的意识、间接的文体和直接的描述三种文体的混合体。它明显带着两种目的:一是要保持意识的纯粹性,直接将人物的思想记录下来;二是要继续保持文学语言的流畅和美感,让作者替人物拟定语句,而不是直接表现人物意识的碎片。这样做的显著作用是,作品在人物和读者之间保持一定距离,作者在作品中始终若隐若现,因而读者在阅读中能够保持清醒,不至于被动地跟着人物意识走。更为重要的是,由于有了这段距离,作者在作品中可以随意地转换叙述视角,实现文内人物意识的自由切换,同时又能保持风格的基本不变。我们在分析伍尔夫的《达洛维夫人》时已对此做了解剖。现在我们就利用上面伍尔夫的那段引语,对这种文体做细致的分析。文中的第一句是传统的间接引语,作者将人物的思想转述了出来,中间还插入了传统的尾语"塞普蒂默斯想"。伍尔夫这样做的目的是让读者明了此时的意识已从克拉莉莎转为塞普蒂默斯的了。第二句开始,作品启用了内心独白的方式,只不过用第三人称替代了第一人称,但两者有着异曲同工之妙,或许前者显得更真实一些,因为如果以第一人称来表达这种完全符合句法的流畅的语句,所述的思想会显得很造作。句中用词激烈、绝对、夸张,形象地表现了塞普蒂默斯的紧张心情。接着的对话起到了转换视角的暗示作用。接下来对柳克利西亚的外貌描写是由作者直接出面的。作者还从柳克利西亚的视角描写了她的动作。紧接着的两个问句则完全是柳克利西亚的独白。显然,伍尔夫至此已经不动声色地完成了从塞普蒂默斯的意识转入柳克利西亚的意识的过程。接下来是作者对轿车司机的动作和塞普蒂默斯夫妻间简短的对话的直接描写。柳克利西亚的独白在继续,为了避免混淆,伍尔夫再度使用了"她想"的插入语。柳克利西亚的意识中心虽然是对丈夫企图自杀的焦虑,但作者没有忘记暗示她对英国人以及他们的"孩子""马匹""服装"的爱慕,巧妙地点出了柳克利西亚的个性。由于文体的灵活和轻巧,读者在阅读过程中始终是轻松而敏锐的,就如正站在远处观赏一幕轻喜剧。

三

意识流小说不同于传统小说的最重要的特点在于它通过改造

传统文学结构,惟妙惟肖地再现了意识的流动和节奏。这种结构的创新是通过小说的诗化和音乐化来实现的。弗里德曼对这种鲜明特征做了精辟的论述:

> 意识流的一种显著的成就,是经过模仿其他艺术,特别是音乐,来摒弃纯文学的标准,使得肌理和骨架密切结合起来。意识流小说的各节并不是以人物行动的进展连接起来,倒是凭着象征和形象的不断交相照应连接起来,而这些象征和形象相互间只能在空间产生联系。这类小说的形式通常是意象和言语相互交织的结果,与时间的次序没有关系。结构的全盘安排是纵向的。同时,诗和音乐的句子交互补充,也赋予肌理以同样的空间幅度。①

意识流小说的诗化首先体现在小说结构的空间化上。约瑟夫·弗兰克在发表于1945年的重要论文《现代文学中的空间形式》中,全面分析和评述了普鲁斯特和乔伊斯的意识流小说在结构上的创新,并冠以"空间形式"小说的命名。他认为这种新的小说结构摒弃了以自然时间为统一体,以人物行动为中心的传统小说模式,将叙述对象完全放置在空间关系之中,凭借空间叙述的整体性,中止了传统叙述中的时间流,在有限的时间范围内将注意力放置在游离于叙述过程之外的各种联系的交互作用之中,使作品通过意象的并置表现时间的流逝;借助无数参照和前后参照,在空间中熔接独立于时间顺序之外而又彼此关联的各个片段,以此形成

---

① 梅·弗里德曼:《意识流,文学手法研究》,上海:华东师范大学出版社,1992年,第19页。

一个自成一体的参照体系和完整的形式结构。① 这种"内在关联的完整图式"的建立使意识流小说能够在同一时间呈现不同层次、不同人物的意识流动，使得过去、现在和将来巧妙地并置在一起，达到了人物知觉的同时性。比如《喧哗与骚动》的班吉部分，短短的篇章中出现了近一百个不断跳跃、不断转换的意识场景。大姆娣的去世和凯蒂的婚礼，康普生先生的谢世和昆丁的自杀，凯蒂的温柔和小昆丁的放肆等场景交替出现在班吉的意识中，形成奇特的对照。这种看似不经意的、凌乱的片段，一旦在空中熔接起来，便成了对康普生家族几十年历史的综述。

意识流小说的诗化其次体现在小说文体的散文诗化倾向方面。伍尔夫细致地探讨了这一问题。她认为，由于传统信仰的失落和人与人之间传统纽带的断裂，现代作家们面对的不再是一个和谐完整的世界，他们不得不在一种充满怀疑、矛盾和内心冲突的氛围中进行创作。传统的、刻意强调对比和冲突的小说已不能适应当前的社会和生活，而以表现美为己任的传统的诗歌似乎显得过于高雅了一些，不能用来表现琐碎的日常生活。现代文学的重任只能落在充满诗意的散文身上。散文可以像诗歌一样，只提供生活的轮廓而不是它的细节，它可以从生活中退后一步，站得更远一些。这样，它便可以摆脱小说只注重写实，只关注人与人之间的关系的局限性，将写作的中心放置到表达人物心灵与普遍观念之间的关系上，以及人物沉思默想的内心独白上；散文可以摆脱许多小说家始终背负的沉重包袱——细节和事实，抓住生活的重要特征，抓住想象、幻想和理智，像一股充满诗意的旋风，轻灵地贴着生

---

① 约瑟夫·弗兰克：《现代小说的空间形式》，秦林芳编译，北京：北京大学出版社，1991年，第3—5页。

活向上飞升。它又可以像小说一样贴近生活,自然而深入地揭示生活的本来面目。它可以使我们关注某些逐渐被小说遗忘但对我们而言极为重要的那部分生活,"我们对于玫瑰、夜莺、晨曦、夕阳、生命、死亡和命运这一类事物的各种情绪""我们的睡眠、做梦、思考和阅读"。① 于是,伍尔夫对现代文体做出了这样的结论:

> 小说或者未来小说的变种,会具有诗歌的某些属性。它将表现人与自然、人与命运的关系,表现他的想象和他的梦想。但它也表现出生活中那种嘲弄、矛盾、疑问、封闭和复杂等特性。它将采用那个不协调因素的奇异的混合体,现代心灵的模式。因此,它把那作为民主的艺术形式的散文之珍贵特性——它的自由、无畏、灵活——紧紧地攥在胸前。②

小说的音乐化是从瓦格纳的"艺术的综合"的主张中培育出来的,当柏格森有关新的时空关系的理论,弗洛伊德的无意识学说,以及索绪尔有关能指与所指之间的关系是任意规定的观点提出之后,现代小说家们不再停留在感悟音乐与小说之间的相似性的阶段,他们开始着手探索小说结构音乐化的可能性。在吸收前人的理论的基础之上,弗里德曼较为全面地总结了音乐技巧在小说中的运用。他认为意识流小说在创作中主要借鉴了三种基本的音乐手法:"主导旋律用于小说以表现主题的再现,并创造一种圆形发展的效果;配合旋律用于小说,表现改变了的时空关系;建立在音

---

① 维吉尼亚·伍尔夫:《狭窄的艺术之桥》,载李乃昆编:《伍尔夫作品精粹》,石家庄:河北教育出版社,1995年,第373页。
② 维吉尼亚·伍尔夫:《狭窄的艺术之桥》,载李乃昆编:《伍尔夫作品精粹》,石家庄:河北教育出版社,1995年,第373页。

乐原则上的小说结构,则表现了与音乐的相似性。"①

主导旋律通过不断重复主题来激发听众的情感。小说结构的空间化使得类似音乐的主题重复在小说中成为可能。在小说中,主导主题一般是简短的,它可能是一个词组,也可能是一句话,在一定间隔内不断重复出现,带有某种语焉不详的特征,它的意义只有在反复重现之后才可能逐渐明了,因此当它再次出现时,读者就很容易想起来。而这些富有象征意义的主题的反复重现打乱了作品原有的线型感觉,给人以循环往复的感觉。配合旋律即音乐中的和声,是指两个以上的音的对位组合——同时表现两种或两种以上的音调。这种对位法在传统小说中几乎是无法实现的,而在意识流小说新的时空关系中,小说采用了类似电影蒙太奇的手法,轻而易举地使作品在同一时间段内表现出两个或两个以上人物的动作变化或意识流动。为了使小说更好地体现音乐的特征,许多小说家在整体结构上借鉴了音乐的基本曲式。奏鸣曲因其曲式的简洁而受到意识流小说家的青睐。批评家认为伍尔夫的《到灯塔去》的三个部分恰似奏鸣曲中的三个乐章,是典型的"奏鸣曲式小说"②,而《海浪》则像"奏鸣曲六重奏,书中的六个人物就像管弦乐队的六种乐器"③。虽然意识流小说的结构并非总是以鲜明的音乐化形式出现的,但是借鉴和吸收的倾向还是十分明显的。

细致审视弗里德曼的观点,我们发现弗里德曼关注的是小说与音乐之间形式上的相似性,却忽视了小说与音乐之间本质上的

---

① 梅·弗里德曼:《意识流,文学手法研究》,上海:华东师范大学出版社,1992年,第122页。
② E. M. Forster, "Virginia Woolf," Virginia Woolf, Critical Assessments (Vol. 1), Ed. Eleanor McNees, Mountfield: Helm Information Ltd,1994, p.118.
③ 维吉尼亚·伍尔夫:《海浪》,载李乃昆编:《伍尔夫作品精粹》,石家庄:河北教育出版社,1995年,第216页。

相似性。他已经注意到音乐的圆形特质有助于改造和突破传统小说创作的线性模式，使小说表现出更为丰富的流动性和整体性。但是，就如伯里恩·维克斯指出的："语言与音乐之间最根本的区别在于，语言始终拥有语义的层面，用语词表达明确的意义和主题……而音乐却没有如此确定的意义系统。"[1]除了带来结构形式上的创新之外，音乐还可以带给小说一种表情达意上的突破。弗里德曼没有意识到主题的重复除了创造出一种循环结构之外，还可以通过主题意义的缄默使文本逐渐显露出言语所无法传达的内心的声音；而和声的采用不仅为意识流小说创造了新的时空关系，还通过多个人物和意识间的频繁比照为弦外之意的产生提供了条件。弗里德曼忽视了节奏的作用，而这恰恰是意识流小说形成特有的乐感的最重要的因素，也是小说向读者传达情感的最通畅的途径。伍尔夫对小说的节奏给予了相当的重视，她认为，"风格……就是节奏。一旦你拥有了节奏，你就不会用错语词了"[2]，节奏可以给载负着厚重意义的话语插上双翅，让小说表达出语言本身所无法言传的丰富情感。[3]

作为音乐的第一要素，节奏以音的长短、强弱构成抑、扬、缓、急的音乐律动。以此为对照，在节奏的研究中，人们重视语音分析。比如在诗歌的节奏分析中，人们关注的是重音的复现率、韵脚的次序、声调的平仄关系等。但是，由于创作风格的差异，这样单一重视语音分析的方法在小说节奏研究中显然是行不通的。目前

---

[1] Patricia Ondek Laurence, *The Reading of Silence*, Stanford, California: Stanford University Press, 1991, p.185.

[2] Patricia Ondek Laurence, *The Reading of Silence*, Stanford, California: Stanford University Press, 1991, p.172.

[3] Patricia Ondek Laurence, *The Reading of Silence*, Stanford, California: Stanford University Press, 1991, p.171.

有关小说节奏的研究尚未引起评论界足够的重视,就仅有的一些研究来看,人们似乎无法找到一种较为通用的参照体系。有的着眼于时间和空间,有的着眼于密度和强度,还有的认为小说的节奏体现在语音、语义与语法的统一性中。① 笔者较倾向最后一种观点。下面我们摘取伍尔夫《海浪》中第一和第八章序言中的两个片段进行对比分析:

　　光照射到园中的树木,逐步把叶子一一映成透明。一只鸟儿在高处啾然而鸣;静默了一会;接着又是另一只鸟儿在低处啁啾。阳光照出屋壁的棱角,然后像扇尖似的轻轻触在一块白色窗帘上,映出卧室窗前一片树叶细小得像指印般的蓝色阴影。窗帘微微地掀动了一下,但室内仍旧一片昏暗,朦胧难辨。外面,鸟儿一直在啁啾鸣唱着它们那单调的歌儿。②

　　微风拂过,树叶一阵哆嗦;而经过这阵搅动,它们就失掉了原来的那种浓褐,变得发白、发灰,正如沉重的树身摇曳晃动,失去了它浑然一体的感觉一样。一只停在最高枝上的老鹰眨了眨眼,腾身飞起,飘然远翔。一只野鹬在沼地里悲啼着,它盘旋,躲闪,飞到更远些的地方,继续在那儿孤独地悲啼。火车和烟囱冒出来的烟被风吹的蔓延开来,纷纷碎裂,融入了笼罩在海面和田野上的整个毡似的天幕。③

第一个片段描述了太阳尚未升起时的自然景象,与之对应的

---

　　① 唐跃,谭学纯.《小说语言美学》,合肥:安徽教育出版社,1995年,第180页。
　　② 维吉尼亚·伍尔夫:《达洛维太太　到灯塔去　海浪》,北京:人民文学出版社,1997年,第380页。
　　③ 维吉尼亚·伍尔夫:《达洛维太太　到灯塔去　海浪》,北京:人民文学出版社,1997年,第538页。

是六个主人公天真无邪的童年岁月;第二个片段描绘了太阳正在下山时的自然景观,与之对应的是六个主人公沉重疲惫的中年时光。两个片段节奏上的差异极大。先看语音,第一段轻重音搭配匀称,给人一种舒缓流畅的感觉;而第二段重音叠加,一种沉重急促的感觉油然而起。次看语义,第一段以动/静,明/暗,静/声,内/外等动作、色彩、声音和空间的均匀布阵,描绘出一个静谧、和谐,万物渐次复苏的美好的清晨,其中,第一和第二句,第三和第四句形成鲜明的光和声的对照,而第一到第四各句的内部又各自渐次形成亮—暗—亮,鸣—静—鸣,亮—暗—动—静,复调—单调的对照,语调轻扬平缓,节奏明快自然。而在第二段中,叙述充满了沉郁而悲怆的动感,动作力度由轻至重:微风拂动—树叶哆嗦摇曳—老鹰腾飞远翔—野鹬盘旋躲闪悲啼—浓烟蔓延碎裂;色彩由灰白逐渐变成乌黑;而语篇中每一句的动作力度都处于一种强力的递进状,这种急剧而沉重的变化使人强烈地感受到了紧张不安的绝望感。再看语法,第一段句子长短相间交错,措辞明快,语言节奏张弛有序;第二段则不然,句子冗长,停顿频繁,句与句之间呈排比状,措辞激烈悲郁,节奏急促而沉重。不同的节奏传递出完全不同的思绪和情感。

心与心之间的交流和沟通往往是超越语言的,文学作为一种语言的艺术能够超越语言的局限而传达内心的声音吗?意识流小说正以其别具一格的方式对此做出了大胆而富有创意的回答。

(载《浙江大学学报》2001年第6期)

时间长河里的航标
——读普鲁斯特的《追忆似水年华》

评论家 J. 鲁塞称《追忆似水年华》为一部"关于艺术创作的小说"①的时候,他的着眼点是作品的结构,而我们做出同样的评述,是因为我们赞誉他为艺术创作所做的不朽贡献。这部被法国评论家莫罗亚誉为"实现了一场'逆向的哥白尼式革命'"②的巨著迄今依然是人类文学史上不朽的宝藏,它带给现代主义、后现代主义的影响是十分深远的。

普鲁斯特用一部小说实现的"逆向的哥白尼式革命"的实质是什么? 普鲁斯特是如何实现他的革命的? 他为建构现代主义做出了什么贡献? 这些正是我们要探讨的问题。

在为《追忆似水年华》所作的序言中,莫罗亚直截了当地指出,普鲁斯特实现的"逆向的哥白尼式革命"的本质在于他使"人的精神重又被安置在天地的中心;小说的目标是描写为精神反映和歪曲的世界"。③ 莫罗亚的观点无疑是客观而准确的。小说从主人公回忆自己的生平开始,情思如滔滔不绝的江水,连绵不断,展现了

---

① 让-伊夫·塔迪埃:《普鲁斯特和小说》,桂裕芳等译,上海:上海译文出版社,1992 年,第 235 页。
② 马塞尔·普鲁斯特:《追忆似水年华》(上),李恒基等译,南京:译林出版社,1994 年,安德烈·莫罗亚序。
③ 《追忆似水年华》(上),安德烈·莫罗亚序。

那个被生活的表象掩盖已久的遗忘世界——心灵的世界。整部小说没有激动人心的故事情节,也没有传统小说的高潮和结局,有的只是主人公行云流水般的回忆、酣畅淋漓的思维和丰富复杂的情感,然而带给读者的震撼却非同一般。那是因为普鲁斯特通过小说让我们品味到了一种感受的生命,一种超乎时间之外的心灵真实。

> 此时在我身上品味这种感受的生命,品味的正是这种感受在过去的某一天和现在中所具有的共同点,品味着它所拥有的超乎时间之外的东西,一个只有借助于现在和过去的那些相同处之一到达它能够生存的唯一界域、享有那些事物的精华后才显示的生命,也即在与时间无关的时候才显现的生命……只有它有本事使我找回过去的日子,找回似水年华,找回我的记忆和才智始终没有找到过的东西。①

这便是《追忆似水年华》最根本的、深刻的主题:让超乎时间之外的记忆追寻并找回那似乎已经失去但其实不过是被遗忘的生命。

然而,这仅仅是普鲁斯特奉献给 20 世纪的一种深刻的感悟,如何表现这种感悟,这才是问题的关键之所在。普鲁斯特显然早已意识到它的重要性,他明确地宣布了他孜孜以求的目标:"人们叙述的事被我遗忘,因为使我感兴趣的不是他们想说的事,而是他们叙述这些事的方式。"他对"表面的、可以模仿的魅力"不感兴趣,

---

① 马塞尔·普鲁斯特:《追忆似水年华》(下),李恒基等译,南京:译林出版社,1994年,第 504 页。

他探究的是"超越表层的地方"。① 普鲁斯特揭开了全面创新文学创作的序幕。

首先,他对时间进行了一场观念上的革命;其次,他对创作技巧,如人物描写、叙述技巧、叙述风格和作品结构等诸多方面进行了全面的革新。

这场观念上的革新源于普鲁斯特对时间的反思。开卷不久,叙述人便开启了对时间的反思:

> 一个人睡着时,周围萦绕着时间的游丝,岁岁年年,日月星辰,有序地排列在他的身边。醒来时他本能地从中寻问,须臾间便能得知他在地球上占据了什么地点,醒来前流逝过多长的时间;但是时空的序列也可能发生混乱,甚至断裂,例如他失眠之后天亮前忽然睡意袭来,偏偏那时他正在看书,身体的姿势同平日的睡态大相径庭,他一抬手便能让太阳停止运行,甚至后退,那么,待他再醒时,他就会不知道什么钟点,只以为自己刚躺下不久。倘若他打瞌睡,例如饭后靠在扶手椅上打盹儿,那姿势同睡眠时的姿势相去甚远,日月星辰的序列便完全乱了套,那把椅子就成了魔椅,带着他在时空中飞速地遨游……但是,我只要躺在自己的床上,又睡得踏实,精神处于完全松弛的状态,我就会忘记自己身在何处,等我半夜梦回,我不仅忘记是在哪里睡着,甚至在刚醒过来的那一瞬间,连自己是谁都弄不清了,当时只有最原始的一种存在感……可是,随后,记忆像从天而降的救星,把我从虚无中解救出来:起先我倒还没有想起自己身在何处,只忆及我以前住过的地

---

① 《追忆似水年华》(下),第416页。

方,或者我可能在什么地方;如果没有记忆助我一臂之力,我独自万万不能从冥冥中脱身。①

这段话形象地将有序的物理时间与无序的心理时间分离开来,前者严格按时、分、秒的单位有序而无情地流逝,让人深感生命的有限;而后者却可以让人在半梦半醒的状态中肆意妄为,完全打乱日月星辰的序列而在时空中随心所欲地遨游,也可以使人在酣睡中完全忘却时空和自我。钟点丈量着时间的长度,而睡梦中的无意识却让人体会到了时间的宽度,或者说时间中的空间。唯有记忆可以让人从无边的时空中重新回到现时,将遗失在时空中的自我再度找回来。普鲁斯特的描述不禁让我们想起了海德格尔对时间的论述:"空间即'是'时间,也即时间是空间的'真理'。当空间在**它的所是**中辩证地**被思**的时候,按照黑格尔,空间的这一存在就绽露自身为时间。"②海德格尔进一步指出,空间就其本身而言是没有区别的,因此从空间得到的直观的表象尚没有就其存在把握空间,唯有**被思**的空间才能把握存在。③ 普鲁斯特力图把握的正是"被思"的空间中的存在,这在哲学界或许早已开始探讨了,而在文学界却刚起步:

> 如果这份力气还让我有足够多的时间完成我的作品,那么,至少我误不了在作品中首先要描绘那些人(哪怕把他们写得像怪物),写出他们占有那么巨大的地盘,相比之下在空间

---

① 《追忆似水年华》(下),第 4 页。
② 海德格尔:《存在与时间》,陈嘉映等译,北京:生活·读书·新知三联书店,1987,第 503 页。
③ 海德格尔:《存在与时间》,陈嘉映等译,北京:生活·读书·新知三联书店,1987,第 503—504 页。

中为他们保留的位置是那么狭隘,相反,他们却占有一个无限度延续的位置,因为他们像潜入似水年华的巨人,同时触及间隔甚远的几个时代,而在时代与时代之间被安置上了那么多的日子——那就是在时间之中。①

以这种时间心理学的观点为基础,普鲁斯特在整个写作过程中完全摒弃了传统的创作手法,让时间和记忆成为作品真正的主角。

在人物描写上,普鲁斯特突出了时空的整体性,追求的是一种"空间的心理分析"②。他认为,人物的个性塑造不可能通过平面分析来完成,人物的个性是由大量的印象积累起来的,这种印象不仅来自人物与他人的交往,也来自他人与他人交往之间对该人物所做的评价,以及该人物留存在他人记忆中的形象,这些印象横跨巨大的时空间距,散落在许多人的意识之中,而且大多以模糊的、多面的、不确定的和想象的面目出现。让我们结合普鲁斯特本人的观点和作品中的实例,对普鲁斯特塑造的人物做一次简要的梳理和概括。与传统人物塑造相对照,普鲁斯特的人物表现出以下特征。

人物无确定的原型:几乎所有的人物都是几个乃至十几个生活中的人的集合体。普鲁斯特的观点是:一部作品中的个性,不论是人类还是非人类,都是用"大量的印象塑造起来的,它们取自许多少女、许多教堂、许多奏鸣曲,用于构成一位少女、一座教堂、一首奏鸣曲"。③ 这方面的例子很多,最明显的一个例子是有关叙述

---

① 《追忆似水年华》(下),第 604 页。
② 《追忆似水年华》(下),第 594 页。
③ 《追忆似水年华》(下),第 596 页。

者的。由于作品采用了第一人称叙述视角,而且作品中的故事与普鲁斯特本人的经历有颇多相似之处,于是许多读者就将"我"等同于普鲁斯特本人,认为《追忆似水年华》是日记、自传或自传体小说,普鲁斯特完全否定了这一观点,强调此"我"非彼"我",强调人物个性是取自许多不同人的。普鲁斯特在作品的结尾点出了他反复强调人物非个性化的原因:他创作此书是"为了为读者提供阅读自我的方法"。①

人物是显现的,而不是直接描绘或速写的:人物在亮相之前大都经由他人的对话为其出场做准备,或者说首先出场的是人物的姓名而不是他本人。比如,阿尔贝蒂娜首次出现在叙述者的朋友对她的议论中,"一位小姑娘来听我的课……有名的'阿尔贝蒂娜'……她的样子古怪"。② 不管最初的评语多不准确,未来的人物形象正是在这些风言风语中形成的;然后读者欣赏到的是出现在多个不同场合的人物瞬间印象,它可能是人物的面部印象,也可能是人物的服饰或背景印象,但有一点是共同的,所有的印象描述与叙述者的视角基本一致;几乎所有的叙述都出于叙述者本人的直观印象,不附带任何解释。比如,对于女性,普鲁斯特特别喜欢让叙述者感受她的目光和微笑之美,当然由服饰引发的诗意美也是频繁可见的。伯爵夫人"星星般灿烂的目光",奥丽阿娜的眼睛"发蓝,像一朵长春花"。作品中的每一个人物都有他自己的姿势,普鲁斯特对这些姿势从不附加任何解释,他要让这些姿势自己说话。比如,塑造一位同性恋者,他会让该人物挑选草莓时,优雅地一笑,噘嘴扭腰。无须再附加任何提示,读者自然心知肚明。普鲁斯特

---

① 《追忆似水年华》(下),第 595 页。
② 《追忆似水年华》(下),第 356 页。

的观点是:"思考过分的作品很少具有生动性,分析愈深刻,色彩愈平淡"。①

人物是立体的,未完成的:读者在长达7卷的作品中自始至终都可以瞥见作品主要人物的身影,每次都可能对人物的变化感到惊讶,或者获得一些对某些人物印象的更正,因为随着时间的流逝,叙述者由于各种原因改变了对他们的看法。通过人物的多次重现,一个个有血有肉的形象出现在读者的面前,然而,读者很可能依然无法概括出该人物的完整个性,就像对现实中的自己或朋友一样。普鲁斯特的观点是:"不把我们生活道路上那些差距极大的境地连成一气,我们是不可能叙述自己与一个甚至都不甚了解的人之间的关系的。因此,每一个人……均以他们不仅在自己周围,而且在他人周围完成的回旋,尤其是他们对我而言先后占有的方位确定时值。"②《重现的时光》中的罗贝尔便是极好的一例。叙述者第一次见到他时是在巴尔贝克,"他当时身穿微白的毛衣,暗绿色的眼睛如大海一样变动"③,这样纯真的外貌使叙述者不由自主地产生了想与他交往的念头,认定他必定与众不同。后来,在松维尔见到他时,叙述者发现他虽然"具有一位骑兵军官的潇洒外表"④却常常混迹于烟花巷之中;再后来在巴黎社交界又见到他一次,叙述者惊讶地发现罗贝尔变化很大,"他越来越像他的母亲;母亲的高傲、轻盈的风度,在她身上是十全十美的,但传到他的身上,由于他受过完美无缺的教育,这种风度就变得夸大、僵硬"。⑤ 最

---

① 让-伊夫·塔迪埃:《普鲁斯特和小说》,桂裕芳等译,上海:上海译文出版社,1992年,第96页。
② 《追忆似水年华》(下),第594页。
③ 《追忆似水年华》(下),第491页。
④ 《追忆似水年华》(下),第403页。
⑤ 《追忆似水年华》(下),第406页。

后,叙述者在巴黎闻知罗贝尔为掩护士兵撤退而献出了生命的消息之后,他回想起他这许多年在各种场合与罗贝尔的交往,只有在这一时刻,他"才了解到隐藏在这种优雅外表后面的所有大的优点,以及其他东西。所有这些,好的东西和坏的东西一样,他每天都毫不吝啬地献出,而最后一件东西是在进攻一条战壕时献出的,这是因为他的慷慨,能用自己拥有的一切来为他人效劳"。① 至此,有关罗贝尔的刻画基本结束了,但是我们依然无法对该人物做出定论,因为普鲁斯特相信,"物和人都是艺术家的镜子,反射出艺术家的眼光。一本书是'个性强烈的景象',同时又是'真实'和'生活'的镜子。重要的不是'被反射的景象'——因为它是好,是坏,是乐观,是悲观,都无关紧要——而是'反射的能力'"。②

人物的塑造是想象性的:在一篇未曾发表的文章中,普鲁斯特批评了传统小说家在创作中习惯于采用司空见惯的描写手法的做法,认为应该将它们从文学中清理出去,文学作品需要的是先前不曾被作家们注意到的现实。他认为,文学创作应该从想象出发,无须过分地重视细节真实,"所有过于真实的细节只要稍有歪曲,作品就有可能被这些细节断送,艺术性也就所余无多了"。③ 因此,文学在表现人的时候,应该使他们成为镜子,反映出我们的想象中他们身旁的那棵树或那条河的颜色,让自然美景为人物营造出令人遐想的诗意空间。比如,在《重现的时光》中,"我"这样回忆起往日的女伴:"我又回忆起往日的希尔贝特。我简直可以画出太阳照在山楂花下的四边形光线,小姑娘拿在手里的铲子,以及在远处盯着

---

① 《追忆似水年华》(下),第491页。
② 让-伊夫·塔迪埃:《普鲁斯特和小说》,桂裕芳等译,上海:上海译文出版社,1992年,第44页。
③ 马·普鲁斯特:《圣伯夫与巴尔扎克》,载吕同六:《20世纪世界小说理论经典》,北京:华夏出版社,1995年,第452页。

我看的目光。"① 类似的描写不胜枚举,普鲁斯特追求的是人物塑造中的情景交融,物我合一,其结果是,这一瞬间的印象在读者的记忆中映现一幅明亮而清晰的画面,永久地印刻在记忆的画板上。法国批评家塔迪埃的评语精确地概括了普鲁斯特这一方面的创作风格,他说,普鲁斯特让"人物周围的诗意空间将人物与想象相连,而并非与现实相连"。② 作者正是在这样一个美的想象中,使人物达到了图像的完整。

叙述技巧上,普鲁斯特摒弃了以全知的叙述人从外部描绘世界或以无所不在的叙述者从内部描写人物两种叙述手法,严格地使叙述者(叙述者同时又属于人物之列)处于观察的中心,叙述者除了所见、所闻和所忆,对其他一无所知。为了克服单一叙述者的局限性,普鲁斯特建立起立体叙述视角,让叙述者在突然涌入的回忆,有意识、有组织的回顾,以及对将来的预示所织成的复杂联想之网中穿梭,不仅让回顾随时弥补因叙述者的原因造成的记忆失误,而且轻而易举地将过去、现在和将来并置在同一瞬间。

整部作品在第一层次上可以被划分为叙述者的所见和所忆两个部分。叙述者的所见激发了他的记忆,而他的记忆中又包含着大量的所见,这些所见又引发更多所忆,两者盘根错节,形成了巨大的叙述张力。一个个处于不同时空的画面和场景进入了读者的视野,然而,他们就像美丽的肥皂泡泡,转瞬即逝,取而代之的是更多的画面和场景。普鲁斯特在意识的网状结构中取舍素材,用想象之笔绘出了奇妙无比的巨幅画。

从深层次来看,叙述者的记忆又可以分割为瞬间涌入的记忆

---

① 《追忆似水年华》(下),第 401 页。
② 让-伊夫·塔迪埃:《普鲁斯特和小说》,桂裕芳等译,上海:上海译文出版社,1992 年,第 87 页。

和有意识、有序的回顾。前者是一种源于直觉的记忆闪现，一杯茶、一棵树、一缕香味、一种味觉都可能突然引发这种记忆，它带给叙述者的是一种忽然间感受到的生命的长存，因为它凭借某一微妙的相似感跨越了无法逾越的时空，在一瞬间将过去拉回现在，并与现在完全融合。它使我们重新"找回过去的日子，找回似水年华，找回我们的记忆和才智始终没有找到过的东西"。① 普鲁斯特通过作品向读者传递的，也正是这种几乎被人忽略的对生命的感受，以及感受生命的方式。有关瞬间记忆的描写，最著名的是他的"马德莱娜小甜饼"。后者是一种凭借智力、推理和佐证，对过去进行有序重建的过程，与瞬间回忆相对立，它通过追溯使人物从现在回到了过去。如果说瞬间回忆超越了时间，那么回顾则重组了时间。不过，普鲁斯特所采用的回顾不同于传统文学中的回顾，传统文学中的回顾主要用来解释和概括往事，带有和盘托出的性质，而普鲁斯特的回顾主要用于补充先前叙述者不曾看到的事件，或者纠正叙述者对某人物的错误印象或偏见，当然这一切都是由叙述者亲自完成的，他频繁采用的套句是"我后来知道……"。回顾在普鲁斯特的创作中起到了弥补叙述者视野的局限性的作用。正是启用了瞬间回忆和回顾并用的叙述方式，普鲁斯特较好地克服了传统小说的缺陷，开创了经典的意识流创作。

在风格上，普鲁斯特推崇形象而非直露的解释。他比较了福楼拜和巴尔扎克，认为前者将"真实整体的各个局部整合为同一实体，各个侧面广阔展开，具有单一的光泽，其中绝不带有任何不纯的东西。各个侧面因此都有散光性能。任何事物都可以呈现，是映现，是决不会歪曲完整均质的实体的。任何不同的东西都在其

---

① 《追忆似水年华》(下)，第 504 页。

中被转化并加以吸收"。① 而后者的风格完全不同,几乎可以说是没有风格的,因为它的"风格所未完形的各种成分同时并存,还没有被融合转化吸收,风格并不能暗示、反映什么,风格只是解释"。②普鲁斯特在作品中采用了大量的隐喻,因为他相信"只有隐喻能够赋予风格某种永恒的东西"③。唯有隐喻可以帮助作者和读者运用想象将某一陌生的事物或某种难以捉摸的情感与某些具体而熟悉的事物联系在一起,从而使他们在无须提示的基础上快速感悟出事物的本质,享受想象的愉悦。他对传统隐喻手法的主要突破在于,他更强调在隐喻中加强模拟的想象力和艺术性,也就是说,他更倾向于将自然景观或艺术画像,以及艺术人物作为模拟的对象。

在小说的结构上,普鲁斯特追求时空的整体统一性,采用的是一种周而复始循环往复的圈状叙述结构。整部作品首尾呼应,从叙述者"我"似睡非睡的冥思开始,又以此告终。作品以叙述者对艺术的追寻为中心,始终围绕着一个相同的问题:"我"在文学上究竟有多少天赋?"我"的一生因为曾受到三位艺术家的影响而分为三个阶段:(一)"我"在贡布雷和巴黎度过"我"的少年时代,那时,"我"一直着迷于文学家贝戈特,"我"甚至因为少女希贝尔特曾在斯万家见到过贝戈特而爱上了她;(二)青年时期的"我"是在巴尔贝克海滨度过的,那时贝戈特对"我"的影响已逐渐减弱,"我"认识了画家埃尔斯蒂尔,转而迷恋于他的绘画,与初恋情人希贝尔特的恋情也因为贝戈特在"我"心中的消逝而消逝,巴尔贝克海滨的少

---

① 马·普鲁斯特:《圣伯夫与巴尔扎克》,载吕同六:《20世纪世界小说理论经典》,北京:华夏出版社,1995年,第454页。
② 马·普鲁斯特:《圣伯夫与巴尔扎克》,载吕同六:《20世纪世界小说理论经典》,北京:华夏出版社,1995年,第454页。
③ 涂卫群:《寻觅普鲁斯特的方法》,《外国文学评论》1998年第3期。

女们代替了她,其中包括阿尔贝蒂娜;(三)离开埃尔斯蒂尔家,"我"对艺术拥有了一种全新的感受,"我"学会了在日常生活中寻找美,渐渐地音乐家凡德伊的乐曲在"我"的生活中占据了重要的位置,他的奏鸣曲再次激发了"我"探索艺术真实的愿望和激情,它甚至可以使"我"忘却阿尔贝蒂娜。"我"觉得真正的生活才刚刚开始。然而"我"虽然数次与艺术相遇,但"我"的体验却常常否决"我"的愿望,"我"始终在自己是否具有创作天赋这一疑问前徘徊,"我"日复一日在彷徨中虚掷年华,最后"我"突然发现"我"的想象和敏感已经衰退,"我"终于肯定"我"缺乏写作天赋。最后,"我"在虚无中度过了漫长的岁月,但"我"终于找到了超越时间的生命体验。正是由于作品以艺术和创作天赋作为聚合剂,它才被批评家鲁塞称为"关于艺术创作的小说"。令人称奇的是,作品中几乎所有的人物都与艺术有着或多或少的关系。他们不是艺术家,只是致力于艺术而最终未能成正果者,至少他们也是艺术爱好者。除了以艺术为中心这一总思路之外,作品的每一部分都围绕一个或几个人物的故事构思而成,故事的焦点是这一个或几个人物与艺术、与叙述者的关系;每一部作品中的人物又不断出现在各部作品之中,形成一个统一体。另外,英国评论家马尔科姆·布雷德伯里指出,从《追忆似水年华》的整体结构来看,两条不同道路构成了小说的基本构思,一条是"斯万"之路,它向前延伸,"从贡布雷通向巴黎,通向那里的犹太布尔乔亚世界,通向艺术和文化的生活,通向文学晚会,然后一直通到人际关系良好的夏尔·斯万左右逢源的上流社会。但斯万之路也通向内心世界,在内心世界里,有色欲,有美学的欣赏,有感情的依靠和精神的需求"。① 另一条是"盖尔芒

---

① 马尔科姆·布雷德伯里:《马赛尔·普鲁斯特》,《外国文学研究(人大)》1999年第6期。

特"之路，它通往巴黎的圣日耳曼区，"通向财富、权利、等级和势利行为的神奇王国。但是它内部也有阴暗的一面，因为贵族制度已经在苟延残喘，它呈现出衰亡的征象，表现出种种特有的腐朽方式"。① 布雷德伯里从另一个视角剖析了小说的结构，同样突显了普鲁斯特小说结构的整体统一性。

普鲁斯特运用特有的艺术表现手段全方位地揭示了人类神秘而深不可测的精神世界，并为此建立起全新而灵活的创作体系，这对整个20世纪创作的影响是不可估量的，其中最直接的受益者是意识流小说家和新心理实验小说家。

(载《绍兴文理学院学报》2001年第2期)

---

① 马尔科姆·布雷德伯里：《马赛尔·普鲁斯特》，《外国文学研究（人大）》，1999年第6期。

象征的天空
——读菲茨杰拉德的《了不起的盖茨比》

在《了不起的盖茨比》中,作者运用了丰富的象征手法,这对深化作品主题、增强作品的艺术感染力发挥了极大作用。就作品中丰富生动的象征手法而言,大致可以归纳为以下三种类别:色彩象征、背景象征、人物象征。

读完小说,读者会不由自主地产生一种置身于梦境的恍惚迷离感,这在很大的程度上应归功于作者对色彩象征的成功的运用。在《了不起的盖茨比》的色彩描写中,渗透了许多象征的意味。在小说的主角——盖茨比与黛西身上,作者给他们两人涂抹了不同的色彩,以昭示他们截然不同的个性、人格和理想。黛西的基色是白色与银色。小说开始,尼克第一次看到黛西时,她正身着白色长裙,坐在乔丹身旁,这一描写与乔丹五年前看到黛西和盖茨比时,发现黛西正站在自己白色的敞篷汽车旁的描写遥相呼应。小说第六章,尼克和盖茨比应邀去黛西家吃饭,发现"黛西和乔丹躺在一张巨大的长沙发上,好像两座银像压住自己的白色长裙"。盖茨比被害的那天下午,他同尼克谈论往事时,还将黛西比喻成"皎皎发光"的白银。银与白这两重色彩正象征着黛西形象的两重性——既绚丽耀目,又苍白无力。白色体现了她的空虚、无智、冷酷。说到底,她对社会、对人生、对他人,都是一样的不负责任,麻木不仁,无聊透顶。银色则暗示了她的富足与世故,及她身上散发着的青春气息。

盖茨比则始终与绿色保持联系。他第一次在小说中露面时,正"朝着幽暗的海水把两只胳膊伸了出去",样子很古怪。海那边,"什么都看不出来,除了一盏绿灯,又小又远,也许是在一座码头的尽头"。以后,盖茨比凝视那盏码头上的绿灯的景象在小说中又出现了几次。在这儿,"绿灯"不仅象征了他心中朝思暮想的情人黛西,更重要的是象征着盖获比对未来生活的美好希望。小说尾处,作者也点出了"绿灯"这一意象所蕴含的深层意义。作者在小说结尾处旁白道:"盖茨比信奉绿灯,这个一年年在我们眼前渐渐远去的极乐的未来……"。与灯相关涉,小说不止一次写到盖茨比与一串光的意象相联系的意象群,这其中有灯光,有月光,还有星光。尼克第一次看到盖茨比时,他"两手插在口袋里,站在那里仰望银白的星光"。尼克第一次参加盖茨比举办的宴会时,发现"一轮明月正照在盖茨比别墅的上面,夜色跟先前一样美好"。茉莱特车祸死后,盖茨比坚守在黛西房前,以防她遭汤姆欺侮。尼克发现盖茨比"站在月光里——空守着"。小说的末尾,尼克追忆起盖茨比的那些生活,还特意点到了光的意象。在小说围绕盖茨比这一形象铺展笔墨时,月光、星光与灯光既互相联系,又互相区别,聚合散离,各臻其妙。自然界所生成的光色与人类世界所创造的光色相生相成,相感相应,各自象征着小说主人公整体形象中所包容的一个侧面、一个人生片段,月光与星光这两种大自然提供的冷色光代表了盖茨比的人生追求中想入非非、不切实际而又执着不舍的纯精神的充满梦幻奇想的一面,而暖色调的灯光则包含着物质意蕴,盖茨比希望由它将黛西引回自己的身旁。两者之间存在着差异,讽刺意味亦正由此产生:盖茨比如此崇高的理想也只能依靠他鄙视的物质手段得以实现。

与亮光相对照,小说中也有关于黑暗的描写,作者的匠心也体现在这些黑暗意象的象征运用上。黑暗的意象一直与黛西联系着。小说开始,尼克与黛西相会,黛西吹灭了晚餐桌上的蜡烛:"'点蜡烛干什么'?黛西皱着眉头表示不悦。她用手指把它们掐灭了"。以后,茉莱特车祸事件发生后,盖茨比坚守在黛西卧室外,而黛西却若无其事,"走到窗口,站了一会儿,然后把灯关掉"。而茉莱特事故本身也正发生在苍茫暮色中。暮色、黑暗将黛西置身于一个幽冥世界。这里所昭示的一切,喻示这片以黛西为代表的充满物欲的世界里缺失那种点亮了盖茨比整个人格的精神火焰,由此揭示了盖茨比的"美国梦"破灭的社会根源。小说中,自从黛西与盖茨比会面以后,盖茨比别墅里的灯光莫名其妙地再也没有通明过,而原先盖茨比的豪华别墅总是华灯齐放、灯火璀璨、嘉宾满堂、喧闹非凡,灯光几乎成了盖茨比世俗生活水准的一根主要标尺。显而易见,灯火的熄灭昭示了盖茨比的"美国梦"最终将毁在黛西的手心里。

小说中有几处比较重要的背景象征,也值得做一些具体的分析。灰烬山谷是一个十分重要的地点,故事从开始到结束,它始终是重要场景。这是"一个离奇古怪的农场,在这里,灰烬像麦子一样地生长,长成小山小丘的奇形怪状的园子;在这里,灰烬堆成房屋、烟囱和炊烟的形式,最后,经过超绝的努力,堆成一个灰蒙蒙的人,隐隐约约地在走动,而且已经在尘土飞扬的空气中化为灰烬了"。这段描写与艾略特笔下的"荒原"有异曲同工之妙。菲茨杰拉德的原作中确也使用过"荒原"一词,他说:"眼前唯一的建筑物是一小排黄砖房子,坐落在这片荒原的边缘。"像艾略特描写的荒原一样,灰烬山谷也是丑恶的、荒芜的精神世界的象征。艾略特的

"荒原"是颓废的一代人在传统的道德价值取向歪偏后的必然产物,菲茨杰拉德的"荒原"则是沉溺于声色之娱的爵士时代人们在传统的道德价值取向崩溃后的产物。菲茨杰拉德笔下的这个灰烬山谷,是美国物欲世界的象征,贫瘠、干涸、脆弱。与之相对立的则是盖茨比想象中的"新世界的一片清新碧绿的地方"。那是"极乐的未来",是一个理想世界,它可爱诱人,丰富充实。灰烬山谷地处西卵与纽约之间,昭示着它是夹于布坎农式的腰缠万贯的世袭贵族与盖茨比式的靠自我奋斗成才的豪富之间争斗倾轧后产生的牺牲品,灰烬山谷处在铁路、公路和一条肮脏小河的交界处,谁也不敢超越谁,就像盖茨比永远不能步入上流社会,茉莱特最终死于她所追求的物质——黛西的汽车轮子下一样。在一个盛行拜金主义的社会里,"美国梦"所包蕴的平等、大同思想是难以在现实中找到立足之地的。灰烬山谷的象征意义极为深邃。

若有所思、阴郁地俯视着这片荒原的埃克尔堡大夫的眼睛是另外一个重要的背景象征。这双眼睛第一次在小说中出现时,布坎农正拉着尼克去见自己的情妇。第二次在小说中出现时,它目睹了茉莱特的死。它看到了一切,却只能默然、阴冷地注视这一切,就像两只硕大无物的"黑洞"。它可以吞进一切,却发不出一丝声响。在灰烬山谷,人们将它比作洞察一切的上帝的眼睛。他能看见一切,却对一切都漠然置之。

人物象征。盖茨比是作者着力雕琢的一个充满悲剧意味的主角,他是一个浮士德式的人物。这类人"与障碍作无休止的斗争,个人生命历程就是一种自我的内在发展,生存中的突变乃是他以往的选择和经历不可避免地会导致的顶点。他渴求一种无限之境"。[①] 同

---

① 庄锡昌等编:《多维视野中的文化理论》,杭州:浙江人民出版社,1987年,第132页。

时，盖茨比又是堂吉诃德式的得不到时代和社会准则的支持，受取笑被嘲弄的人。小说中，他被人称为"上帝的儿子……他必须为他的天父效命"。他是理想追求的化身，是美国梦的象征。盖茨比超越物质之上，分不清现实与梦境。他追求的目标是"一种博大、庸俗、华而不实的美"，为了这个目标而使用的手段却是实利主义。这一切说明了盖茨比的"美国梦"已走入了物质主义的死胡同。

汤姆·布坎农和黛西是小说着力刻画的另外两个主角。他们是美国社会上层阶级的代表，就如小说中尼克说的："他们是粗心大意的人，他们砸碎了东西，毁灭了人，然后就退缩到自己的金钱或麻木不仁或者不管什么使他们留在一起的东西之中，让别人去收拾他们的烂摊子。"这个阶层的人已经完全丢失了美国的超验主义精神传统，他们是物质主义的象征，代表着文明史的终结。同时，黛西还有另一层象征意义，她象征着美国梦的华而不实的特性。"黛西"这一名词的本意是"像鲜花一样"，在盖茨比心目中，她是人间最美好的东西的化身，象征着爱情与幸福。但是，实际上，她却是一个自私冷酷、浅薄无聊的人。她活着，而盖茨比却走向了死亡。

尼克·卡罗威是作者倾心尽力塑造的理想人物。对于复杂的人生与社会，他总是"既身在其中又身在其外，对人生的千变万化既感到陶醉，同时又感到厌恶"。他在小说中只是一个叙述人，但与主角们有着千丝万缕的联系。他是黛西的表亲，又是汤姆的同学，他与盖茨比是邻居和朋友，后来成了乔丹的情人。通过他的富有哲理的旁白与评价，我们才深切体会到盖茨比的丑陋与伟大，体察出盖茨比与黛西和布坎农两类人所代表的人生理想、人生境界的高下得失。正是在故事深入展开的过程中，尼克逐渐成长，成为完美人格的代表。说到底，尼克才是这部作品的真正主人公。他不同于一心沉溺于梦幻中的盖茨比，也不同于鼠目寸光、为物欲所征服的黛西、布坎农，尼克高于这两类人，他象征着作者着力弘扬的道德与智慧。他是作者反复称颂的那种具有一流智慧的人物，"能在同一时间里容纳两种互相矛盾的看法，而且照样思索下去，不受影响"[①]。他有着与盖茨比一样的追求美与青春的强烈愿望，又有把愿望付诸现实的行动能力，他成了道德与智慧的化身。

菲茨杰拉德在其传世名作《了不起的盖茨比》中多层次、全方位地使用象征手法，与其整个人生观、文学观有着内在的联系，让我们循着他的人生踪迹与思想步履来探索一下其中的内在联系。

菲茨杰拉德出生于明尼苏达州圣保罗市一个商人家庭，童年和少年时代都在家乡度过。少年时代，由于父亲破产失业，家人生活陷入困顿。他读中学、读大学，生活几乎全靠亲友资助。在普林斯顿大学，他曾向往做一名足球健将，结果非但没有做成，还因病留了一级，"得不到荣誉，拿不到奖章，失去了我所企求的一切"。于是，他转向写作，梦想成为美国有史以来最受读者喜爱的作家之一。1919年，菲茨杰拉德入伍服役，在此期间，他埋头写作，渴望一举成名，以期与漂亮的女友姗尔达·赛瑞结婚。但事与愿违，小说稿件屡次被出版商退回，经济拮据，社会地位卑微，姗尔达也与他解除了婚约。1920年，他的处女作《人间天堂》发表后，他获得了一笔可观的收入，社会也承认了他的作家地位，姗尔达也与他和好如初，最终结为伉俪。此后，菲茨杰拉德的生活彻底改了样，出入交际场所，嬉戏逸乐，欢笑达旦。晚年，他钱袋空空，又尝到了世态炎凉。

菲茨杰拉德的一生无时不在做出人头地的梦，一场美梦破灭

---

① F. 斯科特·菲茨杰拉德:《崩溃》,《企鹅丛书》1965年。

了,他又做下一场。一次又一次的失望,使他对世界产生了幻灭感。他说:"我脑子里浮现出来的故事都含有一种灾祸——长篇小说里漂亮的青年男女走向毁灭,短篇小说里的钻石山被炸成灰烬,我的百万富翁好比托马斯·哈代笔下的农民,又漂亮又倒霉。在生活中,这些事情还不曾发生过,但是我们可以肯定,生活不像比我们年轻的那一代人所想象的那样,是放荡不羁、无忧无虑的美事。"显然,饱经人世沧桑后说出这一番话的菲茨杰拉德对生活的态度已变得复杂,充满了怀疑、忧虑、苦闷。从大战结束到经济危机爆发这十年间,美国社会发生了许多变化:一方面,美国步入世界工业强国的大道,资本主义经济相对稳定繁荣;另一方面,社会思想面貌发生剧烈变化,物质与精神的矛盾日益尖锐,传统的价值标准崩溃了。这是一个既幻想破灭又充满理想与希望的时代——菲氏冠之以"爵士时代"的命名,对于这个时代,菲氏抱着矛盾的心情,一方面,他颂扬这个"历史上最纵乐、最炫丽的时代";另一方面,他怀有深深的忧郁与苦闷。他说:"如今爵士时代和1902年前的'狂热的90年代'一样的不景气。不过我还是在写这个时代,并且怀着忧郁的心情回忆着它。"可以说,他的小说成了他抒发苦闷、宣泄愁思的媒介。恰如鲁迅先生所说的:"生命受压抑而生的苦闷懊恼是文学的根底,而其表现法乃是广义的象征主义。"①菲茨杰拉德也是这样,他采用大量的象征,来作为自己表达思想、深化主题的艺术方法。

菲德杰拉德的文学思想受过英国著名作家康拉德与德国历史哲学家斯宾格勒的深刻影响。从出版《人间天堂》后至完成《了不起的盖茨比》的写作的五年时间里,菲茨杰拉德对康拉德的创作思

---

① 鲁迅:《厨川白村〈苦闷的象征〉》,载《鲁迅全集》第13卷,第39页。

想的爱好与日俱增。他直言不讳地指出康拉德的名作《水仙号上的黑家伙》的《前言》对他影响甚广,是他文学创作中"最伟大的信条"。因为康拉德告诉他,"一部作品最重要的是基本反应必须深刻而持久",《了不起的盖茨比》正是按照这一训诫,来揭示人类生存的复杂状态的真实底蕴的。它描写了伊甸园式的人生理想与人欲横流的美国社会间的复杂而深刻的矛盾斗争,确实使作品在广大读者心中的"基本反应"达到了"深刻而持久"的效果。作品问世后,读者与评论家们总是不断地探索盖茨比形象的多重性与复杂性。著名文学评论家里纳·特尔林就认为,"处于权力和梦幻之间的盖茨比显然象征美国社会本身"。他认为,当盖茨比被描绘成"来自柏拉图式的理念",作为上帝的儿子来献身给那种博大、庸俗、华而不实的美时,作者的意图已昭然若揭,那就是:"我们应将思绪对准同样来自柏拉图式的我们的民族意识。"另一位评论家罗伯特·斯克拉说:"整个美国经验表现在盖茨比的浪漫式的追求和悲剧式的失败中。"还有一位评论家杰姆斯·米勒则说:"虽然《了不起的盖茨比》扎根于20世纪20年代,同时,只评述了美国性格和美国梦想,但它仍表达了更多的意义——一种超出它本身的时间和地点的意义。简而言之,小说蕴含和表达了一种原始、基本、普遍的人类希冀和渴望,希望从不断消逝的岁月中获取某种珍贵的东西,并使它永垂不朽。"还值得一提的是,菲茨拉德的文学思想也接受过斯宾格勒的文明史观的影响。斯宾格勒在其名著《西方的没落》中阐述了人类文明周而复始、兴衰消亡的理论,认为"文化构型像任何有机体一样,都有一个它们所不能超越的生命限度。所有文明都有其雄心勃勃的青春期、强壮的成人期和衰亡中的暮年期"。菲茨杰拉德在致友人马克斯威尔·普金斯的信中谈到,1924年夏季他致力于写作《了不起的盖茨比》时,他正着迷于斯宾格勒的理论。在《了不起的盖茨比》中,菲茨杰拉德通过盖茨比这一形象阐明了自己对美国文明在物质至上的理论冲击下日趋分崩离析现状的忧虑和看法,盖茨比——一个单纯却充满生气的浮士德式的人物最终被布坎农——后理性社会里散发出铜臭味的市侩扼杀了,它象征着西方文明最终将在拜金浪潮中衰败。从理论的角度看,它正印证了斯宾格勒那套文化循环论。

《了不起的盖茨比》所取得的艺术成就,与作者大量地、巧妙地使用象征手法密切相关。小说从人物、背景到细节,对象征的运用几乎无孔不入。正是这些繁复的象征,拓展了整部小说的思想深度,从而使这部作品成为20世纪20年代最负盛名的小说之一。

[载《杭州大学学报》1991年第4期,转载于《外国文学研究》(人大复印资料)1992年第6期)]

情爱的悲剧

——读福克纳的《喧哗与骚动》

关于福克纳的《喧哗与骚动》,我们已经从多个视角对其进行了研讨,比如它的意识流技巧,它的时空艺术等,在此,我们将从凯蒂·康普生的悲剧中管窥福克纳作品的主题。

凯蒂·康普生可以说是《喧哗与骚动》的中心形象,书中所有人物的所作所为都与她紧密相关。福克纳把一则原名《暮色》的短篇故事发展成长篇小说《喧哗与骚动》完全缘于他对凯蒂的感情。"我太爱她了,不能让她只活一个短篇故事的时间。她应得的不止那些。"①"对我来说,她是美的,深为我心爱。这就是我这部书所要表达的。"②

在介绍塑造凯蒂这个人物对他的意义的时候,福克纳说:"我对自己说,现在可以写了,可以为自己制造一只花瓶,像罗马老人那样放在床头,吻个不停,以致边缘都磨损了。我没有过姐妹,命中注定要失去襁褓中的女儿,于是就动手为自己创造一个美丽而悲惨的小女孩。"③凯蒂是美的,她一直是作者心目中那个"生活顾

---

① 戴维·明特:《骚动的一生——福克纳传》,顾连理译,北京:知识出版社,1994年,第109页。
② Frederic Gwynn and Joseph Blotner, *Faulkner in the University*,Charlottesville: University of Virginia Press,1959,p.6.
③ 《骚动的一生——福克纳传》,第113页。

不及创造的少女",一个心智的女儿,一个理想的女性。同时她还一直是作者希望替自己制造的花瓶,一个由爱支撑起来的,可以逃避生活的苦难的庇护所。无疑,福克纳"把他心中无法实现的人类历史的重担整个压在她(凯蒂)那脆弱而不弓曲的肩上"。① 凯蒂又是悲惨的,从她的悲剧中,福克纳让我们看到了美的堕落与毁灭。

福克纳没有让凯蒂亲自叙述故事发生的过程,因为他认为从侧面写不仅更富有激情,还能给他更广阔的天地;因为他相信最高明的叙述方法是去表现树枝的姿态与阴影,让心灵去创造那棵树。故事从班吉遥远而原始的情感世界,进入昆丁理想而脆弱的主观世界,又进入杰生卑微而庸俗的常识世界,最后结束于迪尔西那个平静而充满爱的宗教世界,全面展现了凯蒂"美丽而悲惨"的一生。

青少年时期的凯蒂可以说是福克纳所塑造的女性形象中最可爱、最完美的一个。她热情、善良,对他人充满了同情、理解、关心和爱。在班吉的眼里,她是母爱的化身。她用无私的爱替无助的白痴弟弟班吉重新找回了由于父母的懦弱、失职和冷酷而失落的爱,为他营造了一个宁静而安详的世界。以至在她出走的岁月里,班吉死死地抱着凯蒂曾给他温暖的那些瞬间,渴望能重闻到姐姐身上的"树的香味"。凯蒂带给另外两个兄弟昆丁和杰生的爱,也使她成为他们生命的希望和支撑点。她是昆丁心目中的理想和荣誉的象征,她是满足杰生庸俗的发财愿望的唯一途径。当她的出走扯断了她与兄弟间的纽带时,昆丁因为不愿面对失落而结束了自己的生命,杰生则对姐姐的行为报之以愤恨和报复。然而,正是在爱的给予行为中,凯蒂渐渐克服了女性特有的依赖心理,产生了对她本人能力的自信心和依靠自身能力来实现自身目标的勇气。

---

① 《骚动的一生——福克纳传》,第132页。

她在 7 岁时便冲口而出的那句口头禅"我不怕,我要逃出去"昭示了她崇尚独立、向往自由的个性和她对传统的叛逆精神。毫无疑问,童年和青年时期的凯蒂不仅富有人性,而且极有个性。她完全知道自己该如何行事。然而,在昆丁那孱弱而混乱的主观世界里,我们却发现凯蒂这种可贵的独立个性正在逐渐失落。这种失落主要表现在凯蒂企图通过依傍男人找到自己的价值和归宿上。促使少女凯蒂急急地投入男人的怀抱的原因无疑是她那缺乏爱的温暖的家庭。自私冷酷、无病呻吟的母亲根本不具备一位母亲所应有的慈爱和温情,她对女儿甚至连起码的尊重都不能给予。嗜酒如命的康普生先生是一个庸弱无能的虚无主义者,他把毕生的精力和时间都贡献给了酒精和愤世嫉俗的空论,唯一留给儿女的是他那悲观绝望的情绪。哥哥昆丁,这位时时被家族荣誉感和没落感所困扰的南方传统思想的代言人,看重的仅仅是凯蒂的贞操,他与凯蒂并无思想上的相通点。大弟弟杰生是个十足的实利主义者,一切都以自我为中心,以金钱为准则,他对凯蒂只有恨。小弟弟班吉是个先天白痴,智力水平只相当于一个 3 岁小孩,他只会从别人身上索取爱和同情。

依照马斯洛的观点,人的生存有多种需求,而情感的需求则是不可缺少的基本需求之一。爱与被爱都是人的天性,是人的情感需要。从小生长在一个缺乏爱的温暖的家庭中的凯蒂长到 15 岁时,孤独的经历所产生的焦虑和青春期的躁动使她迫切地需要为内心深处郁积的情感找到一个宣泄的突破口,而当时社会上那股泛滥成灾的性解放思潮为她盲目的冲动提供了条件和环境。于是,15 岁的凯蒂在思想远未成熟,根本不知道爱是什么的情况下,轻率地投进了男人的怀抱。虽然在此期间她曾被昆丁以耳光示警,但是,在那个"人们认为自己是童男子是桩丢脸的事"的年代里，昆丁的耳光并不能充实她空虚的心灵，自然不能阻止她偷尝禁果。于是，17 岁的少女凯蒂终于丢失了南方淑女的身份，未婚先孕了。

弗洛伊德认为，爱欲在个体那里表现为"既有生理的基础，同时又有心理的根源"①，个体应具有两种情感，"其一是温柔的爱恋，其二是肉欲的冲动"。② 而在《喧哗与骚动》中，福克纳着力渲染了凯蒂性欲的冲动，以此反衬出她精神爱恋的失落。昆丁在凯蒂失身后的那个晚上曾多次问凯蒂："你当时爱他吗？"凯蒂回答："他抚触我时我就死过去了。"或者，她抓住昆丁的手，将它平按在她的胸前，"她的心在怦怦地跳"，她嘴上却回答道"不，不"或"我不知道"。③ 这便是凯蒂的悲哀，她始终搞不清她是否爱着她的情人，高大强壮而又粗俗不堪的达尔顿·艾密司。而且她整个人似乎都变了样，班吉冲着她大喊大叫时，她站在那儿，"眼睛里的神色就像一只被猫逼在角落里的老鼠那样"。④ 完全失去了她以前所拥有的那份自信，那份勇敢。

几天以后，当凯蒂知道昆丁企图前去教训达尔顿·艾密司后，便匆匆赶去阻止。兄妹俩此时的谈话清楚地刻画了一个"欲火如炽"却"万念俱灭"的少女形象。

你爱他吗凯蒂。我什么。他她瞧着我接着一切神采从她眼睛里消失了这双眼睛一片空白视而不见静如止水把你的手放在我的咽喉上她抓住我的手让它贴紧在她咽喉上现在说他

---

① 艾布拉姆森：《弗洛伊德的爱欲论》，沈阳：辽宁大学出版社，1987 年，第 8 页。
② 《弗洛伊德的爱欲论》，第 11 页。
③ 威廉·福克纳：《喧哗与骚动》，李文俊译，杭州：浙江文艺出版社，1992 年，第 156 页。
④ 《喧哗与骚动》，第 154 页。

的名字达尔顿·艾密司我感觉到一股热血涌上她的喉头猛烈地加速度地怦怦搏动着再说一遍达尔顿·艾密司她的血不断向上涌在我手掌下面一阵接一阵地搏动。①

显然,凯蒂并没有找到她的"归宿"。代表心灵的眼睛"一片空白视而不见静如止水",而代表情欲的热血则不断涌上咽喉"怦怦搏动",每一次性欲的满足都是以精神上的一次死亡作为代价,因为"没有爱的性行为除了瞬间快感以外决不能跨越两个人之间的鸿沟"。② 其结果是产生比以前更加强烈的孤独感和空虚感。而且,凯蒂也不可能在这个抱着"女人全一样都是贱坯"③观点的男人身上找到她的归宿。由对女性的鄙视而导致的精神上的裂痕使他们无法完全融合,结为一体,彼此无法在对方身上寻找到自我,因而,他们的结合仅仅是一种幻觉,他们彼此仍然是分离和疏远的,成熟的爱应该是"保持自己的尊严和个性条件下的结合"。④ 作为男人的附庸和玩物,并不是凯蒂的追求。因此,当昆丁企图重新在凯蒂身上找回旧传统的理想女性的形象而竭力拆散凯蒂和达尔顿的恋爱关系时,凯蒂虽然很不情愿,却还是让步了,"我方才告诉他再也不要来找我了我告诉他了"。⑤ 在寻觅爱情的过程中,凯蒂表现出了浓重的非理性色彩。她听凭情感的驱使,却无法把握自己的情感,更无法把握事物的最终走向。于是,她不顾一切地投入的第一段爱情就这样糊里糊涂地结束了,留给她的是社会的鄙视和嘲笑。

---

① 《喧哗与骚动》,第163页。
② 埃·弗洛姆:《爱的艺术》,刘福堂译,合肥:安徽文艺出版社,1986年,第10页。
③ 《喧哗与骚动》,第166页。
④ 《爱的艺术》,第17页。
⑤ 《喧哗与骚动》,第168页。

不久,凯蒂便发现自己有了身孕,她开始惧怕社会道德的压力。她对昆丁讲述了她的噩梦:"我身子里有一样可怕的东西,黑夜里有时我可以看到它露出牙齿对着我狞笑我可以看见它透过人们透过我们的脸对我狞笑。"①在周围环境的合力驱使下,凯蒂尝试着以婚姻的方式来结束自己以前那种企图超越道德和传统的叛逆行为,虽然她知道对方是个她根本就不爱的无赖。显然,尽管凯蒂个性强烈,爱憎分明,对传统妇道观嗤之以鼻,宣称贞操不过是"指头上的倒刺",但她骨子里仍然是传统的,仍然认为在这个男人至上的社会里,婚姻是一个女人的必经之路。她说:"我总得嫁人啊!""我一定要嫁人。"②从这些话语中,我们不仅读出了凯蒂的无奈,而且也感受到根深蒂固的妇道思想是如何深深地嵌入女性的灵魂的。建筑在金钱基础上的、没有爱情的婚姻终于将凯蒂推上了绝境。当丈夫发现她并不是一个贞洁的女性后,她不仅被丈夫抛弃,而且还为母亲所不容,完全丧失了在传统社会的立足之地。

在杰生冷酷而自私的现实世界里,凯蒂更是倍遭磨难。她的悲惨遭遇在她那一出生便戴上了私生女帽子的女儿小昆丁身上表现得淋漓尽致。作为新秩序中"恶"的代表,冷酷自私的杰生彻底抛弃了旧的传统与道德。除了金钱,他什么都不爱。为了赚钱,他可以毫无羞耻感地强占凯蒂寄给母亲的汇款,掠夺小昆丁的生活费,甚至连他的情妇也仅仅被视作买卖交易的对手。在他的眼里,小昆丁是"天生的贱坯",而且"永远都是贱坯"。他不仅竭力阻止凯蒂母女相见,以便更好地敲诈凯蒂,而且还对小昆丁实施盯梢、威吓、扭打等所谓的"教育",肆意虐待小昆丁,致使自从娘胎里降

---

① 《喧哗与骚动》,第117页。
② 《喧哗与骚动》,第118页。

生到这个世界起便没有享受过爱的温暖的小昆丁成了被"逼在一个角落里的困兽",①不明白自己为什么要出生到这个世界上来。她发誓:"我宁愿下地狱,也不愿和你(指杰生)待在同一个地方。"②因为,她知道,"如果我坏,这是因为我没法不坏,是你逼出来的"。③最后,饱受杰生折磨的小昆丁终于被逼得走投无路而自甘沉沦,随一位戏子私奔了。

女儿的遭遇正是母亲的悲剧的极好的注释。遭到丈夫和母亲的弃绝后,出于求生的本能,凯蒂勇敢地直面她的失落和困境,扯断了与家庭、血统和南方小镇的种种纽带,独自去大城市闯荡。这以后,她曾嫁给加利福尼亚州好莱坞的一个电影界小巨头,几年后又离异了。最后,她终于成为德国参谋部某位将军的情妇。对于她这几年在外地的经历和遭遇,福克纳只是在她回来看望女儿时同杰生的对话中暗示了她的堕落。读者可以从她女儿的悲惨经历中读出她曾遭受的磨难和曾做过的挣扎,读者也可以从她脸上的那副"艳丽,冷漠,镇静,一副什么都无所谓的样子"④和她最后成为德国将军的情妇的境遇中知道她并没有获得她一直追求的独立、自由和爱情,而且她已经对一切都无所谓了。

对于凯蒂的悲剧,有的评论家认为它是旧世家规矩过多所致,"太多的责任导致了不负责任"。⑤ 笔者认为,真正造成凯蒂的悲剧的因素有两个。首先,不尊重女性,不把女性当作人的男权意识在当代社会的延续和它的冥顽不化是导致凯蒂的悲剧的

---

① 《喧哗与骚动》,第 260 页。
② 《喧哗与骚动》,第 193 页。
③ 《喧哗与骚动》,第 260 页。
④ 《喧哗与骚动》,第 328 页。
⑤ Ann Massa, *American Literature in Context* Ⅳ, 1900–1930, London: Methuen, 1982, p.192.

主要原因。

在人类历史的发展进程中,母权制度曾先于父权制度而主宰着人类的历史。然而它很快就被日益强大的父权社会所替代,女性自然被驱离了伊甸园,被压入社会的底层。为了牢牢地把握对女性的支配权,强大的父权运行机制不仅剥夺了女性的话语权,而且还针对女性制定了一整套伦理、法规体系,使女人完全丧失了她们作为人的"整体性"地位,沦落为依附于男性的一种异化的"物"。在《哥林多前书》中,保罗明确地指出男人是"神的形象和荣耀",而女人则是"男人的荣耀"。[1] 在整个基督教历史中,这种说法一直是支撑男性至上纲领的一个牢不可破的信条。《新约》则教导妻子们"当顺服自己的丈夫,如同顺服主"。[2] 而基督教关于夏娃经不起撒旦的诱惑而使人类失去了伊甸园之说更使女性备受责难。公元二世纪一位教父德尔图良公然宣称"贞操方面的任何过失比死亡都更糟糕"。[3] 女人是"邪恶之门"。处女则被大加赞颂,被称为"来自荆棘的玫瑰,来自泥土的黄金,来自蚌壳的珍珠"。[4] 戒绝性欲、保持贞洁一直被吹捧为较高层次的宗教方式。婚姻仅仅被视作"上帝给无节制造成的伤口扎上的绷带"。[5] 女人的主要作用就是生儿育女。

在《喧哗与骚动》中,这种期待充分体现在昆丁和杰生对凯蒂的爱和恨上。昆丁爱凯蒂,但是,他"不是爱他妹妹的肉体,而是爱康普生家的荣誉观念,这种荣誉,如今却取决于他妹妹那脆弱的、

---

[1] D.L.卡莫迪:《妇女与世界宗教》,徐钧尧等译,成都:四川人民出版社,1989年,第128页。
[2] 《圣经·以弗所书》,5:22—24。
[3] 《妇女与世界宗教》,第132页。
[4] 《妇女与世界宗教》,第133页。
[5] 《妇女与世界宗教》,第142页。

朝不保夕的贞操"。在他眼里,至高无上的并不是她这个人,而是她的贞操,她本人仅仅是"贞操的保管者"。① 正是基于这种荣誉观,他宁愿以他和凯蒂莫须有的乱伦罪来掩盖凯蒂失去贞操的行为,以便他和凯蒂能"置身在火舌与恐怖之中四周都是纯洁的火焰"。② 在他看来,女性失去贞操是一种罪恶,他宁愿让古老的罪孽毁了他和凯蒂,也不愿亲眼看着他那古老的世家声誉落地。他曾试图杀掉凯蒂以挽回逝去的荣誉。所有这一切努力都失败后,他只好用自杀来逃避无力面对的失落。

杰生恨凯蒂,因为凯蒂使他失去了他本该得到的职位(婚前,凯蒂的丈夫曾许诺在他的银行里为杰生留一个职位。婚姻破裂后,这个承诺自然成了泡影),因而,当凯蒂希望他照顾好她的女儿小昆丁时,杰生冷冷地回答道:"你的苦恼都不是我造成的……我冒的风险可要比你大,因为你反正再也没有什么可以丢失的了。"③一言以蔽之,女人仅仅是她的贞操的保管者,失去了贞操,女人便一无所有了。这就是男权社会对女人的看法。而康普生先生关于女人"对罪恶自有一种亲和力"的论调则进一步道出了社会对女性的偏见。正是这种视女性为"万恶之源",认为女性代表着"性欲""淫乱"的观念,把追求自由和爱情,勇于冲破习俗和叛逆传统的凯蒂扫入耻辱和不名誉的境地。而这种耻辱和不名誉又使她失去了社会普遍认同的女性归宿——婚姻,使她在社会上找不到自己的立足之地。而无力战胜和超越男权意识这道无形的障碍,回归到对自身力量的挖掘和发现上是导致凯蒂悲剧的另一个主要

---

① 《喧哗与骚动》,第 325 页。
② 《喧哗与骚动》,第 122 页。
③ 《喧哗与骚动》,第 212 页。

原因。

正如一些女权主义者都指出的那样:"真正的悲剧在于妇女已在这些观点的影响下度过了漫长的岁月,因而她们已将这些观点看作对女性的真正评价,从而陷入受男子压迫的恶性循环之中。"①《喧哗与骚动》中的康普生太太就是这样的一个受害者和牺牲品,她对男权意识的认同使她遵照因循了几千年的家教:"对于一个女人来说没有中间道路要就是当一个规规矩矩的女人要不就是不当。"②她以此来教育她的女儿。正是这种认同使她完全不尊重女性的人格。凯蒂吻了一个男孩,她便哭着说她的女儿死了;凯蒂有了情人,她派杰生去盯梢;凯蒂被丈夫遗弃后,她禁止女儿回家,而且不准家人再提起凯蒂的名字。也正是这种认同,使她从来就没有过自己的人格,没有过自己的欢乐和幸福,也未给家人带来一点女人的温情和母亲的慈爱。她仅仅是南方"大家闺秀"——一个僵死的化身。这种对男权意识的认同使女性在长达几千年的历史长河中一直是个聋哑儿,既没有自己的话语,也没有自己的历史。女性的自我意识被深深地埋葬在女性潜意识某处,无法开掘也无力开掘。

女人曾借助美狄亚之口发出过强烈的控诉:"在一切有理智、有灵性的生物中间,我们女人算是最不幸的。……我们用重金争购一个丈夫,他反而会变成我们的主人……"然而,她们又很无奈:"我们女人就只能靠着一个人",那就是男人。③

这种根深蒂固的依赖男人的思想使许多试图冲破旧传统习俗

---

① 罗德·霍顿:《美国文学思想背景》,房炜等译,北京:人民文学出版社,1991年,第613页。
② 《喧哗与骚动》,第108页。
③ 《欧里庇得斯悲剧集》第1卷,北京:人民文学出版社,1957年,第70页。

的女性因无法从容地面对社会的不认同,无法坦然地面对自己的情感需求,无法直言自己的无罪而堕入毁灭的深渊。凯蒂便正是这样一位悲剧女性。

她勇敢地冲破传统的妇道观,渴望找到真正的爱情,得到的却仅仅是性欲的满足,这是她最大的不幸。真正的爱情是以恋爱双方各自愿意奉献自我接纳对方的包容无私精神为表征的。在这种忘我的精神中,爱情的主体不是为自己而存在和生活,而是在另一个主体的身上找到自我的存在根源。凯蒂却始终无法在她的情人身上找到这种精神上的合二为一,而仅仅是情人眼中宣泄性欲的"贱坯"。因此,凯蒂一次又一次睁着静如止水的眼睛诉说着她的死亡:"去年我就像死了一样……我已经死了"。① 她甚至愿意昆丁拿刀子杀死她:"你捅呀你倒是捅呀。"②

黑格尔曾说过:"爱情在女子身上显得最美,因为女子把全部精神生活和现实生活都集中在爱情里和推广爱情,她只有在爱情里才找到生命的支持力;如果她在爱情方面遭遇不幸,她就会像一道火焰被第一阵狂风吹熄掉。"③

凯蒂就是那道被狂风吹熄的火焰。她无法超越达尔顿对她的歧视,她更无力超越认为女人是男人的附庸的男权意识。面对毫无爱情的婚姻,凯蒂却做出"我总得嫁人啊!""我必须嫁人"这种被动的反应,这不能不说是女性的一种悲哀。处于这种彻底认同男权社会对女性的评价的精神状态中,凯蒂是不可能找到她的自我的。无论她生活在什么地方,她只会为求生存而日益堕落。而且

---

① 《喧哗与骚动》,第 129 页。
② 《喧哗与骚动》,第 157 页。
③ 黑格尔:《美学》第 2 卷,朱光潜译,北京:商务印书馆,1986 年,第 327 页。

这种沉沦是无法通过别人的帮助得到拯救的,因为"她已经再也没有什么有价值的东西值得拯救的了。因为现在她能丢失的都已是不值得丢失的东西了"。① 因为她的心早已死了。

(载《杭州大学学报》1993 年 3 期)

---

① 《喧哗与骚动》,第 331 页。

第三篇

现代主义作家论欧美文学

论古希腊文学
——弗吉尼亚·伍尔夫随笔论析之一

古希腊文学是弗吉尼亚·伍尔夫心中的圣地和创意的源头。

自 1897 年伍尔夫在伦敦国王学院开始学习希腊文起,反复阅读古希腊作品成为她的终生爱好。她撰写随笔《论不懂希腊》("On Not Knowing Greek",1925)和《完美的语言》("The Perfect Language",1917),揭示古希腊文学的特征和精髓,毫不掩饰对它的钟爱和追寻:"我们渴望了解希腊,努力把握希腊,永远被希腊吸引,不断阐释希腊",[①]"当我们厌倦了模糊和混乱,厌倦了基督教及其带给我们的安慰,厌倦了我们的时代,我们就会转向希腊文学"。[②] 她还通过小说《雅各的房间》(*Jacob's Room*,1922)道出欧美人心目中的古希腊情结:"希腊的悲剧是所有高贵灵魂的悲剧。"[③]

在近百年伍尔夫研究中,西方批评界在探讨伍尔夫的现代主义特征、女性主义思想和后现代主义风格等主导议题的时候,会简要论及伍尔夫对希腊的兴趣。比如,在论述伍尔夫的"双性同体"

---

① Virginia Woolf, "On Not Knowing Greek," *The Essays of Virginia Woolf* (Vol. 4), Ed. Andrew McNeillie, London: The Hogarth Press, 1994, p.38.
② Virginia Woolf, "On Not Knowing Greek," *The Essays of Virginia Woolf* (Vol. 4), Ed. Andrew McNeillie, London: The Hogarth Press, 1994, p.51.
③ Virginia Woolf, *Jacob's Room*, London: Bantam Books, 1998, p.180.

观时提及她曾阅读柏拉图;①在探讨其女性主义思想渊源时提到古希腊思想的影响;②在阐述她与布鲁姆斯伯里文化圈的关系时,提到古希腊思想的影响作用;③在论析其现代性时,提及古希腊思想在其作品中的表现。④迄今为止,仅有一部著作专论伍尔夫与古希腊文化的关系,《弗吉尼亚·伍尔夫作品中的希腊精神和缺失感》(*Hellenism and Loss in the Work of Virginia Woolf*, 2011)。该著作带着鲜明的女性主义立场,从家庭、教育、社会文化三个方面阐明:伍尔夫痴迷古希腊文化是为了弥补她的缺失感,她试图从古希腊文化中找到与父亲、兄长和布鲁姆斯伯里文化圈的男性朋友所从属的维多利亚传统相抗衡的力量,找到将知识权威与不同观点相融合的知性工具,以捕捉瞬息即逝的生活,将它转化为一种可把握的现实形式。⑤该著作重在论述古希腊精神作为伍尔夫的"缺失感"的填充物的缘由、作用和价值,但并不关注伍尔夫本人对古希腊文学的观照和领悟。

伍尔夫为何对古希腊文学情有独钟?她如何透视古希腊文

---

① Carolyn Heilbrun, *Towards Androgyny: Aspects of Male and Female in Literature*, London: Victor Gollancz, 1973; Nancy Topping Bazin, *Virginia Woolf and the Androgynous Vision*, New Brunswick: Rutgers University Press, 1973.
② Jane Marcus, ed., *New Feminist Essays on Virginia Woolf*, London: Macmillan, 1981; Jane Marcus, ed., *Virginia Woolf and the Languages of Patriarchy*, Bloomington: Indiana University Press, 1988.
③ Andrew McNeillie, "Bloomsbury," *Cambridge Companion to Virginia Woolf*, Ed. Sue Roe, Shanghai: Shanghai Foreign Language Education Press, 2001.
④ Christine Froula, *Virginia Woolf and the Bloomsbury Avant-Garde War, Civilization, Modernity*, New York: Columbia University Press, 2005.
⑤ Theodore Koulouris, *Hellenism and Loss in the Work of Virginia Woolf*, Franham: Ashgate Publishing Limited, 2011. 下面这段引文较好地表达了作者的观点:"古希腊不仅回应了伍尔夫不断被迫面临的'缺失'之情并构成她的审美思想,而且诠释了她的心智矛盾,这种矛盾贯穿她的一生,构成了她对重要的社会、政治历史时刻(战争、女性主义、教育、种族主义、法西斯主义等)的怀疑和批判。"(p. 16)

学?她从中参悟到哪些文学特质?她的审美批评的立场、目标和方式如何?本文将重点探讨这些问题。

一、古希腊情结

伍尔夫对古希腊的兴趣最初是由她哥哥索比激发的。她在自传《往事杂陈》(*A Sketch of the Past*)中回忆道:"他(索比)是第一个向我介绍古希腊的人,将它作为珍贵的东西传递给我。"① 她记得,那天索比从学校回家,无比激动和兴奋,带着一丝羞涩,将赫克托和特洛伊故事讲给她听。

希腊文学习开启了她的阅读生涯。1897—1900 年,弗吉尼亚在伦敦国王学院听课,学习希腊文和拉丁文。1901 年,她阅读了索福克勒斯的《安提戈涅》《俄狄浦斯在科伦纳斯》《特拉奇尼埃》等剧本。1902—1903 年,她师从家教简妮特·凯斯继续学习希腊文,阅读柏拉图、欧里庇德斯、埃斯库罗斯等人的作品。②

哥哥索比的意外死亡,将希腊深深地印入伍尔夫的生命之中。1906 年 9 月,弗吉尼亚和瓦妮莎,索比和艾德里安,两姐妹和两兄弟分两组出游希腊,并在奥林匹亚汇合,一起游览雅典和其他希腊景点。10 月下旬,索比先回伦敦,其他人继续游览君士坦丁堡。等兄妹们一起回到伦敦时,发现索比病得非常严重。11 月 20 日,索比因伤寒去世,年仅 26 岁。这一次希腊游的灾难性后果给弗吉尼亚带来刻骨铭心的痛,进一步加剧了此前母亲去世(1895)、同母异

---

① Virginia Woolf, *Moments of Being: Unpublished Autobiographical Writings*, Second Edition, Ed. Jeanne Schulkind, London: The Hogarth Press, 1985, p.108.
② Edward Bishop, *A Virginia Woolf Chronology*, London: The Macmillan Press Ltd., 1989, pp.1-4.

父的姐姐去世(1897)和父亲去世(1904)带给她的不能承受的痛。她用多部小说表现对生命之道的困惑、追寻和领悟,其中《雅各的房间》,一部以索比为原型的小说的主人公雅各正是在雅典神庙领悟了生命意义之所在。

此后,阅读古希腊作品成为她生命中不可或缺的一部分。1907—1909 年,她阅读了荷马、柏拉图、索福克勒斯、欧里庇德斯和阿里斯托芬等众多作家作品,并记录随感,此笔记近年被结集为《希腊笔记》①珍藏于英国萨赛克斯大学图书馆。1917 年她撰写随笔《完美的语言》,评论《希腊文集》(*The Greek Anthology*),发表在《泰晤士文学副刊》上。1917—1925 年,她反复阅读埃斯库罗斯、索福克勒斯、柏拉图、荷马、欧里庇德斯的作品,并尝试翻译练习。②正是在这一时期,她创作并出版了她自己最具创意的作品《雅各的房间》(1922)、《达洛维夫人》(1925)、《普通读者Ⅰ》(1925)。收录在《普通读者Ⅰ》中的随笔《论不懂希腊》是她对古希腊文学的全景透视和纵论,而小说《雅各的房间》则以独具匠心的艺术形式表现了古希腊精神。

1926 年以后,伍尔夫日记中有关古希腊文学的阅读记录逐渐减少,但是在构思和创作每一部新作品期间,伍尔夫必定会阅读古希腊作品。1932 年,伍尔夫夫妻再次访问了希腊。1939 年 9 月,当世界大战的警报在伦敦上空首次被拉响时,伍尔夫又开始阅读

---

① Virginia Woolf, *The Greek Notebook* (*Monks House Papers*/A.21), ms, University of Sussex Library, Brighton, United Kingdom.
② 伍尔夫在日记中多次记录所阅读的古希腊作家和作品。具体可查阅其 5 卷本日记全集 Virginia Woolf, *The Diary of Virginia Woolf* (5 Vols), Ed. Anne Olivier Bell and Andrew McNeillie, London: The Hogarth Press, 1977 - 1984. 主要日期包括:1901/1/22, 1909/1/4, 1917/2/3, 1918/8/15, 1919/1/30, 1920/1/24, 1920/11/4, 1922/9/21, 1922/11/11, 1922/12/3, 1923/1/7, 1924/2/16, 1924/8/3, 1934/10/29, 1934/10/29, 1939/9/6, 1939/11/5 等。

古希腊作品,以获得"心灵安宁"。①

对伍尔夫而言,古希腊文学的魅力在于,它以质朴的艺术形式表现了"稳定的、持久的、原初的人",它的一小片便足以"染遍高雅戏剧的汪洋大海"。②她将20余年不间断地阅读古希腊作品所获得的审美体验和审美领悟集中阐发在随笔《论不懂希腊》之中,揭示古希腊文学的艺术特性和表现力。

二、整体观照

伍尔夫对古希腊文学的领悟和论述是整体观照式的,这一点表现在她的随笔《论不懂希腊》的题目、结构和风格之中。③

该随笔题目的神来之笔在于"不懂"。伍尔夫阐述了"不懂"的两大显在原因:(一)现代人和古希腊之间存在着种族和语言不同所导致的"不懂";(二)现代人和古希腊人之间横亘着巨大的传统断裂,以致现代人无法像追溯自己的祖先那样,顺着同一条河流回溯。由此,伍尔夫突显了古希腊文学"没有学派、没有先驱、没有继承者"④的特质,并指出自称"懂得"是虚荣和愚蠢的,人们真正能够做的就是从古希腊文学的"零星片段"中用心领悟古希腊精神。这

---

① Edward Bishop, *A Virginia Woolf Chronology*, London: The Macmillan Press Ltd., 1989, p.208.
② Virginia Woolf, "On Not Knowing Greek," *The Essays of Virginia Woolf* (Vol. 4), Ed. Andrew McNeillie, London: The Hogarth Press, 1994, pp.41-42.
③ 伍尔夫曾发表两篇关于古希腊文学的随笔:《完美的语言》(1917)和《论不懂希腊》(1925),前一篇侧重探讨其语言特色,后一篇全面论述其文学特性,两者均围绕古希腊文学的非个性化特色展开,基本观点相同。从某种程度上看,前一篇相当于后一篇的初稿。因此,本文重点论析《论不懂希腊》,以《完美的语言》为补充。
④ Virginia Woolf, "On Not Knowing Greek," *The Essays of Virginia Woolf* (Vol. 4), Ed. Andrew McNeillie, London: The Hogarth Press, 1994, p.49.

一题目和序言为她采用以心观文的整体观照法奠定了基础。

《论不懂希腊》的主要结构是由现实与艺术的比照构成的。论述的开端是对古希腊的自然环境、社会环境和戏剧表演场景的想象性描写;主体部分从多个侧面评述和对比古希腊著名戏剧家索福克勒斯、欧里庇德斯、埃斯库罗斯的作品,其间插入柏拉图就苏格拉底的论辩过程所做的描述;结尾又回到想象中的古希腊,看到生活在天地之间的古希腊人,感受他们对世界、生存和命运的深切感悟。从总体看,该结构宛若一个立体的圆球,球体的上下两端是生活在天地之间的古希腊人的行动和感悟;中间部分从多个视角论述古希腊戏剧家们的艺术表现方法;贯穿整个球体的中线是古希腊文学的"非个性化"①总体特质。

随笔的风格行云流水,有急有缓,穿越了整个古希腊文学的疆域。对古希腊现实的描写灵动而悠远,自然环境、生存状态、性格形貌跃然纸上,豁然洞见远古的时空天地。对古希腊剧作家的论述详略有度,由表及里,全面揭示该时期经典作品的情感思想厚度,比如,对索福克勒斯及其剧作《伊莱克特拉》的论述详尽细致,不仅评述剧中人物的特点和人物对话的情感力度,而且揭示了蕴藏在情感之下的人性,阐明个体情绪升华为普遍情感的方法——合唱队。对欧里庇德斯和埃斯库罗斯的论述则简约地浓缩在对比之中,寥寥数语便概括其特性。论述过程不断插入各种旁证,比如以苏格拉底的论辩突显该时期的思维特征,以英国小说家简·奥斯丁和法国小说家普鲁斯特的创作来佐证古希腊创作方式的普遍性等。与此同时,生动的比喻和意象频频出现在抽象的论述之后,

---

① Virginia Woolf, "On Not Knowing Greek," *The Essays of Virginia Woolf* (*Vol. 4*), Ed. Andrew McNeillie, London: The Hogarth Press, 1994, p.39.

将抽象的概念与直观的形象并举，以象外之意突破理论的晦涩和语义的有限。总之，整个古希腊文学带着鲜明的特点被有声有色地放置在读者面前。

三、古希腊文学四大特性

凭借整体观照，伍尔夫重点揭示了古希腊文学的四大表现特征：情感性、诗意性、整体性、直观性。它们全都指向"非个性化"这一总体特性。

伍尔夫对四大特征的揭示是以古希腊的现实场景为参照的，以此昭示文学特征形成的缘由。场景描写给人身临其境的感觉：一个原生态的、残酷的生存环境；一群健谈善辩、个性外向的人们；一种简单的、户外的、公共的生活形态。戏剧表演是露天的，在有限的时间内，将耳熟能详的故事演绎给在座的 17 000 名观众。因此，创作和表演的重心并不在于情节的发展，而在于突出重点，表现激情、整体性和力度。

古希腊戏剧的四大特征由此导出。

（一）情感性

伍尔夫认为古希腊戏剧是富有情感的，其情感性主要体现在剧中人物的声音之中。索福克勒斯的伊莱克特拉在关键时刻的叫喊声交集着绝望、欢喜、仇恨等多种极端情绪，带着震撼人心的力量，将内心的痛苦和煎熬直接传递出来，直击人心。正是通过富有激情的对话，人物的性格、外貌、内心冲突和信念都鲜活地呈现。

伍尔夫从三个层面阐释了"情感"的作用：首先，"这些叫喊声赋予剧本角度和轮廓"，其中重要时刻的叫喊"维系着全书的重量"。其次，这些叫喊声包含着多重内涵，突显了人物的整体性和复杂性,"这些站在阳光下面对山坡上的观众的人物是活生生的、复杂微妙的,而不是人类的画像或石膏模型"。最后,这些叫喊声传递出人类最基本的信念,比如英雄主义、忠诚等。

由此,一个个"稳定的、持久的、最初的人"出现在观众面前,[①]他们是"确定的、无情的、直接的……他们的声音清晰而响亮;我们看到毛茸茸的黄褐色身体在阳光下的橄榄树丛中嬉戏,而不是优雅地摆放在花岗岩底座上,矗立在大英博物馆暗淡的走廊上"。[②]

在这里,声音是生命表现的有意味形式,它以特定的方式呈现作品的结构、人物与意味:它将千姿百态的生活片段聚合为有形的结构,呈现时间维度上的生命轮廓;它将多侧面的言行举止汇聚成鲜活的人物,表现空间维度上的生命厚度;它将纷繁的意识碎片维系到一个核心上,突显时空维度上的生命本质。它是简单的,一切都可以浓缩为情感,用声音直接表达;它又是复杂的,数种互不相容的情感纠结在一起,难分难解;它更是智慧的,一切复杂均可以追溯至有限的、共通的信念。而所有这一切,正是对古希腊现实生活中那些外向的、健谈的、聚集在公共场所的人们的生命活动的精妙表现。

(二)诗意性

伍尔夫认为古希腊文学能够以独特的方式将人物及其情感从个别的、具体的层面升华到普遍的、不朽的诗意境界。它的升华方式既不是萨克雷式的作者点评,也不是菲尔丁式的开场白引导,它运用的是一种不打断全剧节奏的插入——合唱队的作用。合唱队

---

① Virginia Woolf, "On Not Knowing Greek," *The Essays of Virginia Woolf* (*Vol. 4*), Ed. Andrew McNeillie, London: The Hogarth Press, 1994, pp.41-42.
② Virginia Woolf, "On Not Knowing Greek," *The Essays of Virginia Woolf* (*Vol. 4*), Ed. Andrew McNeillie, London: The Hogarth Press, 1994, p.42.

成员并不在剧中扮演任何角色,只是给出间歇的歌唱,他们或点评,或总结,或唱出作者的想法,或唱出相反的观点。

伍尔夫首先简析了不同的合唱作用:索福克勒斯用合唱表达他想要强调的东西,"美妙、崇高、宁静,他的合唱从他的剧本中自然地导出,没有改变观点,而是改变了情绪";欧里庇德斯的合唱超越了剧本本身,发出"怀疑、暗示、质询的气氛"。①

然后她从剧情与合唱的关系出发,概括了古希腊剧作家将个人情绪升华到非个性化诗意的三种方法:

> 索福克勒斯写出了人们实际可能说的话,只是语句的组织使它们体现出神秘的普遍性和象征的力量;欧里庇德斯把不相容的东西结合在一起,增大了它的小空间,就像在屋角放几面镜子使小屋显大一样;埃斯库罗斯通过大胆和连续的暗喻来达到增大效果,他并不描述事物本身,而是描述事物在他脑海中引起的回响和反映;他的描述与事物原型的距离足够近,可以表现其形貌,又足够远,足以将它强化、放大,使它壮丽辉煌。②

伍尔夫相信,"意义远在语言之外",合唱队是古希腊戏剧揭示事物的象外之意的绝妙方式。不论是索福克勒斯的递进式深化,还是欧里庇德斯的质问式比照,还是埃斯库罗斯的大胆暗喻,它们都在剧情、人物、对话等表象之外,构建了另一个通向深层意味的

---

① Virginia Woolf, "On Not Knowing Greek," *The Essays of Virginia Woolf* (*Vol. 4*), Ed. Andrew McNeillie, London: The Hogarth Press, 1994, p.44.
② Virginia Woolf, "On Not Knowing Greek," *The Essays of Virginia Woolf*, (*Vol. 4*), Ed. Andrew McNeillie, London: The Hogarth Press, 1994, p.45.

维度。两者之间的张力,为观众超越具体进入普遍诗意提供了通道。

(三) 整体性

伍尔夫相信古希腊文学是整体的,其整体性源于其思维特性。她插入柏拉图所描写的苏格拉底与弟子对话的场景,揭示苏格拉底探寻真理的整个过程:"这是一个疲惫的过程,费力地紧扣语词的准确内涵,判断每一个陈述的内涵,专注而挑剔地紧随着观点的缩小和变化,逐步坚固和强化,直至变成真理。"①伍尔夫从这一论证过程中看到的不是逻辑推理和演绎归纳的思辨过程,而是"从各个角度观察(同一个问题)""从大处着眼,直接观察,而不是从侧面细察"的整体思维方式,以及"真理似乎是各种各样的,真理需要我们用所有的感官去追寻"②的领悟方式。

她将这种观照方式概括为古希腊艺术家、哲学家洞见真理的通用艺术,并用诗意的语言对整个过程加以描述:

> 正是这种艺术,首先用一两句话传达背景和氛围,接着以极为机敏和巧妙的方式进入错综的辩论过程,而又不失其生动和优雅,然后精简为直白的陈述,继而上升、拓展,在更为极端的诗歌方式才能达到的高空飞翔——正是这种艺术,它同时以如此多的方式影响着我们,将我们引入一种狂喜的精神境界,一种当所有的力量都被调动起来营造出整体的时候才

---

① Virginia Woolf, "On Not Knowing Greek," *The Essays of Virginia Woolf* (*Vol. 4*), Ed. Andrew McNeillie, London: The Hogarth Press, 1994, p.46.
② Virginia Woolf, "On Not Knowing Greek," *The Essays of Virginia Woolf* (*Vol. 4*), Ed. Andrew McNeillie, London: The Hogarth Press, 1994, pp.46-47.

能达到的境界。①

这段话概括了"直觉感知—思辨—观点—整合—洞见"的复杂思维过程。在这一过程中,"整体观照"是关键之所在,它既是"直觉感知"的出发点,又是"洞见"真谛的制高点,"思辨"和各种"观点"的获得只是一个中间过程,在没有进入"整合"之前,真理是无法获得的。这既是伍尔夫对苏格拉底洞见真理的完整过程的概括,也是她对索福克勒斯等戏剧家的表现方式的领悟,同时也是她的批评方式的写照,本文就是一个范例。对伍尔夫而言,希腊文学是"一个没有美丽细节或修辞强调的整体",②正是其整体观照特性赋予其艺术形式以质朴而浑厚的表现力。

(四) 直观性

伍尔夫认为古希腊文学是直观性的,其直观性体现在语词的简洁和活力上。由于历史的鸿沟,我们既不能准确发音,也无法感悟其细微之处,尤其不能体会其幽默,然而古希腊文学的"每一个词都带着从橄榄树、神庙和年轻的身体中奔涌出来的活力",③"我们可以听见人们的声音,他们的生命景观是直接而无掩饰的",④它让我们看见了古希腊原始的土地、海洋和原初的人。这种直观的、鲜活的表达来自语词的简练和意象的运用。

伍尔夫这样描述其直观性:

---

① Virginia Woolf, "On Not Knowing Greek," *The Essays of Virginia Woolf* (*Vol. 4*), Ed. Andrew McNeillie, London: The Hogarth Press, 1994, p.47.

② Virginia Woolf, "On Not Knowing Greek," *The Essays of Virginia Woolf* (*Vol. 4*), Ed. Andrew McNeillie, London: The Hogarth Press, 1994, p.47.

③ Virginia Woolf, "On Not Knowing Greek," *The Essays of Virginia Woolf* (*Vol. 4*), Ed. Andrew McNeillie, London: The Hogarth Press, 1994, p.48.

④ Virginia Woolf, "The Perfect Language," *The Essays of Virginia Woolf* (*Vol. 2*), Ed. Andrew McNeillie, London: The Hogarth Press, 1987, pp.116-117.

每一点肥肉都被剔除,只留下结实的精肉。天然质朴的风格,没有一种语言能够比它更快捷地表达,舞动着、摇摆着、充满活力而又掌控自如。那些语词(我们也会多次用于表达自己的情感)**大海、死亡、花朵、星星、月亮**①……如此清晰,如此确定,如此强烈,要想简洁而准确地表现,既不模糊轮廓又不遮蔽深度,希腊文是唯一理想的表现方式。②

古希腊文学的直观性和活力来自对意象的运用。大海、死亡、花朵、星星、月亮所激发的联想既是形象的,可以让我们看见天空、大地、海洋的美丽;又是意会的,可以让我们领悟死亡的残酷和生命的脆弱。希腊文学就是这种直观而又震撼地冲击着读者的心灵,让他们清晰地看见万物的形貌的同时,又强烈感受到物象之下的深层意蕴。这便是伍尔夫对古希腊文学的理解,既具象,又抽象。

在随笔的结尾,伍尔夫又重新回到古希腊现实世界,就像随笔的开头那样。所不同的是,开头进入的是古希腊人的日常生活,而结尾进入的是古希腊人的生命意识。奔放、机智、俏皮的古希腊人的日常形貌被赋予哲学家和剧作家的领悟和艺术表现之后,终于将深藏在他们生命意识之中的那丝忧伤和坦诚表现了出来:

> 数千年前,在那些小小的岛屿上,他们便领悟了必须知晓的一切。耳边萦绕着大海的涛声,身旁平展着藤条、草地和小溪,他们比我们更清楚命运的无情。生命的背后有一丝哀伤,

---

① 这几个单词的原文是希腊文。
② Virginia Woolf, "On Not Knowing Greek," *The Essays of Virginia Woolf* (*Vol. 4*), Ed. Andrew McNeillie, London: The Hogarth Press, 1994, p.49.

他们却不曾试图去减弱。他们清楚自己站在阴影中,却敏锐地感受着生存的每一丝震颤和闪光。他们在那里长存。①

伍尔夫对古希腊文学的论述是从心而发的。她始终站在古希腊人直面苍茫大海和无常命运这一现实场景之中,透过他们的性情来体验和洞见他们的文学表现力和独特性。她读懂了古希腊人对生命的真切领悟。

四、批评立场、目标和方法

伍尔夫对古希腊文学的评述是基于生命体验和审美体验之上的,这种评述与基于理性分析和概念提炼的研究是不同的。前者重在凸显文学作品的独特性和唯一性,揭示文学作品作为生命体验的表现力和整体性;后者重在提炼文学作品的共性和普适性,揭示文学作品作为语言、文化、历史文本的技巧性和超验性。

我们不妨以亚里士多德的《诗学》为比照,来阐明伍尔夫对古希腊文学的评述的特性和价值。两者的研究对象均是古希腊史诗、悲剧和喜剧,由于两者的立场、方法和目标不同,结论也截然不同。

(一) 立场:作品整体与生命整体之别

亚里士多德从研究者(主体)出发,将文学作品(客体)作为一个不受外在因素干扰的有机整体加以分析和概括。他不仅明确指出悲剧的完整性在于"有头、有身、有尾",②而且用整部诗学详尽论

---

① Virginia Woolf, "On Not Knowing Greek," *The Essays of Virginia Woolf* (*Vol. 4*), Ed. Andrew McNeillie, London: The Hogarth Press, 1994, pp.50–51.
② 亚里士多德:《诗学》,罗念生译,北京:人民文学出版社,1990年,第25页。

证、阐释悲剧的各个有机部分:首先比照各艺术类型的媒介、对象、方式的不同,从殊相中推导出艺术的"摹仿"共性;然后以摹仿论为基础,概括并规定悲剧的六大成分,深入论述各成分的定义、内涵、关联、作用;最后简析史诗、喜剧与悲剧之间的异同和优劣,突出悲剧特性的普适性。在整个论述中,具体作品被不断提及,但主要用于佐证研究者的观点,推导出有关艺术的本质、构成、方法和作用的理论假说。

伍尔夫将读者、作者、作品和现实融为一体,从人心共通这一基点出发,以普通读者的身份体悟具体的悲剧作品:首先感悟古希腊的现实,然后顺着作者的视野透视他的作品,领悟并揭示他对生活在天地之间的人的艺术表现,最后又从现实回视作品,获得妙悟。在这一过程中,批评者与作家、作品的情感思想处于交互神游的状态,作为生命整体合而为一,并无主客体之分。在整个论述过程中,她通过声音、合唱队、语词等细微之处领悟戏剧作品鲜活的情感、思想和意象,不仅道出古希腊文学的独特性和唯一性,而且在开阔的视域中复原艺术生命的复杂形态和精神活力。

(二) 目标:普适概念与独特意象之别

亚里士多德对悲剧、喜剧的分析是静态的、有序的、合乎逻辑的。他以高度概括为要务,提出概念,揭示定义,归纳内在关联,构建完整的诗学体系,其结论是超验的、形而上的、普适的。它重在获得抽象的普适概念,以牺牲文学作品的独特性和体验性为代价。

伍尔夫对悲剧的整体观照是动态的、无序的、随意的,旨在透过对混沌碎片的感悟和联想,勾勒出希腊悲剧的整体视像。比如,通过"声音"来感知具体作品的视角、轮廓、信念;透过"合唱队"来揭秘诗意表现的多种方式;透过苏格拉底的思辨过程来阐明古希腊艺术的内在整体性;透过"语词"来构建直观视像。她重在揭示作品的独特性和生命活力,同时也揭示具象背后的通感。

(三)方法:分析性与感悟性之别

亚里士多德对戏剧的分析是在概念范畴内展开的,以界定、分析、推论、判断、逻辑演绎、提炼、综合为主导方法,最终形成逻辑严密的体系,其摹仿说、陶冶说成为西方文论的牢固根基。

伍尔夫对悲剧的观照是由感及悟的,以感物、比照、隐喻、意象等动态手法对具体作品进行多视角观照和揭示,重在揭示作品的审美感染力和内在意蕴,其整体观照法可照见生命体的形和神。

结　语

细细品味亚里士多德与伍尔夫对古希腊文学评述的差异,可以在一定程度上窥见现代批评困境的症结之所在。亚里士多德从古希腊文学的殊相中求共相,其分析性、概念化的研究不仅揭示了普适的文艺理论,而且为西方学界确立了文学批评的标准和范例。此后,分析性和概念化的批评获得普遍推崇,直至20世纪文学理论完全凌驾于文学批评之上,将伍尔夫式的感悟性、观照式批评贬为"印象式批评"而被彻底边缘化。然而文学理论的超验性、普适性、抽象性与文学作品的经验性、独特性、形象性之间的断裂和对立也达到了前所未有的程度。理论流派的繁荣和更迭带来的是文学批评的抽象化、概念化和程式化,学者们在分析具体作品时常常陷入"一筹莫展的境地",[①]文学文本解读因为与作品的情感思想和审美特性的距离愈来愈大而逐渐失去活力。

---

① 勒内·韦勒克、奥斯汀·沃伦:《文学理论》,刘象愚等译,南京:江苏教育出版社,2005年,第156页。

伍尔夫的观照不仅让我们看到了古希腊文学的独特性,而且激发了我们对文学批评的形式和活力的重新思考。这正是它的价值之所在。

(载《外国文学》2013 年第 5 期)

论英国文学
——弗吉尼亚·伍尔夫随笔论析之二

自1904年至1941年,伍尔夫用30余年时间,不仅评论了从14世纪到20世纪数百位重要、次要和无名的英国作家,而且出版了2本英国文学批评随笔自选集《普通读者》(Ⅰ,Ⅱ),独具匠心地勾勒出英国文学的疆界。在她的建构中,英国文学是一个有机体:其边界清晰,但又与其他国别文学有着应和关系;其结构自然,内在构成并非由主要作家和重要作品直线串联而成,而是主次交错、多种体裁相关联的存在大链条;其审视深入,既虚实相映又对比评判;其概括中肯,基于大量作家作品分析和国别文学对照。伍尔夫的有机建构不像亚里士多德的"情节整一律"那般严谨,"任何部分一经挪动或删削,就会使整体松动脱节",[①]而更接近柯勒律治的有机诗学,"在使相反的、不调和的性质平衡或和谐中显示出自己来"。[②]梳理和揭示她的独特建构,有益于从另一视角整体观照英国文学疆界的边界、内涵和特性。

英美学界侧重从伍尔夫的英国文学随笔中提炼她的批评思

---

① 亚里士多德:《诗学》,载《诗学·诗艺》,北京:人民大学出版社,1962年,第28页。
② 柯勒律治:《文学生涯》,载《十九世纪英国诗人论诗》,北京:人民出版社,1984年,第69页。

想,盖吉特①、雷纳·韦勒克②、戈德曼③等都曾做分析,另外也关注伍尔夫与其他英国作家之间的传承关系,比如伍尔夫对莎士比亚的阅读,④雪莱对伍尔夫的影响⑤等,但很少有人对伍尔夫的英国文学评论做总体观照。伍尔夫曾赋予英国文学怎样的编年史框架?她采用了怎样的审美批评模式?她就英国文学的基本特性做出了怎样的归纳?这些是本章拟探讨的问题。

一、以"愉悦"为目的的编年史

20世纪二三十年代,伍尔夫在对英、美、法、俄、古希腊文学撰写了20余年的批评随笔后,出版了两本自选集《普通读者Ⅰ》(1925)和《普通读者Ⅱ》(1932),按年代顺序编排自14世纪至20世纪的英国文学随笔,其中穿插了评论古希腊、法国和俄罗斯文学的随笔3篇,以独特的方式呈现她对英国文学疆界的建构和领悟。伍尔夫自选集的选编宗旨是"愉悦",而编写体例则是"编年史",她的有机观念正是通过将"愉悦"说和"编年史"所代表的不同文学批评立场相结合而传递出来的。

在《普通读者Ⅰ》的序言中,伍尔夫借助约翰逊(Samuel John-

---

① Jean Guiguet, *Virginia Woolf and Her Works*, Trans. Jean Stewart, London: The Hogarth Press, 1965.
② 雷纳·韦勒克:《近代文学批评史》(第五卷),杨自伍译,上海:上海译文出版社,2009年,第111—141页。
③ Mark Goldman, *The Reader's Art: Virginia Woolf as Literary Critic*, The Hague: Mouton, 1976, pp.7-31.
④ Beth C. Schwartz, "Thinking Back Through Our Mother: Virginia Woolf Reads Shakespeare," *ELH*, Vol. 58, No. 3 (Autumn, 1991), pp. 721-746.
⑤ Nathaniel Brown, "The 'Double Soul': Virginia Woolf, Shelley and Androgyny," *Keats-Shelley Journal*, Vol. 33 (1984), pp. 182-204.

son)博士的话语,阐明了她以"愉悦"为目的的编排宗旨:

在约翰逊博士心目中,普通读者不同于批评家和学者,他受教育的程度没那么高,天赋也没那么高。他阅读是为了自己的愉悦,而不是为了传授知识或纠正他人的看法。最重要的是,他受本能的牵引,要凭借自己所了解的一鳞半爪来创造一个整体——某个人物的画像、一个时代的勾勒、一种艺术创作理论。①

在这里,伍尔夫以"愉悦"作为阅读宗旨,其观点类似新古典主义时期盛行的愉悦说,比如德莱顿的"愉悦如果不是诗歌的唯一目的,也是主要目的"②,约翰逊的"只有对一般自然的再现才能给人以愉悦,才能使愉悦恒久"。③只是新古典主义的愉悦说重在阐明文学的教益作用,将文学视为"在读者那里实现某种效果的工具",以"教益、情感和愉悦"为效果的具体表现;④而伍尔夫的"愉悦"强调的是文学阅读中普通读者自主领悟的重要性,文学批评是"遵循自己的直觉,运用自己的判断,得出自己的结论"⑤的过程。

不过,在对文学本质的理解上,伍尔夫与新古典主义的立场大致相同,那就是,文学在本质上是对人的本性的描写,它是超越特

---

① Virginia Woolf, "The Common Reader," *The Essays of Virginia Woolf* (Vol. 4), Ed. Andrew McNeillie, London: The Hogarth Press, 1994, p.19.

② John Dryden, "Of Dramatic Poesy: An Essay," (1668) *Essays* (Vol. 1), Ed. W. P. Ker, Oxford: Clarendon Press, 1900, p.100.

③ Samuel Johnson, "Preface to Shakespeare," *Johnson on Shakespeare*, Ed. Sir Walter Raleigh, Oxford: Henry Frowde, 1908, p.11.

④ M. H. 艾布拉姆斯:《以文行事——艾布拉姆斯精选集》,赵毅衡、周劲松等译,南京:译林出版社,2010年,第7页。

⑤ Virginia Woolf, "How Should One Read a Book?" *The Common Reader* (Second Series), London: The Hogarth Press, 1959, p.258.

定历史形态的。约翰逊的一段话颇能说明这一立场:

> 掌握自然知识只是诗人的任务的一半,他还必须熟知所有的生活形态。诗人的本性要求他评估所有的幸与不幸,观察激情在不同情境下的力量,追踪心灵在不同的制度和气候、风俗影响下所发生的变化……他必须消除自己的年龄和地域所带来的偏见,他必须在抽象和不变的心境中思考是非问题,他必须抛开现行的法律和舆论,去探寻一般的和超验的真谛。①

约翰逊关于文学揭示人性和文学超越自我、国家和历史的理解,正是伍尔夫在两本《普通读者》中反复申明的。她不仅声称其"愉悦"说源自约翰逊,而且从读者角度重构了约翰逊的文学本质说:读者的任务是去追踪并领悟作者对一个人、一个时代、一种文论的描写,沟通的媒介是读者和作者共通的本能和天性。她几乎在每一篇随笔中都追踪并揭示:作家作品是否超越历史"事实",去表现"更高超的抽象表达,走向虚构艺术更纯真的真义"。②

但是,她的随笔体例却采用了"编年史"这一特别强调历史主义精神的模式。为了便于分析,我们将自选集的目录列出。

《普通读者Ⅰ》的目录:

帕斯顿家族和乔叟—论不懂希腊—伊丽莎白时代的栈房—伊丽莎白时代戏剧读后感—蒙田—纽卡斯尔公爵夫人—漫谈伊夫

---

① Samuel Johnson, "The History of Rasselas (chapter Ⅹ)," *The Theory of Criticism: From Plato to the Present*, Ed. Raman Selden, Essex: Longman Group UK Limited, 1988, p.89.

② Virginia Woolf, "How Should One Read a Book?", *The Common Reader (Second Series)*, London: The Hogarth Press, 1959, p.264.

林—笛福—艾迪生—无名者的生活—简·奥斯丁—现代小说—《简·爱》与《呼啸山庄》—乔治·艾略特—俄罗斯视角—论四位无名作者—赞助人与藏红花（注：论作家与读者的关系）—现代散文—康拉德—论当代作家

《普通读者Ⅱ》的目录：

陌生的伊丽莎白时代的人—三百年后读多恩—锡德尼的《阿卡迪亚》—《鲁滨逊漂流记》—多罗茜·奥斯本的《书信集》—斯威夫特的《寄斯特娜的日记》—《感伤的旅程》—切斯特菲尔德爵士家书—两位牧师—范尼·伯尼—杰克·米顿—德·昆西自传—四位人物—威廉·赫兹利特—杰拉尔丁和简——布朗宁夫人的《奥罗拉·利》—伯爵的侄女—乔治·吉辛—乔治·梅瑞狄斯的小说—克里斯蒂娜·罗塞蒂—托马斯·哈代的小说—我们该如何读书

从中可以看出伍尔夫编目的三大特点：

1. 按照年代顺序编排从14世纪乔叟到20世纪康拉德等作家的随笔。只是她选择作家的标准不像常规编年史那样以作家作品的崇高性、代表性、原创性、影响力为依据，①以线性的方式串联各时期的重要作家作品；她的选目是多元的，串联是曲线的，既包括重要作家，如乔叟、多恩、笛福、斯威夫特、斯特恩、简·奥斯丁、乔治·艾略特、托马斯·哈代、康拉德等，也包括次要和无名作者，如伊丽莎白时代作家群、伊夫林、艾迪生、纽卡斯尔公爵夫人、切斯特菲尔德爵士、多萝西·奥斯本等。

2. 所选体裁是多样的，小说、戏剧、诗歌、书信、日记、传记、理论杂乱汇集。

---

① 哈罗德·布鲁姆在《西方正典》的序言中提出这几条经典评判依据，在某种程度上代表着学界对编年史选材标准的共识。

3. 在以英国文学为主体的编年史中,穿插古希腊、法国、俄罗斯文学。

相对于常规编年史而言,除了"按照所探讨的作者的年代顺序编排目次"①之外,它看起来既不完整又不规范。这一非常规编年史体例,究竟是传承还是颠覆了文学编年史的初衷,值得探讨。

以编年方式构建国别文学史的做法始于 19 世纪,其基础是黑格尔的历史主义和孔德的实证主义。在民族文化即民族精神的表现和自然科学是最可靠的研究方法等思想的影响下,自 19 世纪中后期起,文学史家们纷纷按年代顺序建构文学史,以诠释文学史即时代精神的构成、表现和发展的观念。②希波里特·泰纳关于文艺创作及其发展史受制于"种族、环境和时代"三要素的观点是其中最有代表性的思想:"在每一种情形下,人类历史的机制都是相同的。人们不断发现精神和灵魂某种最原初的普遍特性,它是内在的,由自然附加于某种族身上,或者说它是由于环境作用于种族而获得或产生的……有三种不同的原因有助于产生这种基本的道德形态——种族、环境和时代。"③因此,"要了解一件艺术品,一个艺术家,一群艺术家,必须正确地设想他们所属的时代的精神和风貌概况。这是艺术品最后的解释,也是决定一切的根本原因"。④ 可以看出,文学编年史的基本立场是:将文学史等同于时代精神和风俗习惯演化史;认定文学的发展取决于人类历史的发展;混淆文学批评与自然科学、社会科学之间的根本区别;忽视文学自身的本

---

① 雷纳·韦勒克:《近代文学批评史》(第五卷),杨自伍译,上海:上海译文出版社,2009 年,第 131 页。
② 蒂博代:《六说文学批评》,赵坚译,北京:生活·读书·新知三联书店,2002 年。
③ H. A. Taine, "History of English Literature," *The Theory of Criticism: From Plato to the Present*, Ed. Raman Selden, Essex: Longman Group UK Limited, 1988. pp. 423-424.
④ 泰纳:《艺术哲学》,傅雷译,北京:人民文学出版社,1963 年,第 7—8 页。

质、规律和价值。

伍尔夫采用了编年史体例,但仅仅接受了文学与历史相关联的观点,并不接受文学取决于历史的立场。她将"愉悦"说与"编年史"体例合一,结果产生了独特的"有机发展整体"①。其有机性主要表现在两个方面。

1. 相信文学在本质上是共通的,其宗旨在于揭示人类天性;国别文学对比更能有效地显现英国文学的独特性。

《普通读者Ⅰ》中有三对醒目的国别文学对比:作为欧洲文学源头的古希腊文学与作为英国文学源头的乔叟作品的对比;法国蒙田的随笔与同时代的英国伊丽莎白时期文学的对比;19世纪俄罗斯经典作家与深受俄罗斯文学影响的英国近现代作家的对比。这些对比显然是有意而为之,旨在让人明辨英国文学的优劣。伍尔夫在随笔《伊丽莎白时代的栈房》中曾明确论述这一用意:

> 伊丽莎白时代的散文如何不适用,法国散文如何已自足,通过对比锡德尼的《诗辩》与蒙田的随笔即可明了……锡德尼的散文是绵绵不绝的独白,偶有妙语佳词,以强化悲情和说教,但它长篇累牍,既不活泼也不口语化,不能牢牢抓住其思想,或灵活准确地适应其思想的变化。与此相比,蒙田则擅长行文,了解文体的力量与局限,能巧妙地进入连诗歌都无法达到的情感缝隙,能以不同的方式传达与诗歌同样优美的节奏,能表达被伊丽莎白时代的散文完全忽略的微妙和强烈情感。②

---

① Jean Guiguet, *Virginia Woolf and Her Works*, Trans. Jean Stewart, London: The Hogarth Press, 1965, p.156.
② Virginia Woolf, "The Elizabethan Lumber Room," *The Essays of Virginia Woolf* (Vol. 4), Ed. Andrew McNeillie, London: The Hogarth Press, 1994, p.57.

与这段引文相呼应的是,伊丽莎白时期的随笔与蒙田的随笔在编目上前后相连。类似的国别文学对比论述在自选集中反复出现,英国作家作品的特性大都是在英、法、俄多种文学对比中提炼出来的。我们将在本文第三部分详述。

2. 文学发展与人类历史发展相互呼应,因而将艺术虚构与生活真实并置,更能映现伟大作家的艺术独创性和思想深度。

在自选集目录中,伍尔夫将各时期的主要作家与次要、无名作家并置,有意建构了生活真实与艺术虚构相对照的格局。生活真实大都通过评点不知名作者的日记、传记、作品来勾勒,它们只提供事实,远未达到揭示人性的深度;艺术虚构通过分析经典作家作品来揭示,它们实现了更为高超的抽象,能够表现精神和本质。[①]英国文学的技巧、风格、主题、意境都是通过现实与虚构的比照来揭示的,而不是通过理性的归类、鉴赏和解释来完成。

这种对比有时直接应用在单篇随笔中。比如在《帕斯顿家族和乔叟》中,实有其人的英国帕斯顿家族的日记所描绘的14、15世纪的真实生活,与同时代作家乔叟的文学虚构相映成趣。再比如《伊丽莎白时代的栈房》《伊丽莎白时代戏剧读后感》中的文学评论是以哈克鲁特(Hakluyt,1552—1616)的五卷本航海游记为参照的。

这种对比更多体现在上下篇目的呼应之中。比如对于17世纪的时代特性是通过评点无名作家纽卡斯尔公爵夫人(Margaret Newcastle,1624—1674)的日记、诗歌、戏剧和随笔,以及约翰·伊夫林(John Evelyn,1620—1706)的日记和多萝西·奥斯本

---

① Virginia Woolf,"How Should One Read a Book?", *The Common Reader* (Second Series), London: The Hogarth Press, 1959, p.264.

(Dorothy Osborne,1627—1695)的书信集来呈现的,所衬托的是17世纪的约翰·多恩和托马斯·布朗的杰出创作。再比如18世纪的社会特性记录在切斯特菲尔德爵士(Lord Chesterfield,1694—1733)的家书①、詹姆斯·伍德福德(James Woodforde,1740—1803)的日记②和贺拉斯·沃尔浦尔(Horace Walpole,1717—1797)的书信中,③所对应的是丹尼尔·笛福(Daniel Defoe,1660—1731)和劳伦斯·斯特恩(Lawrence Sterne,1713—1768)的伟大作品。

这种编排方式,对伍尔夫来说颇有情趣,是走近著名作家的一种方式:

> 传记作品和回忆录……为我们点亮了无数这样的房间,展现这些人的日常生活、磨难、失败、成功、饮食起居、爱恨情仇,直至死亡……凡此种种,正是我们阅读这些生活和文字的方法之一,通过它们来照亮过去时代的许多窗口,从他们的日常习惯中认识那些故去的著名人士,甚至在想象中走近他们,惊讶于他们的秘密,或者拿出他们的剧本或诗歌,看看当着作者的面朗读他们的作品,效果是否不同。④

---

① Virginia Woolf,"Lord Chesterfield's Letter to His Son,"*The Essays of Virginia Woolf*(*Vol. 5*),Ed. Stuart N. Clarke,London:The Hogarth Press,2009,pp.410-417.

② Virginia Woolf,"Two Parsons,"*The Essays of Virginia Woolf*(*Vol. 5*),Ed. Stuart N. Clarke,London:The Hogarth Press,2009,pp.417-423.

③ Virginia Woolf,"Horace Walpole,"*Granite and Rainbow*:*Essays*,London:Harcourt Brace Jovanovich,Inc.,1958,pp.181-186.

④ Virginia Woolf,"How Should One Read a Book?",*The Common Reader*(*Second Series*),London:The Hogarth Press,1959,pp.261-262.

可以看出,在对待历史真实与文学虚构的关系的问题上,伍尔夫既不像泰纳那样只预设历史对文学的决定性作用,也不像约翰逊那样只预设文学对历史的超越性,倒像雷蒙·威廉斯在《漫长的革命》中论述的那样,"假定价值观或艺术作品可以在不参照它们得以表现的特定社会状况下就进行充分研究,这种看法当然是错误的;但是假定社会解释是决定性的,或者说价值观与艺术作品不过是副产品,这种看法同样是错误的",重要的不是去预设哪一种具有"先在性",而是去关注"它们本身及它们之间的相互关系"。① 伍尔夫在编目上将不同层次、体裁、国别的作家作品按照年代顺序编排,所呈现的只是一种并置或对照关系,其中并无人为预设的先在性和决定性观念。她的主观评判只应用于单篇随笔之中,应用于对比作家作品与真实生活之后,但从不曾用它先在地统管整个体系。

如果说伍尔夫的编目是有机的,那它也是平淡自然式的,看起来就如真实的自然界那般繁杂、凌乱、无序,因为真正的凝聚力是超然其外的。她对英国文学疆界的有机建构非常接近她最推崇的浪漫主义诗人柯勒律治对"想象"的有机性的描述:

> 它调和同一的和殊异的、一般的和具体的、概念和形象、个别的和有代表性的、新奇与新鲜之感和陈旧与熟悉的事物、一种不同寻常的情绪和一种不同寻常的秩序……并且当它把天然的与人工的混合而使之和谐时,它仍然使艺术从属于自然;使形象从属于内容;使我们对诗人的钦佩从属于我们对诗

---

① Raymond Williams, *The Long Revolution*, Harmondsworth: Penguin, 1965, pp.61-62.

的感应。①

在伍尔夫所建构的英国文学的有机疆界中,唯一的内在机制只是简简单单的对比:虚实对比、内外比照和异同并置,其中并无人为预设的逻辑、假说和推论。

二、虚实相映与对比评判并重的批评模式

与虚实对照的编年史体例一致,伍尔夫几乎在每一篇随笔中都采用了虚实相映与对比评判并重的批评模式,即将作家的作品置于真实的时代背景中予以全景观照,通过同类作品对比对其做出评判,揭示作家在艺术风格和主题上如何表现人类本性。这一批评模式的重要性体现在下面两点。

首先,虚实相映的目的并不是证明真实生活对艺术创作的影响力,恰恰相反,它是为了探明艺术虚构在多大程度上超越了生活真实。对伍尔夫来说,文学批评最需要回答的问题是:

> 一本书受到作者的生活经历的影响了吗——在多大程度上可以让作为个体的人演绎作为作家的创作者?我们应该在多大程度上拒绝或接受作为个体的作者在我们心中激起的同情之心和厌恶之情……没有什么比在一个如此个人化的事件中受偏见的引导更致命的了。②

---

① 柯勒律治:《文学生涯》,载《十九世纪英国诗人论诗》,北京:人民出版社,1984年,第69页。

② Virginia Woolf, "How Should One Read a Book?", *The Common Reader* (Second Series), London: The Hogarth Press, 1959, p.263.

也就是说,批评家只有看清了作为作家的创作者在多大程度上高于作为个体的人,他才能把握该作家在多大程度上突破了个人经历和生活事实的遮蔽,以一种更高超的艺术抽象去表现"人性中虽不是最诱人却是最恒久的东西"①或"琐碎的生活场景之下最持久的生命形式"②。从这个意义上说,她的批评既不像克罗南伯杰所评的那样,只"记录了心灵在志趣相投的经典作品中的历险记",③也不像戈德曼所总结的那样,表达了"作者的现实观决定他的审美信念和内容形式"④的信念。这些都只是她的批评形式,她的目标是去揭示作家在虚构艺术上对生活真实和历史真实的超越。

其次,在虚实对照的基础上实现对作品的充分感受和整体观照后,批评家必须依托自己的"想象力、洞察力和学识"对作品进行充分的"对比和评判"。这个阶段的对比是在同类书籍之间进行的,批评家需要做的是将所评作品与"同类中最杰出的作品进行比较",⑤以便用相关的伟大思想照亮和明确"我们心灵深处不断翻滚的模糊念头"。⑥这是一种全景视野,它将作家的作品置于整个艺术史领域中进行审视和判断,以超越批评家的个人喜好或单一理论的偏狭。

---

① Virginia Woolf, "Defoe," *The Essays of Virginia Woolf* (Vol. 4), Ed. Andrew McNeillie, London: The Hogarth Press, 1994, p.104.

② Virginia Woolf, "Jane Austen," *The Essays of Virginia Woolf* (Vol. 4), Ed. Andrew McNeillie, London: The Hogarth Press, 1994, p.149.

③ Louis Kronenberger, "Virginia Woolf as Critic," *Virginia Woolf Critical Assessments* (Vol. 1), Ed. Eleanor McNees, Mountfield: Helm Information, 1994, p. 103.

④ Mark Goldman, *The Reader's Art: Virginia Woolf as Literary Critic*, The Hague: Mouton, 1976, pp.7 - 31.

⑤ Virginia Woolf, "How Should One Read a Book?", *The Common Reader* (Second Series), London: The Hogarth Press, 1959, p.267.

⑥ Virginia Woolf, "How Should One Read a Book?", *The Common Reader* (Second Series), London: The Hogarth Press, 1959, p.269.

她用这一批评模式洞见了英国伟大作家的原创性和超然性，比如乔叟、莎士比亚、多恩、柯勒律治、雪莱等。

1. 在随笔《帕斯顿家族和乔叟》中，伍尔夫是这样评论 14 世纪乔叟的作品的。基于真实的帕斯顿家族的书信，她描绘了 14、15 世纪英国家族的生存图景：父子两代人不同的生活目标、旨趣和态度，以及儿子对同时代作家乔叟作品的喜爱。在两代人生活描写的中间地带，她插入了对乔叟诗作的评论，以现实真实与文学虚构相比照的方式，阐明了乔叟的原创特性。

其一，中世纪生活的简朴和单调，与自然环境的荒凉和原始，造就了乔叟直观、欢快、明确的诗歌风格。他的创作是对严酷生活的一种逃离。"在乔叟眼里，乡野太宽广、太荒凉，并不怡人。他仿佛已体验过这种痛苦，本能地回避风暴与岩石，转向五月天和明快的景致；回避严酷和神秘，转向欢乐和确定。"[①]

其二，基于这一本能的审美取向，乔叟的诗作在措辞的简朴和人物的平实上与当时的简单生活形态和严酷环境相符，在基调的明快和主题的诗意上高于现实生活。"它是诗歌的世界。这里的一切比日常世界或散文更快、更强烈、更有序……有些诗行提前半秒说出了我们想说的，好像我们在文字形成之前就读到了自己的思想；有些诗行让我们重复阅读，它们凭借其加强特性和魔力在脑海中长久闪亮。"[②]

伍尔夫认为，在艺术技巧上，乔叟的优势显著。比如：在自然描写上，他的技法高于华兹华斯、丁尼生；在人物塑造的活力上，唯有康

---

① Virginia Woolf, "The Pastons and Chaucer," *The Essays of Virginia Woolf* (Vol. 4), Ed. Andrew McNeillie, London: The Hogarth Press, 1994, p. 27.
② Virginia Woolf, "The Pastons and Chaucer," *The Essays of Virginia Woolf* (Vol. 4), Ed. Andrew McNeillie, London: The Hogarth Press, 1994, p.32.

拉德可以与他媲美；在幽默营造上，他比笛福、斯特恩、乔伊斯更自如。他的诗作的最大优势在于赋予单调无趣的日常生活以诗意、幽默和快乐。"当她们（指称诗句）优雅地走过，从队伍后面探出乔叟的脸，它与所有的狐狸、驴子、母鸡一起，嘲笑生活的盛况与典礼——诙谐、知性、法国式的，同时根植于英国幽默的广阔基础之上。"①

在评论乔叟诗作时，伍尔夫既没有复述乔叟的意识，也没有用生活真实来评判他的作品的真实性，而是在现实的严酷、单调、无趣与乔叟诗作的欢快、明确、诗意的对比中，突显乔叟的创作源于生活又高于生活的特性与价值；在对比乔叟与诸多英国其他名家中，显现他的原创技巧之高超。

2. 伍尔夫始终将莎士比亚视为英国文学的最高境界和最佳楷模，常常用他来评判其他作家的优劣。她在《一间自己的房间》中盛赞莎士比亚超然物外的创作心境："……为了尽力将内心的东西全部而完整地表现出来，艺术家的头脑必须是澄明的，就像莎士比亚的头脑一样……里面不能有障碍，不能有未燃尽的杂质。"②莎士比亚之所以伟大，是因为在他的作品中读不到任何牢骚、怨愤、憎恶、抗争、告诫、谴责、报复、苦难等个人情绪，他的诗章喷薄而出，酣畅淋漓。这种超然无我的境界正是伍尔夫在批评中不断追寻和特别赞赏的，"如果真的有人曾完整地表达自己，那必定是莎士比亚。如果真的有过澄明的、没有障碍的头脑……那必定是莎士比亚的头脑"③。

---

① Virginia Woolf, "The Pastons and Chaucer," *The Essays of Virginia Woolf* (*Vol. 4*), Ed. Andrew McNeillie, London: The Hogarth Press, 1994, p.33.

② Virginia Woolf, *A Room of One's Own*, San Diego: Harcourt Brace Jovanovich, Inc., 1957, p.58.

③ Virginia Woolf, *A Room of One's Own*, San Diego: Harcourt Brace Jovanovich, Inc., 1957, p.59.

3. 伍尔夫认为约翰·多恩的伟大之处在于能将纷繁复杂的事物融为一体,并予以有力表现。她在随笔《轻率》中将多恩与莎士比亚并列,赞扬他能够超然于一切自我意识、性别意识和道德评判之上,自如地表现纷繁复杂的世界的本来面目。"在他晦涩的思想中某些东西让我们痴迷;他的愤怒灼人,却又能激发情感;在他茂密的荆棘丛中,我们可以瞥见最高的天堂之境、最热烈的狂喜和最纯粹的宁静。"①她在随笔《三百年后读多恩》中指出,多恩的诗歌有一种与伊丽莎白时代文学迥然不同的品质,那就是,将"那些原来分散在生活河流中的元素……变成了一个整体"②的力量。他所以有这种力量,是因为"他是一个大胆而积极的人,喜欢描写事物的本来面目,能够将他那敏锐的感官所捕获的每一丝震颤都如实地表达出来"。③ 与伊丽莎白时期作家们偏爱拔高、综合和美化的审美取向相反,他喜欢精确描写细节,喜欢将相互矛盾的生活场景并置,喜欢将人物内心格格不入的欲望聚合,充分表现了生命和世界的复杂性和多样性。这一审美取向赋予他的诗歌以极强的生命力、深刻性和超然性,以至"只要我们读他的诗作,倾听他那富有激情和穿透力的声音,他的形象便穿越漫长的岁月再次出现,比他那个时代的任何人都更挺拔、高傲、不可思议"④。

4. 在她看来,托马斯·布朗是开创英国心理小说和自传的第一人。她在随笔《伊丽莎白时代的栈房》中高度评价布朗:"他强烈

---

① Virginia Woolf, "Indiscretions," *The Essays of Virginia Woolf*, (Vol. 3), Ed. Andrew McNeillie, London: The Hogarth Press, 1988, p.463.
② Virginia Woolf, "Donne After Three Centuries," *The Essays of Virginia Woolf* (Vol. 5), Ed. Stuart N. Clarke, London: The Hogarth Press, 2009, p.350.
③ Virginia Woolf, "Donne After Three Centuries," *The Essays of Virginia Woolf* (Vol. 5), Ed. Stuart N. Clarke, London: The Hogarth Press, 2009, p.351.
④ Virginia Woolf, "Donne After Three Centuries," *The Essays of Virginia Woolf* (Vol. 5), Ed. Stuart N. Clarke, London: The Hogarth Press, 2009, p.361.

的自我中心为所有的心理小说家、自传作家、忏悔体作家和各种各样的私人生活描写开创了道路。是他率先从人与人的关系描写转向孤独的内心世界。"①布朗的最大贡献是,他带着敬畏和自信,详尽记录自己的内心世界,坚持不懈地借助冥思来洞穿它的奥秘,持之以恒地描写神秘而幽暗的"人"的心灵世界。由此,她在随笔《读书》中这样总结道:"总之,托马斯·布朗爵士将整个问题提出来了,这问题后来变得如此重要,变成认识作者自我的问题。在某处,在每一个地方,或明或暗地描写出下一个人的形象。"②

5. 伍尔夫推崇柯勒律治的艺术表现力和深刻思想,认为他以极精妙的诗句表现了敏感、复杂的心灵波动。她在随笔《站在门边的人》中赞美他是"所有试图表现人类心灵的错综复杂及其细微皱褶的作家的先驱";③又在随笔《作为批评家的柯勒律治》中评价他的文章深刻而超凡脱俗,能够将"原本在那里的一切揭示出来,而不从外界强加任何东西"。④她赞美雪莱的超然心境,在随笔《卓尔不群的人》中指出他的伟大"不在其明晰的思想,也不在其完美的表达,而在他的心境。我们穿过层层乌云和阵阵旋风,到达一个极为宁静、平和的无风世界。"⑤

对比评判显然是上述评论中最锐利的武器,不仅助她明辨艺术对生活的超越,而且明辨作家的独创性。她也常常用这一方法

---

① Virginia Woolf, "The Elizabethan Lumber Room," *The Essays of Virginia Woolf* (Vol. 4), Ed. Andrew McNeillie, London: The Hogarth Press, 1994, p.58.
② Virginia Woolf, "Reading," *The Captain's Death Bed and Other Essays*, London: Harcourt Brace Jovanovich, Inc., 1978, p.175.
③ Virginia Woolf, "The Man at the Gate," *The Death of the Moth*, New York: Harcourt, Brace and Company, Inc., 1942, pp.106 – 107.
④ Virginia Woolf, "Coleridge as Critic," *Books and Portraits*, Ed. Mary Lyon, London: The Hogarth Press, 1977, p. 47.
⑤ Virginia Woolf, "Not One of Us," *The Death of the Moth*, New York: Harcourt, Brace and Company, Inc., 1942, p.126.

照见作家的局限,阐明他们的问题在于无法超越生活事实、个人思想、社会道德等,比如伊丽莎白时代的作家群:艾迪生、哥尔德斯密斯、哈兹里特、罗斯金、梅瑞狄斯等。

1. 在随笔《伊丽莎白时代的栈房》中,伍尔夫以哈克鲁特(Hakluyt,1552—1616)的五卷本航海游记为参照,照见了伊丽莎白时期文学的华丽和肤浅,"整个伊丽莎白时期的文学洒满了金条和银子,充斥着各种圭亚那传说以及美洲故事……"①

在随笔《伊丽莎白时代戏剧读后感》中,她指出伊丽莎白时代的戏剧就像一片"丛林和荒野"②。戏剧家们沉浸在对独角兽、珠宝商、神秘岛和热那亚宫殿的幻想之中,远离现实生活,其描述完全不靠谱,"他们不是停留在现实生活上空某处,而是一直飞升至九霄之外,在那里长时间只看见云彩聚散"。③作品中充斥着杂多的人物、喧闹的氛围、滔滔不绝的语言、错综曲折的情节,而人物的情感和思想却被遮蔽了。与有个性、有情感、有思想、有灵魂的俄罗斯人物相比,英国的戏剧人物"就像印在纸牌上的面孔那样扁平粗糙,缺乏深度、广度和复杂性"。④伍尔夫从那些枯燥、浮夸、华丽的语言中只能隐约看到那个时代的男女富有活力的面孔和身体,听到他们的笑声和喊声,感觉到那个时期人们的幽默。

而在随笔《陌生的伊丽莎白时代的人》中,她重点讨论了该时代的诗歌和散文,认为它们清新、鲜活而优美,却不能"朴实而自然

---

① Virginia Woolf, "The Elizabethan Lumber Room," *The Essays of Virginia Woolf* (Vol. 4), Ed. Andrew McNeillie, London: The Hogarth Press, 1994, p.56.
② Virginia Woolf, "Notes on an Elizabethan Play," *The Essays of Virginia Woolf* (Vol. 4), Ed. Andrew McNeillie, London: The Hogarth Press, 1994, p.62.
③ Virginia Woolf, "Notes on an Elizabethan Play," *The Essays of Virginia Woolf* (Vol. 4), Ed. Andrew McNeillie, London: The Hogarth Press, 1994, p.63.
④ Virginia Woolf, "Notes on an Elizabethan Play," *The Essays of Virginia Woolf* (Vol. 4), Ed. Andrew McNeillie, London: The Hogarth Press, 1994, p.65.

地谈论普通事物"。①它用词夸张华丽,只关注奇思妙想,或冥想死亡与灵魂,语言空泛冗长,不能触及活生生的人。与同时期法国作家蒙田的作品相比,英国的诗歌散文缺乏形式的活泼、思想的准确、节奏的美妙和风格的微妙,它的幽默和想象尚不成形。②她特别撰写随笔《锡德尼的〈阿卡迪亚〉》和《仙后》,剖析该时期作品的局限性。她认为《阿卡迪亚》是个纯粹的幻想故事,遵循当时的创作程式,让王子和公主游历在神奇的国土上,语言抽象,场景优美,情节高贵,声音美妙,人物无瑕,但作品的世界与现实世界毫无关联。不过她也从中看到了英国文学的潜在元素:"《阿卡迪亚》如同一个发光的球体,里面潜藏着英国小说的全部种子。"③这些种子包括:非个性化、史诗、写真小说、浪漫故事、心理小说等。斯宾塞的《仙后》同样是幻想故事,用恶龙、骑士、魔术及黎明、落日编织而成。它的创作信念是用"正直和高尚的行为准则塑造绅士和高贵的人";④它的语言是高雅和世俗的混合体;它的人物尚不定型。不过伍尔夫也洞察了斯宾塞的优点:它能够调动我们的眼睛和身体的欲望,调动我们对韵律和冒险的渴望,"在阅读《仙后》时,我们感到全部的身心都被调动起来了,而不是个别部分"。⑤斯宾塞用诗歌的力量,将生活的酸甜苦辣吹到云霄之外,带给我们一种"更有力、更

---

① Virginia Woolf, "The Strange Elizabethans," *The Essays of Virginia Woolf (Vol. 5)*, Ed. Stuart N. Clarke, London: The Hogarth Press, 2009, p.335.

② Virginia Woolf, "The Elizabethan Lumber Room," *The Essays of Virginia Woolf (Vol. 4)*, Ed. Andrew McNeillie, London: The Hogarth Press, 1994, p.57.

③ Virginia Woolf, "The Countess of Pembroke's Arcadia," *The Essays of Virginia Woolf (Vol. 5)*, Ed. Stuart N. Clarke, London: The Hogarth Press, 2009, p.373.

④ Virginia Woolf, "The Faery Queen," *The Essays of Virginia Woolf (Vol. 6)*, Ed. Stuart N. Clarke, London: The Hogarth Press, 2011, p.488.

⑤ Virginia Woolf, "The Faery Queen," *The Essays of Virginia Woolf (Vol. 6)*, Ed. Stuart N. Clarke, London: The Hogarth Press, 2011, p.489.

准确地表达情感"的能力。①

在评点伊丽莎白时期的文学时,伍尔夫将生活与艺术相对照、同类作品相对比的方法同样取得了极好的效果。只是这一次她指出的是,不论是艺术虚构被生活事实淹没还是艺术虚构完全脱离生活真实,虚构艺术的活力都将荡然无存。

2. 她撰写随笔《奥利弗·哥尔德斯密斯》,指出哥尔德斯密斯的创作具有开阔的视野、巧妙的构思、生动的人物塑造和优美的风格,但是他过分强调了道德准则,坚持美德有报的立场,因而其作品的深度和亲和力受到了损害。②她在随笔《艾迪生》中指出他的长处在于其优美流畅的文笔,但是他过于重视文雅、道德和品位等特定标准,导致作品缺乏思想和情感,既无复杂性也无完整性。③

3. 在随笔《威廉·哈兹里特》中,她指出他的不足在于过强的自我意识和爱憎分明的个性,这使他的作品充满怨恨且不协调,思想和情感常常处于对立状态。只有当他处于忘我心境时,他才能创作佳作。④她从罗斯金极高的社会名声背后看到了他令人扼腕之处。她在随笔《罗斯金》中用他卓越而孤傲的生平解释为何他的作品总是充斥着布道、说教和训斥,认为《现代画家》《芝麻与百合》等作品中的雄辩之词虽然值得阅读,但他的《自传》中的清纯风格和半透明的意味更值得回味。⑤

---

① Virginia Woolf, "The Faery Queen," *The Essays of Virginia Woolf* (Vol. 6), Ed. Stuart N. Clarke, London: The Hogarth Press, 2011, p.491.

② Virginia Woolf, "Oliver Goldsmith," *The Captain's Death Bed and Other Essays*, London: Harcourt Brace Jovanovich, Inc., 1978, pp.3 – 14.

③ Virginia Woolf, "Addison," *The Essays of Virginia Woolf* (Vol. 4), Ed. Andrew McNeillie, London: The Hogarth Press, 1994, pp.107 – 117.

④ Virginia Woolf, "William Hazlitt," *The Essays of Virginia Woolf* (Vol. 5), Ed. Stuart N. Clarke, London: The Hogarth Press, 2009, pp.494 – 505.

⑤ Virginia Woolf, "Ruskin," *The Captain's Death Bed and Other Essays*, London: Harcourt Brace Jovanovich, Inc., 1978, pp.48 – 52.

总之,伍尔夫之所以能敏锐地洞见英国作家的伟大与不足,是因为她始终以生活真实为参照,进行对比评判,其目的在于揭示艺术的超越性。她的批评与圣伯夫的传记式批评、泰纳的社会环境式批评有着根本性的区别,因为后者,就如普鲁斯特在《驳圣伯夫》中一针见血地指出的那样,从不曾注意到,作家在作品中的"自我"与他在真实生活中的"自我"是完全不同的,①用生活真实去捆绑艺术虚构,只会让艺术窒息。而作为文学家的伍尔夫自始至终对此有清醒的认识,因而始终在比照两者的不同中揭示作品的价值与局限。

三、英国文学的特性

伍尔夫对英国文学的概括是在国别文学对比的基础上给出的。她在随笔《现代小说》中对照俄罗斯文学的"灵魂"的博大、完整和深刻,指出英国小说的基本特色是:"从斯特恩到梅瑞狄斯的英国小说都证明,我们对幽默和喜剧、尘世之美、知性活动和身体之美妙有着天然的喜爱"。②她在随笔《班内特先生与布朗夫人》中比照法国作家笔下那些富有"人性"的人物塑造,指出英国作家擅长表现人物的"**古怪形貌和举止,她身上的纽扣和额头的皱纹,头发上的丝带和脸上的粉刺。她的个性主宰着全书**"。③这两段描述从神和形两个方面概括了英国文学的一般特性,它们的共通点在

---

① 普鲁斯特:《驳圣伯夫》,王道乾译,南昌:百花洲文艺出版社,1992年,第65页。
② Virginia Woolf, "Modern Fiction," *The Essays of Virginia Woolf* (Vol. 4), Ed. Andrew McNeillie, London: The Hogarth Press, 1994, p.163.
③ Virginia Woolf, "Mr. Bennett and Mrs. Brown," *The Captain's Death Bed and Other Essays*, London: Harcourt Brace Jovanovich, Inc., 1978, p.102.黑体系笔者所加。

于,将英国文学的一般特性指向幽默的"个性"。这一特性虽然是在比照俄罗斯文学的深刻"灵魂"和法国文学的和谐"人性"之时概括出来的,但它的基础却是伍尔夫对英国作家作品的大量评论。这些评论不仅给她的概括以有力的支撑,而且让整个英国文学变得异常生动。

既然伍尔夫在概括英国小说时,重点聚焦斯特恩之后的小说,我们就一起来看看她究竟如何评价18世纪之后的英国小说家对人物"个性"的创建。

伍尔夫特别欣赏那些用开阔的视野和富有生命力的"个性"来构建尘世之美的英国小说家,比如丹尼尔·笛福、沃尔特·司各特、狄更斯、哈代、康拉德。

她认为笛福(Daniel Defoe,1660—1731)是英国最伟大的小说家之一。在随笔《笛福》中,她指出:他总是将人物置于孤立无援的绝境,用亲身经历和参悟熔铸人物的血与肉,"他似乎把他的人物深深记在心中,能够以他自己也不完全清楚的方式体验他们";他着重表现人物的"勇气、机智和诚实"等人性中最真实、最根本的东西,"他达到了一种洞察的真实,这比他自称的事实的真实要珍贵得多,也持久得多"。① 她在随笔《鲁滨逊漂流记》中进一步剖析了他独特的透视法,指出他始终顺着人物的目光看世界,构建世界,他只关注"现实、事实和本质"这只尘世"大瓦罐",②平铺直叙地描绘事实,实事求是地观察世界,一切都是为了表现纯粹的"尘世"之美。最终他让普普通通的劳作变成了美的艺术:"由于坚定地相信

---

① Virginia Woolf, "Defoe," *The Essays of Virginia Woolf* (Vol. 4), Ed. Andrew McNeillie, London: The Hogarth Press, 1994, pp.102-103.

② Virginia Woolf, "Robinson Crusoe," *Granite and Rainbow: Essays*, London: Harcourt Brace Jovanovich, Inc., 1958, p.379.

那只瓦罐的硬度及品质,他让所有其他元素都服从于他的设计;他将整个宇宙融为一体。"①由此,伍尔夫将笛福列为"写真"类小说家之最,②因为他将作品建立在对人性中"最恒久的东西的领悟上"。③

她对沃尔特·司各特(Walter Scott,1771—1832)的威佛利小说的评价很高。在随笔《沃尔特·司各特爵士》中,她称它们是"让鲜活的人物用真实的语言说出真情实感"④的小说,认为它们对人与自然、人与命运的关系的全景描写具有长盛不衰的活力。这种活力来自司各特赋予人物的生命种子,"司各特的人物同莎士比亚和简·奥斯丁的人物一样,他们的身上有着生命的种子",⑤它能够"让人物用对话揭示自我"。⑥

她对查尔斯·狄更斯(Charles Dickens,1812—1870)的深刻印象停留在他所刻画的那些怪诞而又充满生命力的人物上。在随笔《大卫·科波菲尔》中,她认为人物的生命力源自狄更斯极强的形象思维能力,他们身上具有一种不会减弱或消退的力量,不是分析性或阐释性的,而是用自然流淌的创造力一气呵成的;塑造他们的元素不是精确的细节,而是挥洒自如而又非同凡响的语词;他们是活生生的,在作者充盈的呼吸之中像生命的气泡一般一个一个

---

① Virginia Woolf, "Robinson Crusoe," *Granite and Rainbow*:*Essays*, London: Harcourt Brace Jovanovich, Inc., 1958, p.381.
② Virginia Woolf, "Phases of Fiction," *Granite and Rainbow*:*Essays*, London: Harcourt Brace Jovanovich, Inc., 1958, pp.94 - 103.
③ Virginia Woolf, "Defoe," *The Essays of Virginia Woolf* (*Vol. 4*), Ed. Andrew McNeillie, London: The Hogarth Press, 1994, p.104.
④ Virginia Woolf, "Sir Walter Scott," *The Moment and Other Essays*, London: Harcourt Brave Jovanovich, Inc., 1948, p.62.
⑤ Virginia Woolf, "Sir Walter Scott," *The Moment and Other Essays*, London: Harcourt Brave Jovanovich, Inc., 1948, p.66.
⑥ Virginia Woolf, "Sir Walter Scott," *The Moment and Other Essays*, London: Harcourt Brave Jovanovich, Inc., 1948, p.68.

地诞生。①

她认为托马斯·哈代(Thomas Hardy,1840—1928)拥有"唯有他才享有的举世公认的崇高地位"。②在随笔《托马斯·哈代的小说》中,她从他谦逊诚实的品性、恬淡诗意的态度和博览群书的视野出发,整体观照他的威塞克斯系列小说,指出他的卓越之处在于他始终用大自然来映照人的命运,而不是局限于人与人之间的关系。他意识到大自然蕴含着一种精神,它对人类的命运或同情或嘲讽无动于衷,因此他"不曾将光芒直接投射到人的心灵上,而是越过人心将光芒照射在石楠荒原的黑暗中或狂风中摇曳的大树上",③让我们从人物对大地、风暴和四季的敏锐感受中读懂他们的内心世界,感受他们的生命力。他的人物既是"受自己的激情和癖好驱使的普通人",又具有"与我们心灵相通的象征意味"。④他最好的作品是用"瞬间幻象"来表现的,而不是用说理来阐明的,因此能带给读者震撼人心的艺术效果:"哈代带给我们的不是某时某刻的生活摹写,而是整个世界和人类命运的景象,它是用强大的想象力、深刻的诗意才华和充满仁爱的心灵来表现的。"⑤

她对波兰血统的康拉德(Joseph Conrad,1857—1924)充满敬意。在随笔《康拉德先生:一次对话》和《约瑟夫·康拉德》中,她重

---

① Virginia Woolf, "David Copperfield," *The Moment and Other Essays*, London: Harcourt Brace Jovanovich, Inc., 1948, p.78.
② Virginia Woolf, "The Novels of Thomas Hardy," *The Essays of Virginia Woolf* (*Vol. 5*), Ed. Stuart N. Clarke, London: The Hogarth Press, 2009, p.561.
③ Virginia Woolf, "The Novels of Thomas Hardy," *The Essays of Virginia Woolf* (*Vol. 5*), Ed. Stuart N. Clarke, London: The Hogarth Press, 2009, p.567.
④ Virginia Woolf, "The Novels of Thomas Hardy," *The Essays of Virginia Woolf* (*Vol. 5*), Ed. Stuart N. Clarke, London: The Hogarth Press, 2009, p.566.
⑤ Virginia Woolf, "The Novels of Thomas Hardy," *The Essays of Virginia Woolf* (*Vol. 5*), Ed. Stuart N. Clarke, London: The Hogarth Press, 2009, p.571.

点探讨了康拉德的"双重视像",一种既深入其内又飘然其外的观察和体悟世界的方式。她认为,康拉德本人和他的作品都是两个截然对立的人物(或者说思维方式)的结合,一个是擅长观察、精于分析、思维敏锐的马洛,一个是为人纯朴、忠诚守信、寡言少语、坚信世间万物基于"少数非常简单的信念"的船长,"作品独特的美源自两者的结合"。①这一结合不仅使不同的事物和多元的自我和谐融合,而且瞬间照亮人物,照亮隐而不露的古老信念。他的作品"完整而宁静,无比纯洁,无比美丽,它们在我们的记忆中升起,就像炎热的夏夜,一颗又一颗星星缓慢而庄重地显现出来"。②

她高度赞扬那些以幽默的人物"个性"构建英国文学中最令人愉悦的作品的小说家,比如劳伦斯·斯特恩和简·奥斯丁。

她认为斯特恩(Lawrence Sterne,1713—1768)的伟大之处在于"抓住了事物的本质",③并以极其幽默的方式揭示它们。她在随笔《感伤的旅程》和《斯特恩》中,一方面从斯特恩的生平经历入手,揭示其艺术思想的根基和内质:他自小随父亲奔走四方;青年时代在剑桥大学博览众书,无比喜爱拉伯雷、塞万提斯等作家自由奇幻的写作风格;他担任牧师后,生活自由随性,时常与乡绅怪才喝酒聊天;因此在45岁那一年他将长久蕴藏在心中的奇思妙想倾泻出来,写成《项狄传》时,所表现的是他内心最真实的"幽默精神",它的根基是他的"享乐哲学",④即"不断地思考世界时的益

---

① Virginia Woolf, "Mr. Conrad: A Conversation," *The Captain's Death Bed and Other Essays*, London: Harcourt Brace Jovanovich, Inc., 1978, p.80.
② Virginia Woolf, "Joseph Conrad," *The Essays of Virginia Woolf* (Vol. 4), Ed. Andrew McNeillie, London: The Hogarth Press, 1994, p.232.
③ Virginia Woolf, "The 'Sentimental Journey'," *The Essays of Virginia Woolf* (Vol. 5), Ed. Stuart N. Clarke, London: The Hogarth Press, 2009, p.404.
④ Virginia Woolf, "The 'Sentimental Journey'," *The Essays of Virginia Woolf* (Vol. 5), Ed. Stuart N. Clarke, London: The Hogarth Press, 2009, p.406.

然乐趣"。①另一方面她从斯特恩离经叛道的行文风格入手,揭示其艺术风格的奥秘:他那些跳跃、不连贯、充满嘲讽和诗意的句子,虽然离传统文学风格很远,却与生活非常接近。"似乎没有一部文学作品能如此准确地流入人们的大脑皱褶,既表达不断变化的情绪,又回应最微妙的奇思妙想和冲动,而且所表达的思想竟然极其准确,极为简练。最佳的流动性与最高的持久性并存。"②这种微妙而准确的艺术风格源自斯特恩对观察视角和创作手法的调整。他最关注的不是外部事实,而是"内心情感的历险";他频繁使用"对比"手法为他的作品增添清新、愉悦和力量;他的风格的精髓在于"把人生的艰辛化为哈哈一笑的勇气"。③ 他是伍尔夫序列中"讽刺与奇幻"类小说家之最。④

她盛赞简·奥斯丁(Jane Austen, 1775—1817)能够赋予琐碎的生活场景以"最持久的生命形式"。⑤她在随笔《简·奥斯丁》中指出,奥斯丁幽默、独立和深思的个性和有限的生活圈决定了她聚焦人物性格、生活场景和反讽基调的艺术特性。奥斯丁既擅长用曲折的对话表现人物性格的复杂性和完整性,"那种难以捉摸的性质是由许多很不相同的部分组成的,需要特殊的天才才能将它们融

---

① Virginia Woolf, "Sterne," *Granite and Rainbow*: *Essays*, London: Harcourt Brace Jovanovich, Inc., 1958, p.175.
② Virginia Woolf, "The 'Sentimental Journey'," *The Essays of Virginia Woolf* (Vol. 5), Ed. Stuart N. Clarke, London: The Hogarth Press, 2009, p.403.
③ Virginia Woolf, "The 'Sentimental Journey'," *The Essays of Virginia Woolf* (Vol. 5), Ed. Stuart N. Clarke, London: The Hogarth Press, 2009, p.407.
④ Virginia Woolf, "Phases of Fiction," *Granite and Rainbow*: *Essays*, London: Harcourt Brace Jovanovich, Inc., 1958, pp.130–135.
⑤ Virginia Woolf, "Jane Austen," *The Essays of Virginia Woolf* (Vol. 4), Ed. Andrew McNeillie, London: The Hogarth Press, 1994, p.149.

为一体"；①也擅长用微妙的、对比的场景显现尘世生活的深度、美感和活力，"在琐碎和平凡中，他们的话语突然充满了意义，这一刻成为两个人生命中最难忘的时光。它充盈、闪亮、发光；它悬挂在我们面前，深邃、宁静、微微颤动"；②最重要的是，奥斯丁能从心而发去塑造人物"个性"的真善美，"她用无过失的心灵、无懈可击的品位、近乎严厉的道德作为参照，映照那些偏离了善、真和诚的言行，呈现了英国文学中最令人愉悦的描写"。③

她喜爱那些用丰富的"个性"去表现人物的知性活动的作家，并直截了当地指出他们存在的问题，比如詹姆斯·鲍斯维尔、德·昆西、勃朗特姐妹、乔治·艾略特、梅瑞狄斯、福斯特、劳伦斯等。

她充分肯定传记作家詹姆斯·鲍斯威尔（James Boswell，1740—1795）的出色才能，在随笔《鲍斯威尔的天才》中指出他的伟大之处在于能够用情感素材描绘一个人的心灵。"鲍斯威尔并不满足于仅仅看到'外部世界的有形变化'，他追寻的是'书信和对话中的心灵景象'，为此他勇往直前。他有一种罕见而美好的品格，能够'以极大的喜悦沉思那些上帝恩赐给人类的杰出精神'。也许这就是大多数人觉得他可爱的原因，一切源于他对生命的浪漫和兴奋的绝妙领悟。"④

伍尔夫偏爱德·昆西（Thomas De Quincey，1785—1859）的创作风格。在随笔《德·昆西自传》中，她认为德·昆西的散文能

---

① Virginia Woolf, "Jane Austen," *The Essays of Virginia Woolf* (Vol. 4), Ed. Andrew McNeillie, London: The Hogarth Press, 1994, p.151.
② Virginia Woolf, "Jane Austen," *The Essays of Virginia Woolf* (Vol. 4), Ed. Andrew McNeillie, London: The Hogarth Press, 1994, p.152.
③ Virginia Woolf, "Jane Austen," *The Essays of Virginia Woolf* (Vol. 4), Ed. Andrew McNeillie, London: The Hogarth Press, 1994, p.152.
④ Virginia Woolf, "The Genius of Boswell," *Books and Portraits*, Ed. Mary Lyon, London: The Hogarth Press, 1977, pp. 179-180.

带来平静和完美的感觉,像音乐一般触动我们的感受,将我们带入一种心境,在那里我们的心情变得安宁,视野变得开阔,眼前呈现的是生命的丰美和宇宙的浩瀚。"情感并未直露地表达,而是借助意象在我们面前慢慢呈现,将错综复杂的意义完整地表现。"①德·昆西的杰出之处在于他擅长表达自我意识和瞬间思想,能够将"转瞬即逝的事件行为与强烈情感的逐渐激发"这两个不同生命层面的东西巧妙地融合,成功地将飘忽不定的意识幻象展现在我们面前。他表达思想的有效方式是启用复杂长句,但是语言冗长、文风散漫、结构涣散也是他的局限。

她对夏洛蒂·勃朗特(Charlotte Bronte,1816—1855)和艾米丽·勃朗特(Emily Bronte,1818—1848)姐妹的评价一分为二。在随笔《〈简·爱〉与〈呼啸山庄〉》中,她指出夏洛特极强的个性和自我意识所带来的野性、对抗性和创造性,使作品表现出特定的"美、力量和迅捷",②但其"个性"人物的局限性也同样显著:性格简单,风格粗糙,囿于个人化情绪。艾米丽的作品带着浓郁的诗意,其灵感来自抽象的概念;作品的世界超然于尘世之外,却带着强烈的生命力,"她似乎可以撕去我们借以认识人类的所有东西,向这些无法识别的透明人物身上注入一股生命力,使他们能够超然地生活在尘世之外"。③

她充分肯定乔治·艾略特(George Eliot,1819—1880)给人物

---

① Virginia Woolf, "De Quincey's Autobiography," *The Essays of Virginia Woolf* (Vol. 5), Ed. Stuart N. Clarke, London: The Hogarth Press, 2009, p.453.

② Virginia Woolf, "'Jane Eyre' and 'Wuthering Heights'," *The Essays of Virginia Woolf* (Vol. 4), Ed. Andrew McNeillie, London: The Hogarth Press, 1994, p.168.

③ Virginia Woolf, "'Jane Eyre' and 'Wuthering Heights'," *The Essays of Virginia Woolf* (Vol. 4), Ed. Andrew McNeillie, London: The Hogarth Press, 1994, p.170.

和场景注入了大量的回忆和幽默所带来的"灵魂的舒适、温暖和自由"。①她在随笔《乔治·艾略特》中以艾略特的一生经历和留给他人的印象为向导,整体审视她的作品,虽然发现了不少瑕疵,比如思想缓慢,时常说教,自我意识显著等,但她特别欣赏艾略特对人性的出色刻画。"她能捧起一大把人性的重要元素,用宽容和健全的理解将它们宽松地融合在一起,我们重读作品时发现,这不仅使她的人物鲜活自如,而且能出乎意料地激起我们的欢笑和泪水。"②

她认为梅瑞狄斯(George Meredith,1828—1909)作品的主要问题是,它的哲学思想无法与作品本身相融。她在随笔《乔治·梅瑞狄斯的小说》中指出,作家的自我意识太强,执着于教诲,其场景的营造和人物的塑造似乎只是为作家表达对宇宙万物的看法而做的,因而作品显得华而不实。人物的不真实主要表现在:他们与所处环境格格不入,几乎是概念的化身,像蜡像一般被程式化、类型化。她的结论是,"如果小说中的人物全都是名存实亡的,即使它充满深刻的智慧和崇高的教诲,还是算不上真正的小说……梅瑞狄斯作为一名了不起的创新者,激发了我们对小说的兴趣,值得感谢。我们对他的创作心存疑惑,难以做出定论,主要是因为他的创作带有实验性质,作品内诸多成分无法和谐地融为一体"。③

伍尔夫赞赏福斯特(E. M. Forster,1879—1970)的想象力、洞察力和构思力,赞同他用传统与自由、幻想与现实、真理与谎言的

---

① Virginia Woolf, "George Eliot," *The Essays of Virginia Woolf* (*Vol. 4*), Ed. Andrew McNeillie, London: The Hogarth Press, 1994, p.174.
② Virginia Woolf, "George Eliot," *The Essays of Virginia Woolf* (*Vol. 4*), Ed. Andrew McNeillie, London: The Hogarth Press, 1994, p.175.
③ Virginia Woolf, "The Novels of George Meredith," *The Essays of Virginia Woolf* (*Vol. 5*), Ed. Stuart N. Clarke, London: The Hogarth Press, 2009, pp.550-551.

对立去表现思想的结构,肯定他的作品在内容、技巧、智慧、深度和美感方面所达到的高度,但是她认为在他的小说的核心"总有一种含糊不清、模棱两可的东西",①这使他的作品缺乏内聚力和表现力。她撰写随笔《福斯特的小说》,指出这种模棱两可的东西就是他在再现现实与表现思想之间的不融合。他具有精确的观察力,能够忠实地描写错综复杂、纷繁琐碎的社会现实和个人生活,但是他的现实堡垒太坚固,以致作品的灵魂被牢牢地锁闭在堡垒之内,整体被割裂,表现力因此受损。

她认为劳伦斯(D. H. Lawrence,1885—1930)所持的视角具有"拒斥众多观点,歪曲其他观点"②的特性,其艺术表现力犀利、深刻、明快、自如、精湛,"对生活的表现栩栩如生,富有色彩和立体感,如同小鸟在一幅画中啄樱桃那般鲜活","从某种意义上说它比我们能想象的真实生命更富有生命力",③然而与普鲁斯特的厚重和稳定相比,劳伦斯的作品给人一种急躁、不安、充满欲望的感觉。她在随笔《D. H. 劳伦斯随感》中,将这种骚动不安的风格归因于劳伦斯独特的经历和信念所带来的束缚和他极力割裂传统所导致的缺陷。"劳伦斯的出生给予他一种强烈的推动力。它将他的视线设置在特定视角,赋予他显著的创作特征。他从不回首往事,也从不观照事物,仿佛它们只是人们的好奇心;他也不将文学视为文学本身……将他与普鲁斯特相比,我们发现他不呼应任何人,不继承传统,对过去毫不理会,也不关注现在,除非它对将来有影响。作

---

① Virginia Woolf, "The Novels of E. M. Forster," *The Death of the Moth*, New York: Harcourt, Brace and Company, Inc., 1942, p.169.
② Virginia Woolf, "Notes on D. H. Lawrence," *The Moment and Other Essays*, London: Harcourt Brace Jovanovich, Inc., 1948, p.94.
③ Virginia Woolf, "Notes on D. H. Lawrence," *The Moment and Other Essays*, London: Harcourt Brace Jovanovich, Inc., 1948, pp.94-95.

为作家,缺乏传统的状况对他影响巨大。"①

回顾伍尔夫对英国作家作品的评论,我们发现她赞赏那些趣味超然、视野开阔,能充分表现情感思想的整体性和复杂性的作家,比如柯勒律治、雪莱、德·昆西、沃尔特·司各特、简·奥斯丁、艾米丽·勃朗特;她喜爱那些虽然有自我意识,但从心而发,塑造出鲜活个性的作家,比如夏洛特·勃朗特、乔治·艾略特、查尔斯·狄更斯;她批评那些囿于自我意识,自视极高,喜欢将道德规范或自己的思想强加于人的作家,比如哈兹里特、罗斯金和梅瑞狄斯。她在评论20世纪英国小说家时,明显地表现了"生命"写作的取向。她推崇哈代的全景视野,青睐他在人与自然的关系中表现生命的脆弱、强大和复杂;她珍视康拉德的双重视像,既保持对心灵和万物的精深观察又保持对生命整体的直觉感悟,而且坚信生命的本质是简单而恒定的;她坚持由表及里、内外合一的原则,对福斯特被外物所累的表现形式深感惋惜;她坚持艺术表现的整体性立场,在称颂劳伦斯的作品的生命力的同时,对他突显生命之"欲望"的创作特性持保留态度。

可以看出,她关于英国小说具备"幽默和喜剧、尘世之美、知性活动和身体之美妙"特性的概括是基于大量评论之上的提炼,而不是一种预设。无论是笛福、哈代等对人在自然中的活动的描绘,还是简·奥斯丁、乔治·艾略特、梅瑞狄斯等对人在社会中的活动的刻画,英国小说的基本场景就在尘世之中,表现着知性的和身体的活动,而且秉承了乔叟以来的幽默感和喜剧性。

---

① Virginia Woolf, "Notes on D. H. Lawrence," *The Moment and Other Essays*, London: Harcourt Brace Jovanovich, Inc., 1948, p.97.

结　语

伍尔夫所建构的英国文学的疆界是独特的。它不像常见的国别文学疆界那样，按照预设标准进行严格选择，按照逻辑性或历史性建构封闭体系，具有鲜明的统一性、恒定性、排他性、二元对立等特征，就比如利维斯用独创性和道德关怀等标准将英国文学的伟大传统浓缩在少数几个作家身上。① 她只是从文学表现人性这个原点出发，兼容了文学的超越性与历史性、真实与虚构、重要与次要、一般与特殊、伟大与缺陷、恒常与变化、内与外、同与异等多种对立元素。其实在她看似无序的编目之下，隐藏着她对英国文学疆界不断向外、向内拓展的动态发展历程的揭示，即从乔叟对"生活"的幽默直观描写，到锡德尼和斯宾塞对"身体活动"的无边幻想，到多恩对"自我心理"的探索，到笛福和斯特恩对"现实和人性"的把握，到简·奥斯丁、艾略特对"情感思想"的刻画，直至哈代对"生命"的表现。当然，她只是将感知英国文学疆界的广度和深度的自由空间留给了读者，而没有给出直白的概括。

（载《外国文学》2015 年第 5 期，标题为《弗吉尼亚·伍尔夫对英国文学疆界的有机建构》）

---

① 利维斯：《伟大的传统》，袁伟译，北京：生活·读书·新知三联书店，2002 年，第 1 页。

论法国文学
——弗吉尼亚·伍尔夫随笔论析之三

法国文学带给伍尔夫的是"惊喜和兴奋",①不像古希腊文学和俄罗斯文学那样,隔着时空、语言和文化上的鸿沟,既给人震撼又令人困惑。基于她对法国文化和语言的熟悉和掌握,以及英法文学在文化和思想背景上的相近性,伍尔夫对法国文学的关注重心落在其优于英国文学之处,而不像她对古希腊文学和俄罗斯文学那样,重点关注文化背景的不同和创作风格的差异。

近年来西方学界比较关注普鲁斯特对伍尔夫的影响问题。比如法国批评家让·盖吉特(Jean Guiguet)指出伍尔夫与普鲁斯特的作品在自我的多元性、双性同体立场、同性恋描写、对真实的领悟等方面具有相近性,这种相近源于两位作者相似的性情和欧洲文明共通的背景。②伊丽莎白·肖(Elizabeth M. Shore)依托细致的比较研究,推进盖吉特的观点,指出这些相近性主要体现在伍尔夫的《奥兰多》之中。③梅尔斯(C. J. Mares)翔实论证了伍尔夫对视觉

---

① Virginia Woolf, "On Not Knowing French," *The Essays of Virginia Woolf* (Vol.5), Ed. Stuart N. Clarke, London: The Hogarth Press, 2009, p.4.
② Jean Guiguet, *Virginia Woolf and Her Works*, Trans. Jean Stewart, London: The Hogarth Press, 1965, p.247.
③ Elizabeth M. Shore, "Virginia Woolf, Proust, and *Orlando*," *Comparative Literature*, Vol. 31, No.3(Summer 1979), pp.232–245.

艺术与文学艺术的界限的突破和把握得益于普鲁斯特的影响。①路易斯(Pericles Lewis)通过对比两位作家的代表作,阐明伍尔夫的创作和理论深受普鲁斯特的影响,主要表现在句型、叙述视角等方面。②不过,伍尔夫对法国文学的了解并不局限于普鲁斯特,虽然他是她最为喜爱的作家。她曾广泛阅读蒙田、司汤达、莫洛亚、福楼拜、瓦莱里、莫泊桑、巴尔扎克等人的作品,不仅评论他们的作品,而且从中提炼对法国文学的总体概括。

但是学术界很少有人整体考察伍尔夫对法国文学的审美感悟方式、特性概括和所受影响。她对法国文学知多少?她对文明背景相通的法国文学采用了怎样的审美方式?她如何概括法国文学的主导特性?法国文学如何影响她的创作?本文重点探讨这些问题,以揭示伍尔夫感悟外国文学的另一种模式。

一、伍尔夫与法国文学

从伍尔夫的日记和书信看,她曾多年阅读法国重要作家作品。她大约于1903年(21岁)开始阅读蒙田随笔,1906年开始阅读福楼拜和巴尔扎克,1912年阅读司汤达,1922年起持续阅读当时分七部陆续出版的普鲁斯特小说《追忆似水年华》(法文版),1924年开始阅读保罗·瓦莱里、安德烈·莫洛亚、莫泊桑等人的作品,曾就蒙田、普鲁斯特、司汤达、莫洛亚的作品撰写随笔。

伍尔夫对法国主要作家作品的阅读是长期的、反复的、尽可能全面的。比如,她1903年开始阅读蒙田随笔,1924年再次通读5

---

① C. J. Mares, "Reading Proust: Woolf and the Painter's Perspective," *Comparative Literature*, Vol.41, No.4(Autumn 1989), pp. 327 – 359.

② Pericles Lewis, "Proust, Woolf, and Modern Fiction," *Romantic Review*, Vol. 99, 2008, pp.77 – 86.

卷本《蒙田随笔》，撰写并发表随笔《蒙田》(1924)，1931 年为撰写《三个基尼》，又着重阅读蒙田论述妇女激情的随笔。又比如，她用十余年的时间(1922—1934 年)追踪阅读普鲁斯特的《追忆似水年华》，不断将它与英国、古希腊、俄罗斯、美国文学作品相比照，与她同时期创作的小说《达洛维夫人》(1925)、《到灯塔去》(1927)、《奥兰多》(1928)相比照。再比如，她于 1912 年蜜月旅行期间阅读司汤达的《红与黑》，至 1935 年游览荷兰、意大利之际，她依然在阅读该作品。她对司汤达、瓦莱里、莫洛亚的阅读均持续 10 年以上，所涉猎作品非常广泛。

伍尔夫对法国文学的阅读并不局限于文学作品本身。除作品之外，她喜爱涉略作家的日记、通信、随笔、传记，也博览法国文学史、文化史，欣赏法国绘画和音乐。对她而言，作家、社会、作品是同等重要的。她对福楼拜的阅读始于他的通信集，继而细读《包法利夫人》；她阅读蒙田的随笔，并去法国参观蒙田故居；她多次欣赏画展，领悟后印象主义代表人物塞尚、凡·高、高更等人的作品，也不断出席莫扎特的音乐会和歌剧，同时频繁与福斯特、斯特拉奇、威尔斯、罗杰·弗莱、叶芝等著名作家和艺术家一起探讨法国作家作品。这些概括只局限于日记中有记载的部分，她的实际文学阅读和文化活动无疑更为丰富。①

---

① 这些事实梳理于伍尔夫 5 卷本日记集：Virginia Woolf, *The Diary of Virginia Woolf* (5 Vols.), Ed. Anne Olivier Bell and Andrew McNeillie, London: The Hogarth Press, 1977 - 1984 和 6 卷本书信集：Virginia Woolf, *The Letters of Virginia Woolf* (6 Vols.), Ed. Nigel Nicolson and Joanne Trautmann, London: The Hogarth Press, 1975 - 1980。重要日期包括：1903, 1924/1/31, 1931/9/3, 1931/4/16（蒙田）；1922/5/5, 1922/10, 1923/1/7, 1924/2/8, 1925/4/8, 1926/7/2, 1927/3/30, 1928/6/6, 1928/8/25, 1929/5/13, 1934/4/26, 1934/5/21, 1934/10/25（普鲁斯特）；1912/8, 1924/7/5, 1934/10/25, 1935/5（司汤达）；1907/2/7, 1929/1/8, 1934/10/25, 1937/4/4, 1940/5/31（巴尔扎克）；1906/7, 1907/8/8, 1934/12/15（福楼拜）；1924/2/24, 1927/7/27, 1928/5/20, 1930/2/26（安德烈·莫洛亚）；1924/10/3, 1924/11/22（瓦莱里）；1934/8/21, 1934/10/4（莫泊桑）；1911/3, 1911/11/8, 1913/10/3（后印象主义画展）；1918/7/13, 1920/1/25, 1930/1/9, 1933/1/21（莫扎特音乐会、歌剧）。

正是基于对法国文学长期的、全方位的阅读和领悟,她对法国文学及其重要作家有着深刻的领悟。她对他们的评价极高,称赞蒙田是描绘"灵魂的图像、重量、色彩和边界"的第一人,[①]普鲁斯特是"迄今为止最伟大的现代小说家"[②]。她对他们的极高评价在随笔中的表现方式是:普鲁斯特、蒙田、福楼拜在她的文学评论中总是作为参照典范出现。

二、对法国文学的审美方式

伍尔夫对外国文学的审美方式因国别的不同而不同。比如,她对"没有学派、没有先驱、没有继承者"[③]的古希腊文学的领悟,主要采用"以心观文"的整体观照法。她对基于"空寂辽阔的原野"[④]的俄罗斯文学的阅读,主要采用全景观照和英俄对比法,以透视和洞见其"不同"的特性和意蕴。她对共同根植于欧洲文明的法国文学的感悟,则更多表现为典范式的参照。也就是说,在某种程度上,她认为法国文学"比英国文学写得更好一些",[⑤]因而可以将其视为文学的典范来映照英国作品的不足。她虽然以"错觉"一词来形容这一定位,并指出此"错觉"源于英国人对法国文学的"陌生感

---

① Virginia Woolf, "Montaigne," *The Essays of Virginia Woolf* (Vol. 4), Ed. Andrew McNeillie, London: The Hogarth Press, 1994, p.71.
② Virginia Woolf, *The Letters of Virginia Woolf* (Vol. 3), Ed. Nigel Nicolson and Joanne Trautmann, London: The Hogarth Press, 1977, p.365.
③ Virginia Woolf, "On Not Knowing Greek," *The Essays of Virginia Woolf* (Vol. 4), Ed. Andrew McNeillie, London: The Hogarth Press, 1994, p.49.
④ Virginia Woolf, "Russian Background," *The Essays of Virginia Woolf* (Vol. 3), Ed. Andrew McNeillie, London: The Hogarth Press, 1988, p.85.
⑤ Virginia Woolf, "On Not Knowing French," *The Essays of Virginia Woolf* (Vol. 5), Ed. Stuart N. Clarke, London: The Hogarth Press, 2009, p.5.

和魅力",①但是她认为我们"必须承认法国文学依然据主导地位",而且曾在一个世纪乃至一个半世纪之前对英国人具有"巨大的吸引力"。②

基于这一立场,她常常在评论英国作家或论述小说理论时,引出法国重要作家为参照,以阐明英国文学的局限。比如在批评伊丽莎白时代的散文在形式、技巧和思想上的不成熟时,她对比了锡德尼的《诗辩》与蒙田的《随笔》:"锡德尼的散文是绵绵不绝的独白……它长篇累牍,既不活泼也不口语化,不能牢牢抓住其思想……与此相比,蒙田则擅长行文,了解文体的力量与局限,能巧妙地进入连诗歌都无法达到的情感缝隙……能表达被伊丽莎白时代的散文完全忽略的微妙和强烈。"③在这里,蒙田的典范地位显而易见。这样的例子在伍尔夫的随笔中比比皆是,比如在随笔《论小说的重读》中,为了批判帕西·卢伯克的《小说的技巧》中"书的本身即书的形式"的观点,伍尔夫分析了法国作家福楼拜的短篇故事《纯朴的心》,旨在证明,书的本身并非卢伯克所看重的形式技巧,而是读者从故事中体验到的"激情"。她在同一篇随笔中申明福楼拜已是"成熟男人",而司各特的创作则显得"孩子气"。④ 又比如,在指出劳伦斯的小说具有"一种不稳定的、轻微摇晃的、闪烁的"缺

---

① Virginia Woolf,"On Not Knowing French," *The Essays of Virginia Woolf* (*Vol*. 5), Ed. Stuart N. Clarke, London: The Hogarth Press, 2009, p.5.
② Virginia Woolf, *The Essays of Virginia Woolf* (*Vol*. 6), Ed. Stuart N. Clarke, London: The Hogarth Press, 2011, p.554.
③ Virginia Woolf,"The Elizabethan Lumber Room," *The Essays of Virginia Woolf* (*Vol*. 4), Ed. Andrew McNeillie, London: The Hogarth Press, 1994, p.57.
④ Virginia Woolf,"On Re-reading Novels," *The Moment and Other Essays*, London: Harcourt Brace Jovanovich, Inc., 1948, pp.160, 164.

陷时，她以普鲁斯特作品的自如与深厚来比照。① 再比如，在评点福斯特的小说在内容、技巧、智慧、深度和美等方面一应俱全，却唯独缺乏内聚力和表现力时，她以普鲁斯特为典范，阐明只有当创作成为"兴趣和事物自身美的自然流溢"②时，作品才可能有深度和力度。

　　这种以普鲁斯特、福楼拜、蒙田等为典范的参照式评点大都出现在伍尔夫对英国现代小说家的评点之中，这些法国作家在她的心目中代表着欧洲近现代创作的制高点；这与她常常将莎士比亚、乔叟、多恩、托马斯·布朗、笛福、斯特恩、简·奥斯丁、柯勒律治视为典范，昭示英国文学的制高点，有着异曲同工之妙。伍尔夫这一做法与她所遵循的批评原则有密切关系。伍尔夫认为文学批评必须由两个部分组成："以充分的领悟去获取印象，这只是阅读的前半程……我们还要对这些纷繁的印象进行判断，将这些转瞬即逝的印痕变成坚实而恒久的思想"，而做出判断时须实施的重要环节是"将每一本书与同类中最杰出的作品进行对比"。③ 法国文学正是伍尔夫做评判时用于对照的杰出范本。

三、法国文学的主要特性

　　伍尔夫对法国文学的总体概括大致定格在她对法国式的布朗太太的描述中：

---

　　① Virginia Woolf, "Notes on D. H. Lawrence," *The Moment and Other Essays*, London: Harcourt Brace Jovanovich, Inc., 1948, p.95.
　　② Virginia Woolf, "The Novels of E. M. Forster," *The Death of the Moth*, New York: Harcourt, Brace and Company, Inc., 1942, p172.
　　③ Virginia Woolf, "How should One Read a Book?", *The Common Reader (Second Series)*, London: The Hogarth Press, 1959, pp.262-266.

英国作家会把布朗老太太塑造成一个"人物",他会突显她的古怪形貌和举止,她身上的纽扣和额头的皱纹,头发上的丝带和脸上的粉刺。她的个性主宰着全书。**法国作家会把这些都抹去,他为了更好地突出人性,宁愿牺牲布朗太太个人,而塑造出一个更抽象、匀称、和谐的整体。**俄罗斯人则会穿透肉体,显示灵魂,让灵魂独自游荡在滑铁卢大道上,向生命提出一个巨大的问题,直到读完全书,它的回声依然萦绕在我们耳边。①

伍尔夫相信,法国小说更重视揭示人性,重在表现生命整体。它既不像现代英国小说那样只注重物质描写,也不像现代俄罗斯小说那样只注重灵魂揭示,它关注的是生命整体和生命内在各成分的匀称与和谐。

伍尔夫是从蒙田、普鲁斯特、安德烈·莫洛亚、司汤达等作家的作品中获得这一总体印象的,"表现生命整体"贯穿在她对这些作家的评论中。

在《蒙田》("Montaigne",1925)中,伍尔夫给蒙田的总体定位是"灵魂书写大师":"讲述自我,追踪自己的奇思妙想,描绘出整个灵魂的图像、重量、色彩和边界,它的混乱、多变和不完美——这种艺术只属于一个人,蒙田。"②她认为蒙田通过整体描写灵魂,生动而真切地表现了灵魂包容"害羞、傲慢;贞洁、好色;唠叨、沉默;勤

---

① Virginia Woolf, "Mr. Bennett and Mrs. Brown," *The Captain's Death Bed and Other Essays*, London: Harcourt Brace Jovanovich, Inc., 1978, p.102.黑体系笔者所加。

② Virginia Woolf, "Montaigne," *The Essays of Virginia Woolf* (Vol. 4), Ed. Andrew McNeillie, London: The Hogarth Press, 1994, p.71.

劳、娇弱;聪颖、笨拙;忧郁、开朗;撒谎、真实;博学、无知;慷慨、贪婪、浪费"①等相互冲突的成分为一体的本质特性,揭示了它的复杂性、不确定性和整体性。在此基础上,伍尔夫概括了蒙田对生命本质的理解:

> 运动和变化是生命的本质;僵化便是死亡;墨守成规便是死亡;让我们想什么就说什么,重复自己,反驳自己,发出最荒唐的胡言乱语,追逐最古怪的幻想,不管世人怎么做、怎么想、怎么说。除了生命之外(当然还有秩序),其他一切都不重要。②

除了揭秘蒙田的生命理念,伍尔夫进一步阐明蒙田的表现手法。她认为蒙田创作的关键是启用了"与灵魂交流"的独特手法,他相信"交流是我们的主要任务"。③ 依托这一手法,他的随笔行文灵动自如,具备触及人性和触及生命真谛的深刻性。另外,蒙田擅长发挥"想象力"的作用,他能将灵魂中无以计数的成分,不论轻重,全都交织在一起,使生命在神秘的面纱背后若隐若现。

> 除了事实本身的意义之外,我们还有一种奇妙的能力,那就是用想象力来改变事实。观察灵魂如何时常投射她的光与影,使重要的变得空洞,微弱的变得重要,使白天充满梦幻,使

---

① Virginia Woolf, "Montaigne," *The Essays of Virginia Woolf* (Vol. 4), Ed. Andrew McNeillie, London: The Hogarth Press, 1994, p.75.
② Virginia Woolf, "Montaigne," *The Essays of Virginia Woolf* (Vol. 4), Ed. Andrew McNeillie, London: The Hogarth Press, 1994, p.75.
③ Virginia Woolf, "Montaigne," *The Essays of Virginia Woolf* (Vol. 4), Ed. Andrew McNeillie, London: The Hogarth Press, 1994, p.76.

幻影与事实一样令人激动,弥留之际还拿小事开涮。①

再者,蒙田创立了活泼空灵的语句,伍尔夫这样描述它们的奇特性:"简短而支离,绵长而博学,逻辑清晰而又自相矛盾",它们不仅让人听见灵魂的"脉搏和节奏",而且看见它在帷幔后"跳动"。"那些捉摸不定的、反复无常的成分"被奇迹般地融合为一个整体。②

伍尔夫从神和形两个层面揭示了蒙田所表现的"灵魂"的本质和特性,深刻而独到。这种犀利的评点同样体现在她对普鲁斯特的评论中。她在随笔《小说概观》(*Phases of Fiction*,1929)中,将普鲁斯特作为"心理小说家"和"诗意小说家"的典范进行了论述,用"复杂深奥的发光体"来形容普鲁斯特的作品。它"多孔而柔韧,极具吸附力",就像"薄而有弹性的气囊",将意识、知觉、观念、记忆、梦想、知识、事物等整个世界包容在内;它毫无偏见,向一切"有力量的、被感觉到的事物敞开";它复杂深奥,用"感悟这一深深的蓄水池"为人物赋形,待他像浪涛一般刚浮出水面,又将其沉入"思想、评论和分析的变动不居的大洋之中",③以赋予人物生命。

她认为普鲁斯特的作品展现的是一个融"思想者与诗人"为一体的生命世界,它是双重的、整体的,不仅照亮生命意识的表象,而且揭示生命意识的本质:

---

① Virginia Woolf,"Montaigne," *The Essays of Virginia Woolf* (*Vol. 4*), Ed. Andrew McNeillie, London: The Hogarth Press, 1994, p.77.

② Virginia Woolf,"Montaigne," *The Essays of Virginia Woolf* (*Vol. 4*), Ed. Andrew McNeillie, London: The Hogarth Press, 1994, p.78.

③ Virginia Woolf,"Phases of Fiction," *Granite and Rainbow: Essays*, London: Harcourt Brace Jovanovich, Inc., 1958, pp.123-125.

作为思想者与诗人的融合体，我们往往在其极其精妙的观察之后，领悟到其意象的飞翔——美丽、出彩、直观，仿佛那用分析传递力量的心灵突然升入空中，从高处用暗喻向我们表现事物的另一面。这一双重视野使普鲁斯特的重要人物及其跃然其上的整个世界更像一个球体，总有一面是遮蔽的，而不是一个一览无余的平台。①

　　这里，伍尔夫不仅指出普鲁斯特具有奇妙地表现生命的复杂性的能力，如同蒙田所做的那样，而且揭示了普鲁斯特优于蒙田之处——诗意的传递。普鲁斯特的诗意源自精巧的隐喻，"它们从思想的岩石下涌出，就像甘泉，将一种语言转化为另一种语言。每个场景仿佛都是双面的，一面正对着光，被精确地描绘，细致地考察；另一面藏于阴影中，只有当作者有信心和有视像的时候，用隐喻才能表现"。② 在伍尔夫看来，普鲁斯特在心理描写上要比亨利·詹姆斯更精彩，在诗意表现上则优于梅瑞狄斯、哈代和艾米丽·勃朗特。

　　伍尔夫突显了普鲁斯特在表现生命整体时那种包罗万象的立体性和意味深长的诗意性，拓展了她对蒙田的心灵整体的概括。这种拓展性同样体现在她对其他法国作家的评论中。她在随笔《论不懂法国》（"On Not Knowing French"，1929）中，用"智慧"（Intelligence）概括法国现代作家安德烈·莫洛亚的创作特性，突出了他用"交流"表现生命整体的能力：

---

　　① Virginia Woolf, "Phases of Fiction," *Granite and Rainbow*: *Essays*, London: Harcourt Brace Jovanovich, Inc., 1958, pp.125-126.
　　② Virginia Woolf, "Phases of Fiction," *Granite and Rainbow*: *Essays*, London: Harcourt Brace Jovanovich, Inc., 1958, p.139.

> （莫洛亚）最主要的特性无疑是智慧……英国读者考虑最多的就是它，也许因为它在我们自己的小说中极为罕见。智慧不太容易去界定。它既不是出色，也不是知性。它也许是这样一种感觉，兴趣点既不落在人们做什么上，也不落在人际关系上，而是主要落在与第三方的交流能力上，这第三方就是对抗的、高深莫测的、（或许）可说服的、被称为普遍生命的东西。①

可与莫洛亚"与普遍生命交流"相媲美的，是司汤达对普遍生命的探索。伍尔夫在随笔《司汤达》("Stendhal"，1924）中指出，他所刻画的人物拥有"雄心、谨慎、激情、科学性"，他们"探索着爱的本质，用不知疲倦的好奇心追问着人类灵魂的内在构成"。②

伍尔夫对蒙田、普鲁斯特、莫洛亚和司汤达的专论，代表着她对法国文学的认识深度。虽然她从他们的作品中领悟到的重心各不相同，但是不论是蒙田的"灵魂"，普鲁斯特的"生命发光体"，还是莫洛亚的"智慧"或司汤达的"人物"，他们的共同特性是对整体的追寻，对内在构成的匀称性和和谐度的表现。这一特性是她无法从英国、古希腊、俄罗斯、美国等其他国家的文学中获得的，这正是伍尔夫从法国文学中获益最多之处。

四、法国文学对伍尔夫的影响

西方批评家在探讨普鲁斯特对伍尔夫的影响时，主要依托作

---

① Virginia Woolf, "On Not Knowing French," *The Essays of Virginia Woolf* (Vol. 5), Ed. Stuart N. Clarke, London: The Hogarth Press, 2009, p.5.

② Virginia Woolf, "Stendhal," *The Essays of Virginia Woolf* (Vol. 4), Ed. Andrew McNeillie, London: The Hogarth Press, 1994, p.417.

品对比,揭示普鲁斯特的特定主题和思想在伍尔夫作品中的重现,比如多元自我、双性同体、同性恋、叙述视角、句型等。这些分析自然有其道理,但是不免给人"只见树木,不见森林"的感觉。创作是一种整体,这是伍尔夫的一贯立场,如若她的创作在某一观点上模仿普鲁斯特,在某一技巧上模仿蒙田或陀思妥耶夫斯基,这样的创作充其量只能成为一种拼贴,既无内聚力,也无表现力,绝不可能催生《达洛维夫人》《到灯塔去》这样的经典名作。影响研究的目标不应该局限于寻找和论证具体的关联性和相似性,更重要的是去揭示隐藏在关联性之下的共通性,以及基于这一共通性之上的重构和创新。

伍尔夫从法国文学中,特别是从普鲁斯特作品中,收获的是一种根本性的启示,而不是一些具体的观点和技法。这种根本性的启示源自她对法国文学生命整体表现的高度关注。这一点清晰地记录在她的书信和日记中。

伍尔夫对普鲁斯特作品的领悟经历了从语言到形式到本质的升华历程。1922年5月6日,她首次读完普鲁斯特的作品后写信给艺术批评家罗杰·弗莱,告诉他,普鲁斯特激活了她表现灵魂和思想的欲望,她几乎写不出成形的句子来,"几乎没有人曾像他那样打动我的内在语言中枢,萦绕在我的心中"。[①]五个月后,她又写信给弗莱,对普鲁斯特作品的创新形式有了更深的理解,她赞叹"究竟怎样赋予那些飘忽的东西以形式,使它以美而持久的形式表现出来? 我们不得不放下书本,喘喘气。所带来的愉悦已经变得

---

① Virginia Woolf, *The Letters of Virginia Woolf* (Vol. 2), Ed. Nigel Nicolson and Joanne Trautmann, London: The Hogarth Press, 1976, p.525.

可感,就像将太阳、美酒、葡萄与静谧和强烈的生命力熔铸在一起。"①三年后,当伍尔夫完成了《达洛维夫人》(1925)后,伍尔夫对普鲁斯特的创作有了本质的把握:

> 我不知道这一次(指《达洛维夫人》)我是否取得了什么。不管怎么说,与普鲁斯特相比,它几乎算不了什么。我现在依然沉浸在其中。普鲁斯特的最大特性是将最敏感的与最坚韧的东西融合为一体。他找到了那些蝴蝶身上各不相同的图案中的最基本的纹路。他既像羊肠线那般艰涩,又像蝴蝶翅膀那般飘忽。②

伍尔夫对普鲁斯特的感悟是本源性的,而不是表象性的。她从感悟语言的活力和形式的复杂性出发,最终洞见了艺术生命背后的奥秘,那就是:将纷繁复杂的表象和恒久深刻的本质融为一体。

伍尔夫将这一洞见置于英国文学深厚的传统之中,创造出全新的主题和形式。在《达洛维夫人》《到灯塔去》《海浪》等作品的意识流中,伍尔夫所注入的,均是英国文学的传统元素,而照亮并创新这些古老元素的灵感则部分来自法国文学的"灵魂交流""发光体"和"智慧"。

---

① Virginia Woolf, *The Letters of Virginia Woolf* (Vol. 2), Ed. Nigel Nicolson and Joanne Trautmann, London: The Hogarth Press, 1976, pp.565-566.
② Virginia Woolf, *The Diary of Virginia Woolf* (Vol. 3), Ed. Anne Olivier Bell and Andrew McNeillie, London: The Hogarth Press, 1980, p.7.

结　语

　　法国文学曾对伍尔夫产生影响,这是不容置疑的,但是伍尔夫对它的接受不是摹仿性的,而是基于整体观照之上的彻悟。她对法国文学的典范式参照,体现了她提升和创新英国文学的决心和立场。她对蒙田、普鲁斯特、莫洛亚、司汤达等作家的整体观照深入而独到。正是依靠这种澄怀味象式的洞见,伍尔夫激活了自己的创新能力。

（载《外国语文》2015 年第 3 期）

论美国文学
——弗吉尼亚·伍尔夫随笔论析之四

伍尔夫对美国文学的态度，反思大于汲取。一方面，英美文学之间的亲缘关系和传承关系，使伍尔夫很难从美国文学中感受到显著的新意或卓越之处。它既不能像古希腊、俄罗斯文学那样带给她极大的震撼与困惑，也不能像法国文学那样带给她惊喜与兴奋，它暴露在她面前的更多的是一种年轻文学的幼稚和缺陷。另一方面，美国文学从模仿走向创新的过程所暴露的问题，为立志创新现代小说的伍尔夫带来了弥足珍贵的启示。

1905—1927 年，伍尔夫在广泛阅读美国作家作品的基础上撰写和发表了近 20 篇随笔，[①]评论华盛顿·欧文、爱默生、梭罗、惠特曼、麦尔维尔、德莱塞、亨利·詹姆斯等多位美国作家作品，并在此基础上，撰写随笔《论美国小说》("American Fiction"，1925)，纵论对美国文学的反思，阐释实现文学创新的关键之所在。她的论析主要集中在美国文学的原创性、技法、整体性、困境等方面。反思的基础是广博的比较文学视野，即她以英国、法国、古希腊、俄罗斯

---

① 伍尔夫就美国作家作品所撰写随笔见其 6 卷本随笔集：Virginia Woolf, *The Essays of Virginia Woolf* (Vol.1-6), Ed. Andrew McNeillie & Stuart N. Clarke, London: The Hogarth Press, 1986-2011. 主要评论的作家包括亨利·詹姆斯、麦尔维尔、惠特曼、爱默生、赫尔吉海姆、德莱塞、拉德纳、华盛顿·欧文、海明威等。

等国文学为参照评析美国作家作品。

就在1925年,伍尔夫先后发表了《论不懂希腊》("On Not Knowing Greek",1925)、《蒙田》("Montaigne",1925)、《现代小说》("Modern Fiction",1925)、《俄罗斯视角》("Russian Point of View",1925)和《论美国文学》("American Fiction",1925)5篇重要文章,纵论古希腊文学、法国作家蒙田的随笔、英国现代小说、俄罗斯文学和美国文学。从写作的时间看,《论美国文学》是伍尔夫在完成对俄、英、法、古希腊等国文学的纵论之后最后撰写的,①可以说,她对美国文学的反思是以她对古希腊文学的原创性、俄罗斯技法的丰富性、法国作家蒙田的创作整体性和英国现代小说的困境的深入思考和领悟为参照的,其关注的核心是美国文学创新问题。

西方学者曾探讨伍尔夫对海明威的批评激起后者何种回应,②或比较伍尔夫与亨利·詹姆斯创作的异同。③但很少有人关注伍尔夫对美国文学的反思的内涵与价值。虽然伍尔夫对美国文学的批评仅限于20世纪30年代之前的作家作品,有着明显的历史局限性,然而她比照式的批评方式依然为我们照亮了一片被忽视的领地。本节在回顾伍尔夫与美国文学的关系的基础上,主要从伍尔

---

① 从撰写及发表的时间先后看,《俄罗斯视角》的第一稿《俄罗斯观点》发表于1918年12月9日,《现代小说》的第一稿发表于1919年4月10日,《蒙田》发表于1924年1月31日,《论不懂希腊》起笔于1922年冬天,完稿于1924年下半年,是特地为《普通读者》撰写的。《论美国文学》起笔于1925年4月,发表于1925年8月。除《论美国文学》之外,其余4篇文章均在充分修改的基础上被伍尔夫选入她的第一本随笔自选集《普通读者》(Ⅰ)之中,于1925年出版。《论美国小说》在伍尔夫去世后,由她丈夫伦纳德·伍尔夫选入伍尔夫随笔集《瞬间集》(1947)之中。

② Scott Donaldson, "Woolf vs Hemingway," *Journal of Modern Literature*, Vol. 10, No. 2 (June 1983), pp. 338 – 342.

③ J. Oates Smith, "Henry James and Virginia Woolf: The Art of Relationships," *Twentieth Century Literature*, Vol. 10, No.3(Oct. 1964), pp. 119 – 129.

夫论美国文学的四个聚焦点——原创性、创作技法、创作整体和美国文学的困境——切入，揭示她对美国文学的剖析，阐明她的论析的价值。

一、伍尔夫与美国文学

伍尔夫曾广泛涉猎美国作家的作品，不过对它的热情和兴趣没有像对法国文学、俄罗斯文学、古希腊文学那般强烈。根据她的日记和书信，她最早阅读的是美国作家艾伯特·劳伦斯·洛厄尔（Abbott Lawrence Lowell）和亨利·詹姆斯（Henry James）的作品，那年她15岁，正如饥似渴地浏览家庭图书室中的藏书。洛厄尔是她的教父，詹姆斯是她父亲的老朋友（后来是布鲁姆斯伯里文化圈的一员），选读他们的作品对伍尔夫而言是自然而然的。此后，伍尔夫一直追踪阅读詹姆斯的作品，并撰写多篇书评，却很少再在日记或书信中提到洛厄尔的作品。

像这样对作品仅做短期阅读的情形，在她的美国文学阅读中比较普遍，这显然不同于她对英国、古希腊、俄罗斯、法国经典作品的持久兴趣。她曾阅读华盛顿·欧文（Washington Irving）、爱默生（Ralph Waldo Emerson）、梭罗（Henry David Thoreau）、沃尔特·惠特曼（Walt Whitman）、赫尔曼·麦尔维尔（Herman Melville）、德莱塞（T. Dreiser）、赫尔吉海姆（Joseph Hergesheimer）、庞德（Ezra Pound）、厄内斯特·海明威（Ernest Hemingway）、舍伍德·安德森（Sherwood Anderson）、辛克莱·刘易斯（Sinclair Lewis）、林·拉德纳（Ringgold Lardner）等作家的作品。大部分是短期接触,阅读完毕,或完成一篇书评,此后较少提及。①

这种阅读方式表明,伍尔夫较少从美国文学中获得她极为珍视的创意,更多看到的是它的问题。她认为美国文学所面临的两大主要问题是:"它或者缺乏丰富的文化底蕴,或者强装出一股阳刚之气。"因为它抑或"渴望调和欧美文学",抑或"蔑视欧洲文学规范"。这样各执一端的态度,不仅不能推进美国文学的发展,而且"必然以保护或嘲笑的方式损害它自己"。②

她对美国作家作品的分析,集中在原创性、创作技法、创作整体和美国文学困境等四个问题上。

二、原创性问题

原创性是伍尔夫论述美国文学时重点关注的问题。无论在纵论美国文学史之际,还是在评价美国作家作品之时,原创性均是她评判优劣的准绳。

在《论美国文学》中,她将美国作家划分为"拥戴英国"与"拥戴美国"两大阵营,深入剖析了两大阵营的特性与局限。前者以辛克

---

① 伍尔夫对美国作家作品的阅读记录见其 5 卷本日记集:Virginia Woolf, *The Diary of Virginia Woolf* (5 Vols), Ed. Anne Olivier Bell and Andrew McNeillie, London: The Hogarth Press, 1977 - 1984 或 6 卷本书信集:Virginia Woolf, *The Letters of Virginia Woolf* (6 Vols), Ed. Nigel Nicolson and Joanne Trautmann, London: The Hogarth Press, 1975 - 1980。重要日期包括:1905/2/22,1908/8/8,1915/10/14,1917/10/17,1919/3/21,1920/1/1,1920/4/8,1921/8/29,1921/11/15,1921/12/22,1933/5/5,1934/8/30(亨利·詹姆斯);1919/8/7,1922/2/14,1928/9/10(麦尔维尔);1918/12/10(庞德);1918/1/3,1937/3/28(惠特曼);1911/3/3(爱默生);1897/1(洛厄尔);1918/12/12,1919/5/29,1919/12/25,1920/7/8,1920/12/16(赫尔吉海姆);1919/8/21(德莱塞);1925/4/19(拉德纳);1919/4/3(华盛顿·欧文);1927/9/3,1927/9/9,1927/10/9(海明威)。

② Virginia Woolf, "A Real American," *The Essays of Virginia Woolf* (Vol. 3), Ed. Andrew McNeillie, London: The Hogarth Press, 1988, p.86.

莱·刘易斯为代表,包括爱默生、霍桑、亨利·詹姆斯、伊迪斯·华顿夫人、赫尔吉海姆等作家。他们扎根于英国经典,亦步亦趋地模仿、继承和推进英国模式,但是在这一过程中牺牲了自己的美国特色;他们具有美国人的自我意识,但缺乏足够的信心去认同美国文化,于是将自己定位成穿梭在英美文学之间的导游或译员,既为自己不得不展示美国特色而感到羞愧,又为欧洲人对它的嘲笑而感到愤怒。后者以舍伍德·安德森为代表,包括惠特曼、麦尔维尔、德莱塞等作家,他们具有强烈的美国意识,怀着"忠实于事实的本质"的决心,立志创建美国特色。由于缺乏足够的文化底蕴,他们宁愿用自己的简陋手法去表现取自美国文化心脏的珍贵原创素材,让它不加修饰地裸露在新大陆的清新空气之中,任凭别人的嘲笑和讽刺,决不愿将美国思想和情感硬塞进陈旧的欧洲文学的外壳之中。

伍尔夫详尽描述了这两大阵营作家的痛苦。刘易斯们痛苦,是因为他们必须以英国的传统形式来掩饰自己作为美国人在文化根基上的匮乏;安德森们痛苦,是因为他们必须大声申明自己作为美国人的骄傲,其表现方法却极其简单。其结果是:

> 文笔更微妙,或者说更复杂的作家们,那些亨利·詹姆斯们,那些赫尔吉海姆们,那些伊迪斯·华顿们,他们决定拥戴英国,却因此尝到了苦果,因为他们夸大了英国文化,夸大了传统的英国优雅举止,过分地强调或在错误的地方强调了社会差异,这些差异虽然最先吸引外国人的注意力,却并不是最深刻的东西。他们的作品在精致优雅的语言这方面所取得的成就,在对价值观念的不断曲解中和对表象差别的痴迷中,丧

失殆尽。①

那些简单粗糙的作家们,比如沃尔特·惠特曼、安德森先生、马斯特斯先生,他们决定拥护美国,他们好战凶猛,自我意识强,在抗议中炫耀卖弄……他们的创新性、独特性和个性。②

在伍尔夫看来,刘易斯们与安德森们的局限在本质上是相通的,那就是文与质、形与神的割裂。无神则形无生气,无形则不能通神。刘易斯们在继承英国文学优雅的形式之后,所表现的并不是美国精神,而是英国化的文化思想,他们的原创性"在对价值观念的不断曲解中和对表象差别的痴迷中"丧失殆尽。安德森们有足够的决心和意志去表现独特的、本土的美国精神,却因形式的简陋而无法传神,其作品显得"炫耀卖弄"。正是由于形与神的分离,浑然一体的原创性作品在美国文学中比较罕见,这是伍尔夫意识到的关键问题。

这一文质相异、形神相隔的现象曾普遍出现在美国作家作品中,伍尔夫曾逐一撰文论述。

比如,她从华盛顿·欧文(1783—1859年)的美国故事中看到的是英国随笔。这些故事被设定在美国新大陆的背景中,但故事内容却充满了英国人特有的记忆和传统。她在随笔《华盛顿·欧文》中这样评价他:"那勇敢而坚定的绅士的片段是英国随笔中的一流样品,故事段落中蕴含着精彩的幽默和文字魅力,但是它们迫

---

① Virginia Woolf, "American Fiction," *The Moment and Other Essays*, London: Harcourt Brace Jovanovich, Inc., 1948, p.124.

② Virginia Woolf, "American Fiction," *The Moment and Other Essays*, London: Harcourt Brace Jovanovich, Inc., 1948, p.125.

使我们重复所有人都说过的故事。他不曾讲述他自己的生命故事。"①

再比如,伍尔夫虽然对亨利·詹姆斯(1843—1916年)的作品赞赏有加,却对其原创性的欠缺颇为遗憾。她曾撰写《亨利·詹姆斯的最新小说》《旧的秩序》《亨利·詹姆斯的创作技法》《边缘之中》《亨利·詹姆斯的书信》《亨利·詹姆斯的鬼故事》等多篇随笔,评论他的作品、书信、回忆录,揭示他的优势与局限,对他的评价是所有美国作家中最高的。②她知晓他"四处漂泊,不停追寻"的生活状态,赞赏他"超然物外,无拘无束"的创作心境,以及对世界和生活永不枯竭的好奇心;③她认定他是一位"伟大的作家",④因为他像所有伟大的作家那样,拥有特定的创作风格和思想基调,而且能挥洒自如。"柔和之光穿越往昔岁月,让昔日最平凡的人物都洋溢出美的光彩,在幽暗中显现出许多被白天的强光所遮蔽的细节,整个场景深刻、丰富、平和而幽默,这看起来是他的天然风格和持久基调。他所有以年迈的欧洲作为年轻美国人的背景的故事都具有这样的风格。"⑤然而她对他的推崇主要限定在他高超的创作技法上。

---

① Virginia Woolf, "Washington Irving," *The Essays of Virginia Woolf* (Vol. 3), Ed. Andrew McNeillie, London: The Hogarth Press, 1988, p.30.

② 伍尔夫评论亨利·詹姆斯的随笔包括: "Mr. Henry James Latest Novels" (1905), "The Old Order" (1917), "The Method of Henry James" (1918), "Within the Rim" (1919), "The Letters of Henry James" (1920), "Henry James Ghost Stories" (1921).

③ Virginia Woolf, "The Letters of Henry James," *The Essays of Virginia Woolf* (Vol. 3), Ed. Andrew McNeillie, London: The Hogarth Press, 1988, pp.200-201.

④ Virginia Woolf, "The Method of Henry James," *The Essays of Virginia Woolf* (Vol. 2), Ed. Andrew McNeillie, London: The Hogarth Press, 1987, p.348.

⑤ Virginia Woolf, "The Old Order," *The Essays of Virginia Woolf* (Vol. 2), Ed. Andrew McNeillie, London: The Hogarth Press, 1987, p.168.

她认为他在"知识和技法上胜人一筹",①赞扬他的小说表现了整体风貌,不仅具有细致入微的观察分析,而且立意颇高,能够用小说揭示普遍意义,②但是她也指出他的最大问题是,思想与风格的融合度欠缺,③视角的新颖性欠缺。④

那么,富有原创性的美国文学作品应该是怎样的呢?伍尔夫给出的范例是美国作家林·拉德纳的短篇故事《我理解你,艾尔》。她认为,拉德纳具备无拘无束的力量、出色的天赋、从容敏锐的洞察力、稳健的风格,透过他的作品,"我们能够透视到美国社会深处,看见这个社会完全依照它自己的旨趣运转",⑤他"为我们提供了某种独特的东西,某种本土的东西,旅游者可以将这种东西作为纪念品带回去,向不肯轻信的人们证明,他确实到过美国,并发现那片土地充满异国情调"。⑥也就是说,拉德纳的作品用独特的美国风格表现了美国内在的本土精神,其形和神是合而为一的。

伍尔夫评判美国文学时所遵循的原创性准则与她在评析古希腊文学时所揭示的原创性特性在本质上是相通的。

伍尔夫认为古希腊文学的原创性在于,它以质朴的艺术形式

---

① Virginia Woolf, "On Re-reading Novels," *The Essays of Virginia Woolf* (Vol. 6), Ed. Stuart N. Clarke, London: The Hogarth Press, 2011, p.429.

② Virginia Woolf, "Within the Rim," *The Essays of Virginia Woolf* (Vol. 3), Ed. Andrew McNeillie, London: The Hogarth Press, 1988, p.23.

③ Virginia Woolf, "Within the Rim," *The Essays of Virginia Woolf* (Vol. 3), Ed. Andrew McNeillie, London: The Hogarth Press, 1988, pp.22 - 23.

④ Virginia Woolf, "Mr. Henry James Latest Novels," *The Essays of Virginia Woolf* (Vol. 1), Ed. Andrew McNeillie, London: The Hogarth Press, 1986, pp.22 - 23.

⑤ Virginia Woolf, "American Fiction," *The Moment and Other Essays*, London: Harcourt Brace Jovanovich, Inc., 1948, p.123.

⑥ Virginia Woolf, "American Fiction," *The Moment and Other Essays*, London: Harcourt Brace Jovanovich, Inc., 1948, p.123.

表现了"稳定的、持久的、原初的人"。①她通过评点和对比索福克勒斯、欧里庇德斯、埃斯库罗斯的作品,重点揭示了古希腊文学四大原创特性:情感性、诗意性、整体性、直观性。

它的情感性主要体现在剧中人物的声音之中。富有激情的人物对话交集着绝望、欢喜、仇恨等多种极端情绪,将人物的性格、外貌、内心冲突和信念全都鲜活地呈现,"我们看到毛茸茸的黄褐色身体在阳光下的橄榄树丛中嬉戏,而不是优雅地摆放在花岗岩底座上,矗立在大英博物馆暗淡的走廊上"②。它的诗意性体现在它以合唱队的方式将人物情感从个别、具体的层面升华到普遍、不朽的诗意境界的过程中,比如索福克勒斯用合唱表达所要强调的东西,"美妙、崇高、宁静,他的合唱从他的剧本中自然地导出,没有改变观点,而是改变了情绪";欧里庇德斯用合唱超越剧本本身,发出"怀疑、暗示、质询的气氛"。③它的整体性体现在它作为"一个没有美丽细节或修辞强调的整体"④的形式特征中,它"从大处着眼,直接观察,而不是从侧面细察"。它能够"将我们引入一种狂喜的精神境界,一种当所有的力量都被调动起来营造出整体的时候才能达到的境界"。⑤它的直观性体现在"每一个词都带着从橄榄树、神

---

① Virginia Woolf, "On Not Knowing Greek," *The Essays of Virginia Woolf* (Vol. 4), Ed. Andrew McNeillie, London: The Hogarth Press, 1994, pp.41-42.
② Virginia Woolf, "On Not Knowing Greek," *The Essays of Virginia Woolf* (Vol. 4), Ed. Andrew McNeillie, London: The Hogarth Press, 1994, p.42.
③ Virginia Woolf, "On Not Knowing Greek," *The Essays of Virginia Woolf* (Vol. 4), Ed. Andrew McNeillie, London: The Hogarth Press, 1994, p.44.
④ Virginia Woolf, "On Not Knowing Greek," *The Essays of Virginia Woolf* (Vol. 4), Ed. Andrew McNeillie, London: The Hogarth Press, 1994, p.47.
⑤ Virginia Woolf, "On Not Knowing Greek," *The Essays of Virginia Woolf* (Vol. 4), Ed. Andrew McNeillie, London: The Hogarth Press, 1994, p.47.

庙和年轻的身体中奔涌出来的活力"①的创作形态中。"那些语词……大海、死亡、花朵、星星、月亮……如此清晰,如此确定,如此强烈,要想简洁而准确地表现,既不模糊轮廓又不遮蔽深度,希腊文是唯一理想的表现方式。"②

古希腊文学的原创性就体现在形神合一的完美特性中。在那里,声音与心灵、境与意、形与神、言与意是浑然一体的,换句话说,其文学表现形式与被表现的生命精神是浑然一体的。这既是最高境界的文学,又是最具原创性的文学。虽然,伍尔夫在探讨美国文学中着重强调的是文学形式与民族精神的合一,尚未深入论及言与意、境与意、形与神等各种创作层面的融合,但是两者在本质上是一致的。

三、创作技法问题

在评析美国文学时,伍尔夫曾多次指出美国作家在创作技法上是简单而粗糙的。

她在随笔《赫尔曼·梅尔维尔》中赞赏麦尔维尔的非凡想象力和生动活泼的叙述,但是觉得他的技巧不够成熟,作品的真实性有欠缺。③她在随笔《一个真正的美国人》中称赞西奥多·德莱塞是一位真正的美国作家,但认为他的创作技法有欠缺。他作品的活力来自他对"美国田野、美国男人和女人、美国本土气息,它的原初

---

① Virginia Woolf, "On Not Knowing Greek," *The Essays of Virginia Woolf* (*Vol. 4*), Ed. Andrew McNeillie, London: The Hogarth Press, 1994, p.48.
② Virginia Woolf, "On Not Knowing Greek," *The Essays of Virginia Woolf* (*Vol. 4*), Ed. Andrew McNeillie, London: The Hogarth Press, 1994, p.49.
③ Virginia Woolf, "Herman Melville," *Books and Portraits*, Ed. Mary Lyon, London: The Hogarth Press, 1977, pp.99 – 104.

性,它的乐善好施,它的富饶"的描写,但是他缺乏一位作家所必备的品质,比如"专注的精神、观察力和写作方法"。她认为"德莱塞先生充满热情地描写他们自己,他的作品具有自己的特性——美国人的特性。他自己还不是一位伟大作家,但他拥有伟大的成分,以此为起点,一百年后伟大的美国作家将会诞生"①。她在随笔《三个黑皮肤的彭尼家人》("Three Black Pennys", 1918)、《爪哇岬》("Java Head", 1919)、《金子与铁块》("Gold and Iron", 1919)、《美的追踪》("The Pursuit of Beauty", 1920)、《愉悦小说》("Pleasant Stories", 1920)中评论了赫尔吉海姆的五部小说,得出的总体印象是,小说太过程式化,"坚硬而凝固"②。小说的内容似乎被拢在一起,被整整齐齐地塞入"形式"之中,小说的人物好像上了发条一般,机械而呆板。她给作者的建议是,他应该写一部"不渲染家具、妇女的衣着和生活细节的小说"③"立意应更高一点"④。

她曾发表随笔《一篇关于批评的随笔》("An Essay in Criticism", 1927),评论海明威的作品,指出他在创作风格上缺乏现代主义特性。她认为,《太阳照常升起》并无新意,"是一部直露的、生硬的、直言不讳的小说",⑤它公开而坦率,毫无做作之处,通过对事

---

① Virginia Woolf, "A Real American," *The Essays of Virginia Woolf* (Vol. 3), Ed. Andrew McNeillie, London: The Hogarth Press, 1988, pp.87-88.
② Virginia Woolf, "Three Black Pennys," *The Essays of Virginia Woolf* (Vol. 2), Ed. Andrew McNeillie, London: The Hogarth Press, 1987, p.336.
③ Virginia Woolf, "Java Head," *The Essays of Virginia Woolf* (Vol. 3), Ed. Andrew McNeillie, London: The Hogarth Press, 1988, p.47.
④ Virginia Woolf, "Java Head," *The Essays of Virginia Woolf* (Vol. 3), Ed. Andrew McNeillie, London: The Hogarth Press, 1988, p.49. 除去已经引用的2篇随笔之外,伍尔夫另外3篇评论赫尔吉海姆的随笔是:"Gold and Iron" "The Pursuit of Beauty" "Pleasant Stories," *The Essays of Virginia Woolf* (Vol. 3), Ed. Andrew McNeillie, London: The Hogarth Press, 1988, pp.139-140, 233-234, 273-274.
⑤ Virginia Woolf, "An Essay of Criticism," *Granite and Rainbow: Essays*, London: Harcourt Brace Jovanovich, Inc., 1958, p.87.

实的精选,构建故事;但小说中的人物未得到充分描写,扁平而粗略;作品流露出作者的自我意识和男子气概;作品的思想是被故事的最后一句话照亮的,而不是由读者意会的。它更像法国作家莫泊桑的小说而不像俄罗斯作家契诃夫的小说。伍尔夫指出它的两大缺陷是:"对话的过量"和"比例的失调",①最严重的缺憾是,那些被称为"生命、真理、现实"②的东西与作家擦肩而过。

伍尔夫对美国作家的直率评点曾引发争议,尤其是她对海明威的批评。然而考虑到伍尔夫是透过俄罗斯小说家的丰富技法来审视美国小说的局限的,她的观点就不难理解了。她的评论焦点,比如对作品的"真实性",作家的"专注精神"和"观察力",作品的"立意"及"生命、真理、现实"的表现力的特别关注,与她在同一时期对俄罗斯小说家陀思妥耶夫斯基、契诃夫、托尔斯泰和屠格涅夫的创作技法的推崇密切关联。她在随笔中直接用契诃夫的精妙来反衬海明威的不足就是例证。

自1917年至1933年,伍尔夫曾撰写和发表十余篇随笔,详尽评析和揭示陀思妥耶夫斯基、契诃夫、托尔斯泰和屠格涅夫的精湛技法。她认为陀思妥耶夫斯基擅长以独特的方式将有形的现实世界与无形的心灵世界巧妙相连,让读者直接感受灵魂的搏动。他的作品就像用"海面上的一圈浮子"联结"拖在海底的一张大网",捕捉深不可测的灵魂这一巨大的"海怪",③其作品的深邃和博大体现在对人类灵魂的完整性和复杂性的透彻表现之中。契诃夫的作

---

① Virginia Woolf, "An Essay of Criticism," *Granite and Rainbow*: *Essays*, London: Harcourt Brace Jovanovich, Inc., 1958, p.91.
② Virginia Woolf, "An Essay of Criticism," *Granite and Rainbow*: *Essays*, London: Harcourt Brace Jovanovich, Inc., 1958, p.92.
③ Virginia Woolf, "More Dostoevsky," *The Essays of Virginia Woolf* (*Vol. 2*), Ed. Andrew McNeillie, London: The Hogarth Press, 1987, p.84.

品看似平淡却意味深长,"随意、无结局、平常"①的故事下隐藏着浑然天成的结构、鲜活的人物、精妙的构思和无尽的言外之意。托尔斯泰的作品以高远的立意呈现生命全景,给人的感觉就像站在山顶,用望远镜将远景近景尽收眼底。②屠格涅夫作品的表现力度和深度基于其"将事实与幻象融合"的创作原则,他擅长将精细的观察与睿智的揭示相结合,其人物始终深刻意识到他们与外在世界的密切关联。③

总之,俄罗斯小说家的精深技法使她着迷,陀思妥耶夫斯基对"灵魂"的真切表现、契诃夫的平淡自如和意味深长、托尔斯泰的高远立意与屠格涅夫的深刻揭示作为种种范例,左右并影响着她对英美国家的文学创作的自我反省和自我批判,这一点显著体现在她在《现代小说》中对英国现代小说的反思中,也表现在她对美国文学的反思中。在那里,俄罗斯作品就像一面铜镜,映现出英美创作的局限。

四、创作整体性问题

在评析美国文学时,伍尔夫还指出美国作家在创作整体性上的欠缺。

她从爱默生的作品中,看到了一位个性独立的、有点与世隔绝的思想者。在随笔《爱默生的日记》("Emerson's Journals",1910)

---

① Virginia Woolf, "Russian Point of View," *The Essays of Virginia Woolf* (Vol. 4), Ed. Andrew McNeillie, London: The Hogarth Press, 1994, p.185.

② Virginia Woolf, "Russian Point of View," *The Essays of Virginia Woolf* (Vol. 4), Ed. Andrew McNeillie, London: The Hogarth Press, 1994, p.188.

③ Virginia Woolf, "The Novel of Turgenev," *The Captain's Death Bed and Other Essays*, London: Harcourt Brace Jovanovich, Inc., 1978, pp.55-57.

中伍尔夫指出,爱默生总是从自己的情感出发推及他人;他相信人是由一些孤立的品性组合而成,人们可以单独发展或褒扬这些品性;他的句子就像他的思想一样是坚硬而碎片状的。她认为,爱默生思想的最大长处和最大短处都在于它的简单性,它的坚硬和确定来自他对少数事物的专注把握和对大多数事物的忽视,他那孤立的、抽象的思想虽然能够在高处闪光,却缺乏生命活力。

> 他具有诗人的天赋,至少能够将遥远的、抽象的思想转化成坚实而闪光的东西,即使不能化成有血有肉的鲜活的东西……他的日记和作品中所表现出的那种简单化特性,不仅源自他对许许多多事物的忽略,更源自他对少数事物的专注。由此,他获得一种非凡的提升,就像无实体的思想直接正视真理。他将我们带到凌驾于世界之上的顶峰,一切熟悉的事物都变得无足轻重,变成浅灰色、粉色的平面……然而这样的提升是不具备可行性的,任何打断都可能会让它消失。①

她从梭罗的《瓦尔登湖》中看到了一个独具天性的人。在随笔《梭罗》("Thoreau",1917)中她指出,他对人的本性和才智有着莫大的信赖;他宁愿与自然为伴,与荒蛮为伴,为的是证明人是无所不能的;他对自己抱有浓厚的兴趣,在原始而简单的生活中感受并袒露自己的内心世界;他是一个自我主义者,但对人类充满责任心。他的思想高洁而纯粹,擅长与自己交流,与自然交流,却缺乏

---

① Virginia Woolf, "Emerson's Journals," *Books and Portraits*, Ed. Mary Lyon, London: The Hogarth Press, 1977, pp.88 - 89.

人际交流能力。因而,虽然"他有着印第安人的顽强、坚韧和健全的心智,同时又具备现代人的自我意识、苛刻的不满和敏感的气质。他对人性的领悟似乎时常超越人类力量之所及。他对人类寄予的期望和为人类制定的任务比任何慈善家都要高",虽然"他的书振聋发聩,情操高洁,每个字都诚恳真挚,每句话都精雕细刻",但是我们读过之后却有一种"奇怪的距离感;我们感觉他正在努力与我们交流,却无法沟通"。①

伍尔夫对美国经典作家爱默生和梭罗的评论看似挑剔且尖刻,然而将这些评述与她在同一时期对蒙田的评论相对照,我们能够看出她所推崇和倡导的是对生命思想的整体表现。

她在《蒙田》一文中这样概括蒙田对灵魂和思想的整体描写:它"讲述自我,追踪自己的奇思妙想,描绘出整个灵魂的图像、重量、色彩和边界,它的混乱、多变和不完美",②它"害羞、傲慢;贞洁、好色、唠叨、沉默……",是一个由种种相互冲突的成分融合而成的复杂的、不确定的整体。她认为,正是通过表现混沌的精神整体,蒙田揭示了生命的本质:"运动和变化是生命的本质;僵化便是死亡;墨守成规便是死亡……"③

基于自己对蒙田多变的、不确定的、自相矛盾的、活泼的生命描写的领悟和推崇,伍尔夫看出并点明了爱默生和梭罗只关注少数形而上的真理却忽视大量实际存在的事物的不完整和局限。这其实是一种更高意义上的文艺索求,一种让抽象的思想与具体的

---

① Virginia Woolf, "Thoreau," *Books and Portraits*, Ed. Mary Lyon, London: The Hogarth Press, 1977, pp.96-97.

② Virginia Woolf, "Montaigne," *The Essays of Virginia Woolf* (Vol. 4), Ed. Andrew McNeillie, London: The Hogarth Press, 1994, p.71.

③ Virginia Woolf, "Montaigne," *The Essays of Virginia Woolf* (Vol. 4), Ed. Andrew McNeillie, London: The Hogarth Press, 1994, p.75.

偶然事物相结合的诉求,一种恰如其分地表现生命存在的前瞻性意识。这种意识在萨特的存在主义作品和后现代的诸多作品中得到了充分的表现,而伍尔夫则是先行者之一,其启示来自蒙田和斯特恩。

五、美国文学的困境

伍尔夫对美国文学的整体思考是用一种困境意识来体现的,这一点与她对现代英国小说的困境思考极其相似。两者所面临的困境虽然不同,但是伍尔夫所给出的突破困境的思路是相似的。

在《论美国文学》中,伍尔夫探讨了美国文学所面临的困境:作为一种缺乏根基的文学,美国作家长期挣扎在"模仿英国文学"还是"忠实于事物本质"的两难境地中。他们或者继承英国文学娴熟的创作形式,却以牺牲美国精神的表现为代价;或者忠实表现美国精神,却因缺乏合适的形式或拥有过分强烈的民族意识而显露其文学的简单幼稚。

在《现代小说》中,伍尔夫论析了英国现代小说所面临的困境:英国现代小说大致可分为物质主义小说和精神主义小说两大类。前者是物质性的,它用"大量技巧和巨大精力"来描写"微不足道的、转瞬即逝的东西",却忘却了"生命或精神,真实或现实"等本质的东西;① 后者是精神性的,它"不惜一切代价,揭示生命最深处的

---

① Virginia Woolf, "Modern Fiction," *The Essays of Virginia Woolf* (Vol. 4), Ed. Andrew McNeillie, London: The Hogarth Press, 1994, p.159.

火焰的闪烁",①却为此丢弃传统的写作方法,其全新的表现形式看似裸露且不完整。

面对英美文学的不同困境,伍尔夫没有简单地用"二者择其一"的方法破解僵局,分别在"拥戴英国"/"拥戴美国"或"物质主义"/"精神主义"之间做出抉择。她所采用的共同方法是,超越对立双方的优劣,在一个更高层次的第三空间,用超越国界的文艺视野,呼唤形神合一的创新文学。

要走出美国文学的困境,伍尔夫提出:美国作家的创新表现方式可以是无限多样的。他们既可以"毫不在乎英国见解和英国文化,而依然生机勃勃地写作",就像拉德纳一样;也可以"具备所有文化素养和艺术才能而不滥用",就像薇拉·凯瑟一样;还可以"依靠自己的力量写作,不依赖任何人",像芬妮·赫斯特小姐一样。②重要的是,他们须深深扎根于自己的国土和传统,有足够的信心认同自己的文化,同时能从容而坦然地吸收世界其他文化的璀璨,并能将它们融会贯通。

要走出英国现代小说的困境,伍尔夫指出:"并不存在'小说的合适素材',一切都可以是小说的合适素材,一切情感,一切思想;头脑和灵魂的一切品质都可以提取;没有一种感悟是不合适的。"重要的是要去"突破她,侵犯她",唯有如此,我们才能恢复现代小说的青春,确保她的崇高地位。③

---

① Virginia Woolf, "Modern Fiction," *The Essays of Virginia Woolf* (Vol. 4), Ed. Andrew McNeillie, London: The Hogarth Press, 1994, p.161.

② Virginia Woolf, "American Fiction," *The Moment and Other Essays*, London: Harcourt Brace Jovanovich, Inc., 1948, p.125.

③ Virginia Woolf, "Modern Fiction," *The Essays of Virginia Woolf* (Vol. 4), Ed. Andrew McNeillie, London: The Hogarth Press, 1994, p.164.

结　语

　　伍尔夫所评论的作家包括华盛顿·欧文、爱默生、梭罗、惠特曼、麦尔维尔、德莱塞、亨利·詹姆斯、赫尔吉海姆、海明威、舍伍德·安德森、辛克莱·刘易斯、林·拉德纳等作家。从研究对象看,所选择的作家同时包含着古典的与现代的、有名的与无名的,看似随意而为,但大致能看出他们代表美国文学的不同时期。从批评风格看,既有对作品的直觉感悟,也有基于比照之上的理性评判,其风格不同于同时代作家 D. H. 劳伦斯在《美国古典文学探讨》(1924)中所倡导和实践的,将批评纯粹看作批评家个人感受的传达,认定批评的"试金石是感情,不是理智";①也不同于 F. R. 利维斯在《伟大的传统》(1947)中所树立的学院派典范,重在对作品技法的独创性和道德思想的表现力做深入缜密的分析。

　　伍尔夫的批评所遵循的是一种从观到悟的审美体验,她以普通读者为立场,首先对作品做全景透视,然后以比较的方法对作品做出评判,而比较评判的准绳则是人心共通的生命趣味。② 她对美国文学的评论充分体现了这一准则。无论是在《论美国文学》中,还是在论海明威、亨利·詹姆斯、麦尔维尔等作家的随笔中,文章的基本构架都是对作家作品的全景透视;显在或隐在的比照则随处可见,伍尔夫仿佛站在古希腊、俄罗斯、法国、英国的文学之巅,从不同侧面观照美国作家作品,揭示其优势与局限;最后依凭心灵

---

① D. H. 劳伦斯:《乡土精神》,载戴维·洛奇编:《二十世纪文学评论》,上海:上海译文出版社,1987年,第221页。
② 详见高奋:《批评,从观到悟的审美体验——论弗吉尼亚·伍尔夫的批评理论》,《外国文学评论》2009年第3期,第32—40页。

感悟,自然而然地阐明深刻而开放的观点。

作为20世纪初期的英国小说家兼文论家,伍尔夫的批评思想和实践不可避免地带有历史的局限性。但是她的开阔审美视野、比照式的批评方式和生命至上的审美立场却可以带给她一双目光如炬的慧眼,能让她看得更远更深。这或许就是她带给我们的启示。

(载《江西社会科学》2013年第11期)

论俄罗斯文学

——弗吉尼亚·伍尔夫随笔论析之五

俄罗斯文学是弗吉尼亚·伍尔夫现代小说创新实践中的最重要的"铜镜"。

在20世纪初期的英国"俄罗斯热"中,英国作家以各种态度和方式回应陀思妥耶夫斯基、屠格涅夫、契诃夫、托尔斯泰等人的英译作品所带来的巨大影响。高度赞美之声不绝于耳,断然否定之词时有耳闻。弗吉尼亚·伍尔夫是英国作家中能清醒地看待"俄罗斯热"的作家,不仅在评论俄罗斯文学的随笔中明确论析"如何接受外国文学"这一问题,而且坚持在英俄对比的立场上去分析和总结俄罗斯文学的艺术特色。用批评家罗伯塔·鲁本斯特纳(Roberta Rubenstein)的话说,就是:"俄罗斯作家无疑影响了她,但她也影响了英国人对俄罗斯作家的理解……她协助形成了将俄罗斯文学融入英国理解的过程。"[①]她的中肯态度带给她创新的空间,助她以俄罗斯文学为参照,探明英国文学的优势与局限,重设现代小说的重心,开创英国现代小说的新形式。

西方学界20世纪70年代开始关注伍尔夫与俄罗斯文学的关

---

① Roberta Rubenstein, *Virginia Woolf and the Russian Point of View*, New York: Palgrave Macmillan, 2009, p.5.

系。70年代的代表性论文是《弗吉尼亚·伍尔夫与俄罗斯视角》("Virginia Woolf and the Russian Point of View"),通过分析伍尔夫的《现代小说》《俄罗斯视角》等十余篇涉及俄罗斯文学的随笔,阐明伍尔夫的现代主义技法与陀思妥耶夫斯基等人的创作的渊源关系。① 迄今唯一的学术专著《弗吉尼亚·伍尔夫与俄罗斯视角》(Virginia Woolf and the Russian Point of View)2009年出版,全面论述弗吉尼亚·伍尔夫"对伟大的俄罗斯文学的批评性和想象性回应"。② 另有学者论及伍尔夫对陀氏的态度的嬗变,③还有学者探讨伍尔夫与人合作翻译俄罗斯作品时究竟发挥了怎样的作用。④ 国内学者则从"陌生感"切入,探讨伍尔夫的俄罗斯文学观。⑤ 这些研究大都聚焦俄罗斯文学对伍尔夫的影响,很少有人整体考察伍尔夫对俄罗斯文学的立场、聚焦点和接受程度。更具体地说,在英国的"俄罗斯热"中,伍尔夫就外国文学接受问题曾做怎样的思考? 她揭示了俄罗斯四位著名作家的哪些艺术特性? 在她的文学创新中俄罗斯文学究竟发挥了怎样的作用? 这些是本文探讨的主要问题。

---

① Roberta Rubenstein, "Virginia Woolf and the Russian Point of View," *Comparative Literature Studies*, Vol. 9, No. 2, June 1972, pp.196 - 206.

② Roberta Rubenstein, *Virginia Woolf and the Russian Point of View*, New York: Palgrave Macmillan, 2009, p.16.

③ Peter Kaye, *Dostoevsky and English Modernism, 1900 - 1930*, Cambridge: Cambridge University Press, 1999, pp. 52 - 53.

④ Laura Marcus, Introduction to *Translations from the Russian: Virginia Woolf and S. S. Koteliansky*, Ed. Stuart N. Clarke, Southport, England: Virginia Woolf Society of Great Britain, 2006; Natalya Reinhold. "'A Railway Accident': Virginia Woolf Translates Tolstoy," *Woolf Across Culture*, Ed. Natalya Reinhold, New York: Pace University Press, pp.237 - 248.

⑤ 蒋虹:《弗吉尼亚·伍尔夫的俄罗斯文学观》,《俄罗斯文艺》2008年第2期,第61—66页。

一、英国"俄罗斯热"与伍尔夫对外国文学接受问题的思考

20世纪初,英国"俄罗斯热"(Russophilia)的兴起大致以1912年康斯坦斯·加内特翻译的陀思妥耶夫斯基《卡拉马佐夫兄弟》的英译本出版为显著标记。这股热潮的前期基础是1894至1911年间屠格涅夫和托尔斯泰的主要作品的英译本的出版。当1912至1922年十年间陀思妥耶夫斯基、契诃夫、果戈理的主要作品的英译本也陆续出版时,英国学界对俄罗斯文学的痴迷达到了顶点。在此期间俄罗斯芭蕾在伦敦歌剧院的频繁演出[①]和俄罗斯画展的举办[②]进一步增强了人们对这一外来文化的欣赏、想象和崇拜。可以说,英国"俄罗斯热"的根基和主干是对俄罗斯小说及其所刻画的"俄罗斯灵魂"(Russian Soul)的关注、探究和回应。当时的评论家曾生动概括:"俄罗斯小说所表现的心灵和精神的骚动似乎突然间对其他国家的小说家产生了作用;它的影响力四处传播,最终以各种不同方式,将如何表现灵魂、真相、无形的世界这一问题萦绕在欧洲小说家的心中。"[③]

面对俄罗斯小说的巨大影响力,英国小说家的回应态度大致

---

① 弗吉尼亚的丈夫伦纳德·伍尔夫曾在自传中回忆他们对俄罗斯芭蕾趋之若鹜的盛况,"夜复一夜,我们成群结队地进入歌剧院,被一种新的艺术所吸引……"See: Leonard Woolf, *Beginning Again: An Autobiography of the Years 1911 to 1918*, London: The Hogarth Press, 1964, p.37.

② 在这一时期,最著名的画展当属由布鲁姆斯伯里文化圈的罗杰·弗莱与克莱夫·贝尔主办的"第二届后印象主义画展",展出英国、法国、俄罗斯画家的当代作品。弗莱曾随后撰写随笔《拉里奥诺夫与俄罗斯芭蕾》,论析俄罗斯知名舞台设计师拉里奥诺夫(Larionow)的舞台设计和背景画与芭蕾之间的关系。见 Roger Fry, "M. Larionow and the Russian Ballet," *A Roger Fry Reader*, Ed. Christopher Reed, Chicago: The University of Chicago Press, 1996, pp.290-296.

③ Dorothy Brewster, *East-West Passage: A Study in Literary Relationships*, London: Allen and Unwin, 1954, p.186.

可分为两种:热诚赞美和断然否定。

当时的大多数英国作家对俄罗斯艺术赞不绝口。最著名的例子是一份由 34 名英国作家和知识分子共同署名,1914 年 12 月 23 日发表在《泰晤士报》上的联合声明,署名者包括俄罗斯小说主要翻译者康斯坦斯·加内特,当红小说家阿诺德·班内特、高尔斯华绥、威尔斯、亨利·詹姆斯等。他们在声明中感谢俄罗斯作家给他们带来了全新的艺术视角,声称俄罗斯文学让人深切地感受到"发现了一个新家园,邂逅了一群未知的人们,表达了沉重的思想,这一思想深藏在我们的精神深处,从不曾言说且只能隐约地有所感觉"。① 1927 年阿诺德·班内特曾列出 12 部最伟大小说,它们全都是俄罗斯小说。② E. M. 福斯特在《小说面面观》(1927)中写道:"没有英国小说家像托尔斯泰那样伟大……没有英国小说家像陀思妥耶夫斯基那样深刻地揭示人的灵魂。"③ 伦纳德·伍尔夫在自传中写道:俄罗斯芭蕾给"陷入黑暗的英国带来了启示"④。而凯瑟琳·曼斯菲尔德则在日记和书信中频频赞美契诃夫"伟大"⑤,托尔斯泰"出色"⑥,陀思妥耶夫斯基深刻⑦,不断赞叹

---

① The *Times* of London, December 23, 1914: 10. Quoted in Richard Garnett, *Constance Garnett: A Heroic Life*, London: Sinclair-Stevenson, 1991.

② Arnold Bennett. "The Twelve Finest Novels." March 17, 1927. *Arnold Bennett: The Evening Standard Years: "Books and Persons" 1926 – 1931*, Ed. Andrew Mylett, London: Chatto and Windus, 1974, pp.32 – 34.

③ E. M. Forster, *Aspects of the Novel* (1927), London: Edward Arnold, 1974, p.16.

④ Leonard Woolf, *Beginning Again: An Autobiography of the Years 1911 to 1918*, London: The Hogarth Press, 1964, p.37.

⑤ C. K. Stead, ed., *The Letters and Journals of Katherine Mansfield: A Selection*, London: Penguin Books, 1977, p.137.

⑥ Vincent O'Sullivan & Margaret Scott, eds., *The Collected Letters of Katherine Mansfield* (Vol. I), Oxford: Clarendon Press, 1984, p. 309.

⑦ Jonna Woods, *Katerina: The Russian World of Katherine Mansfield*, Auckland: Penguin Books Ltd., 2001, p. 132.

他们作品中的人物活力①、思想深度②、结构独特性③等。这样的例子不胜枚举,可以说,赞美是当时英国学界的一种普遍态度,它既包含着人们对一种全新形式的热诚接纳,也隐含着对本国文学现状的失望和不满。

少数作家对俄罗斯小说持断然否定态度,D.H.劳伦斯是代表。他对俄罗斯小说的总体态度是批判的。他反对托尔斯泰在《安娜·卡列尼娜》中给出的安娜自杀的结局,认为它表明托尔斯泰否定自身的自然情感和个体自由,向虚假的社会道德规范屈服。④他尖锐抨击陀思妥耶夫斯基,断定他的小说"是了不起的寓言……但是是虚假的艺术",因为小说中"所有人物都是堕落的天使,即使是最肮脏的小人物,这一点我无法容忍。人们不是天使,他们是人。但是陀思妥耶夫斯基将他们当作神学或宗教个体,使他们成为神性的术语……它们是糟糕的艺术,虚假的真理"。⑤在他眼中,陀氏小说的主要人物都是"病态的""分裂的",他们是纠结于各种矛盾观点中的理性主义者或精神主义者,缺乏血性活力,所体现的是作家本人的病态心理。劳伦斯的批判态度与他当时正全力表现的"血性意识"密切相关。他坚信唯有"血性意识"与激情、性欲、无意识等生命动机有机相连,而"智性意识"试图将人与其"最深层的意

---

① John Middleton Murry, ed., *Between Two Worlds: An Autobiography*, London: Jonathan Cape, 1935, p.355.
② Clare Hanson, ed., *The Critical Writings of Katherine Mansfield*, London: Macmillan, 1987, p.34.
③ C. K. Stead, ed., *The Letters and Journals of Katherine Mansfield: A Selection*, London: Penguin Books, 1977, p.137.
④ George Zytaruk, *D. H. Lawrence's Response to Russian Literature*, The Hague: Mouton, 1971.
⑤ D. H. Lawrence, "Letter to John Middleton Murry and Katherine Mansfield," 17 February 1916, in James T. Bolton, et al., ed., *Letter of Lawrence (Vol. II)*, Cambridge: Cambridge University Press, 1979, p.646.

识形式"相分离,因而是僵死的;陀氏的基督式人物与托尔斯泰的僵化道德体系正是病态的"智性意识"的体现。[1]可以看出,劳伦斯对俄罗斯小说的批判力源自其强烈的个体创作理念。

  伍尔夫没有采用这两种极端态度中的任何一种,而是以一种中立的姿态给出评价。她一方面认同俄罗斯文学的巨大影响力和特色,"对现代英语小说最基本的评价都不可避免地要涉及俄罗斯文学的影响,而一提起俄罗斯文学,人们就得冒这样的风险,会觉得除了他们的小说之外其他任何创作都是浪费时间……在每一位伟大的俄罗斯作家身上我们都能发现圣人特质……他们的思想如此博大,如此悲天悯人……";[2]另一方面她清醒地看到英国文学代表着另一种古老文明的声音,"他们(指俄罗斯作家,笔者注)也许是正确的,无疑比我们看得更远,没有我们那种明显的视野障碍。但是我们也许能看到他们不能看到的东西,否则我们的沮丧中为何总夹杂着抗议声呢?这抗议声是另一个古老文明的声音,它在我们身上培育出享受和争斗的本能,而不是忍受和理解的本能"[3]。也就是说,伍尔夫在热忱肯定俄罗斯文学深刻的灵魂描写的同时,并不妄自菲薄,而是努力辨明英俄文学之间的差异,探究文化背景与艺术形式之间的关系。

  她之所以能从容淡定地面对"俄罗斯热",是因为她用20年时间阅读了数百部英、俄、美、法、古希腊作品,对它们的特征和差异了然于心。她于1912年蜜月旅行中开始阅读陀思妥耶夫斯基的

---

  [1] D. H. Lawrence, "Psychoanalysis and the Unconscious," *Fantasia of the Unconscious*, London: Heinemann, pp.171-208.
  [2] Virginia Woolf, "Modern Fiction," *The Essays of Virginia Woolf* (Vol. 4), Ed. Andrew McNeillie, London: The Hogarth Press, 1994, p.163.
  [3] Virginia Woolf, "Modern Fiction," *The Essays of Virginia Woolf* (Vol. 4), Ed. Andrew McNeillie, London: The Hogarth Press, 1994, p.164.

法文版《罪与罚》,在此后十余年中她以极大的热情,几乎通读了加内特翻译的陀思妥耶夫斯基、托尔斯泰、契诃夫、屠格涅夫的全部英译小说,还一边学俄语一边与科特林斯基合作翻译俄罗斯作品、回忆录,校对霍加斯出版社的英译本。在此基础上,她自1917年至1933年撰写了15篇随笔,评论陀氏四人的作品,并在《现代小说》等重要文章中反复提及俄罗斯文学。而对英、美、法、古希腊作品,她阅读的起始时间更早,不仅大量地阅读自乔叟至康拉德、自荷马至欧里庇德斯、自蒙田至普鲁斯特、自华盛顿·欧文至海明威的作品,而且撰写数百篇随笔,评论作家作品的风格和思想。她的俄罗斯小说批评的主要基点是英俄文学对比。这一点我们会在下一个部分详述。

  正是基于对英俄文学本质差异的深入领悟,她对英国作家直接模仿俄罗斯小说的行为极不赞同。她在随笔《俄罗斯观点》中,评析了英国作家高尔斯华绥在他的英语小说中以俄罗斯人惯用的"兄弟"称呼一位陌生人的做法,指出在英俄两种截然不同的文学中做出这样的模仿是不妥的,"不论我们多么期望追随俄罗斯的范例,明智的做法是,我们要接受这样的事实,不能用'兄弟'称呼一个陌生英国人",因为"语词不仅表达人物之间的态度,而且传递作者对世界的态度"。① 英文中"兄弟"的对应词是"伙伴",隐含着讽刺、幽默意味,而俄文的"兄弟"则带着共患苦难和真挚同情的意蕴,它所表达的"俄罗斯内涵"是无法在英国文学中找到根基的。由此,伍尔夫阐明了直接模仿的灾难性后果:"我们对俄罗斯文学做如此差强人意的模仿都如此艰难,足以显示我们与他们之间的

---

① Virginia Woolf, "The Russian View", *The Essays of Virginia Woolf* (Vol. 2), Ed. Andrew McNeillie, London: The Hogarth Press, 1987, p.341.

鸿沟。我们变得笨拙且不自在，或更糟糕的是，我们否定自己的特色，我们做作地描写质朴与善良，结果令人厌恶地变得多愁善感。"①

她在随笔《俄罗斯视角》中就英国作家对俄罗斯文学或赞美或批判的两极化态度曾做简要分析。她认为，语言差异可能给外来作品附上神秘而朦胧的魅力，以致在学界掀起狂热崇拜之错觉，因为翻译在使作品失去原有的语言风格、发音、个性特征的同时，突显了外来作品独特的感染力。翻译后的作品，"就像经历了一场地震或一次铁路事故，不仅丢掉了他们所有的衣服，而且丢掉了更微妙、更重要的东西，即他们的风格和个性特征。留下来的是非常有力、非常感人的东西，英国人的狂热崇拜足以说明这一切。但是损失了这么多东西，我们很难确信我们没有错觉、歪曲或读错重心。"②而文化差异则让读者和作者之间丧失了无隔阂交流、共同价值观和熟悉的风格特征，容易导致怀疑和拒绝的态度。"外国读者往往具有独特的敏锐和超然，拥有锐利的视角；但全然没有自在性、轻松感、信赖感和共同价值观，以及由此带来的亲切、理智、无隔阂的交流。"③对于那些不去了解外国作品的文化背景与创作理念，直接用自己的情感、理念、价值观对其进行批判或赞美的做法，伍尔夫认为，"如果这样做，我们会对自己作为读者是否称职提出质疑"。④

---

① Virginia Woolf, "The Russian View," *The Essays of Virginia Woolf* (Vol. 2), Ed. Andrew McNeillie, London: The Hogarth Press, 1987, pp.342-343.

② Virginia Woolf, "The Russian Point of View," *The Essays of Virginia Woolf* (Vol. 4), Ed. Andrew McNeillie, London: The Hogarth Press, 1994, p.182.

③ Virginia Woolf, "The Russian Point of View," *The Essays of Virginia Woolf* (Vol. 4), Ed. Andrew McNeillie, London: The Hogarth Press, 1994, p.182.

④ Virginia Woolf, "The Russian Point of View," *The Essays of Virginia Woolf* (Vol. 4), Ed. Andrew McNeillie, London: The Hogarth Press, 1994, p.184.

她就如何阅读外国文学提出了三点建议。

首先,要去了解外国作家作品的不同的文化背景和思想背景。"我们需要了解作者所谙熟的大量事物,它们构成了他的思想背景。如果我们能够构想这一切,那么作品呈现在我们面前的那些形象,作者所构建的形式,就会变得容易理解。"[1]这段话来自《俄罗斯背景》("Russian Background",1919)一文,伍尔夫透过契诃夫的短篇小说感知俄罗斯文化背景,悟出那一片"如此哀伤又如此热烈"的"空寂辽阔的原野"正是"俄罗斯灵魂"的总背景。[2]了解背景后,读者与作者之间的时空、情感、思想上的距离就拉近了。

其次,要真切把握外国作品,重点是去获得整体感。这种整体感是基于长期的生活积累和大量的阅读之上的。比如阅读本民族作品,我们对文学作品的风格主题耳熟能详,轻而易举便能领悟其深意。而阅读外国作品,就像聆听一首全新的曲调,"当调子陌生,结尾是一个问句,或只是继续描写人物的对话,就如契诃夫的小说,我们就需要非常大胆、敏锐的文学鉴赏力,才能听懂该调子,特别是听懂将整个调子融为一体的最后几个音符。也许我们需要阅读大量故事之后才能获得这种整体感,它是我们获得满意理解的最根本的东西,只有这样我们才能将各个部分合而为一,才知道契诃夫并不是散漫地乱写一气,而是有意给出这个音符,那个音符,以完整地表达他的含义。"[3]对伍尔夫而言,整体感是大量阅读作品后油然而生的一种极具穿透性的直觉感悟,它是理解作品的基点。

---

[1] Virginia Woolf, "Russian Background," *The Essays of Virginia Woolf* (Vol. 3), Ed. Andrew McNeillie, London: The Hogarth Press, 1988, p.84.

[2] Virginia Woolf, "Russian Background," *The Essays of Virginia Woolf* (Vol. 3), Ed. Andrew McNeillie, London: The Hogarth Press, 1988, p.85.

[3] Virginia Woolf, "Russian Point of View," *The Essays of Virginia Woolf* (Vol. 4), Ed. Andrew McNeillie, London: The Hogarth Press, 1994, p.184.

这种整体感可以将作品中所有令人困惑的碎片瞬间聚合,将作品营造的世界完整地呈现在我们面前。

最后,深入理解外国文学的关键是参悟作品的重心。"我们必须四处搜索,搞清这些陌生故事的重心在哪里",当我们发现契诃夫的故事的重心是"灵魂患病了,灵魂治愈了,灵魂未被治愈"时,再次去重新阅读故事,就会发现原来看来如此随意、无结局、平常的故事,"现在看来却具有独到而非凡的意味,大胆的选择,准确的布局,只有俄罗斯人才能加以掌控",它们"开阔了我们的视野,使我们的灵魂获得了惊人的自由"。①

关于外国文学接受问题,伍尔夫既不赞同被动的模仿,也不赞同先入为主式的批判或盲目崇拜式的赞美。她的立场和方法是不带偏见的整体透视和领悟:首先感悟其文化思想背景,然后透视其整体性,最后把握其重心。其宗旨是真切地看清外国作品的本来面目。不过,这只是她的批评方法的前半部分,也就是"以充分的理解去获取印象和感受"的那一部分,因为批评对象是外国文学,所以过程更复杂一些;批评的后半部分是用"对比和评判"去梳理和鉴别繁杂的印象和感受,在想象力、洞察力和学识的帮助下感悟作品的真义。②伍尔夫对俄罗斯文学的洞见正是在英俄文学对比的基础上获得的。

二、"俄罗斯灵魂"批评

英美学者曾着重探讨了俄罗斯小说家对伍尔夫的影响的关键

---

① Virginia Woolf,"Russian Point of View," *The Essays of Virginia Woolf* (*Vol. 4*), Ed. Andrew McNeillie, London: The Hogarth Press, 1994, p.185.
② Virginia Woolf,"How Should One Read a Book?", *The Common Reader* (*Second Series*), London: The Hogarth Press, 1959, p.267.

之处。比如陀思妥耶夫斯基的"意识流方式方法"和"描写人物与内在心理的手法",①契诃夫的"印象式的人物行为描写与幽默悲悯混同的手法"和"细致入微的心理描写与对完整结局的忽视",②托尔斯泰"将日常生活转化为艺术"的能力③和对"隐藏在心灵之下的心理"的描写,④以及屠格涅夫对"多重的、矛盾的'我'的塑造"。⑤这些梳理大致围绕伍尔夫的"意识流技巧"展开,旨在佐证俄罗斯创作技法与她的现代主义技巧之间的影响关系。

其实,伍尔夫的视野要开阔和深入得多。她通过大量阅读俄罗斯作品和日记,认识到英俄文学的本质差异在于:俄罗斯文学主要表现"同情苦难的精神",而英国文学主要表现"好奇的,或娱乐的,或知性的精神",也就是说,面对生活的苦难,英国文学"倾向掩饰或美化它",俄罗斯文学则"相信它,挖掘它,解释它,跟随着错综复杂的痛苦,创造出最具精神性的、最深刻的现代作品"。⑥ 由此她得出"俄罗斯小说的主要特点是灵魂"⑦的结论,并将批评聚焦于"俄罗斯灵魂",透视陀、契、托、屠四位作家笔下那深邃的、微妙的、全景的和虚实交融的心灵迷宫的艺术特色;在英俄文学比较中阐

---

① Roberta Rubenstein, *Virginia Woolf and the Russian Point of View*, New York: Palgrave Macmillan, 2009, p. 29.
② Roberta Rubenstein, *Virginia Woolf and the Russian Point of View*, New York: Palgrave Macmillan, 2009, p. 66.
③ Roberta Rubenstein, *Virginia Woolf and the Russian Point of View*, New York: Palgrave Macmillan, 2009, p. 111.
④ Roberta Rubenstein, *Virginia Woolf and the Russian Point of View*, New York: Palgrave Macmillan, 2009, p. 108.
⑤ Roberta Rubenstein, *Virginia Woolf and the Russian Point of View*, New York: Palgrave Macmillan, 2009, p. 135.
⑥ Virginia Woolf, "The Russian View," *The Essays of Virginia Woolf* (Vol. 2), Ed. Andrew McNeillie, London: The Hogarth Press, 1987, pp.342-343.
⑦ Virginia Woolf, "Russian Point of View," *The Essays of Virginia Woolf* (Vol. 4), Ed. Andrew McNeillie, London: The Hogarth Press, 1994, p.185.

明其独特性。我们不妨细致考察。

（一）陀思妥耶夫斯基的网状结构

伍尔夫认为，陀思妥耶夫斯基的伟大在于表现"俄罗斯灵魂"的"深邃和博大"。①

在陀氏作品并不复杂的情节下面，联结着一个巨大的灵魂海洋，他总能以独特的方式将有形的现实世界与无形的心灵世界巧妙相连，让读者直接感受到灵魂的搏动。她在随笔《再论陀思妥耶夫斯基》《年轻的陀思妥耶夫斯基》和《陀思妥耶夫斯基在克兰福》中极其生动地概括和分析了陀氏几种不同的"灵魂"结构。

第一种"灵魂"结构以《永恒的丈夫》为代表，它就像用"海面上的一圈浮子"联结着"拖在海底的一张大网"，大网中包含着深不可测的灵魂这一巨大的"海怪"。②陀氏杰出的表现力在于：

> 在所有作家中，唯有陀思妥耶夫斯基一人有能力重构那些瞬息即逝的、纷繁复杂的思想状态，重现瞬息万变的思想的完整脉络，表现它们时隐时现的轨迹。他不仅能够追踪已成形的鲜活念头，而且能够指向心理意识之下那个阴暗的、似乎蕴藏着无数不明之物的地下世界，那是欲望和冲动在黑暗之中盲目涌动的地方。③

第二种"灵魂"结构表现在《赌徒》中，它就像在一片嘈杂的心

---

① Virginia Woolf, "Russian Point of View," *The Essays of Virginia Woolf* (Vol. 4), Ed. Andrew McNeillie, London: The Hogarth Press, 1994, p.185.
② Virginia Woolf, "More Dostoevsky," *The Essays of Virginia Woolf* (Vol. 2), Ed. Andrew McNeillie, London: The Hogarth Press, 1987, p.84.
③ Virginia Woolf, "More Dostoevsky," *The Essays of Virginia Woolf* (Vol. 2) Ed. Andrew McNeillie, London: The Hogarth Press, 1987, p.85.

灵倾诉中,突然抛下一根用"独白"铸就的绳子,它带着读者"疯狂地跨越极其危险的深渊,仿佛面对真实的危机,瞬间顿悟那些只有在重压之下才能获得的启示",然后眼前的谜团散去,一切变得明晰。① 在这里,陀氏出色的表现力以另一种方式呈现:

> 只有陀思妥耶夫斯基才有能力成功地尝试这样的写作模式,即便在《赌徒》这样一部不算太成功的作品中,人们依然可以看出它承受了多么可怕的风险:多少次在推测转瞬即逝的心理中他的直觉可能出错,而在瞬息念头急剧递增的过程中……他的激情又如何濒临爆炸边缘,他的场景几近情节剧,他的人物几乎不可避免地可能陷入疯癫或癫痫的状态……陀思妥耶夫斯基并不去控制这一态势……他用一个核心意图就能将所有的一切聚合为一个整体。②

第三种"灵魂"结构表现在《舅舅的梦》中。这是一种夸张的"笑闹剧",陀氏狂放的想象力喷薄而出,即使在逗乐中,也不忘深入追踪人物琐碎、细微、错综的生命轨迹。作品的表现力体现在那张"无比复杂的关系网里,在这张生命之网中揉进了如此多的哀伤和不幸,你越想搞懂它,迷茫和困惑就越多"。③

伍尔夫认为,这些独特而有力的结构"完全由纯粹的灵魂成分构成","灵魂是最重要的,它的激情,它的骚动,它那惊人的美与恶

---

① Virginia Woolf, "A Minor Dostoevsky," *The Essays of Virginia Woolf* (Vol. 2), Ed. Andrew McNeillie, London: The Hogarth Press, 1987, p.165.
② Virginia Woolf, "A Minor Dostoevsky," *The Essays of Virginia Woolf* (Vol. 2), Ed. Andrew McNeillie, London: The Hogarth Press, 1987, p.166.
③ Virginia Woolf, "Dostoevsky in Cranford," *The Essays of Virginia Woolf* (Vol. 3), Ed. Andrew McNeillie, London: The Hogarth Press, 1988, p.115.

的混杂"。其结构的深邃就体现在，它透彻地表现了灵魂的复杂性和完整性：

> 那些善恶分明的旧的分界线被消融，人们既是圣徒又是小人，他们的行为既美好又卑劣。他们让我们又爱又恨。我们所习惯的泾渭分明的善恶区分不复存在。我们最喜欢的常常是最大的罪犯，罪孽最深重的人激起我们最强烈的钦佩和爱。①

同时表现了灵魂的共通性：

> 不论你是高贵的还是质朴的，是流浪汉还是贵妇人，对他都是一样的。无论你是谁，你都是这种复杂的液体，这种幽暗、动荡、珍贵的东西的容器，是灵魂的容器。灵魂是不受任何限制的，它流溢着，泛滥着，与其他人的灵魂交融着……它倾泻出来，滚烫、炙热、混杂、精妙、可怕、压抑，人类的灵魂。②

基于对陀氏如此深刻的领悟，伍尔夫发出由衷的赞叹："除了莎士比亚，没有比这更打动人心的作品了。"③

在这一深度剖析之后，是她对英俄文学的差异性的透彻分析。她认为：

---

① Virginia Woolf, "Russian Point of View," *The Essays of Virginia Woolf* (Vol. 4), Ed. Andrew McNeillie, London: The Hogarth Press, 1994, p.186.
② Virginia Woolf, "Russian Point of View," *The Essays of Virginia Woolf* (Vol. 4), Ed. Andrew McNeillie, London: The Hogarth Press, 1994, pp.186-187.
③ Virginia Woolf, "Russian Point of View," *The Essays of Virginia Woolf* (Vol. 4), Ed. Andrew McNeillie, London: The Hogarth Press, 1994, p.187.

在创作对象上,英国文学擅长"表现外部世界的一切现象:行为举止、风景、着装打扮、主人公对其朋友的影响等,但很少深入描写人物愤怒时的复杂心理状态",而陀氏的作品恰恰相反,他"用人物复杂的情感迷宫构筑起生命视像",因此她指出,英国文学"对人性的表现太少了"。①

在创作基调上,英国作家擅长营造并表现"幽默场景",而陀氏将"幽默内嵌于生活之中",将一切留给读者自己去思考,她因此感受到"小说艺术的新概念"。②英国文学擅长描绘"色调明快而微妙"的喜剧场景,而陀氏则在夸张放肆的闹剧中自如地呈现"一张无比复杂的关系网",她因此感叹,"我们没有必要低估喜剧的价值,陀思妥耶夫斯基的完美创作表明,我们的创作似乎遗漏了最重要的东西"。③

在创作立场上,英国作家总是受制于某种"秩序和形式","倾向于讽刺而不是同情,细察社会而不是理解个人",而陀氏却"不受这些限制",因此他可以自如地表现"人的灵魂"。④

在这些对比中,伍尔夫对陀氏艺术特色的领悟与她对本国文学的反思同等重要。她以英国文学为镜,迅捷而有力地提炼出陀氏的艺术特征;同时又以陀氏为镜,照见英国文学的优势与缺憾。通过对比,伍尔夫洞见陀氏创作最根本的奥秘在于他的直觉性,"直觉是概括陀思妥耶夫斯基的创作天才的最合适的词。当他的

---

① Virginia Woolf, "More Dostoevsky," *The Essays of Virginia Woolf* (Vol. 2), Ed. Andrew McNeillie, London: The Hogarth Press, 1987, pp.85-86.
② Virginia Woolf, "A Minor Dostoevsky," *The Essays of Virginia Woolf* (Vol. 2), Ed. Andrew McNeillie, London: The Hogarth Press, 1987, p.167.
③ Virginia Woolf, "Dostoevsky in Cranford," *The Essays of Virginia Woolf* (Vol. 3), Ed. Andrew McNeillie, London: The Hogarth Press, 1988, pp.113-115.
④ Virginia Woolf, "Russian Point of View," *The Essays of Virginia Woolf* (Vol. 4), Ed. Andrew McNeillie, London: The Hogarth Press, 1994, pp.186-187.

直觉最饱满的时候,他能够读懂最黑暗最深层的心灵中那些最难懂的天书"。①这段话喻示了伍尔夫对陀氏原创性的破解。她领悟到,正是直觉,让陀氏直入灵魂最深处,感受心灵最深刻的混沌;也是直觉,让他照见思想的错综和情感的强烈,助他以浑然天成的方式书写灵魂。

(二) 契诃夫的情感布局

伍尔夫认为契诃夫的伟大在于表现了"俄罗斯灵魂"的"脆弱与微妙"。②

在《契诃夫的问题》《俄罗斯背景》等随笔中,伍尔夫指出,契诃夫最大的创意在于用情感表现灵魂的微妙,似乎他只要"轻轻一拍就能将情感打碎,让它们不连贯地四处散落在作品之中",③让这些情感摇曳着光芒,将心灵的轨迹标出。④那些随意、平常、无结局的故事,在读者领悟其创作重心之后,其独特趣味和开阔视野便跃然纸上,看似平淡却意味深长。这种情感布局渗透在作品的结构、人物和风格等方方面面。

他的谋篇布局浑然一体,具备一种不雕琢、无俗套、平淡天真的原生态特性。"他天生便是讲故事的人。不论他观察什么地方,看到什么,待在什么地方,故事都会快速地自然生成,带着一种浑然天成的直接性,令人想起世界文学最初时期人们所具备的天生

---

① Virginia Woolf, "More Dostoevsky," *The Essays of Virginia Woolf* (Vol. 2), Ed. Andrew McNeillie, London: The Hogarth Press, 1987, p.86.
② Virginia Woolf, "Russian Point of View," *The Essays of Virginia Woolf* (Vol. 4), Ed. Andrew McNeillie, London: The Hogarth Press, 1994, p.185.
③ Virginia Woolf, "Tchehov's Questions," *The Essays of Virginia Woolf* (Vol. 2), Ed. Andrew McNeillie, London: The Hogarth Press, 1987, p.247.
④ Virginia Woolf, "Russian Background," *The Essays of Virginia Woolf* (Vol. 3), Ed. Andrew McNeillie, London: The Hogarth Press, 1988, p.85.

的讲故事能力"。① 他的人物塑造简洁有力、性情毕露:"这绝不是戴着面具的契诃夫在说话:是医生在说话;他在那儿,活生生的,他自己,一个普通人,直觉地观察事物;他身上有一种个性,敏锐地感知着生命。契诃夫作品中有无数人物,全都不同,他们的不同是用极简洁极确定的笔画清晰勾勒的。"② 他的创作风格因富含言外之意而独具匠心:"他选择素材时颇具原创性,使得故事的构思与众不同……在他那些残酷、粗糙的画面中,特别是关于农民生活的故事中,不是因为那暗示同情的话使作品突显创意吗?"③

伍尔夫透过英俄文学对比揭示了契诃夫的构思的价值。英俄文学背景的巨大差异在于:前者处于"极复杂、极有序的社会文明"中,而后者背衬着"空旷寂寥的原野,那里既没有烟囱,也没有灯光"。④ 在这一比照中回视契诃夫那些荒野人物的心灵冲动以及他们孤寂生活中的无尽问题和无望结局,便能深刻感受到契氏小说中残酷现实与丰盈心灵的对垒,以及主人公直面生命的无奈和缺憾时的忧伤。这一剖析与伍尔夫对同样处于荒凉环境中的英国作家乔叟的分析截然不同,她认为乔叟的创作特性是以明快风格"回避严酷和神秘,转向欢乐和确定"。⑤ 伍尔夫因此总结出英国文学美化苦难而俄罗斯文学直面痛苦的巨大差异。

---

① Virginia Woolf, "Tchehov's Questions," *The Essays of Virginia Woolf* (Vol. 2), Ed. Andrew McNeillie, London: The Hogarth Press, 1987, p.246.
② Virginia Woolf, "Tchehov's Questions," *The Essays of Virginia Woolf* (Vol. 2), Ed. Andrew McNeillie, London: The Hogarth Press, 1987, p.246.
③ Virginia Woolf, "Tchehov's Questions," *The Essays of Virginia Woolf* (Vol. 2), Ed. Andrew McNeillie, London: The Hogarth Press, 1987, p.247.
④ Virginia Woolf, "Russian Background," *The Essays of Virginia Woolf* (Vol. 3), Ed. Andrew McNeillie, London: The Hogarth Press, 1988, p.84.
⑤ Virginia Woolf, "The Pastons and Chaucer," *The Essays of Virginia Woolf* (Vol. 4), Ed. Andrew McNeillie, London: The Hogarth Press, 1994, p.27.

伍尔夫对契诃夫创作的根本性理解是,他描绘了那些"记忆的景象""那些珍藏在心中的风景"。① "记忆",是她用以概括契诃夫浑然天成的构思、人物、叙事的关键词,以此破解他的灵感源泉和形式奥秘。唯有萦绕在心中的记忆,才能琐碎却浑然一体,简约却个性鲜明,粗糙却唯美,平淡却意味深长。

(三)托尔斯泰的生命视野

伍尔夫认为,托尔斯泰着重表现了"生命",他的所有作品都隐藏着"为什么活着"这一核心问题。②

她在《俄罗斯视角》《托尔斯泰的〈哥萨克〉》等随笔中指出,托氏采用了"由外而内"的视野以呈现生命全景,给人的感觉就像站在山顶,用望远镜将物景心景尽收眼底,"一切都惊人地清晰,极其锐利"。③ 其生命视野的创意在于,将可视可感的外在世界与绵延不断的内在思绪完美结合:在人物塑造上,其人物个性既体现在打喷嚏的细微动作中,也表现在对爱和永恒的思考中;在场景描写中,作品的景、物和人聚合,既可看见山脉、战士、哥萨克姑娘等生动形象,又可感受太阳和寒冷等鲜活感觉;人物的思想是可视的,依托一连串谜一般的问题无休止地向前伸展,却始终不曾给出明确答案。④

伍尔夫将托尔斯泰的作品与英国小说做对比,指出前者的出色在于以"深刻心理和无比真诚"实践"极度简单和极度微妙的完

---

① Virginia Woolf, "Russian Background," *The Essays of Virginia Woolf* (Vol. 3), Ed. Andrew McNeillie, London: The Hogarth Press, 1988, p.84.
② Virginia Woolf, "Russian Point of View," *The Essays of Virginia Woolf* (Vol. 4), Ed. Andrew McNeillie, London: The Hogarth Press, 1994, p.188.
③ Virginia Woolf, "Russian Point of View," *The Essays of Virginia Woolf* (Vol. 4), Ed. Andrew McNeillie, London: The Hogarth Press, 1994, p.188.
④ Virginia Woolf, "Tolstoy's *The Cossacks*," *The Essays of Virginia Woolf* (Vol. 2), Ed. Andrew McNeillie, London: The Hogarth Press, 1987, pp.77-79.

美结合",后者的出色在于"喜剧风格"。①透过这一对比,她揭示托氏的优势在于对整体性的把握,他"把世界放在指尖上把玩"并"不停地追问它的意义"。②这一"圆球"意象足以体现托氏融外在世界与内在思想为一体的生命视野的全景性。

(四)屠格涅夫的虚实交融

伍尔夫认为,屠格涅夫的独创性在于虚实交融,即"将事实与幻象融合"的创作风格。她大量阅读屠氏的作品和书信后,在《屠格涅夫的小说》《屠格涅夫掠影》《胆小的巨人》等随笔中探讨了他的文学观和创作技巧。她这样概括他的主要文学观:其一,文学的源泉不仅来自观察,也来自无意识;其二,创作的关键在于将事实与幻象融为一体。她认为屠氏的作品便是虚实交融的典范:他一方面明察秋毫地观察世间万物,另一方面睿智地揭示事物背后的真相。③她从创作视角、情节结构、整体性和思想性等多个层面揭示这一特性。

屠格涅夫擅长从不同视角看同一事物,作品的场景往往由相互对立的事物构成,既盘根错节、纷繁复杂,又根枝相连、环环紧扣,浑然一体,意蕴无穷。"生动而充满意蕴的第一个场景导出了后面的其他场景。它们自然地尾随而来,形成对照、距离和厚度。最后,一切都齐备了。这是一个自成一体的世界……出色的场景不是一幕一幕转瞬即逝的,而是一连串场景首尾相连,贯穿其中的

---

① Virginia Woolf, "Tolstoy's *The Cossacks*," *The Essays of Virginia Woolf* (*Vol. 2*), Ed. Andrew McNeillie, London: The Hogarth Press, 1987, p.79.
② Virginia Woolf, "Russian Point of View," *The Essays of Virginia Woolf* (*Vol. 4*), Ed. Andrew McNeillie, London: The Hogarth Press, 1994, p.189.
③ Virginia Woolf, "The Novel of Turgenev," *The Captain's Death Bed and Other Essays*, London: Harcourt Brace Jovanovich, Inc., 1978, pp.55-57.

是人性共通的情感。"①

作品的结构"以情感为联结物,而不是事件",②叙述中时常出现插入式的景物描写片段,打断了事件的连续性,却始终保持着人物情感的连续性。"屠格涅夫倾听情感的耳朵十分灵敏,虽然他会启用突兀的对比,或者从人物身上游离开转而去描写天空或森林,但他真切的洞察力能够将一切聚合在一起。"③

作品的整体性基于情景交融的模式,其高超之处在于,思想的表现往往通过意象来完成。"屠格涅夫有着出色的把握情感的力量,他把月亮、围着茶壶而坐的人们、声音、鲜花和花园的温暖等所有这一切融合为一体,将它们熔铸成熠熠发光的瞬间。"④"在这一高度暗示的艺术中,效果来自无数感触的积累,无法简单地归因于某个重要段落或某一出色场景……在清澈的表层下面是无尽的深度,它的简约中包含着一个宽广的世界。"⑤

作品的思想深度在于,人物不仅追问形而上的生命意义问题,而且思考具体的俄罗斯现实问题。作者隐退在人物的争吵之外,以旁观者的身份静观他们的争端、冲突、谬误,不予评论。

伍尔夫深知屠格涅夫除了俄罗斯背景之外,曾长年旅居欧洲,

---

① Virginia Woolf, "A Glance at Turgenev," *Books and Portraits*, Ed. Mary Lyon, London: The Hogarth Press, 1977, p.129.
② Virginia Woolf, "The Novel of Turgenev," *The Captain's Death Bed and Other Essays*, London: Harcourt Brace Jovanovich, Inc., 1978, p.58.
③ Virginia Woolf, "The Novel of Turgenev," *The Captain's Death Bed and Other Essays*, London: Harcourt Brave Jovanovich, Inc., 1978, pp.58 – 59.
④ Virginia Woolf, "A Glance at Turgenev," *Books and Portraits*, Ed. Mary Lyon, London: The Hogarth Press, 1977, p.130.
⑤ Virginia Woolf, "A Giant with Very Small Thumbs," *Books and Portraits*, Ed. Mary Lyon, London: The Hogarth Press, 1977, pp.132 – 133.

几乎是一位"国际公民",[①]与欧洲文学最为贴近。她对屠氏的关注和研究较多。继18世纪20年代阅读和评论屠氏作品后,她于1933年再次投入大半年的时间反复地阅读其作品,全面论述其创作原则和特征。她对他的评价极高,认为他是用"最根本的人性"进行写作的作家,所表现的是"最深层的情感"。[②]

伍尔夫对俄罗斯四位小说家的评论是突破性的。她像巴赫金一样重点关注俄罗斯小说结构的艺术特色,所不同的是,巴赫金侧重剖析陀思妥耶夫斯基人物的复杂自我意识,揭示其将"众多地位平等的意识连同它们各自的世界,结合在某一个统一的事件之中,而互相间不发生融合"[③]的复调结构,阐明其价值在于突破已定型的"独白型"欧洲小说模式;而伍尔夫聚焦陀、契、托、屠四位小说家在"外在世界与内在心灵"的关系上的创意结构,揭示"俄罗斯灵魂"的多种创作手法。陀氏用情节浮标联结灵魂海洋的网状结构、契氏用情感碎片标出心灵轨迹的情感布局、托氏融外景内情为一体的生命世界、屠氏将事实与幻象合一的虚实交融模式,其价值在于突破已定型的"尘世之美"[④]型英国小说模式。虽然人们已经普遍认定陀氏等四位小说家"最出彩的是他们具有刻画人物的复杂心理状态的无与伦比的能力",[⑤]但像伍尔夫那样凭借作家的敏锐

[①] Virginia Woolf, "A Giant with Very Small Thumbs," *Books and Portraits*, Ed. Mary Lyon, London: The Hogarth Press, 1977, pp.131-133.

[②] Virginia Woolf, "The Novel of Turgenev," *The Captain's Death Bed and Other Essays*, London: Harcourt Brace Jovanovich, Inc., 1978, p.61.

[③] 巴赫金:《陀思妥耶夫斯基诗学问题》,载《诗学与访谈》,白春仁等译,石家庄:河南教育出版社,1998年,第4—5页。

[④] Virginia Woolf, "Modern Fiction," *The Essays of Virginia Woolf* (Vol. 4), London: The Hogarth Press, 1994, p.163.

[⑤] Andrew Baruch Wachtel & Ilya Vinitsky, *Russian Literature*, Cambridge: Polity Press, 2009, p.125.

感受,如此深入地揭秘他们的艺术结构的评论并不多见。

三、俄罗斯"铜镜"与现代小说创新

那么,在伍尔夫的小说创新中,她是如何借鉴俄罗斯创作特色的?是否像鲁本斯特纳等西方学者所论证的那样,只是直接汲取了俄罗斯小说家的创作技法?

从伍尔夫对待外国文学的态度和立场看,她的借鉴不会止步于浮光掠影的技法模仿,她寻求的是一种基于本民族文学传统之上的突破。在这一过程中,俄罗斯文学是一面极为重要的"铜镜",助她看清本民族文学的局限与优势,确立现代小说的重心,实验创新技法。俄罗斯文学的影响就像她所熟悉的其他外国文学的影响一样,是以隐在的、重构的方式呈现的,并无直接的外国技法植入。

首先,俄罗斯文学的"铜镜"作用在于帮助伍尔夫明确英国现代小说的局限。正是通过英俄文学对比,对照俄罗斯小说悲天悯人的博大灵魂,伍尔夫明晰了英国文学传统对外部世界、幽默、喜剧、特定秩序和形式的擅长和青睐,"从斯特恩到梅瑞狄斯的英国小说都证明,我们对幽默和喜剧、尘世之美、知性活动和身体之美妙有着天然的喜爱"。① 她认为这一传统延续到现代小说时期,表现为物质主义小说"不关心精神,只关心肉体"②和精神主义小说"思想相对贫乏"和"方法上有局限"③的弱势。她刻意关注俄罗斯

---

① Virginia Woolf, "Modern Fiction," *The Essays of Virginia Woolf* (Vol. 4), Ed. Andrew McNeillie, London: The Hogarth Press, 1994, p.163.
② Virginia Woolf, "Modern Fiction," *The Essays of Virginia Woolf* (Vol. 4), Ed. Andrew McNeillie, London: The Hogarth Press, 1994, p.158.
③ Virginia Woolf, "Modern Fiction," *The Essays of Virginia Woolf* (Vol. 4), Ed. Andrew McNeillie, London: The Hogarth Press, 1994, p.161.

小说家在"外在世界与内在心灵"关系上的创意,这与她对英国小说的局限的感知密切相关。

其次,俄罗斯铜镜的作用在于帮助伍尔夫认识并阐明现代文学重心的改变。伍尔夫在《现代小说》中宣称,英国现代文学的重心已经与过去不同,人们更关注"琐碎的、奇妙的、瞬息即逝的或刻骨铭心"①的心理感受,因而文学家的任务是去"表达这种变化的、未知的、无限的精神,不论它可能以怎样不合常规或者错综复杂的形式呈现……"。② 她将这一重心的改变锁定在1910年前后,因为在那一年,"人与人之间的一切关系……都变了。人际关系一变,宗教、行为、政治、文学也要变"③。导致变化的原因很多,比如朝代的改换(英王爱德华七世的去世和乔治五世的即位)、新思想的冲击(爱因斯坦等人的物理学理论和弗洛伊德心理学的广泛传播④)、新艺术的引进(后印象派画展的举办⑤)等,然而单纯就现代文学而言,决定性的影响来自俄罗斯文学,伍尔夫对此曾做论析:"在阅读了《罪与罚》和《白痴》之后,年轻小说家们谁还会相信维多利亚时期所塑造的'人物'……将人物从它所陷入的不成形的状态中拉出

---

① Virginia Woolf,"Modern Fiction,"*The Essays of Virginia Woolf* (Vol. 4), Ed. Andrew McNeillie, London: The Hogarth Press, 1994, p.160.

② Virginia Woolf,"Modern Fiction,"*The Essays of Virginia Woolf* (Vol. 4), Ed. Andrew McNeillie, London: The Hogarth Press, 1994, pp.160 - 161.

③ Virginia Woolf, "Character in Fiction,"*The Essays of Virginia Woolf* (Vol. 3), Ed. Andrew McNeillie, London: The Hogarth Press, 1988, p.422.

④ 伍尔夫在《小说人物》的草稿中曾提到由于爱因斯坦等人的科学理论的快速发展,现代人对人物的兴趣比上一辈人更浓,她又写道:"如果你读过弗洛伊德的书籍,你在10分钟内可获知的事实或可能性,是我们的父母们不能想象的。"见 Virginia Woolf, "Character in Fiction,"*The Essays of Virginia Woolf* (Vol. 3), Ed. Andrew McNeillie. London: The Hogarth Press, 1988,p.504。

⑤ 第一次后印象派画展于1910年11月举办,它一反人们熟悉的印象派绘画对纯粹视觉的模仿,去追求艺术表达思想和情感的力量,因此它"大胆地切断艺术中单纯的再现因素,以便……在至为简洁、抽象的要素中,确立其表现形式的根本法则"。(见罗杰·弗莱:《罗杰·弗莱艺术批评文选》,南京:江苏美术出版社,2010年,第105页。)

来,明晰它的边界,深化它的内质,表现人与人之间能激起我们最强烈情感的冲突,这就是乔治时代作家的问题。导致两代人决裂的是这一问题意识而不是乔治国王即位。"①

最后,俄罗斯铜镜的作用在于为伍尔夫实验创新技法提供启示。伍尔夫清楚地知道,物质主义小说完全拘束在情节、喜剧、悲剧、爱情、利益、可信度等英国文学传统形式中,其手法仅限于表现外在世界;精神主义小说彻底抛弃一切传统技法,却陷入思想和方法上的晦涩和贫瘠之中。②伍尔夫努力突破物质主义与精神主义的对立,积极借鉴陀氏等小说家联结外在世界与内在心灵的精湛技法,充分运用从他们作品中洞见的那些根本性的东西:陀思妥耶夫斯基的"直觉"、契诃夫的"记忆景象"、托尔斯泰的"生命视野"和屠格涅夫的"人性"。她以英国传统元素"幽默、喜剧、尘世之美、智性活动和身体之美妙"③为主体,融入俄罗斯技法,其作品体现出鲜明的重构特性。比如,《达洛维夫人》的"直觉"印象,就包裹在一张由达洛维夫人、塞普蒂莫斯、彼得等人物行走在伦敦大街时的所见、所闻、所思编织而成的多重意识网络中,里面包含着欢快、幽默、骄傲、平静、狂想、痛苦等多重情感的对抗、交汇与变换,但绝没有陷入痛苦、哀伤、悔恨的情感深渊。又比如《到灯塔去》的"记忆"叙述,用窗、夜、灯塔等浮标联结拉姆齐先生、拉姆齐夫人、丽莉等人物的心灵之网,在晚宴、去灯塔等现实事件中完成人物心灵间的对立、对话和悟道的过程,逃离和超越痛苦是作品的主旋律。再比如

---

① Virginia Woolf, "Mr. Bennett and Mrs. Brown," In Robin Majumdar and Allen McLaurin, eds., *Virginia Woolf: The Critical Heritage*, London: Routledge & Kegan Paul, 1975, pp. 117-118.

② Virginia Woolf, "Modern Fiction," *The Essays of Virginia Woolf* (Vol. 4), Ed. Andrew McNeillie, London: The Hogarth Press, 1994, pp.160-161.

③ Virginia Woolf, "Modern Fiction," *The Essays of Virginia Woolf* (Vol. 4), Ed. Andrew McNeillie, London: The Hogarth Press, 1994, p.163.

《海浪》的"生命视野",在外在自然与内在独白的对位中走过从日出到日落的生命全程,外景内情中展现的全是英国人特有的知性思考、尘世之行、喜剧语词、身体之美等。

结　语

"夫以铜为镜,可以正衣冠;以史为镜,可以知兴替;以人为镜,可以明得失。"①伍尔夫在阅读、评析和借鉴俄罗斯文学的过程中,心中时刻惦记着如何为英国文学"正衣冠"。正是基于对英国文学传统的笃信,她在"俄罗斯热"中努力客观地透视俄罗斯文学,洞见它的特性,以此照亮英国现代文学的局限、优势和重心,最终以自己的独到领悟和大胆实践,重新激活英国文学传统,完成了将英国现代小说推向世界的壮举。

---

①　《旧唐书·魏徵传》。

论现代小说
——弗吉尼亚·伍尔夫随笔论析之六

从 20 世纪中叶到 21 世纪初,西方批评界不断发出"小说死亡""文学终结"的声称。所幸的是,不论是莫拉维亚(Alberto Moravia),还是默多克(Iris Murdoch),还是米勒(J. Hillis Miller),当西方批评家们以各种方式发出这一断言的时候,他们并不是旨在宣布一种不幸的结局,而是努力表达对现代文学困境的认识和对其本质的反思。他们为陷入危机的现代文学开出良方,助它走出困境。虽然良方各不相同,但足以引发世人对这一问题的关注。不过,早在他们之前,伍尔夫不仅为现代小说把了脉,切准了病症,而且为它开出了药方。只是伍尔夫的观点尚未引起充分的关注,本文将给予全面的透视和评判。

一、困境意识

1925 年,伍尔夫在《现代小说》("Modern Fiction")中这样描述现代小说的现状:

> 多个世纪以来,我们在机器制造方面取得了长足的进展,却很难说在文学创作方面有什么起色。我们并没有写得更

好,只能说我们一直在写,时而朝这个方向试一下,时而朝那个方向试一下。……站在平地上,在人群中间,被尘土半遮了眼睛,我们羡慕地回首那些幸福的勇士们,他们已经在战役中获胜,他们的成功带着如此平静的色彩,我们忍不住窃窃私语:他们的战役不像我们的那样残酷。就让文学史学家们来判断,由他们来评说我们是处于小说的伟大时期的开端、中期还是末端,因为站在平地上,我们的所见非常有限。我们只知道某些感激之意和敌对情绪在鞭策着我们,一些道路仿佛通向肥沃的土地,另一些道路似乎通向尘土和荒漠,这也许值得做一番探讨。①

在这段描述中,我们能够感觉到伍尔夫对现代小说的困惑和期盼。如果做一番形象描述,我们似乎可以看见一个三岔路口,前方是通向不同方向的两条现代小说支路,背后是一条主干道,隐约浮动着昔日大师们平静的笑脸。这两条支路分别被她称为物质主义和精神主义。站在传统与现代的中间地带,伍尔夫不仅敏锐地感觉到两者之间的鸿沟,而且感觉到这一断裂已经使现代小说陷入困境。她在《现代小说》和《班内特先生与布朗夫人》中细致对比剖析现代社会中最盛行的两种小说(即物质主义和精神主义),分别列举它们的优劣,以唤起人们对现代小说困境的关注。

由于种种原因,西方批评界在解读这两篇文章的时候,大都未能关注伍尔夫的困境意识。他们或者对这两篇文章持批判或否定

---

① Virginia Woolf, "Modern Fiction," *The Essays of Virginia Woolf* (Vol. 4), Ed. Andrew McNeillie, London: The Hogarth Press, 1994, p.158.

意见,①不能接受伍尔夫对以阿诺德·班内特、威尔斯、高尔斯华绥为代表的物质主义小说的批判;或者肯定并赞同伍尔夫对以乔伊斯为代表的现代主义小说的认同,将她也归入"现代主义者"行列。②也就是说,批评家们关注的是伍尔夫对物质主义和精神主义的选择,却忽视了伍尔夫的中立立场。20世纪70年代曾有批评家隐约提到伍尔夫的中立立场,③一直到20世纪90年代,才有西方批评家明确指出,伍尔夫并没有像批评界所理解的那样,以倡导现代主义小说来否定传统小说,而是通过对比来提供另外的创作模式。④这一观点超越了先前批评家所持的二元对立立场,读懂了伍尔夫对现代主导小说的反思和对未来小说的构想。只是批评界尚未意识到伍尔夫的困境意识的重要性。

伍尔夫的困境意识是重要的。它既是伍尔夫自1904年至1925年20余年不间断地评论现代小说后的心得,⑤也是她在这20

---

① 这种批判的态度主要是通过对《班内特先生与布朗夫人》的批评间接表现出来的。见:Robin Majumdar & Allen McLaurin, eds., *Virginia Woolf: The Critical Heritage*, London: Routledge & Kegan Paul, 1975, pp. 120 - 137.

② 最为著名的结论来自约翰·弗莱彻、马尔科姆·布拉德伯里:《内省的小说》(见布雷德伯里、麦克法兰:《现代主义》,胡家峦等译,上海:上海外语教育出版社,1992年,第367—387页);戴维·洛奇:《现代主义小说的语言:隐喻和转喻》(见布雷德伯里、麦克法兰:《现代主义》,第450—464页)。

③ 安东尼·福斯吉尔:《弗·伍尔夫的文学评论》,载瞿世镜选编:《伍尔夫研究》,上海:上海文艺出版社,1988年,第506页。

④ Pamela L. Caughie, *Virginia Woolf and Postmodernism: Literature in Quest and Question of Itself*, Urbana and Chicago: University of Illinois Press, 1991, p.177.

⑤ 从1904年到1925年伍尔夫发表《现代小说》之时,伍尔夫在《泰晤士报文学副刊》《全国书评》《耶鲁评论》《纽约先驱论坛报》等英美重要报纸杂志上发表了大量文学评论。其评论范围包括福斯特、劳伦斯、毛姆、高尔斯华绥、威尔斯、多萝西·理查森、W. E. 诺里森、西奥多·德莱塞等众多英美现代作家作品,也包括克莱顿·汉密尔顿、哈罗德·威廉森、约翰·哈里斯等现代批评家的文学理论著作。这些文章经整理后主要结集在《现代作家》(1965)中出版。

年间大量品味欧美经典后的妙悟。①她在《现代小说》和《班内特先生与布朗夫人》中对现代小说困境的剖析和反思是她积 20 余年功力的一次厚积薄发。

二、对困境的剖析和反思

伍尔夫在《现代小说》和《班内特先生与布朗夫人》中将现代小说归为两类,即"物质主义"小说和"精神主义"小说。它们是伍尔夫透视现代小说困境的两个视点。

何谓"物质主义"小说?伍尔夫曾给予简要的界定:"如果我们给所有这些小说系上了'物质主义'这样的一个标签,我们是指它们描写了不重要的东西;它们用大量技巧和巨大精力来使微不足道、转瞬即逝的东西看起来好像是真实而永恒的。"②这一界定体现了伍尔夫对这一类小说的致命弱点的总体描述。她在多篇评论和随笔中剖析和反思了这一类型小说的渊源、技巧、形式和本质,我们将逐一梳理。

从渊源上看,"物质主义"是现实主义的一种狭隘表现形式。伍尔夫这样描述两者之间的关系:

---

① 自 1904 年至 1925 年,她不仅大量评论现代小说,而且大量阅读和感悟欧美传统作品。所评论的主要作家包括:英国作家乔叟、斯威夫特、笛福、斯特恩、简·奥斯丁、柯勒律治、雪莱、康拉德等;俄国作家陀思妥耶夫斯基、托尔斯泰、契诃夫等;法国作家蒙田;美国作家爱默生、梭罗、赫尔曼·梅尔维尔、爱伦·坡、惠特曼;古希腊戏剧家索福克勒斯、埃斯库罗斯、欧里庇得斯等。可以看出,伍尔夫非常关注传统经典作家作品,有系统地阅读各个时期、多个国家的作品,表现出超越国籍、民族、语言和思维的开放视域。此名单来自 Virginia Woolf, *The Essays of Virginia Woolf* (Vol. 1, 2, 3, 4), Ed. Andrew McNeillie, London: The Hogarth Press, 1986 - 1994 的目录,只精选了一些著名作家。

② Virginia Woolf, "Modern Fiction," *The Essays of Virginia Woolf* (Vol. 4), p.159.

虽然我们可以高调谈论现实主义的发展，可以大胆断言小说为生活提供了镜子，事实上，生活的素材太难把握，在转化成文字之前，只能将它压缩和提炼，只有少部分素材可以被少数小说家使用。这些小说家们费时费力地将他们之前一两代作家的创意不断重塑。到这个时候，这些模子已经牢固地定型了，要打碎它需要付出很大的精力，因此公众很少会自找烦恼，试图在这一方面爆破它。①

伍尔夫对于物质主义小说的渊源的论述犀利而深刻，精辟地揭示了这类小说被限制、被僵化后变成某种固定模板的特征。

从创作技巧上看，"物质主义"是僵化且守旧的。伍尔夫曾形象描绘物质主义者为恪守传统规范而过分注重细节以致丢失作品的灵魂的窘境：

为了表明故事的可靠性和逼真性，所投入的大量精力不仅被浪费了，而且放错了地方，反倒遮蔽了构思的光芒。作者仿佛被束缚了，无法行使自主意志，而是受制于某个强大而无所顾忌的暴君，被迫提供情节、喜剧、悲剧、爱情旨趣，以及故事中所弥漫的可信度，如此完美，以至于人物如果活过来，会发现自己衣着的每一粒纽扣都符合当前的时尚。②

---

① Virginia Woolf, "Philosophy in Fiction," *The Essays of Virginia Woolf* (Vol. 2), Ed. Andrew McNeillie, London: The Hogarth Press, 1987, p.208.
② Virginia Woolf, "Modern Fiction," *The Essays of Virginia Woolf* (Vol. 4), p.160.

从形式上看,"物质主义"是一具外形完整,里面装着各种填充物的模型。在这个模型中,填充的大都是作家本人的观念或事实,比如班内特(Arnold Bennett)的"事实"、①高尔斯华绥(J. Galsworthy)的"道德密码"、②杰克斯(L. P. Jacks)的"宗教和哲学沉思"、③威尔斯(H. G. Wells)的"影射"、④斯威纳顿(Frank Swinnerton)的"细节和片段"、⑤坎南(Gilbert Cannan)的"针砭时弊"、⑥诺里斯(W. E. Norris)的"空话、评论"⑦等。这些填充物不仅完全淹没了作品的主题,使小说漂浮在表象中,而且常常让人物成为观念的面具或化身,使作品丧失真实性。对这类作家而言,"文学就像建筑,是一种手段,具备某种用处"。⑧

从本质上看,它是浅表的,缺乏洞察力。它不关心精神,只关心肉体,它"常常缺少而不是获得了我们追寻的东西。无论我们称它为生命或精神,真实或现实,本质的东西已经走开或者前行,拒绝再被束缚在我们所提供的这身不合适的法衣里"。⑨ 它紧紧抓住的是事实、细节等人物或作品以外的东西,却"从不对人物本身或

---

① Virginia Woolf, "Books and Persons," *The Essays of Virginia Woolf* (Vol. 2), p.130.
② Virginia Woolf, "Mr Galsworthy's Novel," *The Essays of Virginia Woolf* (Vol. 2), p.153.
③ Virginia Woolf, "Philosophy in Fiction," *The Essays of Virginia Woolf* (Vol. 2), p.209.
④ Virginia Woolf, "The Rights of Youth," *The Essays of Virginia Woolf* (Vol. 2), p.294.
⑤ Virginia Woolf, "Honest Fiction," *The Essays of Virginia Woolf* (Vol. 2), p.312.
⑥ Virginia Woolf, "Mummery," *The Essays of Virginia Woolf* (Vol. 2), p.345.
⑦ Virginia Woolf, "The Obstinate Lady," *The Essays of Virginia Woolf* (Vol. 3), Ed. Andrew McNeillie, London: The Hogarth Press, 1988, p.43.
⑧ Leon Edel and Gordon N. Ray, eds., *Henry James and H. G. Wells*, London: Rupert-Davis, 1958, p. 264.
⑨ Virginia Woolf, "Modern Fiction," *The Essays of Virginia Woolf* (Vol. 4), p.160.

作品本身感兴趣"。①

伍尔夫特别指出,物质主义者的视野是狭隘的。他们的作品就像挂在华尔波尔(Hugh Walpole)小说中的那面绿色镜子,"镜子深处映现的是他们自己,除了他们自己和他们在镜中的视像,他们大约有三百年没见过其他物体了"。他们的共同信念是:"人世间只有一种观念,一个家族。"②

何谓"精神主义"小说?伍尔夫给予这样的总体描述:它是"精神性的",它"不惜一切代价,揭示生命最深处的火焰的闪烁,通过大脑传递着信息"。③我们将同样从伍尔夫诸多评论和随笔中提炼出她对精神主义小说的渊源、形式、技巧和本质的剖析和反思。

从渊源上看,它是彻底舍弃传统的,是纯粹创新的。伍尔夫曾经这样描绘心灵感知万物的过程:"心灵接纳无数印象——零碎的、奇异的、稍纵即逝的或者刻骨铭心的。它们来自四面八方,像无数原子源源不断地落下。"④现代作家为了描绘这一奇妙的感知过程,只能丢弃传统的写作方法,采用全新形式表现心灵的丰富。于是作品就显得"没有情节,没有喜剧,没有悲剧,没有广为接受的爱情趣味或灾难性结局,或许没有一颗纽扣是按照邦德街裁缝的

---

① Virginia Woolf, "Mr. Bennett and Mrs. Brown," *The Captain's Death Bed and Other Essays*, London: Harcourt Brace Jovanovich, Inc., 1978, p.105.
② Virginia Woolf, "The Green Mirror," *The Essays of Virginia Woolf* (Vol. 2), pp.214-215.
③ Virginia Woolf, "Modern Fiction," *The Essays of Virginia Woolf* (Vol. 4), p.161.
④ Virginia Woolf, "Modern Fiction," *The Essays of Virginia Woolf* (Vol. 4), p.160.

手艺缝上去的"。①

从形式上看,它是裸露的、不完整的。弃绝一切传统创作方法后,精神主义作品只剩下那些赤裸裸地无遮无掩且无始无终的人物意识,它"像一小堆敏感的物体,半透明半模糊,无穷无尽地表现着、扭曲着斑驳陆离的故事进程,人物的意识既是表又是里,既是外壳又是牡蛎",残篇断语若隐若现,穿过人物的脑海,唤起各种想法,将无以计数的生活线索编织在一起。②它给人一种现实感,也给人一种漫无边际的迷失感。读者仿佛置身大海深处,看见的除了海水还是海水。在那里,无边无际的意识既是表象又是内质,既是肉体又是灵魂。人们既看不见事物的整体,也看不清事物的核心。

从创作技巧上看,它是原创性的,又是毁灭性的。它按照原子落入心灵的顺序记录生命,如实描绘零乱而不连贯地印刻在意识中的景物或事件的图案。为此,它彻底丢弃传统文学通用的方法,抛弃可信度、连贯性和历来有助于读者想象他们无法看到和摸到的东西的指示牌。③结果它看起来不是"亵渎"就是"晦涩"。④

从本质上看,它既是精神的和自我的,又是贫乏的和表象的。它努力靠近心灵,但是它的思想是贫乏的,因为它总是被困在一个从不拥抱或创造外部事物的自我之中。⑤它的确表现意识的流动,

---

① Virginia Woolf, "Modern Fiction," *The Essays of Virginia Woolf* (Vol. 4), p.160.
② Virginia Woolf, "The Tunnel," *The Essays of Virginia Woolf* (Vol. 3), pp.10 - 11.
③ Virginia Woolf, "Modern Fiction," *The Essays of Virginia Woolf* (Vol. 4), p.161.
④ Virginia Woolf, "Mr. Bennett and Mrs. Brown," *The Captain's Death Bed and Other Essays*, London: Harcourt Brace Jovanovich, Inc., 1978, p.116.
⑤ Virginia Woolf, "Modern Fiction," *The Essays of Virginia Woolf* (Vol. 4), pp.161 - 162.

却只表现意识的表象,因为人物的"触觉、视觉和听觉非常敏锐,但是感觉、印象、观点和情感在她的心中飞掠而过,彼此之间并无关联,也不曾深究,不曾像我们所期待的那样将光芒照入事物隐秘的深处",因而当飘忽闪烁的意识流光芒投射到几个人物的身上时,这些人看起来活泼而鲜亮,但是"他们的言语与行为从未触及我们自然而然地期待的意义"。①

伍尔夫特别强调,精神主义小说的症结也许就在于它对传统写作手法的彻底弃绝。她以反问的方式指出:精神主义给人的那种封闭而狭隘的感觉或许可以"归因于创作方法上的某种局限,而不是思想上的局限""创作方法抑制了创造力"。②伍尔夫建议,我们应该"给这种崭新的表达方法以某种形式,使它具有传统的、已经被接受的创作方法的形状"。③

伍尔夫对"物质主义"和"精神主义"的透视是鞭辟入里的。她不仅指出"物质主义"只继承现实主义的外形却丢失其本质的局限,而且指出它忽视现代人的心理和精神的局限。更重要的是,她指出这样的事实:"物质主义"只看见自己,却看不见整个世界。她赞扬精神小说对意识的表现,同时指出它只表现意识的表象却无法表现意识的整体和深度的局限。她还指出它使精神与外在世界割裂的局限。最重要的是,她质疑精神主义者彻底弃绝传统创作手法乃至作品形式的行为,认为正是这一点限制了精神主义小说的发展。

---

① Virginia Woolf, "The Tunnel," *The Essays of Virginia Woolf* (Vol. 3), pp.11 - 12.

② Virginia Woolf, "Modern Fiction," *The Essays of Virginia Woolf* (Vol. 4), p.160.

③ Virginia Woolf, "The Tunnel," *The Essays of Virginia Woolf* (Vol. 3), p.12.

在所有的问题中,最严重的是,无论是物质主义还是精神主义,它们都患上了只描写表象的顽疾。"当代很多佳作仿佛都是在压力下用苍白的速记符号记录而成的,它出彩地刻画了人物走过屏幕时的行为和表情。可光芒瞬息消退,给我们留下的是难以忘怀的不满之情",[1]伍尔夫如是说。然而现代小说家们对此茫无头绪:"英语中全部的语言财富都摆在他们身后,他们却胆怯地用手和书传递着最微不足道的铜板。他们被放置在永恒视景前一个全新的视角上,却只能拿出笔记本,专注而痛苦地记录飞掠的微光(微光照在什么东西上呢?)以及短暂的灿烂(或许那里面空无一物)。"[2]

伍尔夫认为,小说像真正的生命那样是完整而鲜活的。她相信"小说不是挂在钉子上并饰以光耀的那种东西,恰恰相反,它生机盎然地走在大路上,与真实的男人和女人擦肩而过"。[3]正是这种"小说表现真实的人"的理念使伍尔夫敏锐意识到"物质主义"和"精神主义"的致命弱点是什么。我们不妨对此做一简要的概括。

其一,无论是物质主义还是精神主义,它们都漂浮在表象中而没能深入本质,如何才能表现完整的、真正的生命呢?

其二,当物质主义纯粹依靠传统技巧来拼装小说的时候,现代思想只能作为填充物被塞入不合身的外套,除了变成木偶还能是什么?当精神主义勇敢地丢弃传统技巧的时候,却将形式也一起丢弃了,缺乏骨架的思想如何可能站立呢?现代小说应该从传统

---

[1] Virginia Woolf, "How It Strikes a Contemporary," *The Essays of Virginia Woolf* (Vol. 4), pp.238-239.

[2] Virginia Woolf, "How It Strikes a Contemporary," *The Essays of Virginia Woolf* (Vol. 4), p.240.

[3] Virginia Woolf, "Romance and the Heart," *The Essays of Virginia Woolf* (Vol. 3), p.368.

文学中汲取什么,才可能使小说形神兼备呢?

其三,外在世界与内在意识是一个世界的两个部分,缺一不可,然而物质主义与精神主义却各执一半,现代小说怎样才能将它们合而为一呢?

三、经典的启示

面对困惑,伍尔夫并没有想当然地独创,而是充分阅读英、俄、法、古希腊等国众多经典作家作品,从中汲取精髓。

伍尔夫从英国文学传统中汲取的是对生命的有机性的幽默而欢快的再现。她几乎涉猎了英国文学史上所有重要时期的重要作家。她赞誉乔叟穿透中世纪的严酷自然环境和单调生活表象,再现了明快丰满的世界和鲜活生动的人物;①她透过伊丽莎白时代文学的肤浅的幻想,看见那些被遮蔽在复杂情节之下的人物富有活力的面孔和身体;②她从17世纪的约翰·多恩和托马斯·布朗的作品中感悟了他们对自我的复杂性的探索和表现;③她肯定18世纪的笛福是英国最伟大的小说家之一,因为"他的作品建立在对人性中虽不是最诱人却是最恒久的东西的领悟上";④她盛赞简·奥

---

① Virginia Woolf, "The Pastons and Chaucer," *The Essays of Virginia Woolf* (Vol. 4), p.28.

② Virginia Woolf, "Notes on an Elizabethan Play," *The Essays of Virginia Woolf* (Vol. 4), pp.64–65.

③ Virginia Woolf, "Donne After Three Centuries," *The Essays of Virginia Woolf* (Vol. 5), Ed. Stuart N. Clarke, London: The Hogarth Press, 2009, p.351. Virginia Woolf, "The Elizabethan Lumber Room," *The Essays of Virginia Woolf* (Vol. 4), p.58.

④ Virginia Woolf, "Defoe," *The Essays of Virginia Woolf* (Vol. 4), p.104.

斯丁能够"赋予表面的和琐碎的生活场景以最持久的生命形式";①她批评夏洛蒂·勃朗特浓郁的自我意识,但充分肯定其揭示"人性中正在沉睡的巨大激情"②的尝试;她赞扬艾米莉·勃朗特的创作才能,认为她"能够使生命挣脱对事实的倚重,寥寥数笔就画出灵魂的面孔而无须描写身体";③她推崇乔治·艾略特给人物和场景注入大量的回忆和幽默所带来的"灵魂的舒适、温暖和自由";④她赞颂康拉德的天才作品,认为它们以敏锐的洞察力讲述着生活背后"某种非常悠久而又完全真实的东西"。⑤从这些评论中,我们能够看出她对英国文学传统的总体态度:伍尔夫并不反对英国文学青睐生活场景描写的传统,但关注它能否表现生命中最持久的东西;她批判的是那种迷失在生活表象中的情节编造(如物质主义小说)或那种淹没在印象感受中的意识堆砌(如精神主义小说),因为生命的本质从那里逃走了。

伍尔夫从古希腊文学传统中获得的是对生命原初的非个性化本质的直观呈现。她认为希腊文学的语言是清晰、坚定而强烈的,它简单而准确,既不模糊轮廓又不遮蔽深度;它的主题是有力、熟悉而简练的;它的人物是明确、无情而直接的。我们从作品中感受到的是"在阳光照耀下的橄榄树丛中嬉戏的毛茸茸的黄褐色人

---

① Virginia Woolf,"Jane Austen,"*The Essays of Virginia Woolf*(Vol. 4),p.149.
② Virginia Woolf,"'Jane Eyre' and 'Wuthering Heights',"*The Essays of Virginia Woolf*(Vol. 4),p.168.
③ Virginia Woolf,"'Jane Eyre' and 'Wuthering Heights',"*The Essays of Virginia Woolf*(Vol. 4),p.170.
④ Virginia Woolf,"George Eliot,"*The Essays of Virginia Woolf*(Vol. 4),p.174.
⑤ Virginia Woolf,"Joseph Conrad,"*The Essays of Virginia Woolf*(Vol. 4),p.232.

体",是"稳定、持久、原初的人",是"生存的每一丝震颤和闪光"。①

伍尔夫从俄罗斯文学传统中获得的是对灵魂的复杂性的深刻把握。伍尔夫强烈地感受到陀思妥耶夫斯基、托尔斯泰和契诃夫对灵魂的执着探测,指出"灵魂是俄罗斯小说的主要人物"。②她为陀思妥耶夫斯基对灵魂描写的深邃博大而震撼,"它向我们倾泻,火烫、灸热、杂乱、奇妙、恐怖、压抑——人的灵魂";③她为契诃夫对灵魂的精妙刻画而惊喜,"当我们阅读这些似乎什么也没说的小故事的时候,视域变得开放,心灵获得奇妙的自由";④她为托尔斯泰对生命的执着而着迷,"在所有光鲜的花瓣中都趴着这只蝎子——'为什么活着?'"。⑤

伍尔夫从法国作家蒙田的作品中领悟了他对心灵的复杂成分的绝妙融合。伍尔夫认为蒙田通过讲述自己,追踪自己的奇思异想,勾勒出"整个灵魂的图案、分量、颜色和疆域"。⑥他用自己那些支离而博学,富有逻辑而又自相矛盾的句子,不仅让我们听到了"灵魂的脉搏和节奏",而且奇迹般地调和了"灵魂中那些反复无常的成分"。⑦

伍尔夫从美国文学感受到一种新文学所面临的困境。作为一

---

① Virginia Woolf, "On Not Knowing Greek," *The Essays of Virginia Woolf* (Vol. 4), pp.40-51.
② Virginia Woolf, "The Russian Point of View," *The Essays of Virginia Woolf* (Vol. 4), p.185.
③ Virginia Woolf, "The Russian Point of View," *The Essays of Virginia Woolf* (Vol. 4), p.186.
④ Virginia Woolf, "The Russian Point of View," *The Essays of Virginia Woolf* (Vol. 4), p.187.
⑤ Virginia Woolf, "The Russian Point of View," *The Essays of Virginia Woolf* (Vol. 4), p.188.
⑥ Virginia Woolf, "Montaigne," *The Essays of Virginia Woolf* (Vol. 4), p.71.
⑦ Virginia Woolf, "Montaigne," *The Essays of Virginia Woolf* (Vol. 4), p.78.

种缺乏根基的文学,美国文学家们在很长时期内一直挣扎在"模仿英国文学"还是"忠实于事物本质"的两难境地中。亨利·詹姆斯、辛克莱·刘易斯等选择了前者,他们继承了英国文学娴熟的创作技法,却牺牲了美国特色。华尔特·惠特曼、赫尔曼·梅尔维尔、舍伍德·安德森等选择了后者,他们忠实地表现美国精神,却因为缺乏合适的形式和拥有过分强烈的民族意识和自我意识而将形式的幼稚裸露在读者面前。①

伍尔夫凭借广泛的阅读和开放的心态,以敏锐的洞察力穿透文学作品由生活场景或印象感受构建的表层叙述,参悟到伟大作品深处那真实而持久的生命本质。这就是她从英、俄、法、美、古希腊众多作品中感悟到的共性和汲取的精髓。

正是从不同的生命艺术中,伍尔夫感受到了文学创作的开放性。面对完整的、粗犷的、博大的、和谐的等丰富多彩的生命表现形式,她相信从如此丰富的小说类型中做出单一的选择是无益的,因为"它们让我们充分感受到了小说艺术的无限可能性,提醒我们小说的视域是无际的,任何方法,任何试验,哪怕是想入非非的尝试都无须禁止,当然虚伪和做作除外"。②对伍尔夫而言,究竟应该像英国和希腊文学那样从外在场景导出内在生命本真,还是像俄罗斯和法国文学那样用内在印象和感受构建生命整体,这并不是非此即彼的两难选择,是可以根据创作需要而定的。

---

① Virginia Woolf, "American Fiction," *The Moment and Other Essays*, London: Harcourt Brace Jovanovich, Inc., 1948, pp.113 - 127.
② Virginia Woolf, "Modern Fiction," *The Essays of Virginia Woolf* (Vol. 4), pp.163 - 164.

四、走出困境:"生命创作说"及其价值

既不能像物质主义与精神主义那样停留在表象层面,又不能让物质与精神割裂,更不能让生命的本真裸露;既不能将不般配的传统模式套在现代小说的身上,又不能彻底打碎形式使现代小说露出窘相,那么现代小说究竟应该是怎样的呢?伍尔夫相信"生命创作"(life writing)是融物质与精神、表象与本质、形式与内容为一体的最好的整合体。她从创作的任务、素材、人物、方法和本质等多个方面阐释"生命创作"思想,为现代小说走出困境开出一剂良方。

小说创作的任务是表现生命,因此创作的素材是开放的。她相信小说家的任务是表现"变化的、未知的、无限的精神"。[1]为了完成这一艰巨的任务,她强调小说的素材是开放的,一切情感和思想都是小说的合适素材,只要它们能够使我们"更加接近我们愿意称之为生命本身的东西"。[2]

小说的人物就是鲜活的生命,因而其形象是丰富多彩的。伍尔夫在《班内特先生与布朗夫人》(1925)中指出,人物是"固态的、活生生的、有血有肉的"。[3]他就是"我们赖以生存的精神,就是生命本身"。[4]

---

[1] Virginia Woolf, "Modern Fiction," *The Essays of Virginia Woolf* (Vol. 4), p.162.

[2] Virginia Woolf, "Modern Fiction," *The Essays of Virginia Woolf* (Vol. 4), p.163.

[3] Virginia Woolf, "Mr. Bennett and Mrs. Brown," *The Essays of Virginia Woolf* (Vol. 3), p.388.

[4] Virginia Woolf, "Character in Fiction," *The Essays of Virginia Woolf* (Vol. 3), p.436.

生命创作的方法是独具匠心而艺术的。它包括创作心境的自由性、作品体裁的开放性、内在构成的情感性、作品境界的诗意化和艺术视像的形象性。不仅如此,它还超越西方文学所一贯重视的人与人之间的关系,更多地关注人与自然、人与命运、人与自我的关系。①

生命创作的核心是人。小说"是完整而忠实地记录真实的人的生命的唯一艺术形式",②伍尔夫在《小说观概》(1929)中这样界定小说的生命本质。十余年后,她在《倾斜之塔》(1940)中重申了这一本质:作家"描写的对象不是个体而是无数个体的集合物。两个字可以包容作家所观察的一切,那就是:生命"。③

从任务到人物,从方法到本质,伍尔夫对小说创作的生命本质的感悟呈现出逐步完善的过程,然而其核心观点始终是一致的,那就是:小说表现真实的生命。

伍尔夫的"生命创作说"超越了西方传统的摹仿论,其观点更具包容性和生命力。困境意识产生之际,必定是某种存在形态衰落之时,就如亚里士多德的《诗学》诞生于希腊悲剧终结之时,20世纪西方文论的繁荣出现在西方传统文学岌岌可危之时一样。④面对衰落,常规的破解方式是实施模式的替换。比如,当意大利小说家莫拉维亚声明"19世纪的长篇小说死亡了"的时候,他旨在点明

---

① Virginia Woolf, "Poetry, Fiction and the Future," *The Essays of Virginia Woolf* (Vol. 4), pp.433 - 438.

② Virginia Woolf, "Phases of Fiction," *Granite and Rainbow: Essays*, London: Harcourt Brace Jovanovich, Inc., 1958, p.141.

③ Virginia Woolf, "The Leaning Tower," *The Moment and Other Essays*, London: Harcourt Brace Jovanovich, Inc., 1948, p.128.

④ 参见希利斯·米勒:《文学死了吗》,秦立彦译,桂林:广西师范大学出版社,2007年,第53—54页。

这样的事实,即精于再现现实的"不变性和稳定性"的19世纪长篇小说模式已经不适于表现20世纪的"语言和现实的相对性"。他破解这一困境的方法是:用"隐喻小说"模式取代19世纪的"社会档案"小说模式,用隐喻的暗示性表现思想意识的含混和不可名状,以摆脱传统小说的预设性所导致的格式化模版。①又如,当英国小说家艾丽丝·默多克发出"小说已经远离真实"的哀叹的时候,她力图阐明这样的事实,即当代小说的主导模式已经分化为"社会小说"和"个人小说"两极,因此不能有效表现个人和社会融汇于一体的广阔图景。她破解的方法是,倡导人物与意象相结合的创作模式。②可以看出,上述两种思考均以现实与小说模式之间的协调性为审美标准,最终以选择某一理想模式来破解困境。这样的反思和解决问题的方法是具体而非本质的。它们着眼于现实,观点有一定的合理性,却显露出排他的弱点,其结果是,小说将不断随着现实的变化而陷入困境。做进一步思考,可以看出,它们共同的基点是摹仿论所追求的文学与现实之间的对应性,因而其观点在西方有一定的普遍性。伍尔夫的"生命创作说"以生命真实为评判标准,所批判的是现行模式中不能表现生命精神的那部分弱点,所倡导的是创作模式的开放性和创作形式的艺术性。她的思想超越了单纯追求摹仿的局限,表现出对小说本质的深刻洞察。在超越摹仿论这一点上,伍尔夫的思想与希利斯·米勒的思想相应和。米勒突破文学摹仿现实的思想,指出"每一部作品都有它自己的

---

① 阿·莫拉维亚:《小说论文两篇》,载吕同文主编:《20世纪世界小说理论经典》(下卷),北京:华夏出版社,1995年,第25—39页。

② 殷企平、高奋、童燕萍:《英国小说批评史》,上海:上海外语教育出版社,2001年,第246—255页。

真,这个真不同于任何其他作品的真",①"每一部文学作品都告知我们不同的、独特的另一个现实,一个超现实"。②

伍尔夫的"生命创作说"超越了以社会道德功用强化文学的权威性的传统做法,深入揭示了文学表现生命精神的内在意义,其领悟更贴近文学的本质。自从柏拉图谴责诗歌的危害,亚里士多德提出净化说之后,文学的社会道德功用几乎成为赋予文学以存在意义的关键砝码。亚里士多德之后,每一个时代都以不同方式重申着净化说,努力使人们相信,"作品是对社会现实及其占主导地位的意识形态的准确再现","文学塑造了社会结构和信念"。③为了捍卫这一学说,不仅文学的教育作用和认知作用被放大,而且理论界只能坚守摹仿论立场,坚持文学与现实之间的对应关系,以拥有牢固的基础。但是,关键的问题是,强调文学的社会道德功用虽然可以赋予文学以存在的意义,然而这种意义是从外部赋予文学的,会随着社会现实的变迁而使文学不断陷入不合时宜的困境。2002年,米勒在《论文学》(On Literature, 2002)中努力淡化这一根深蒂固的说法,指出文学的意义在于它是一种"施行"(performative)语言,可以将读者导入一个想象的、虚拟的现实。④哈罗德·布鲁姆在《西方正典》(The Western Canon, 1994)中,从另一个角度阐说文学的内在力量,"莎士比亚或塞万提斯,荷马或但丁,乔叟或拉伯雷,阅读他们作品的真正作用是增进内在自我的成长。深入研读经典

---

① 希利斯·米勒:《文学死了吗》,秦立彦译,桂林:广西师范大学出版社,2007年,第52页。
② 希利斯·米勒:《文学死了吗》,秦立彦译,桂林:广西师范大学出版社,2007年,第118页。
③ 希利斯·米勒:《文学死了吗》,秦立彦译,桂林:广西师范大学出版社,2007年,第147页。
④ 希利斯·米勒:《文学死了吗》,秦立彦译,桂林:广西师范大学出版社,2007年,第162页。

不会使人变好或变坏,也不会使公民变得更有用或更有害。心灵的自我对话本质上不是一种社会现实"。①与米勒和布鲁姆一样,伍尔夫也超越了文学的社会道德功用说。所不同的是,米勒和布鲁姆重在强调文学对读者的自然影响力,以淡化文学的社会道德功用说,然而其基本思维方式与西方传统诗学一脉相承。伍尔夫重在揭示文学的生命本质,突出文学作为生命情感和生命精神的表现形式所内在的、本真的力量。她的"生命创作说"不是以"文学净化读者心灵"这样的单向度思维为基础的,而是以"文学是从人的生命根源处流出"这样的整体感悟为基础的。

真正与伍尔夫的"生命创作说"相通的是中国传统美学的缘心感物的思想。自先秦《尚书》至清代诗人的文论,生命的"情志"一直被中国传统诗人和学者视为文艺作品的灵魂。比如,先秦《尚书》中的"诗言志,歌永言";②《礼记》中的"诗,言其志也;歌,咏其声也;舞,动其容也,三者本于心";③汉朝《毛诗序》中的"诗者,志之所之也。在心为志,发言为诗";④晋朝陆机的"诗缘情而绮靡";⑤唐朝孔颖达的"蕴藏在心,谓之为'志'。发见于言,乃名为'诗'";⑥唐朝李商隐的"况属词之工,言志为最";⑦五代徐铉的"其或情之深,思之远,郁积乎中,不可以言尽者,则发为诗";⑧元朝杨维桢的"诗本情性,有性此有情,有情此有诗也";⑨明朝汤显祖的"世总为情,情

---

① 哈罗德·布卢姆:《西方正典》,江宁康译,南京:译林出版社,2005年,第21页。
② 《尚书·虞书·舜典》,据《四部丛刊》本。
③ 《礼记·乐记》,据《四部丛刊》本。
④ 《毛诗序》,《毛诗正义》,据《十三经注疏》本。
⑤ 陆机:《文赋》,据《全晋文》本。
⑥ 孔颖达:《诗大序正义》,据《十三经注疏》本。
⑦ 李商隐:《樊南文集·献侍郎巨鹿公启》,据《四部备要》本。
⑧ 徐铉:《骑省集·肖庶子诗序》,据《四库全书》本。
⑨ 杨维桢:《东维子文集·剡韶诗序》,据《四部丛刊》本。

生诗歌,而行于神";①清朝黄宗羲的"诗人萃天地之清气,以月露风云花鸟为性情,其景与意不可分也";②清朝袁牧的"若夫诗者,心之声也,性情所流露者也"。③从这些挂一漏万的引文中,最能感知到的是中国诗人和学者缘心感物的诗性思维。而缘心感物的直觉思维也正是伍尔夫的"生命创作说"的根基。

结　语

21世纪伊始,米勒发表专著《论文学》,专题讨论文学的困境问题,可以看出学术界对这一问题的关注程度。凭借陀思妥耶夫斯基、特罗洛普、亨利·詹姆斯、本雅明、普鲁斯特、白朗修(Maurice Blanchot)和德里达这样一支融艺术家和美学家为一体的"杂牌军"的力量,米勒将文学升华为一种普遍而永恒的文本,认为它是"对文字或其他符号的一种特殊用法,在任一时代的任一人类文化中,它都以各种形式存在着",④表达了西方批评家走向艺术和美学融合的旨趣。而伍尔夫则走得更远一些,她广泛汲取欧美经典作品的通感,将文学升华为生命精神的表现,清晰地传达了西方艺术家基于艺术实践的美学思想。其"生命创作说"超越西方传统的摹仿论和净化说,与中国传统诗学的情志说的共通,可以为走出现代文学的困境提供启示:要走出文学的困境,我们不仅需要反思它的形式,更需要反思它的本质;我们不仅需要对它进行理论剖析,更需

---

① 汤显祖:《耳伯麻姑游仙诗序》,《汤显祖集》诗文集卷三十。
② 黄宗羲:《南雷文定·景洲诗集序》,据《四部丛刊》本。
③ 袁牧:《答何水部》,《小苍山房尺牍》卷七,据民国十九年国学书局刊本。
④ 希利斯·米勒:《文学死了吗》,秦立彦译,桂林:广西师范大学出版社,2007年,第21页。

要对它进行审美观照。伍尔夫在这一点上无疑是成功的。而集美学与艺术为一体的中国传统诗学则可以为这样的反思提供广阔的空间。

(载《英美文学研究论丛》2015年春季,标题为《弗吉尼亚·伍尔夫论现代小说的问题与出路》)

图书在版编目(CIP)数据

欧美现代主义文学散论 / 高奋著. —南京：南京大学出版社，2022.9
（外国文学论丛 / 许钧，聂珍钊主编）
ISBN 978-7-305-24934-1

Ⅰ.①欧… Ⅱ.①高… Ⅲ.①现代主义-文学研究-西方国家 Ⅳ.①I109.9

中国版本图书馆CIP数据核字(2021)第209312号

出版发行	南京大学出版社
社　　址	南京市汉口路22号　　邮　编　210093
出 版 人	金鑫荣
丛 书 名	外国文学论丛
丛书主编	许　钧　聂珍钊
书　　名	欧美现代主义文学散论
著　　者	高　奋
责任编辑	张　静
照　　排	南京紫藤制版印务中心
印　　刷	徐州绪权印刷有限公司
开　　本	635mm×965mm　1/16　印张28.25　字数360千
版　　次	2022年9月第1版　2022年9月第1次印刷
ISBN	978-7-305-24934-1
定　　价	108.00元

网　　址：http://www.njupco.com
官方微博：http://weibo.com/njupco
官方微信：njupress
销售咨询热线：(025)83594756

* 版权所有，侵权必究
* 凡购买南大版图书，如有印装质量问题，请与所购图书销售部门联系调换